2017 제62회

現代文學賞
수상소설집

안규철, 「두 개의 빈 의자」, 드로잉

| 현대문학상 기념조각 |

### 안규철

책은 양면적인 요소들이 중첩되어 있는 물건이다.
책에는 왼쪽과 오른쪽 페이지가 있고, 보이는 앞면과 보이지 않는 뒷면이 있다.
안과 밖이 있고, 시작과 끝이 있다. 흰 종이와 검은 잉크가 있고,
드러난 것과 숨겨진 것이 있으며, 저자와 독자가 있다.
서로 상반되면서 동시에 상호의존적인 이런 요소들은 책이 닫혀 있을 때는 드러나지 않는다.
책은 상자와 같아서, 책장이 펼쳐지기 전에 그것은 무뚝뚝한 한 덩이 종이뭉치에 불과하다.
책을 열면 이렇게 하나였던 것이 둘이 된다. 왼쪽과 오른쪽이, 안과 밖이, 저자와 독자가 거기서 생겨난다.
그리고 그 둘 사이에서, 낯선 한 세계의 지평선이 떠오른다.
마술사의 손바닥에서 피어나는 꽃처럼, 작은 책갈피 속에서 세계 하나가 온전한 윤곽을 드러낸다.
문학작품 앞에서 늘 그것이 경이롭다.

제62회 現代文學賞 수상소설집

# 김금희

## 체스의 모든 것 외

**H**
현대문학

# 역대 수상작가 최근작

# 심사평

## 예심

## 본심

# 수상소감

# 수상작

체스의 모든 것

김금희

# 수상작가 자선작

세실리아

# 김금희

# 체스의 모든 것

ⓒ이천희

1979년 부산 출생. 인하대 국문과 졸업. 2009년 『한국일보』 등단.
소설집 『센티멘털도 하루 이틀』 『너무 한낮의 연애』.
〈젊은작가상〉〈신동엽문학상〉 수상.

# 체스의 모든 것

대학의 영미 잡지 읽기 동아리에서 처음 봤을 때 노아 선배는 어딘가 다른 중력에서 사는 듯한 느낌이었다. 외부의 일들에 관심이 없었고 무슨 말을 듣든 반응이 느렸으며 자기 일에만 진지했다. 그러면서도 일상적인 일들에 서툴렀는데, 서툴러서 못한다기보다는 다르게 하는 편이었다. 주민등록증을 잃어버리고 몇 년 동안 재발급받지 않았다고 해서 우리가 그렇게도 살 수 있어요? 그게 가능해요? 하고 물었더니 선배는 여권이 있잖아, 했다. 애들은 아, 여권, 하며 납득했지만 그것이 주민등록증을 잃어버렸을 때 대처하는 일반적인 방식은 아니어서 뒷맛이 차고 씁쓸했다. 선배는 서울 출신이면서도 서울에서 자취했고 왜 혼자 사느냐고 물으면 다른 설명 없이, 가족에 대해서라면 기대가 늘 배반당했다고만 해두자, 라고 해서 나를 매료시켰다. 그 밖에 검거나 흰 옷만 입는 것, 잠깐 밴드 생활을 한 것, 여자 선배를 누나라고 부르지 않는 것, 어깨에 문신이 있는 것, 워킹홀리데이를 다녀온 것, 영어를 잘하는 것, 오토바이를 타는 것, 미술에 소질이 있는 것 모두.

그런 선배가 우울증, 정동장애를 앓고 있다는 것도 사실이었다. 선배는 일정한 간격으로 약을 먹었고, 어느 날은 극심한 무기력에, 어느 날은 극도의 흥분에 차 있었다. 실수하면 지나치게 자책했고 자신을 때리고 할퀴는 버릇이 있었다. 언젠가 세미나 시간에 『타임』지 칼럼의 제목을 "이것은 강아지가 아니다"라고 잘못 읽은 적이 있는데—당연히 그건 강아지puppy가 아니라 마그리트 작품에 나오는 파이프pipe였다—선배는 우스꽝스러운 표정을 지어서 사람들을 웃기고는, 나중에 동아리방에 혼자 남아 책장에 머리를 쿵, 하고 박았다. 가방을 가지러 갔다가 그 모습을 본 나는 쿵, 하고 마음이 내려앉았는데 선배는 쿵쿵 하고 멈추질 않았다. 그때 동기인 국화가 들어왔고 부주의하게 소리를 내며 뭔가를 찾았다. 선배가 돌아보자 국화는 "『리더스 다이제스트』 철해놓은 거 봤어요?" 하고 물었다. 천연덕스럽게, 놀라거나 걱정하는 기색 없이. 선배는 잠시 생각하다가 뭔가 부끄럽고 창피한, 하지만 어떤 열도 같은 것이 전혀 없다고는 할 수 없는 복잡한 표정으로 캐비닛에 있어, 라고 대답했다.

그 뒤 선배는 자조적인 농담처럼 '이것은 ○○이 아니다'라는 말을 자주 쓰기 시작했고 곧 동아리 사람들 사이에 유행어가 되었다. 이건 진정한 순대국밥이 아니다, 아 이건 정말 여름이 아니다, 아 그런 건 얼터너티브록이 아니고 키아로스타미 영화가 아니고, 학생의 권리를 위한 것이 아니고 '국민의 정부'에서 일어날 만한 일이 아니다. 그 아니다, 라는 말은 부정의 뉘앙스를 띠면서도 권위적이지 않았고 1999년의 세기말 분위기와 잘 어울렸다. 블랙홀처럼 모두를 빨아들여 유사

빅뱅의 상태에서 무언가를 탄생시킬 듯한 밀레니엄에 대한 기대와 불안에 알맞은 것이었다.

선배는 동기나 후배들과는 잘 지냈지만 교수나 선배들과는 자주 싸웠다. 마치 우울한 소녀가 정오의 소나기구름을 좇듯 어디든 그런 일이 따라다녔다. 세미나가 끝나고 콩국수를 먹으러 갔던 어느 여름날처럼. 그날은 같은 동아리 출신이면서 모교에서 강의하는 선배가 참관을 온 날이었다. 콩국수 열한 그릇이 나오고 노아 선배가 아주머니에게 설탕을 달라고 하자 강사가 슈우가? 하고 언성을 높였다.

"무슨 슈가야? 소금이지."

"소금 아닌데요, 콩국수는 설탕인데요."

선배는 덤덤하게 대답했지만 이미 얼굴은 차갑게 굳고 있었다. 그런데도 강사는 눈치가 없는지, 체면을 구겼다고 생각했는지 포기하지 않았다. 소금 그릇을 선배 앞으로 내밀었다.

"소금이지, 인마. 애기 입맛이냐, 소금, 콩국수는 소금."

선배는 주위를 살폈고 하는 수 없이 숟가락을 내밀어서 소금을 떴다.

"그렇지. 슈가는 무슨 슈가야."

강사가 좀 풀린 얼굴로 그렇게 말하자 선배가 피식 웃었다. 강사의 얼굴이 대번에 굳었다.

"왜 웃어?"

"아니, 별건 아니고. 드세요, 그냥."

강사는 물론이고 다른 애들도 젓가락을 들 수가 없었는데, 그 긴장을 깨고 누군가 후룩후룩 소리를 내며 식사를 시작했다. 이번에도 국화였다. 국화는 열무김치를 아삭아삭 씹으면서 맛있게 국수를 먹었다.

선배는 아직 숟가락을 기울이지도 않았는데, 소금이 콩국물로 떨어져 염도를 높이고 다른 보통의 사람처럼 국수를, 그놈의 콩국수를—그건 그냥 콩국수일 뿐이니까—먹을 수 있게 완전히 분위기가 잡히지도 않았는데 국화는 젓가락을 부지런히 움직였고, 그 움직임을 통해 국화의 무심함이 맹렬히 전달됐다.

"왜 웃냐고?"

"아닌데요."

"아니긴 뭐가 아니야, 어째서 아니야?"

후룩후룩…… 후룩…… 목으로 넘어가는 국수 가락의 리듬. 나는 언성을 높이는 강사보다 국화에게 더 신경이 쓰였다. 저번에 목격한 것도 있고 해서 쟤는 정말 대단히 무심한 애가 아닌가, 저 무심함은 어딘가 공격적인 데가 있지 않은가, 생각했다.

"설탕은 슈가가 아니고요, 슈거. 슈가는 뉴슈가 할 때나 슈가고요. 알죠, 사카린?"

그 일로 싸움이 나고 강사 편을 들며 사과를 종용하던 선배들과 불편해진 뒤 노아 선배는 세미나에 잘 들어오지 않았다. 어차피 그 세미나를 한심해하던 차였으니까 잘된 일일지도 몰랐다. 그러면서도 동아리방에는 꾸준히 나와서 『타임』지뿐 아니라 『롤링 스톤』이나 『내셔널 지오그래픽』 같은 잡지를 읽었고 *"인식의 부정이 인식 자체의 부정으로 되지 못하는 한 모든 예술과 철학은 자본을 위한 꽃이 되리라"*라는 길고 복잡한 제목의 영어 에세이를 쓰기도 했다. 선배는 집요한 구석이 있어서 그 칼럼마저 마그리트의 「이것은 파이프가 아니다」에 대해 썼다. 여러 장 프린트해서 테이블에 올려놓고 "이제 이것에 대해 이야기하자. 연락 바람. 018327××××"라고 메모지에 써두었다. 나는 줄지 않는 그 페이퍼들을 안타깝게 지켜보다가 나라도 독대를 해봐야겠다고 결심했는데, 그건 선배가 무언가 새로운 감각을 느끼게 해주었기 때문이었다. 선배는 좋다 나쁘다 괜찮다 싫다를 넘어, 그냥 '그렇다'고 있는 그대로 이해해야 할 것 같은 사람이었고 누군가를 그렇게 받아들이는 것은 분명 10대 시절의 감각과는 다른 것이었다.

번역은 영문과 다니는 친구가 해주었다. 하지만 그 역시 2학년일 뿐이라서 그런지 원문이 그랬는지 번역문에는 이런 유의 알쏭달쏭한 문장들만 가득했다. *이미지의 반역을 연기해 반역의 이미지화를 획득해내는 예술이야말로 정말이지 이해 불가능의 자기기만이라고 여겨지지 않는가. 허상의 이미지에 가해지는 자본의 가치 있음에 고도로 친숙한, 그 가치 있음의 유통생리를 테크니컬하게 운용할 줄 아는, 자본의 유통 시스템에 위협적이지 않을 정도의 찌름으로 희롱할 수 있는 자들만이 누릴 수 있는 감각의 젠체하는 달러 냄새 가득한 파티가 있다. 파이프가 파이프가 아니기 위해 미술관의 금테가 넝쿨처럼 장식하는 호화로움의 스퀘어 속에서 파이프는 파이프가 아님의—결국 상태도 동작도 아닌— 0무가치한 명사일 뿐 결국 반역은 기대를 반역한 채 있음이다.*

반복해서 읽어도 무슨 얘기인지 몰라서 소장 철학자가 썼다는 미학에 관한 책을 참고로 읽었다. 책에서는 마그리트의 이 그림을 "가상의 파괴"라는 말로 설명하고 있었다. 그 책도 친구의 번역문처럼 아리송했지만 그래도 '가상'과 '파괴' 모두 마음에 드는 단어였고 친숙하게 느껴졌으므로 나는 선배와 약속을 잡았다. 무척 더운 날이어서 선배는 검은 티셔츠가 몸에 달라붙을 정도로 땀을 흘리고 있었다. 오토바이 헬멧을 든 채 형광등을 등지고 나타난 선배는 외계 행성에 막 도착한 지구인처럼 고독하고 쓸쓸해 보였다. 그 행성에서 노아 선배를 제외한 유일한 생명체, 단 하나의 이브가 된 것 같아 긴장되는 순간이었다.

"그래, 어떻게 생각하지? 영지, 너는?"

선배는 맞은편 의자에 완전히 몸을 기댄 채 앉았고 영어로 물었다. 나는 아주 인상적이었어요, 하는 말로 시작해서 모두 동의한다고 우물우물하다가 그러니까 그건 가상의 파괴이니깐요, 하고 말을 맺었다. 선배는 눈을 감고 듣다가 고개를 끄덕였다. 표정만으로는 마음에 들었는지 알 수 없었다. 뭔가 무게를 더해야 하는 걸까, 그러니까 좀 더 호감을 줄 수 있는 단어를, 가상이니 파괴니 말고. 내가 다시 입을 열려 할 때 구석의 인조 가죽소파에서 뿌드드드 소리가 나더니 국화가 일어섰다. 아무도 없는 줄 알았던 나는 당황했다.

국화는 테이블로 와서 선배의 글을 집어 들었다. 선배가 글을 쓰게 된 동기와 내용을 설명하는 동안 국화는 간간이 고개만 끄덕였다. 관심이 있는지 없는지 애매했다. 그러다 말은 곧 끊겼고 선배였는지 국화였는지는 모르지만 누군가 테이블의 체스 박스를 가리키며 체스나 두자고 했다. 셋이서는 체스를 둘 수 없고 게다가 나는 체스를 둘 줄 모르니까 국화와 자리를 바꿨다. 그런데 그렇게 옆자리로 넘어가는 것만으로도 굉장한 소외상태가 된다는 것을 엉덩이를 들어 옮기는 순간 느꼈다.

자리를 잡고 나서도 체스는 시작되지 않았다. 체스의 룰에 대한 의견이 맞지 않았기 때문이었다. 선배가 연장자인 자기가 먼저 화이트 피스를 잡겠다고 말하자 국화는 체스에선 그런 건 없다고 응수했다. 그런 건 언페어하다는 말이었다.

"그러면 말을 어떻게 정하지?"

"뽑기로 정하면 되잖아요."

국화는 체스판을 골똘히 보고 있다가 감정의 동요 없이, 다만 뭔가를 정확하게 전달하는 사람의 차갑고 딱딱한 말투로 말했다.

"그거야말로 언페어인데."

"그게 왜 언페어인데요?"

"우연에 맡기는 게 왜 페어야?"

"우연에는 개입이 없으니까 페어하죠."

선배와 국화는 그렇게 뜬구름 잡는 얘기를 하며 한참을 다퉜다. 나는 선배가 화장실 간 사이, 웬만하면 선배 말대로 하라고 국화에게 부탁했다.

"왜? 왜 그래야 하는지 모르겠는데?"

그렇게 말하는 국화의 얼굴은 정말 모르는 것 같았다. 선배가 화장실에 다녀오고 내가 소파에 가서 좀 누웠다 온 뒤에도 페어와 언페어 싸움은 계속됐다. 그렇게 안 맞으면 체스 따위는 두지 말고 집으로 가면 될 텐데 둘 다 아예 판을 엎지는 않았다. 결국 결정권은 내게 주어졌다. 나는 체스의 룰을 알지 못했지만 무슨 게임이든 선을 잡는 사람이 유리하니까 선배에게 맡길까 하다가 충동적으로 국화를 지목했다. 결국 의지도 우연도 아닌 충동이 게임을 출발시켰고 그렇게 체스가 시작됐다.

여름의 늦은 밤, 운동장의 황폐한 잔디밭이 올려다보이는 반지하의 동아리방, 실링팬의 움직임과 라디오, 그리고 체스. 나는 라디오에서 흘러나오는 록밴드의 노래, 미안하지만 난 널 미워하고 미안하지만 난 널 사랑한다는, 이 말 했다 저 말 했다 하는 노래를 따라 불렀다. 그런대로 낭만적인 밤이었지만 둘은 미안하거나 사랑하거나 하는 것에는 관심이 없었고 플라스틱으로 만든 기사와 주교와 여왕을 움직이며 서로를 제거하는 데에만 안간힘을 썼다. 그렇게 잘 나가던 체스판은 또다시 위기에 봉착했다. 이제는 언제 이기는가 하는 문제였다. 국화가 아무 말 없이 노아 선배의 왕을 잡으며 선배 졌어요, 하자 선배가 그러는 게 어딨어, 하고 소리 지른 것이었다. 비명에 가까운 소리라서 국화도 움찔했다. 선배는 땀을, 체스가 뭐라고 손바닥이 젖을 만큼 흘리면서 왕을 절대 체스판에서 몰아내서는 안 되고 왕이 잡히기 직전의 상황까지만 만들어서 상대방이 항복하거나 기권하게 만드는 것이 체스의 룰이라고—거의 초인적인 인내심을 발휘해서—설명했다.

"그러면 클리어가 아닌데요."

국화가 선배의 말을 돌려주지 않으면서 말했다.

"게임인데 뭘 상대방한테 결정권을 줘요."

노아 선배가 절망적인 표정으로 자기 얼굴을 손바닥으로 비볐다. 세수를 하듯이 힘을 주어서 달라붙은 불쾌한 무언가를 떼어내겠다는 듯이 세게.

"이제 그만 집에 가자. 전철 끊겨요."

내가 채근했는데도 둘은 미동도 하지 않았다.

"이상하잖아요. 그건 좀 웃긴데."

국화가 그런 말로 선배를 또 자극했다. 그러자 선배는 이제 거의 애원하듯이 원래 체스가 그런 것이라고, 체스는 15세기 무렵 체계가 잡혔고 그 15세기는 콜럼버스가 아메리카대륙을 발견한 까마득한 옛날이라고 했다.

"그렇게 엔딩을 합의할 거면 애초에 뭣하러 게임을 하느냐고요."

"원래 체스가 그렇다니까!"

선배는 절망적으로 외치더니 테이블에 와락 엎어졌다. 선배가 그렇게까지 하자 국화도 더는 말하지 않았다. 선배는 얼굴을 감추고 보이지 않는 무언가와 싸우듯이 끙끙대다가 이윽고 낮은 목소리로 나가달라고 했다. 선배를 혼자 두고 싶지는 않았지만 나는 할 수 없이 자리에서 일어났다. 하지만 국화는 나가지 않고 그냥 앉아 있었다. 그리고 차갑지도 따뜻하지도 않게, 나가려면 선배가 나가라고 말했다.

"전철은 끊겼고 택시비도 없어서 여기서 자고 내일 수업 갈 거거든요."

"집이 어딘데?"

선배가 고개를 들지 않고 물었다.

"인천요."

"인천까지 택시 타면 얼마 나오는데?"

그렇게 말하면서 선배는 손으로 더듬어 뒷주머니에서 지갑을 꺼냈다.

"5만 원."

국화의 말에 선배가 얼굴을 들었다. 어이가 없고 무언가 의심쩍다는 표정이었다.

"2만 5천 원이면 가지 않아?"

"할증 붙어서 5만 원은 있어야 해요."

"아닐 텐데, 내가 거기에 친구가 있어서 아는데 2만 원이면 되는데."

"5만 원이라니까요. 내가 거기 사는 사람이에요."

선배는 지갑을 열었다가 다시 닫았고 헬멧을 들고 나가서 그대로 돌아오지 않았다. 나는 그렇게 해서 선배가 집으로 돌아간 데 대해 한편으로는 안심하면서, 다른 한편으로는 당황스럽고 찜찜해하면서 동아리방을 나섰는데, 국화가 따라 나왔다. 택시비 없다며? 하고 묻자 국화는 직행버스가 한 시까지 있다고 천연덕스럽게 대답했다.

"그거 타면 집 앞까지 간다."

다음 날부터 선배는 사과를 받겠다며 국화를 찾아다니기 시작했다. 둘은 미리 연락하지 않아도 어렵지 않게 마주쳤는데, 국화의 동선이 단순했기 때문이었다. 국화는 점심은 반드시 학생식당에서 먹었고 오후에는 3일씩 도서관에서 근로장학생으로 일했다. 화요일 저녁에는 과외를 하러 갔고 목요일과 금요일에는 전공 강의실이 있는 문과대 지하 독서실을 여닫는 아르바이트를 했다. 공부는 주로 이때에 몰아서 하는 것 같았다. 갈 때마다 책상에 붙어 열심이라서 복도로 불러내려는 선배가 애를 먹었다. 선배는 교양 강의 교재인 『영미의 문화』를 들고 가서 '영미인의 레저 생활' 편을 펼친 뒤 "*경기의 순서는 합의로 정한다. 승부는 체크메이트상태(왕이 상대 기물에 의해 잡히기 직전의 상황) 또는 무승부/기권으로 결정된다. 왕은 체스보드 밖으로 나오거나 다른 기물에 의해 잡히지 않는다*"라는 문장 아래 밑줄을 그었다. 그러면서 국화에게 체스의 시작과 끝에 대해—그렇다면 사실상 거의 모든 것인데—아는 것이 없음을 인정하고 사과하라고 했다. 하지만 국화는 손을 내저었다.

"선배가 말하는 건 미국식이고 내가 하는 건 유럽식이고. 호텔 조식에도 아메리칸 스타일이랑 콘티넨탈 스타일이 다르듯이."

선배는 국화가 그렇게 당당하게 말하니까 뭔가 당황해하다가 돌아섰다. 그리고 다음 날 체스연맹 사이트에서 제정한 체스의 표준 규칙을 프린트해 왔다. 하지만 국화는 자기가 하는 체스는 그런 게 아니라고 다시 잘라 말했다.

"아니라고?"

"아닌데요. 퍼블릭한 게 아니라 프라이빗한 건데요."

"무슨 말이야? 협회에서 인정한 표준 규칙이라니까."

"그러니까 그런 레디메이드가 아니라 핸드메이드 룰이라고요."

대화의 결론은 늘 이런 식이었다. 선배는 논리를 준비했지만 국화 앞에서 그것은 영 힘을 쓰지 못했다. 선배는 그렇게 매일 이상한 패배를 거듭하면서도 어떻게 해서든 사과를·받아야겠는지, 이겨야겠는지 다음 날이면 국화를 찾아갔다. 한 달쯤 반복되다 보니 사과하라는 선배의 말도, 국화의 막무가내도 시들해지긴 했다. 둘은 여전히 체스에 대해 얘기했지만 정작 체스가 중요한 것 같지는 않았고 체스에 대해 말해야 한다는 의지 같은 것만 남아 있는 듯했다. 나는 그 대화를 들으면서 무슨 대화가 저렇듯 열띠면서도 무시무시하게 공허한가 생각했다. 대체 체스가 뭐라고, 저렇게 싸우는가. 우리 사는 거랑 무슨 상관이라고. 그것 잘하면 밥이 생기나, 장학금이 나오나. 하지만 그러면서도 선배가 마치 목격자가 필요한 것처럼 국화에게 가자고 하면 거절못한 채 따라나섰다.

그런 만남이 더 견딜 수 없게 된 건 체스 이외의 것을 이야기하면서였다. 국화는 알고 보면 선배가 굉장히 유아적이라고 했다. 자기 말만 떠드는 것, 타인을 박하게 평가하는 것, 그러면서 자신에 대한 평가에는 공격적으로 반응하는 것, 애정을 갈구하는 것, 오토바이를 샀다가 중고로 팔고 또 다른 오토바이를 타는 것, 소비에 열을 올리는 것, 거기에는 돈부터 사람까지 다 해당하는 것. 그리고 국화가 가장 못 견뎌한 건 함께 무언가를 먹고 더치페이할 때 잔돈을 돌려주지 않는 선배의 습관이었다. 사실 나도 알고 있었지만 차마 말하지 못하고 있던 것이었는데—왜냐면 의도라기보다는 실수 같았으니까—국화는 가차없었다. "선배 그러다 그 돈 모아서 집 사겠어요"라고 해서 선배 얼굴을 달아오르게 만들었다. 그때마다 나는 내 안의 무언가가 파괴되는 것을 느꼈다. 국화가 입을 열 때마다 선배는 힙하고 쿨한 우울한 청춘에서 어딘가 속물적이고 이기적인 흔한 20대로 달라졌다. 그만하면 화낼 만도 한데 노아 선배는 이상하게 분노에 휩싸이지도 속을 끓이지도 않았다. 선배는 국화를 참아냈고 그렇게 선배가 참는다고 느껴질 때마다 나는 마음이 서늘했다. 그 모든 것을 참아내는 것이란 안 그러면 모든 것을 잃는다는 절박함에서야 가능한데 그렇다면 그 감정은 사랑이 아닐까 생각했기 때문이었다.

밀레니엄을 맞고 다시 여름으로 순환하는 동안에도 우리 관계는 그럭저럭 유지되었다. 새천년의 일상은 그 전이나 후나 허무할 정도로 같았다. 우리의 모든 것을 날려 세상의 온갖 '소유'를 삭제할 듯했던 밀레니엄 버그도 작동하지 않았다. 그저 일상의 연속이었고 다만 놀라운 건 휴대전화 가격이 놀랍도록 저렴해져서 누구나 하나씩 갖게 됐다는 점이었다. 하지만 그런 흐름 속에서도 국화는 무선호출기와 휴대전화 사이에 잠깐 유행한 비운의 상품 문자 삐삐를 계속 사용했다. 전화를 걸어 상담원에게 할 말을 하면 삐삐 화면에 한글로 찍어주는 시스템이었다. 그리고 결과적으로 그 문자 삐삐 탓에 선배와 나 그리고 국화의 이상한 관계는 끝을 맞게 되었다.

그날 우리는 햄버거를 사다가 동아리방에서 먹고 있었는데, 선배가 생일 선물이라며 국화 앞에 상자를 내밀었다. 휴대전화였다. 그런 선물이란 나의 상상을 넘어서는 것이었다. 무지갯빛 종이로 포장된 그것을 보면서 나는 실망이라고 하기에는 더 비참하고, 상실감이라고 하기에는 그럴 만한 게 있었는지 여부가 불확실한 감정에 휩싸였다. 그러면서도 그 감정을 덮기 위해, 좋겠다고, 이제 편하겠다고 호들갑을 떨었는데 국화는 "이런 거 안 써요" 하면서 다시 상자를 선배 쪽으로 밀었다.

"왜 안 써?"

"삐삐가 좋으니까. 전화 받기도 귀찮고."

"전화야 받기 싫으면 안 받으면 되는 거지. 요즘 누가 삐삐 쓰냐? 좀 있으면 서비스도 안 해."

"안 해도 이거 쓸래요."

그 단호한 태도에 선배는 기분이 상한 것 같았지만 더는 말하지 않았다. 단지 선물을 주고 그 선물을 거절했을 뿐인데 분위기는 무겁게 가라앉았다. 우리는 각자의 이유로 마음이 불편해졌고 침묵 속에서 먹는 행위에만 집중했다. 그러다 갑자기 국화가 선배, 감자 좀 그만 먹어요, 라고 불쑥 말했다. 감자튀김을 한데 쌓아놓았는데 선배가 반 이상 먹어치운 것이었다. 선배는 햄버거 포장도 벗기지 않고 감자튀김만 먹고 있었다.

"선배 있잖아요. 그거 다 같이 먹는 거잖아요. 그러려고 거기다 부어놓은 거잖아요. 그런데 선배가 자꾸 감자를 먹어서요, 왜 그런지 버거는 안 먹고 자꾸 그것만 계속 집어 먹으니까요. 그러면 그럴수록, 제 몫은 줄어들잖아요. 아 씨, 나 이거 먹고요, 청량리까지 가서 알바를 해야 하는데요. 선배, 선배가 감자를 다 먹었잖아요. 충분히 먹었는데도 자꾸 욕심을 내잖아요. 그러니까 선배, 그만 먹어요. 제발 그만, 감자 좀 그만 먹으라고요."

선배가 손가락을 들어 입으로 빨았고 다시 냅킨으로 닦았다. 국화는 그런 선배가 정말 마음에 들지 않는지 그게 뭐라고 목소리까지 떨면서 계속 화를 냈다. 선배는 정말 이해가 안 가요. 아니, 감자는 같이 먹으려고 그렇게 해놓은 것인데 어떻게 감자를 혼자 다 먹을 수가 있냐고요. 감자는 그런 게 아니고요, 선배 혼자 맛있게 먹고 말라는 것이 아니고 감자는 우리가 다 먹어야 하고 그렇게 같이 먹으면 좋은 건데 왜 감자를, 그러니까 왜 감자를 그렇게 많이 먹느냐고요! 국화가 소리 지르고는 먹던 햄버거를 내려놓고 점퍼를 입었는데 일어서는 국화의 팔을 잡으며 선배가 사과했다.

"미안하다, 감자를 많이 먹어서."

상황이 그러니까 나는 뭐라고 할 말이 없었다. 국화가 화가 난 것은 감자 때문인 것 같기도 하고 아닌 것 같기도 했다. 하지만 뭐가 됐든 저렇게까지 구는 건 아니지 않나 생각했다. 선물까지 준비해 왔는데. 그리고 사과하는 선배는 뭔가. 뭣 때문에 사과를 하는 건가. 감자를 먹은 게 정말 그렇게 미안한가. 국화는 그렇게 사과하는 선배를 뿌리쳤고 무언가를 간신히 참으면서 획 나가버렸다. 선배는 국화가 나가자 어깨가 축 처졌다. 얼굴에 서서히 무거운 그늘이 드리워졌다. 그건 새파랗게 하늘이 좋은 어느 날 그늘 속으로 뛰어들었을 때 갑자기 닥쳐오는 한기 같은 것이었다. 하지만 그건 감자일 뿐이니까 저러다가 내일이면 만나서 체스니 뭐니 하겠지 싶었는데 그렇지 않았다. 국화는 선배와 그 장난 같기도 하고 뭔가 심각한 논쟁 같기도 한 대화를 더는 해주지 않았고 눈도 마주치지 않았다.

그렇게 사이가 멀어지고 국화가 휴학하고 나서 몇 달도 되지 않아 내 머릿속에서는 국화가 잊혔다. 하지만 술자리가 있던 어느 밤 선배는 나와 길을 걸어 집으로 돌아가다 나는 아직도 국화에 관해 지속된 생각을 해, 라고 잔뜩 취해 더 꼬부라진 영어로 말했다. 걔가 자기는 뭐가 되든 앞으로 이기는 사람이 될 거라고 했던 걸 기억해. 그 말은 나도 기억하고 있었다. 진로 이야기를 하면서 선배는 사실 자기는 뭘 해야 할지 모르겠다고 했고 나는 NGO단체에서 일하고 싶다고 했는데 국화는 난데없이 자기는 이기는 사람이 되고 싶다고 했다. 이기는 사람, 부끄러움을 이기는 사람이 되겠다고. 강심장이 되겠다는 뜻이냐고 했더니 아니 그게 아니고 이기는 사람, 부끄러우면 부끄러운 상태로 그걸 넘어서는 사람, 그렇게 이기는 사람. 정확히 뭘 이기겠다는 것인지는 모르겠지만 국화는 냉정하고 무심하니까 얼마든지 그럴 수 있으리라 생각했는데 노아 선배는 그 말이 뭐가 그렇게 감동적인지 얼굴을 두 손으로 가리며 뭐 그런 말이 있냐, 했다. 어떻게 그런 말을 다 해. 선배는 주머니에 손을 넣고 느리게 걸으면서 나는 걔가 이기는 사람이 될 거라고 생각해, 라고 다시 말했다. 그래서 나는 걔가 이기는 사람이 되라고 응원해, 정말 확실히 그렇게 될 수 있을 거라고 생각해, 거기에는 아무런 의심이 없다고 생각해, 하지만 나는 앞으로 걔를 볼 수 없을 거라고 예상해, 그것은 어떤 오류의 가능성 없이 확실해.

*

노아 선배는 대선이 있던 해에 같은 증권사에 다니는, 피비 케이츠를 닮은 미인과 결혼했다. 피비 케이츠를 처음 만나고 놀랐던 건 그렇게 오래 알고 지내온 나보다 선배에 대해 많이 알고 있다는 점이었다. 만난 지 1년도 채 되지 않았는데 역시 연애의 열도란, 사랑의 장악력이란 대단했다. 선배와 지내면서 나는 내가 세상에서 선배를 가장 잘 아는 사람이라는 사실에 마음을 기대왔는데 모든 것이 쓸려 나간 기분이었다. 그러고 보니 무채색 계열의 옷만 입어온 선배가 민트색의 산뜻한 셔츠를 입고 있었다. 피비 케이츠가 선물한 옷이라고 했다. 나는 사랑에서 대상에 대한 정확한 독해란, 정보의 축적 따위란 그리 중요하지 않다는 것을 실감했다. 중요한 것은 변화의 완수였다.

결혼을 하고 한동안 선배는 나를 포함해 대학 때 사람들과 연락을 끊다시피 하고 살았다. 신혼생활이 바쁜 듯도 했고 무언가 다른 안정감 속에 살기 시작한 듯도 했다. 처음에는 가슴 아팠지만 차츰 선배를 향한 내 마음도 부피를 줄여갔다. 가장 먼저 선배에 대한 감각—목소리, 얼굴, 체취, 어쩌다 닿았을 때의 몸의 느낌—같은 것이 희미해졌고 다음에는 사실이나 정보 같은 것이 사라져서 과거의 일들이 불명확해졌다. 그때 누구의 생일날 선배가 왔었던가. 그 교양수업을 선배가 들었던가. 그때 선배가, 선배가, 있었던가. 마지막으로는 3차원이라고 할 만한 감각에 공동空洞이 생겨났는데 이를테면 이러한 변화였다. 술에 취한 채로 영화관에 들어가 「나라야마 부시코」를 보고 나서 거리를 걸었을 때 분명 선배와 나 사이를 넘나들었던 감정의 서라운드 같은 것. 그때 우리는 산다는 것의 비참에 몰두해 있었기 때문에 그렇게 되지 않기 위해 당장이라도 무언가 깊숙한 포옹이나 구애의 말을 해야 할 듯한 다급함으로 몸을 떨었다. 하지만 연락이 끊어지자 그 입체의 기억은 사라졌고 그 일은 그냥 어느 한밤의 수상쩍은 산책 같은 것으로 남게 되었다. 시간의 힘은 대단했고 예외는 없는 듯했다.

그러다 사람들이 노아 선배가 찾아왔다는 말을 하기 시작한 게 재작년 겨울이었다. 우울증이 더 심해진 것 같다고 했다. 선배는 회사를 그만두고 이혼했다고. 이혼을 하고 회사를 그만둔 것일 수도 있지만. 선배를 만났다는 사람이 꽤 많아서 언젠가는 나도 만날 수 있겠구나 생각했다. 그리고 꽃샘추위가 대단하던 날에 선배와 점심을 먹었다. 선배는 날씨에 맞지 않는 얇은 점퍼를 입고 있었고 전처럼 무채색의 옷차림이었다. 나는 변화가 완수된 듯 보여도 그것이 지속을 보장하지는 않는다는 사실을 우울하게 곱씹었다. 선배는 몇몇 사람들에게 이미 했던, 그래서 이젠 대학 때 사람들이 다 알게 된 근황을 다시 이야기했다. 확실히 전보다 더 심각한 상황에 놓여 있는 것 같았다. 선배는 말을 한 번에 못 알아듣고 잠에서 막 깨어난 사람처럼 왜, 하고 자꾸 되물었다. 그렇게 눈을 끔벅거리면서 왜, 하고 물을 때 선배는 여기가 아니라 먼 데 있는 사람 같았다.

"너는 잘 지냈냐? 괜찮아?"

나는 괜찮은가 아닌가 생각하다 괜찮지는 않지만 안 괜찮으면 또 어쩌겠느냐고 대답했다. 선배는 고개를 끄덕였고 재밌는 얘기 하나 해줄까, 하고 말했다. 한번은 하루 종일 사람들을 만나러 다녔는데 다녀와서 보니까 사람들한테 자기 명함이 아니라 다른 사람에게 받은 명함을 돌렸다는 얘기. 그렇게 타인의 명함을 돌리는데도 자기는 물론이고 누구 하나 이상한 줄 몰랐다는 얘기. 나는 어느 맥락에서 웃어야 할지는 몰랐지만 그래도 재밌는 얘기라고 하니까 어색하게 웃어 보였다. 얼굴을 일그러뜨린 것에 가까웠는데 선배는 내가 그렇게 한심해, 라고 했다. 점심을 먹고 회사로 돌아간 나는 평소와 다름없이 업무를 보다 퇴근했다. 집으로 가서 쉬고 싶다고 생각하면서도 무작정 시내를 걸었고 아무 술집에나 들어가 앉았다. 선배를 보면서 느꼈던 새로운 감각 같은 건 다 어디로 간 것일까? 나는 울면서 술을 마셨는데, 술을 마셔서

울게 되었는지, 울기 위해서 술을 마셨는지는 알 수 없었다. 그 뒤로 선배를 자주 만났다. 선배가 먼저 연락하기도 하고 내가 부르기도 했다. 선배는 주로 영화관이나 서점에서 시간을 보냈고 서울 시내를 빼고는 근교도 나가지 않는 것 같았다. 서너 번쯤 만났을까, 선배는 국화를 만나보고 싶다고 했다.

"너는 동기니까 어디 알아볼 데가 없니?"

"없는데, 연락이 다 끊겨서."

내가 그렇게 말하자 선배는 그래, 그럴 테지, 하며 청을 거뒀다. 그리고 체스가 두고 싶은데 그럴 사람이 없어서 그런다고 변명했다. 자기는 그래서 하는 수 없이 게임 앱으로 익명의 유저들과 대국을 한다고. 나는 집으로 돌아가 '우리 모두의 체스'라는 그 앱을 다운받아 보았다. 체스 실력이 초급인지 중급인지 등을 정하고 게임창을 만들어놓으면 사람들이 들어와 게임을 하는 방식이었다. 나는 밤새도록 전 세계 사람들과 체스를 뒀고 그렇게 계속 지면서 체스의 룰에 대해 배웠다. 이제 보니 룰은 선배의 것이 다 맞았다. 그건 논쟁의 여지가 없는 것이었고 궁금해할 필요도 없던 것이었다. 그렇게 체스를 알게 되었지만 다음 날 나는 종일 전화를 돌려 국화를 수소문했다. 어떤 애들은 국화가 대치동에서 학원을 한다고 했고 어떤 애들은 그걸 하다가 문제가 생겨 그만두었다고 했다. 연락처를 알아낸 뒤에는 또 이틀을 고민하다가 내가 먼저 전화했다. 국화는 여전히 인천에 살고 있었고 자기 동네에 좋은 공원이 있다며 거기서 만나자고 했다. 공원의 이름은 자유—였는데 막상 가보니 비둘기가 날고 노숙자들이 벤치에 누워 있는 그저 그런 공원이었다.

국화는 더블버튼의 푸른 투피스를 입고 다가왔다. 화장기 없는 얼굴은 좀 나이 든 것 같았지만 상상보다는 밝은 얼굴이었다. 우리는 벤치에 어색하게 앉아서 이야기했는데, 국화는 내 근황에 대해 거의 묻지 않았다. 무슨 일을 하는지, 결혼은 했는지, 살 만은 한지 그런 것에 열을 올리며 캐물은 건 나였다. 알고 싶어서라기보다는 할 말이 없어서였는데 국화는 굳이 말을 아껴서가 아니라 그게 뭐가 그렇게 중요하냐는 듯이 시들하게 대답했다. 강의는 하지, 요즘도. 결혼이 좋은 건지는 확신이 없어 너는 그러면 왜 안 했니. 살지, 잘 살아, 나쁘지 않게 살고 있어. 나쁘면 또 얼마나 나쁘다고, 하는 식이었다. 그만 갈까 싶을 때쯤 국화의 휴대전화가 울렸고 나는 농담 삼아 "이제 문자 삐삐 안 써?" 하고 물었다. 국화는 그때 그 일을 다 잊어버렸는지 갸웃하다가 아아— 하고 고개를 끄덕였다.

"그거 참 좋았는데 우리 부모가 문맹이라서 부모 말이 그렇게 한글로 찍히는 게 신기하고. 지금은 없어졌지. 아무도 그런 거 안 쓰지. 그러고 보면 세상이 딱히 더 좋아지는 건 아니야."

선배 얘기를 먼저 꺼낸 건 국화였다. 선배는 잘 지내느냐고 물었고 나는 여러 가지 대답을 떠올렸다가 그렇지 않다고 사실대로 말했다. 우리 사이에는 말이 또 끊겼다. 그러다 국화가 선배에 대해 오랫동안 자주 생각했다고 말을 이었다. 학원이 문을 닫고 한동안 지긋지긋하게 빚에 시달리던 시절에.

"내 딴에는 영리하게 한다고 했는데, 그게 또 그렇게 되더라고. 나는 이런 얘기를 이제 이렇게 웃으면서 해. 내가 이렇게 한심해."

국화는 그때 죽을까, 생각했고 실제로 그런 충동에 시달리다가 자살 방지를 위한 핫라인에 전화를 걸기도 했는데, 주민등록번호가 뭡니까, 하고 물어서 일순간 분노감에 휩싸였다고 했다. 그 분노감은 아주

강력한 것이었고 모욕을 동반했다. 그리고 그 모욕을 살기 위해 씹어 삼켜야 했을 때 국화는 선배의 이야기를 떠올렸다. 선배가 국화에게만 해준 워킹홀리데이로 외국에 나갔을 때에 관한 이야기.

선배는 외국의 농장에서 일하다가 도둑 누명을 쓴 적이 있었다. 선배는 전혀 모르는 일이었지만 한국인 조장은 그냥 잘못을 인정하고 넘어가자고, 다른 한국인들까지 피해를 본다고 선배를 설득했다. 결국 조장은 선배를 농장주에게 데려갔고 선배는 어차피 연기일 뿐이니까 머리를 숙이고 사과를 했다. 농장주는 넌 언제나 교체될 수 있어, 선수는 많으니까, 너 같은 경우에는 더 이상 기회를 안 줄 수도 있어, 하며 화를 냈다. 그건 연기이고 가짜인데도 그렇게 막상 농장주 앞에 서니까 선배는 공포와 수치심에 몸을 떨었다. 그래서 자기도 모르게 두 손을 빌듯이 맞잡으며 용서를 구했다. 그렇게 해서 일은 해결되었는데 막상 귀국하고 나자 그때의 모욕감이 선배를 더 집요하게 괴롭혔다. 선배는 그런 기억에서 자신을 구하고 싶었지만 동시에 자신을 벌주고 싶었고 그렇게 벌주고 싶으니까 종종 자신을 학대했다. 나는 그 이야기를 들으면서도 나는 왜 그것을 알지 못하고 국화가 알고 있는가를 생각했다. 이야기 속 선배는 너무나 안쓰럽지만 그래도 왜 나는 아닌가. 내가 알았다면 언젠가의 국화처럼 부끄러움을 이기는 사람이 되겠다는 말로, 선배가 그렇게 되기를 빌어줄 수 있었을까 생각했다. 그 이기는 것에 대한 간절함을 감각할 수 있었을까.

나는 돌아와 선배에게 국화의 연락처를 알려주었다. 선배는 한동안 국화를 만나러 다녔다. 둘은 그때 그 자유—라는 공원에서 만난다고 했다. 나는 선배와 국화 사이의 일에는 무심하려 노력했지만 한번은 참지 못하고 만나서는 대체 뭘 해? 하고 물었다. 선배는 당연하다는 듯 우리는 체스를 둬, 라고 대답했다.

*

오랜만에 만난 선배는 시카고 출장을 다녀오는 길이었다. 공항에서 바로 왔다며 캐리어도 들고 있었다. 그동안 연락을 잘 받지 않은 건 나였다. 선배가 더 이상 국화를 만나러 가지 않게 된 시기와 맞물렸다. 나는 선배가 국화와 재회했을 때가 아니라 그 재회를 계속 이어가지 못했을 때 우리의 관계도 완전히 끝이 났다고 생각했다. 관계의 끝이란 그렇게 당사자 사이의 어떤 문제 때문이 아니라 당사자들과 제삼자 사이에도 오는 것이었다. 우리는 어느 때보다도 조용히 전골집에 앉아 있었다. 눈앞의 전골이 우리보다 더 높은 온도로 끓고 있는 것이 아닐까 하는 생각이 들 정도로. 나는 전골이 빨리 끓고 그것을 나눠 먹고 시시한 얘기나 하다가 헤어져 잊어버리고 싶었다. 선배는 내내 바쁘다가 하루 시간이 나서 시카고 미술관과 야구장을 다녀왔다고 했다. 미술관에서 「이것은 파이프가 아니다」를 직접 보았고 내게 줄 선물로 '이것은 파이프가 아니다'라고 쓰여 있는 파이프를 샀다. 나는 그 나무 파이프를 만져보았다. 니스칠을 했는데도 어딘가 촉감이 거칠거칠했다.

"가루담배를 하나 사야겠네."

"요즘도 많이 피우니?"

"죽지 않을 만큼만 피워."

그리고 우리는 부동산과 차이나펀드에 대해 이야기했다. 선배가 VVIP에게만 제공되는 정보지를 담당한다고 해서 나는 나도! 나도! 하고 외쳤다. 선배는 그런 정보를 안다고 다 돈을 벌 수 있지는 않다고,

자기도 차명으로 투자해봤지만 실패했다고 했다. 그래도 해볼게, 해볼게, 딱히 그렇게 생각하지도 않으면서 나는 그것 이외에는 할 말이 없어서 그 말만 되풀이했다.

식당에서 나와 선배는 괜찮으면 한 정거장 정도 걷지 않겠냐고 했지만 나는 싫다고 했다. 너무 춥다고.

"추워?"

"응 너무 추워."

선배는 내 거절을 이해한다는 듯이 고개를 끄덕였고 돌아서다가 내가 시카고에서 강정호를 봤거든, 했다.

"강정호?"

"야구 선수 강정호 알지? 지금 거기 메이저리그에서,"

"아아, 직관했어? 재미있었겠네."

그날 강정호는 등판하지 않았다. 9회까지 선배는 기다렸지만 끝내 활약을 보지 못한 채 경기장을 나왔다. 그때는 이미 해가 지고 난 뒤였다. 선배는 관람을 마치고 나오는 백인 군중과 함께 지하철역으로 향했다. 꽤 먼 거리였고 더구나 경기장 주변은 시카고에서도 악명 높은 슬럼가여서 불안했다. 그래도 선배는 사람들이 이렇게 많으니 괜찮겠지, 하고 생각했다. 하지만 중간쯤 가자 군중은 모두 경기장 외곽에 설치된 주차장으로 향했고 선배만 남았다. 모두들 차를 가지고 있었고 선배처럼 슬럼가를 가로질러야 하는 외국인, 여행자, 이방인은 없었다. 휴대전화 배터리도 다 닳아 불안한 가운데 선배는 길을 헤맸다. 숨이 가빠오고 땀이 흐르는 공황을 다시 느꼈을 정도였다. 음악 소리가 불길할 정도로 크게 들리는 허름한 집들과 호객하는 매춘녀, 골목에 모여 있는 어린 흑인들 사이를 통과하는 선배를 한 부랑자가 붙들었다. 야구를 봤니, 네가 응원하는 팀이 확실히 이겼겠지. 네 얼굴이 이긴 사람의 얼굴이라서. 나는 배가 고파. 넌 이겼지만 난 게임에서 완전히 지고 말았거든. 하지만 빠져나가는 법은 내가 알지. 달러를 주면 길을 가르쳐줄게.

"돈을 좀 줘서라도 얼른 떼어내지 그랬어."

나는 이야기를 들으면서 어쩐지 선배의 그 불안에 전염된 것처럼 날카로워졌다. 어쩌면 추워서 그랬는지도 몰랐다. 그런 기색을 느꼈는지 선배는 "줬지, 줬어, 한 5달러쯤" 하고 말을 정리했다. 돈을 공손히 받은 부랑자는 술을 마셔서 그런지 바들바들 떠는 손으로 길을 가르쳐줬지만 선배는 그 길로 가지 않았다. 거기가 정말 지하철역과 연결되어 있는지 믿을 수 없었으니까. 그렇게 다른 길을 가는 선배 귀에 부랑자가 흥얼거리는 노래가 들려왔다. 런던 브릿지 폴링 다운, 폴링 다운, 하는 노래였다. 배웅하는 것 같기도 하고 뭔가를 예고하는 것 같기도 한 노래. 어린 시절 장난감이나 놀이기구의 전자음으로 들었던 노래.

우리는 헤어졌고 나는 택시를 잡았다. 택시는 도시를, 정해진 루트를, 선배에게서 점점 멀어지는 거리를 열심히 계산하면서 달렸다. 그러는 동안 어떤 감각이 끊임없이 나를 일깨우며 선배에게 무슨 말을, 아무 말이라도 해야 한다고 충동질했다. 전화를 걸어보니 선배는 아직도 걷고 있었다. 오늘은 걸어야 할 것 같아서 그러고 있다고. 선배는 미안해, 하고 사과했다. 나는 그런 말은 하지 말라고 했다. 달리 할 말이 있어야지, 하는 선배에게 나는 그렇게 다시 만나 체스를 이겼느냐고 물었다. 선배는 국화 얘기가 나오자 아무 말 없이 더 빨리 걸으면서—도망치는지 달려가는지 알 수 없지만—캐리어의 바퀴 소리가 급해지도록 걸으면서, 한 번도 이긴 적이 없다고 대답했다. 체스에 관해서는 자기가 다 틀렸던 것 같다고.

"아니 그렇지는 않았어."

"아니야, 한심했어."

"아니 그렇지는 않았어. 그 정도는 아니었어."

우리는 구제불능의 술꾼들처럼 같은 말만 되풀이했다. 그렇게 말할 때마다 체스는 체스였다가 체스가 아닌 것이 되었다가 결국 그것이 무엇인지를 따질 필요도 없는 모든 것이 되어갔다. 나는 아무리 체스에 대해 말한다 해도 결국 아무것도 달라지지는 않으리라 독하게 생각하면서도 말을 멈출 수는 없었다. 그것이 우리의 모든 것이 아니었다고는. 차가운 아이스크림을 삼키듯 치밀어 오르는 무언가를 자꾸 밀어넣고 있는 지금은. ▪

# 세실리아

## 송년

그 이름이 들려온 건 빙산이 녹고 녹아서 차가운 얼음 바다로 무너져내리고 나서였다. 대학 동기들은 술에 취하는 과정을 빙산이 자라난다, 빙산이 솟는다, 빙산에 금이 간다, 빙산이 녹는다, 이렇게 표현하곤 했다. 학생 때부터 양주를 자주 마셔서일 것이다. 요트부라고 다들 잘살진 않았고 오히려 나처럼 평생 가야 요트 구경 한 번 하기 어려운 애들이 어떤 선망으로 가입했지만 개중에도 진짜들은 있었다. 진짜들은 양주를 좋아했다. 얼음통에 얼음을 잔뜩 쌓아놓기를 좋아했고 그렇게 얼음이 빙산처럼 쌓이면 술 먹기 게임을 해서 정신이 흐릿해지고 정신에 금이 가고 정신이 아이스크림처럼 녹고 마침내 정신이 붕괴될 때까지 마시고 싶어 했다.

나는 대륙의 어느 귀퉁이에서 떨어져나가 북극해로의 이동을 시작한 정신을 간신히 수습해, 실제로는 술에 취해 테이블에 엎어져 있다가 몇 안 남아 있는 동기들을 향해 고개를 들면서 누구라고오, 했다.

"왜 저렇게 혀를 꼬아. 재은이 너 그렇게 해도 하나도 안 귀여워."

"취했냐, 쟤 재은이 아니라 정은이야."

나는 비틀비틀 걸어가면서 다시 한 번 누구라고오, 하고 물었다. 이 새끼들은 왜 사람이 물어도 대답이 없는가.

"세실리아 말이야. 소식 들은 적 있어?"

그래, 세실리아. 머릿속에 가무잡잡한 피부와 살진 얼굴, 손톱으로 콕 찍어놓은 듯한 작은 눈과 늘 웃는 인상이던 입매가 떠올랐다. 걔는 명랑했어, 언제나 명랑했지. 이를테면 걔는 눈사람 모양으로 만든 쿠키 같았다. 실제로 그만큼 살이 쪘기도 했지만, 친근하고 붙임성이 좋아서 가까이 지내다 보면 의외로 쉽게 바스러지고 조각조각 나버리는 위태로운 성격이었다. 동아리 활동을 열심히 하긴 했지만 정작 단짝이다 싶은 사이들은 없었다. 다 부스러진 쿠키를 옷 주머니 같은 데서 발견하듯, 잊고 있다가 아 맞아, 세실리아가 있었지, 하는 정도의 존재감이었다. 적어도 그 일이 터지기 전까지는.

동기들은 세실리아의 별명이 '엉겅퀸'이었던 것도 기억해냈다. 그랬다. 세실리아는 애정결핍에 시달리는 막냇동생처럼 엉기길 잘해서 별명이 엉겅퀸이었다. 그렇게 해서 막상 좀 친해지면 시도 때도 없이 삐삐 치고 울면서 음성 메시지 남기고—술 먹으면 우는 버릇이 있었다—전화하고 용건도 없는데 계속 불러내면서 사정없이 엉겼다. 활발하고 발랄한 성격에 호감을 가졌던 애들도 넌더리 내면서 나가떨어지게 하는 게 바로 세실리아였다.

나는 테이블 위에 널려 있는 땅콩, 과일 껍질, 발렌타인 17년산, 콜라, 럼, 탄산수, 치즈 조각 따위를 보다가 물을 한 잔 마셨다. 물인지 술인지 모르겠는 걸 보니 집에 가야 할 때였다. 그런데 왜 이렇게 남아 있는 사람이 없는가. 두 시밖에 안 됐는데. 남아 있는 사람은 형규, 명훈이, 찬호 그리고…… 나는 애들에게 가려져 보일락 말락 하는 누군가를 보기 위해 몸을 이리저리 비틀었다.

"야, 쟤 완전히 취했다. 몸도 못 가누네."

형규가 날 가리켰다. 조용히 소파에 기대어 있는 건 치운이였다. 그런데 왜 애들이 다 집으로 갔을까. 아까 오리고기 먹고 맥주 마시고 노래방에 갔다가, 아니, 노래방은 안 갔지, 여기 단란주점으로 왔지. 그런데 왜 아무도 노래를 안 불러. 「취중진담」이나 「왼손잡이」 「교실 이데아」 같은 노래들 왜 안 불러줘?

형규는 이제야 말하지만 세실리아의 별명은 너무 엉겨붙는다는 뜻이 아니었다고 했다. 그랬지, 명훈이가 동의했다. 별걸 다 기억하네, 이건 찬호의 말이었고 그럼 뭐언데, 내가 물었다. 아무도 말을 않더니 한 잔 하자, 하고 잔을 부딪쳤다. 잔이 없는 건 나와 치운이뿐이었다.

"나중에 우리 변태라고 소문내면 안 된다."

형규가 다짐을 받았다.

"그럴게."

"그럴게, 오빠, 해봐."

애들이 웃었다.

"그럴게, 오빠."

나는 지금 한류를 따라 북극해에서 북태평양으로 흘러가는 중이니까 어차피 나중에 기억 못하겠지. 내가 형규를 오빠라고 부른 일도 기억을 못할 것이다. 사실 저 새끼는 쓰레기 중의 쓰레기인데. 회장으로 있으면서 동아리 돈에 손댔던 것도 다 알아. 해결도 않고 입대해버리고 애꿎은 선배들이 각출해서 덮었지. 하긴 무슨 상관이야. 그것 모두 1999년의 일이고 세기가 바뀌었는데. 우리는 내일모레면 마흔이고 이미 그보다 더 나쁜 일들을 하며 살고 있는데.

형규에게는 늘 애인이 있다. 저 물색없는 새끼는 송년 모임에도 여자를 데리고 나온 적이 있다. 3년 전인가, 4년 전인가. 그 여자애의 A라인 스커트가 구김 하나 없이 빳빳하게 다려져 있던 게 생각났다. 여자애가 오자 여자 동기들이 불쾌해하며 다 일어섰고 그때도 오늘처럼 나만 남아 있었지. 여자애는 화사했던 얼굴이 점점 어두워지더니 포장마차로 옮겼을 무렵에는 "언니도 그렇게 생각해요?" 하고 따졌다. 지독하게 춥구나, 생각하면서 내 정신은 또 저 차디찬 해저로 가라앉고 있는데 언니는 돌싱이니까, 나 이해할 거잖아요, 언니도 내가 못마땅해요? 불쾌해요? 내가 한 번 이혼한 것과 유부남과 연애하는 아가씨를 이해하는 것 사이에는 어떤 연관이 있지? 나는 긍정도 부정도 못한 채 간신히 그렇게 생각했다.

그날 형규는 여자애를 챙겨줄 겨를도 없이 만취하고 여자애는 술집 골목을 또각또각 구두 소리를 내며 걸어가 택시를 탔다. 출발하기 전에 내가 2만 원을 쥐여주면서 조심히 가라고, 그리고 참 예쁘게 생겼다고, 예쁘네, 정말 예쁘게 생겼어, 했더니 여자애는 모욕적인 말을 들은 것처럼 그 예쁜 미간을 찌푸리면서 택시 문을 탁, 하고 닫았다. 형규는 얼마 안 있어 그 여자애랑 헤어졌다고 했다.

"세실리아가 엉겅퀸인 건 엉덩이가 아주 건강하고 풍만해서야. 지금이야 나이 먹고 어떻게 되었는지 모르겠는데 그때만 해도 대단했지."

치운이가 먼저 가겠다고 일어서서 대화가 끊겼다.

"그러면 다들 일어서자."

찬호가 코트를 들고 나갔고 나도 머플러며 가방을 챙겼다. 계단을 올라가는데 명훈이가 형규에게 "새끼, 치운이 있는 데서 엉덩이 얘기를 하고 자빠졌네" 했다. 일행들과 헤어져 전철역 쪽으로 걸었다. 걷다가 전철은 이미 애저녁에 끊겼겠다는 생각이 들었고 그렇게 정신이 돌아왔다. 형규에게서 한 번, 명훈이에게서 한 번, 전화가 왔지만 받지 않았다. 한참 있다가 찬호가 전화를 걸어서 잘 가고 있느냐고 물었다.

"잘 가고 있지."

"어디쯤 갔는데?"

"어디쯤 갔는지는 왜 물어."

"……얘기나 좀 더 할까 하고."

이 새끼도 똑같은 새끼구나, 생각하면서도 나는 정말 찬호나 만나서 이야기를 해볼까 싶었다. 무슨 이야기를 할까. 추억의 영화를 이야기할까. 사랑이 어떻게 변하니, 하면서. 아니면 정치에 대해 이야기할까. 애는 공부하는 애니까. 우리는 10년 전인가 광화문에 집회하러 나갔다가 우연히 만난 적도 있다. 반대와 무효라는 구호들이 소용돌이치던 시간이었다. 우리는 집회가 끝나고 서울역까지 행진했고 역내의 식당에서 냉면을 먹었다. 찬호는 얼음을 젓가락으로 착착착 꼼꼼하게 부수었다. 그리고 냉면을 먹으면서 꼭 대학가 식당에서 파는 냉면 같네, 라고 했다. 밑이 없는 것 같은 맛. 둥둥 뜨는 맛. 그래, 그런 얘기라면 돌림노래처럼 계속할 수 있을 것 같은데.

"좋지, 그런데 집에서 니 애들이 기다리지 않아?"

찬호는 말이 없었다.

"니 딸이 다섯 살이라며, 너밖에 모른다며."

"에이, 그런 얘기는 하지 말고."

찬호가 피곤하다는 듯 한숨을 쉬었다. 다른 여자애들하고는 그렇게 육아 이야기만 하더니 왜 나랑은 안 해? 끼어들 말이 없어서 저녁 내내 오리고기만 열심히 구웠더니. 얼마나 집게를 오래 쥐고 있었는지 지금도 손아귀가 아프구먼.

"노래도 잘한다며, 엘사? 같이 눈사람 만들래, 이 노랠 공주 옷까지 갖춰 입고 한다며, 돌고 돌고 돌고 하면서 춤을 춘다며……."

"그래, 조심해서 들어가고. 여름에 요트 한번 탄다니까 그때 보자."

노래를 더 할 셈이었는데 찬호는 전화를 끊어버렸다. 송년회가 끝나고 난 뒤에는 누구나 누구와 잘 수 있고 자지 않을 수도 있다. 하지만 오늘은 안 해. 나쁜 새끼들, 엉덩이가 뭐 어쩌고 어째? 미끄러지지 않게 최대한 무릎에 힘을 주면서 횡단보도를 건넜다. 그다음 가사가 뭐더라 생각하면서. 맞아, 제발 좀 나와봐, 였지. 같이 노올자, 나 혼자 심심해.


## 자유 연상

새해가 되고 얼마 지나지 않아 여자 동기들한테 전화 몇 통을 받았다. 내용을 요약해보면 송년회 때 너 또 끝까지 남아 있었다며? 누구누구 남아 있었어? 끝나고는 바로 집에 갔니? 였다. 아이들이 어린이집 간 틈에 통화해야 하니까 전화는 주로 열한 시와 열두 시 사이에 몰려 있었다. 나 같은 학원 강사들은 늦게까지 일해서 그때까지 잘 수밖에 없는데 전화하는 애들마다 부럽다, 여태 자고, 부럽다, 라고 했다.

송년회 때 한 번, 송년회가 끝나고 나면 확인차 또 이렇게 한 번, 그러고 나서는 줄줄이 이어지는 돌잔치나 문상 갈 때 한 번씩들, 그렇게 뭔가 흥미로운 마술 상자를 열듯 내 일상을 살피고 나면 또 감감무소식이었다. 나는 애들이 다 한다는 SNS도 하지 않고 모바일 메신저에도 가입되어 있지 않으니까 단절은 그렇게 완전한 단절로 남았다. 어쩌면 그런 단절 때문에 그나마 애들이 전화라도 하는지 모르겠지만. 올해의 전화도 그런 연례행사였는데 다른 점이 있다면 세실리아는 지금 어떻게 살고 있을까, 한마디씩 한다는 것이었다. 애들이 왜 하나같이 세실리아 타령인가.

"치운이가 이혼해서 그런가."

한 친구가 말했다. 치운이가 이혼을 한 줄은 난 몰랐는데. 하지만 걔가 와이프랑 갈라선 것과 세실리아가 무슨 상관이 있단 말인가?

"뭐 그게 그렇게 상관이 있다는 건 아니지만…… 자유 연상으로 생각이 나는 거지. 나비 효과라는 것도 있으니까."

전화를 끊은 뒤 인터넷 검색창에 오세실리아라는 이름을 쳐보았다. 별 기대 없었는데 세실리아에 대한 정보를 금방 찾을 수 있었다. 이런 사사로운 수고도 하지 않으면서 무슨 세실리아의 근황이 궁금하다는 건가. 세실리아는 꽤 유명한 설치미술가로 활동하고 있어서 여러 가지 관련 기사가 떴다. 지금은 인천의 예술가 레지던스에 머물고 있었다. 동기들에게 이 사실을 전송하자 '대박' 'ㅋㅋ' 'ㅎㅎ' '수고' 같은 답신들이 도착했다. 그렇게 궁금하다면서 이게 끝이야? 하고 있는데 몇 시간 만에 찬호가 '세실리아도 우리 모임에 한번 나왔으면 좋겠네' 하고 문자를 보내왔다.

세실리아가 과연 우리를 보고 싶어 할까? 세실리아는 4학년 때 치운이와 잠깐 연애했고 그 연애가 흐지부지되면서 동아리를 떠났다. 치운이에게는 4년 내내 연애해온 같은 동아리 여자애가 있었기 때문에 모두에게 작지 않은 충격이었다. 인간적인 매력도, 특별한 존재감도 없이 그저 엉겨붙기만 하는 세실리아가 가여운 동기에게 상처를 안기며 치운이와 연애하다니.

그러고는 따돌림이었다. 세실리아는 점점 애들 앞에 안 나타나다가 탈퇴서를 쓸 필요도 없이 졸업으로 동아리 생활을 마감했다. 나는 애들이 하는 것처럼 적극적으로 세실리아를 따돌리지는 않았다. 그렇다고 그런 사소한 치정으로 한 인간에게 그렇게까지 해야 하겠는가, 하며 애들을 말리지도 않았다. 스물세 살 때 나는 만사가 귀찮았고, 귀찮아서 수업도 제대로 듣지 않았다. 삼각관계니 배신이니 복수니 하는 것들도 다 귀찮았다. 학교에 가기도 싫었지만 날 기른 할머니 때문에 그럴 수는 없었고 겨우 가서는 학생회관 6층에 있는 생활도서관에서 시간을 보냈다.

학생회에서 운영하는 그 도서관에는 사람이 거의 없었다. 넓은 책상이 있고 탁 트인 전망이 있고 분말커피와 차도 공짜였으며 이따금 도서관 관장이 자장면을 사주기도 했다. 그는 복학과 휴학을 반복하며 아직 학교를 떠나지 못한 91학번이었다.

나는 엎드려서 잠을 자거나 리아와 크라잉넛, 삐삐밴드 같은 가수들의 노래를 듣다가 정 심심하면 책을 읽었다. 꼬일 대로 꼬인 번역 문장으로 쓰인 사회과학 서적들이었다. 파티션 안쪽에 좀 숨기듯 보관되어 있는 르포 영화들도 봤다. 전투적이었고 믿을 수 없게 저항적이었으며 어딘가 모르게 낭만적이었다. 나는 그걸 보며 힝힝, 울다가 갑자기 그렇게 진지한 내게 알 수 없는 혐오를 느끼면서 화면을 탁, 하고 껐다.

그래도 지금 내가 논술 강사로 밥이나 먹고 사는 게 다 그때 그 책과 영화들 덕분이었다. 그런데 어쩌다 이런 생각까지 하게 됐지. 이게 다 아까 친구가 말한 자유 연상과 나비 효과인가.

## 할리우드 스타일

이혼한 뒤 전 배우자를 주기적으로 만나는 사람은 드물 것이다. 없지는 않겠지, 우리에게는 할리우드가 있으니까. 나는 여전히 전남편을 '관장'이라 부르고 한 달에 한 번은 만난다. 관장이 지방으로 내려간 뒤에도 같이 밥도 먹고 술도 마셨다. 그러고 싶을 때는 같이 자기도 했지만 요즘 관장은 재혼을 준비 중이라서 이제 섹스는 하지 않는다. 뭐, 나는 할 수도 있다고 생각하는데 염천골 선비 같은 관장이 하지 않는다. 오늘도 우리는 만나서 단골 칼국숫집으로 갔고 팥칼국수와 메밀전병 한 접시를 시켰다. 우리는 이 칼국수를 학생 때부터 해서 천 번은 먹었다. 둘 다 위가 좋지 않아서 밀가루 음식을 먹으면 탈이 났는데도, 그런데도 맛있잖아, 하면서 시시덕거리며 먹으러 다녔다. 식당 바닥은 엉덩이를 델 것처럼 뜨거웠다. 노곤하게 잠이 오는데 음식이 나왔고 우리는 허겁지겁 국숫발을 삼켰다.

"너 이제 흰머리 많다."

관장이 깍두기를 와작, 씹었다.

"흰머리만 많은 줄 알아? 빚도 많아."

"빚은 뭣하러 졌는데?"

"잊었어? 관장이랑 살면서 나 빚 팔천 진 거?"

"팔천이나 어쩌다 졌지?"

"어쩌긴 서점 한다고 생쇼 하다가 졌지."

"서점은 왜 한다고 그랬지?"

"왜긴 애국하려다가 그랬지."

관장이 애국? 하더니 쿡쿡 웃었다. 그때 관장과 함께 살며 사회과학 전문 서점을 운영할 때도 정말 추웠다. 거기는 모교 후문의 상점이었는데 언덕바지라 서울의 온 바람을 모두 맞았다. 떡볶이 가게이던 곳을 인수했기 때문에 가게 전면에는 두세 개로 나뉜 외부창이 있었다. 그걸 도로 메우지 못한 채 서점을 열었다. 환기를 하면 되니까 더 좋다고 위안했다. 하지만 그 창의 새시가 아주 오래되어서 환기할 필요도 없이 찬바람이 쌩쌩 들이친다는 건 얼마 지나지 않아 알았다. 가게 안의 수도가 얼 정도였다. 우리 신혼방은 서점에 곁붙은 작은 방이었는데 가게와 방 사이에는 문도 없었다. 두터운 담요를 발처럼 늘어뜨려서 찬바람을 막았지만 사정없이 추웠다. 추운 날 거기 누워서 창문을 올려다보고 있으면 낮이 지나고 밤이 될 때 창에 서서히 얼음꽃이 피는 것을 볼 수 있었다. 입김처럼 흐릿하게 한기가 어른거리다가 이윽고 그것이 짙어지면서 얼음의 뼈대 같은 것을 만들었다. 뼈대만 생기면 거기 또 다른 살얼음들이 곁붙는 건 한순간이었다. 그래도 나쁘지 않았다. 경조사에 가면서 돈봉투도 내지 못하던 시절이었는데 나쁘지 않다니. 이제 와서 얼마나 나쁜 말인가.

"젊었잖아."

관장이 말했다.

"지금도 여전하지만."

관장도 세실리아를 기억하고 있었다. 가끔 와서 화집 같은 책을 대출해갔다고 했다.

"뭐랄까, 마치 모나리자 같은 얼굴과 체격, 아니었어? 여자인데도 좀 위압감이 들었던 것 같은데."

그래도 관장은 최소한 엉덩이 이야기는 하지 않았다.

"세실리아는 성녀잖아, 동정녀이기도 하고. 세례명을 이름으로 써서 특이했지. 늘 검은 옷을 입고 다니는 것도 독특했고."

"미대 애들은 언제나 그러니까."

"그렇긴 하지."

관장이 전병을 잘라 내 앞으로 밀어주었다.

"다정하지 마, 다정하게 굴면 다시 붙고 싶으니깐."

"다시 붙으면 어쩌려고? 그러다 또 빚지게?"

"관장, 넌 생활도서관 관장인데 생활이 없었지."

"너는 정은이인데 정은 없었고."

"하긴 그러네, 헤헤."

관장은 그 협동조합에서 함께 일한다는 여자와 결혼을 할 것이다. 그러면 나는 외로워지겠지. 외로워지면 아무라도 만나고 싶겠지. 나 좀 봐줬으면 하겠지. 얼마 가지 않아 찬호와 자게 될지도 모른다. 그러면 매일 꿈속에 얼음왕국의 여왕 엘사가 나와서 나를 얼려버리겠지. 동결이라는 상태는 무엇을 말하는 것일까. 내 안의 모든 것이 아주 차가워져서 살이 붙고 피가 붙고 똥도 붙고 눈물도 곁붙어서 차가운 것들이 견딜 수 없게 차가워서 붙고 붙다가 더는 붙을 수 없어 멈춰버린 상태. 가장 저점에서 엉기고 마는 상태. 그런 건 나쁠까, 좋을까. 아니면 나쁘지도 좋지도 않을까.

"세실리아를 한번 만나보는 게 좋겠다."

관장이 칼국숫값을 테이블에 올려놨다.

"세실리아를 왜 만나야 하지?"

내가 전병값과 술값을 보탰다.

"애국하려고."

우리는 마주 보고 있다가 소주잔을 들어서 술을 마셨다. 헤어지기 전에 관장이 내 뺨을 간질이듯 살짝 만졌고 뭔가를 건넸다. 청사초롱이 그려진 청첩장이었다. 관장의 결혼식에 간다. 그런 것도 역시 할리우드 스타일이기는 했지만 나는 청첩장을 손에 쥔 채 비틀비틀 집으로 돌아오다가 마치 우체통에 넣듯 하수구 안으로 떨구어버렸다.


## 구덩이

1호선을 타고 가장 마지막 역에 내리면 세실리아가 있는 레지던스였다. 그 전에 그쪽으로 전화를 걸어 메모를 남겼더니 정말 세실리아가 연락을 해왔다. 나 정은이야, 기억하니, 하니까 세실리아가 그럼 당연히 기억하지, 했다. 예술가의 작업실에는 뭘 들고 가야 하나 고민하다가 백화점에서 화과자 한 세트를 샀다. 살 때는 노랗고 파랗고 예뻤는데 전철을 타고 가면서 생각해보니 그 얼룩덜룩한 색깔들이 상당히 촌스러운 것 같았다. 걔는 예술하는 애라 검정 옷밖에 안 입는데 하필이면 이런 조악한 과자를 사다니. 버릴까. 하지만 버리기는 아까웠다. 3만 원이나 줬는데 버릴 수는 없었다. 나는 중간에 내려서 화과자를 역 내 사물함에 넣었다. 나중에 내가 다 먹어치우지 뭐, 세실리아에게는 과일이나 사가고.

하지만 레지던스로 와보니 여기도 만만치 않게 알록달록하고 요란한 동네였다. 역 앞이 바로 차이나타운이어서 붉은 용과 울긋불긋한 단청들이 뒤섞여 아주 키치적이었다. 세실리아의 레지던스는 일제시대 적산가옥과 창고들을 개조한 건물이었다. 휴대전화를 찾는데 검정 터틀넥 스웨터에 검정 숄을 두른 세실리아가 나타났다. 화장기 없는 얼굴, 하나도, 정말 하나도 변하지 않은 풍만한 엉덩이와, 아니, 풍만한 몸매와 가무잡잡한 피부, 하지만 이제 그렇게 자주 웃진 않을 듯한 근엄한 얼굴로, 멀지 않았니, 물었다. 하나도 변하지 않았네, 하면서.

세실리아는 우선 레지던스 구경을 시켜주었다. 벽면만 한 캔버스에 그림을 그리는 남자가 있었고 흰 천으로 가려진 무언가를 크레인으로 옮기는 여자들이 있었다.

"야, 작품들이 아주 스케일 있다."

"원래 저런 대형 작업들은 잘 하지 않는데,"

세실리아가 자기 작업실 문을 열면서 말했다.

"저런 거대한 것들이 아름답기란 참 힘드니까."

작업실은 어두웠다. 불을 켜기 전에 몇 걸음 걸었다가 어딘가에 발이 쑥 빠져버렸다. 내가 소리 지르자 세실리아가 괜찮아, 깊지 않아, 했다. 뭔가 했더니 구덩이였다. 발을 빼자 무릎까지 횟가루가 묻어 있었다.

"이거 뭐니?"

"작품이야."

요즘은 이런 구덩이도 예술이 되나? 세실리아는 레지던스에 들어오고 두 달 동안 회반죽을 해서 바닥을 돋웠다고 했다.

"공구리를 쳤다고?"

세실리아가 웃었다. 나는 말을 좀 더 가려야겠다고 생각했지만 뜻대로 되지 않을 것 같았다. 세실리아는 바닥을 높인 다음, 얼음송곳으로 구덩이를 팠다. 밤에만 작업하고 그 과정을 동영상으로 찍는다고 했다. 세실리아가 한밤중에 부스스하게 일어나 구덩이 앞에서 바닥을 콕콕 찍는 장면을 상상했다. 으스스했다.

"그러면 어떤 게 예술인 거야?"

"어떤 거라니?"

"여기 있는 구덩이야, 동영상이야?"

"어차피 상관없어, 어떤 작품은 자신만을 위해서 만들기도 하니까."

세실리아는 레지던스를 떠날 때 모두 부숴서 원래대로 해놓을 거라고 했다.

"그때도 얼음송곳으로 할 거니?"

"어머, 너 진짜 재미있다. 그땐 얼음송곳으로 안 해, 사람 불러야지."

작업실 끝에는 침실이 있었다. 작은 책상과 침대, 소형 냉장고, 성모 마리아상이 있는 간소한 방이었다. 딸기 상자를 내밀자 세실리아가 고맙다며 받아들었다. 그리고 가장 크고 붉은 것을 골라 왜 그런지 좀 우울한 표정으로 입안에 넣었다. 우리는 레지던스 근처라는 닭요리 전문점으로 자리를 옮겼다. 가는 동안 나는 시답지 않은 농담을 했고 세실리아는 그때마다 자지러지더니 나중에는 나를 손바닥으로 때리면서 웃었다. 그리고 슬쩍 내 팔짱을 꼈다. 아아, 이렇게 엉기고 마는 건가, 생각했다. 자꾸 연락하고 만나자 그러면 곤란한데.

"몇 년 웃을 걸 다 웃은 것 같다. 넌 어떻게 살았기에 이렇게 재미있어졌니?"

어떻게 살긴. 밥도 먹고 술도 먹고 빚도 지고 남자들이랑 잠도 자면서 살았지. 그렇게 살면 이렇게 평안하고 재미있어진다. 사실 나만 재미있지 않고 송년회마다 만나는 애들 다 그렇게 재미있게 산다. 우리는 원래 스무 살 때부터 재미있는 애들이었으니까 나이가 들고 세상이 나빠져도 여전히 재미있지. 하지만 그렇게 말할 수는 없었다. 구덩이만 보더라도 세실리아는 그렇게 재미있게 살고 있는 것 같지 않으니까. 가여운 세실리아, 그 마음 내가 전문이지. 밤은 오고 잠은 가고 곁에는 침묵뿐이고 머릿속은 시끄럽고 그러면서도 뭐 또렷하게 어떤 생각은 또 할 수 없어서 그냥 나 자신이 깡통처럼 텅 빈 채 살랑바람에도 요란하게 굴러다니는 듯한 느낌. 나는 세실리아의 손을 잡았다. 손은 아주 차가웠고 웬만한 남자 손만큼 컸다.

"난 네가 언제고 한 번 연락할 거라고 생각했어. 근데 그게 왜 신년이야, 어떻게 갑자기 내 생각이 난 거야?"

친구들이 네 얘기를 하기에, 라고 할 수는 없었다. 세실리아에게 그 애들이 과연 친구들인지 모르겠고, 친구들이 세실리아에 대해 한 얘기라고는 엉덩이밖에 없으니까. 애들이 내 얘기를 어떻게 했느냐고 묻는 날에는 정말 할 말이 없어지는 것 아닌가.

"치운이, 치운이가 이혼을 했단다."

세실리아는 표정이 좀 바뀐 채 뭔가를 생각했다. 기분이 상했다기보다는 내가 걔 얘기를 한 것이 단순한 사실의 전달인가, 의도가 있는가, 생각해보는 것 같았다. 이윽고 세실리아는 "결혼한 줄도 몰랐는걸, 나는" 하고 대답했다. 그러고는 긴 침묵이었다. 나는 무슨 닭요릿집이 이렇게 멀까, 생각했다. 여기서 우리 집까지 가는 길은 또 얼마나 먼가. 우리 집으로 가서 오늘의 일을 잊기까지는 또 얼마나 멀 것인가.

# 그리고 터틀넥

세실리아가 가게 안으로 들어가자 주방장이 나와서 친히 인사를 했다. 세실리아는 닭칼국수와 새우튀김을 시켰다. 새우튀김은 메뉴판에 없었는데 주방장은 알겠습니다, 하면서 주문을 받아갔다. 이 집 닭칼국수에는 잘게 찢은 닭고기가 아니라 반토막 난 닭이 통째로 들어 있었다. 세실리아는 젓가락으로 아주 능숙하게 닭살을 발랐다. 이제 그만해도 될 것 같은데도 뼈에서 살을 분리하고 다시 하나하나 결을 따라 찢었다. 이따금 답답한지 터틀넥 스웨터의 목 부분을 잡아당겼다. 하지만 터틀넥은 세실리아의 목에 꼭 맞아서 전혀 느슨해지지가 않았다.

"술, 술을 시키자."

세실리아가 분위기를 좀 살려보려는 듯 명랑한 톤으로 말했다. 어쩐지 무슨 말을 해야 할지 영 모르겠더니만 그게 빠져 있었군. 소주가 왔다. 세실리아는 술잔을 채워놓는 법이 없이 홀짝홀짝 다 들이켰다. 나도 그렇게 술을 외롭게 방치하는 편은 아니니까 우리는 어느덧 소주세 병을 비웠다. 중간에 주방장이 새우튀김을 다시 데워다 주었다. 생새우라 맛있다고 얼른 먹어보라는데, 우린 둘 다 히이잉, 웃고 말았다.

그렇게 정신없이 취해가는데 세실리아가 눈을 껌벅껌벅하면서 나는 네가 연락할 줄 알았어, 한 번은 안부를 물을 줄 알았어, 라고 했다. 왜 그렇게 생각했느냐니까 무슨 비밀을 털어놓듯 도서관 VCR 앞에서 내가 우는 걸 봤다고 속삭였다. 그건 살해당한 한 소녀에 관한 르포 영화였고. 잠깐 생각해도 그런 영화를 보며 우는 것과 세실리아에게 연락하는 것은 별 상관이 없는 듯했지만 안 따졌다. 그렇게 내 연락을 기다렸다는데 뭣하러, 그리고 자유 연상이라는 것도 있으니까.

"내가 왜 너 만나러 온 줄 알아?"

이번에는 내가 물었다. 세실리아는 숟가락질을 하다가 좀 긴장하며 고개를 들었다.

"왜 그랬니? 왜 연락했니?"

"애국하려고."

세실리아가 발을 동동 구르면서 재미있어 했다. 주방장을 부르면서 애 좀 봐, 애국이래요, 애국, 했는데 주방장은 듣지 못했는지 반응하지 않았다. 세실리아는 다시 터틀넥을 잡아당겼다. 그리고 무슨 생각이 났는지 휴대전화를 꺼내 사진을 한 장 보여주었다. 조형물이었다. 앞발을 높이 쳐든 백마가 한 마리 있었고 그 위에 흑인 여자가 아주 파란, 코발트빛 드레스를 입고 앉아 말을 몰고 있었다. 백마는 희고 여자는 까맣고 드레스는 파란데 여자의 머리에는 화려한 터번이 씌워져 있었다. 조형물은 2미터가 넘을 것 같았다, 아니, 3미터는 되어 보였다. 그 앞에서 작품을 감상하고 있는 남자가 꼬마처럼 작아 보였으니까.

"네 작품이니?"

세실리아가 좀 의기양양해하며 그렇다고 했다.

"애국했지. 유럽에선 박지성보다 내가 더 유명해. 그게 지금 그쪽 현대미술관에 있어."

박지성보다 더 유명하다니 어떻게 그럴 수가 있나. 내 앞에서 닭고기나 해체하고 있는 세실리아가. 나도 인터넷으로 기사를 찾아봤지만 그 정도는 아닌 것 같던데. 내가 미술에 문외한이라고 얘가 놀리나. 하지만 세실리아가 어떠니? 재밌지? 박지성보다 유명하다고 하니까 웃기지? 했기 때문에 그냥 넘어갔다. 사실 하나도 재미없었다. 유머에는 어느 정도 자학과 자기모멸이 있어야 먹히는데, 영 모르는구나. 얘는 유머와 재미에 대해 아무것도 몰라.

"자세히 보면 그거 다 전자기기야."

"전자기기?"

"폐기된 전자기기들. 전자기기들은 다 어디 한 군데라도 빛을 내게 되니까, 하다못해 전기면도기에도 충전 램프가 달리잖아? 그런 부속을 떼다 완성한 거야."

대단했다. 그런 부속들로 이렇게 커다란 조형물을 완성하려면 얼마나 많은 전자기기들이 필요한가? 세실리아는 그런 부속들을 모으는 데만 10년 가까이 걸렸다고 했다. 대학을 졸업하자마자 유학을 갔고 우연히 누군가가 버린 진공청소기에서 램프를 분리하면서 시작된 그 작업은 세실리아가 미국에서 유럽으로, 다시 한국으로, 다시 유럽으로 떠돌았던 시간 동안 계속됐다.

"상당수는 직접 주운 거야, 나중에는 돈 주고 사기도 했지만. 일관된 색을 내려면 일관된 빛을 내는 전자기기가 베이스로 있어야 해서, 무선호출기 있지? 나중에는 그냥 돈 주고 그런 중고 기기들을 샀어. 수천 개를 사야 했지."

세실리아가 안 되겠는지 손가락을 넣어 터틀넥 안을 긁었다. 그렇게 뚱뚱하면서 터틀넥은 왜 입었을까 생각했다. 그런 옷은 아무것도 안 감춰줘, 오히려 그러면 더 뚱뚱해 보인다고, 상황을 더 악화시킨다고. 나는 갑자기 웃음이 나서 낄낄낄댔다.

"뭐가 그렇게 웃기니? 그 작품이 웃기니?"

나는 세실리아의 목소리가 달라진 것도 모르고 계속 웃었다. 작품이 아니라 터틀넥을 입고 고생하는 세실리아가 웃겼다. 웃긴 걸 보니까 그런 옷차림에는 자학과 자기모멸이 들어 있는 것도 같아서, 코드가 그렇게 통하니까 빵 하고 터졌다. 하지만 내 웃음은 결과적으로 아주 나쁜 상황을 낳았다. 세실리아는 내가 웃으면 웃을수록 젠더, 소외의 소외, 폭력, 계급 운운하며 그 작품이 얼마나 대단한지 흥분해 설명하다가 나중에는 젓가락으로 날 겨누면서 웃지 마, 하고 소리 질렀다. 나는 웃음을 딱 그쳤다. 세실리아가 꼿꼿하게 허리를 펴고는 눈동자 한 번 흔들리지 않고 나를 노려봤다. 조형물의 흑인 여자처럼 아주 근엄하고 전투적이었다.

"아직 한 점도 안 드셨어요?"

주방장이 와서 새우튀김을 포장하러 들여갔다. 세실리아가 아무 말도 하지 않고 노려만 보니까 나는 좀 위축이 되었다. 술을 더 마실까 했는데 빈병이었다. 소스도 같이 싸주세요, 나는 괜히 주방에다 소리쳤다. 세실리아는 그렇게 앉아 있다가 다시 잠깐씩 터틀넥 안을 긁기 시작하더니 이내 무릎에 얼굴을 파묻으며 따갑다, 따갑다, 했다.

"그러게 자꾸 긁더라, 얘, 피가 나니?"

나는 이미 상당히 취해서 몸 가누기도 힘들었지만 어떻게든 화해해야 했으므로 세실리아의 옆으로 기어갔다. 터틀넥을 내리자 얼마나 긁었는지 손톱자국이 났고 벌겋게 부어 있었다. 덧나기 전에 뭔가를 발라야 한다는 생각을 간신히 하면서 냅킨에 세실리아의 잔을 부었다. 상처에는 미리 소독을 해놓아야 하니까.

"터틀넥을 입지 마, 세실리아야."

"그럼 뭘 입니. 터틀넥이어야 하는데 아니면 안 되는데."

세실리아가 짜증을 냈다. 얘는 전자기기로 예술한다더니 자기가 스티브 잡스인 줄 아나. 왜 터틀넥을 고집해. 하지만 다시 화를 낼까봐 그런 얘기는 하지 않았다.

"야, 차가워."

"차갑기는."

"차갑다, 차갑다."

세실리아는 십자가 목걸이를 하고 있었다. 터틀넥 문제가 아니라 금속 알레르기 아니야? 아니, 설마 박지성보다 잘나가는 예술가께서 가짜 금목걸이를 하지는 않았겠지. 우리는 음식점을 나섰다. 밖은 심장이 쪼그라들 것처럼 추웠다. 차이나타운의 홍등들도 꺼지고 우리 발목에는 아주 고약한 찬바람과 어둠만이 찰랑거렸다. 여기서 레지던스는 아주 멀지, 생각하며 나는 모자를 뒤집어썼다.

"세실리아야, 우리 취했다, 그렇지?"

세실리아는 고개를 푹 숙인 채 말이 없었다.

"우리 완전 빙산 됐다. 녹아서 대륙 이동 중이다. 그렇지?"

"녹아서 어디로 가는데, 빙산이?"

세실리아도 기억하고 있었구나. 그래, 왕년의 요트부라면 절대 잊을 리가 없다. 제아무리 유명한 예술가라도 잊을 리가 없어. 나는 갑자기 애정을 느끼며 세실리아 옆에 바짝 붙었다.

"적도로 가지. 그 따뜻한 바다에서 요트를 타지."

세실리아는 내 말에 전혀 웃지 않고 쳇, 하고 콧방귀를 뀌었다. 우리는 다시 말없이 걸었다. 걷다가 누가 먼저인지 모르게 노래를 불렀는데, 다른 가사는 생각나지 않고 돌아, 돌아, 돌아버려요, 하는 구절만 입안에 맴돌았다.

"세실리아야, 춥지?"

"춥다, 얼 것 같다."

"얼면 안 되지."

"얼면 죽으니까. 죽으면 재미없으니까."

"그렇지. 근데 왜 죽어, 박지성보다 유명한데?"

레지던스에 다다르자 세실리아가 잘 가, 하더니 돌아섰다. 그랬다가 다시 돌아와 나를 꽉 끌어안았다. 세실리아는 가슴도 장난 아니게 풍만해서 숨이 막힐 것 같았다. 추워서 얼른 집으로 가고 싶었지만 그렇게 안고 있지 않으면 일단은 더 추우니까 우리는 그렇게 힘주어 안고 있었다. 이윽고 얼어붙을 것 같은 내 귓가에 대고 세실리아가 말했다.

"이렇게 웃은 건 아주 오랜만, 정말 배가 아프도록 웃었어. 한 번은 말을 걸 줄 알았지, 한 번은. 넌 울 줄 아는 애니까. 도서관에서 울곤 하는 걸 내가 봤으니까. 아주 오래 걸리긴 했지만 이제는 말해야겠다. 말해야겠어. 치운이 개는 쓰레기야. 그날 밤, 취한 나를 데려다주면서…… 무슨 얘기인지 알겠어? 그런 건 연애도 뭣도 아니야, 그런 건 폭력이야. 정은아, 기집애야, 너 너무 재밌다. 어떻게 이렇게 재밌어졌어? 하지만 이제는 찾아오지 마. 다시는 찾아오지 마."

세실리아가 팔을 풀었다. 나는 내 안에서 무언가가 그렇게 빠져나가는 게 싫어서 세실리아를 붙들려고 애썼다. 하지만 세실리아는 안아주지 않았고 마지막 인사도 없이 자기 방으로 돌아갔다. 얼음송곳과 구덩이가 있는 그 간소하고 조용한 방으로.

이미 전철이 끊겼다는 것을 알면서도 역으로 걸었다. 취객들은 항상 집을 향해 걷는다. 집이 생각나지 않을 땐 집으로 가는 방향이라고 생각되는 길로 걷는다. 가다가 여기는 집으로 가는 길이 아니네, 하는 생각이 들면 집이라 믿으며 걷는다. 우리는 늘 취하고 집으로 가지 못하지만 그건 우리가 집으로 가는 길을 모르거나 집으로 가고 싶지 않아서가 아니야. 술을 마시면 마음이 곧잘 파쇄된 얼음처럼 산산조각 나곤 하니깐 아무 곳이나 집인가 싶어 그러는 거지. 미친 소리. 미친 소리다. 나는 미친 소리야, 하면서 발을 굴렀다. 화가 나서인지, 추워서인지는 알 수 없었다.

하지만 걸어야지. 미친 소리를 하면서라도 걸어야지, 집으로 가야지. 레지던스에서 우리 집까지는 얼마나 멀까. 집에서 이런 걸 잊기까지는 얼마나 걸릴까. 쪼그리고 앉아 턱턱턱, 구덩이를 파는 세실리아를, 밤의 골목을 옮겨다니며 이미 버려진 것들을 별처럼 줍는 세실리아를, 누군가에게 엉겨붙고 싶지만 가장 저점의 온도에서도 그러지 못하고 홀로 동결해갔을 세실리아를. 나는 별안간 모든 게 수치스러워서 얼굴을 가리며 걷다가, 소리치며 걷다가, 노래를 하며 걸었다. 그리고 최종적으로는 휴대전화를 꺼내 세실리아의 번호를 지웠다.


## 리와인드

올해도 누군가가 양주를 샀지만 송년회 인원은 더 줄었다. 치운이도 없었다. 치운이가 없으니까 세실리아에 대해 물을 수도 없었다. 하긴 있더라도 그런 걸 어떻게 확인했을까. 그것에 대해 말하려고 하면 할수록 머릿속이 하얘졌을 텐데. 누가 치운이는 요새 뭐하느냐고 물었고 이혼했다는 대답이 돌아왔다. 그래, 이혼했지. 이혼했는데, 이혼한 사람도 1년 내내 이혼만 하고 있는 거 아니거든. 하지만 말해봐야 내 입만 아프니까 너희는 그냥 살던 대로 살아라, 생각하며 술이나 마셨다.

"양주 맛있냐, 정은아?"

누군가 물었고,

"맛있네, 올해도 맛있네."

했더니 애들이 와하, 하고 동시에 웃었다. 찬호가 지난달엔가 비엔날레에서 세실리아의 작품을 봤다고 했다.

"정말 있던? 우리가 아는 세실리아던?"

미영이인가 경애인가가 물었고 찬호가 고개를 끄덕였다. 브로슈어를 보니까 그때보다 조금 더 살이 찌고 눈매가 고독해지기는 했지만 그 얼굴은 세실리아가 맞았다고 했다. 동기들이 방청석 아르바이트생처럼 어우, 하고 감탄했다. 그렇게 유명해지니 부럽다는 것인지, 결국 그렇게 되다니 유감이라는 것인지 결이 애매했다. 세실리아를 만났다는 얘기는 단 한 번도, 누구에게도 하지 않았지만 그날에 대해 생각하지 않는 날이란 없었다. 아무리 빙산이 녹고 녹도록 마셔도 그렇게 잊을 수 없는 것이 있었다.

형규가 제주도에서 인테리어 사업을 시작했다며 떠들었다. 요즘 강남 쪽 젊은 엄마들이 탈출하듯 제주도로 가고 있어서 하루가 멀다 하고 집들이 일어선다고 했다.

"왜, 왜애 그래?"

내가 고개를 들며 물었다.

"힙하니까 그렇지. 거기가 요즘 그렇게 힙해."

"힙이 뭔데? 엉덩이야?"

"뭐가 엉덩이야? 히피에서 온 게 힙이지."

형규가 어이없다는 듯 피식 웃었다.

"니가 만날 엉덩이 얘기만 하니까 엉덩이 말하는 줄 알았지. 넌 만날 엉덩이 얘기만 하니까."

형규가 술잔을 들다가 떨떠름한 얼굴로 내가 언제, 했다. 화제가 다시 다른 것으로 넘어갔지만 나는 정신이 들 때마다 했잖아, 엉덩이 얘기만 했잖아, 하고 이죽거렸다. 엉덩이, 엉덩이, 엉덩이잖아, 넌. 형규는 어떻게든 무시하려다가 야, 너 왜 그래, 하면서 왈칵 화를 냈다.

"정은이가 취해서 그런 거잖아."

애들이 말렸다. 그래, 나 취했다. 올해도 그렇게 되었다. 하지만 내년에는 정말 술 먹지 않을 것이다. 취하지 않을 것이다. 관장에게 전화도 그만해야지, 그만 엉겨야지. 관장은 새색시와 함께 아홉 시에 자고 여섯 시에 일어난다. 그렇게 하지 않으면 농사를 지을 수 없으니까. 나는 이제 참아보다가 견딜 수 없는 밤이 되어서야 전화를 하는데 관장의 목소리는 분명 달라져 있었다. 말 그대로 꿈결 같은 목소리였다.

시간이 지나 테이블에는 찬호와 나밖에 남지 않았다. 우리는 언젠가 냉면을 함께 먹었을 때처럼 서로를 멀뚱히 바라보았다. 찬호가 그때처럼 얼음을 찹찹찹, 깨고 있었다. 그게 벌써 10년 전이라는 게 믿기지 않았다.

"세실리아의 그 작품이 뭐였어?"

찬호가 아, 하더니 한참을 생각했다. 나는 찬호가 다 깨놓은 얼음을 내 잔으로 부어서 술을 더 마셨다. 술인지 물인지 모르겠으니까 이제 집으로 가야겠다고 생각했다.

"설명하기 좀 애매한데, 구덩이었어."

그랬구나, 하는데 갑자기 눈물이 흘렀다. 나는 왜 우는지도 모르면서 울었다. 어쩌면 아주 오래전부터 이렇게 울고 싶었는지 모르겠다고 생각하면서. 찬호가 내 어깨를 흔들면서 왜 그래, 왜, 하고 물었다. 세실리아는 그렇게 파고 또 파고 들어가서 어디까지 파들어가고 싶었을까. 그곳은 어떤 고통의 바다, 말로도 이미지로도 전할 수 없고 오직 행위로만 드러낼 수 있는 상처들이 엉겨 있는 바닥이겠지. 여기가 바닥인가 싶다가도 또다시 바닥이 열리는, 그렇게 만화경처럼 계속 열리는 바닥이겠지.

거리로 나와 우리는 각자의 방향으로 헤어졌다. 겨우 막차에 올랐는데 찬호가 또 전화를 걸어왔다. 받을까 말까 하다가 통화 버튼을 눌렀다. 버스 엔진이 맹렬히 돌아가는 게 발밑에서 느껴졌다.

"잘 가고 있어?"

"잘 가고 있는지는 왜 만날 물어?"

찬호가 한숨을 쉬었다.

"생각해보니까 구덩이만 있었던 게 아니라서. 손바닥만 한 모니터가 있었어. 세실리아 같더라고."

"알아, 구덩이를 파고 있었잖아. 세실리아가."

전화를 끊으려는데 찬호가 아니라고 했다.

"파고 있지 않았고 덮고 있었는데?"

"덮고 있었다니?"

"앉아서 구덩이를 지루하게 덮고 있더라고. 아무튼 난해한 작품이었어. 내년 여름엔 정말 요트 탄다니까 그때 보자."

전화가 끊겼다. 엉망으로 취한 누군가가 춥다고, 씨발 춥다고 불평하는 소리가 들렸다. 아저씨만 추운 거 아니에요, 우리도 다 춥다고요. 기껏 대답해줬더니 만원 버스의 저편에서 누구야? 누가 뭐래는 거야? 내가 춥다는데? 하고 맞받아쳤다. 버스가 가다가 멈추고 가다가 멈추는 사이 몸이 점점 더 녹았다. 여름이 왔나, 여름이 와야지, 그래야 요트를 타러 가지. 버스가 달리자 발밑으로 점점 더 따뜻한 기운이, 뿌리칠 수 없는 누군가의 유혹처럼 끈질기게 올라왔다. 그러나 그렇게 노곤하게 잠이 들었다가도 세실리아, 그 이름만 생각하면 얼음송곳에 찔

린 듯 놀라 깨어나는 것이었다. 창밖에는 이미 김이 서려 있어 어디쯤 왔는지는 도무지 알 수가 없고. ▪

# 수상후보작

재
권여선

건너편
김애란

때로는 아무것도
안보윤

최미진은 어디로
이기호

낙천성 연습
이장욱

제인 도우, 마이 보스
조현

푸른 코트를 입은 남자
최정화

# 권여선

# 재

1965년 경북 안동 출생. 서울대 국문과 및 동대학원 졸업.
1996년 『푸르른 틈새』를 발표하며 등단. 소설집 『처녀치마』 『분홍 리본의 시절』.
『내 정원의 붉은 열매』 『비자나무숲』 『안녕 주정뱅이』.
장편소설 『레가토』 『토우의 집』. 〈이상문학상〉 〈한국일보문학상〉 〈동인문학상〉 등 수상.

# 재

늦은 밤에 그는 우산을 들고 나왔다. 빗줄기가 가늘어 우산 위로 비 떨어지는 소리는 들리지 않았다. 상가로 향하는 길에 젊은 청년과 마주쳤다. 청년은 접은 우산을 손목에 걸고 스마트폰을 들여다보며 천천히 걸어오고 있었다. 비가 그쳤나 싶어 우산을 접었다가 그는 스무 발짝쯤 지나 다시 우산을 폈다. 그새 얼굴과 머리카락이 눅눅해졌다. 창백한 가로등 불빛에 비친 빗방울이 은가루처럼 미세하고 촘촘해 어두운 허공에서 우윳빛 액체가 끓고 있는 것 같았다.

마감시간이 가까웠을 텐데도 국숫집에는 세 테이블에 손님이 있었다. 모두 마주 앉은 남녀들로 약속이라도 한 듯 칼국수를 먹고 있었다. 그는 김치만두 포장을 부탁하고 카운터 앞자리에 앉았다. 그 자리에서는 주방 입구가 훤히 들여다보였으므로 그는 늙은 여종업원이 떨리는 손으로 작은 용기에 간장을 따르다 조금 흘리는 것을 보았다. 한 테이블의 젊은 남녀가 칼국수를 다 먹고 일어났고, 다른 테이블의 중년 남녀가 김치를 더 달라고 했다. 나머지 테이블의 가장 어린 남녀는 쉴 새 없이 속닥거리고 키득거리면서도 엄청나게 빠른 속도로 칼국수를 입 안으로 밀어 넣고 새가 모이 쪼듯 김치 조각을 콕콕 집어 삼켰다.

주방 쪽에서 알람 소리가 울렸다. 늙은 여종업원이 주방의 배식구에서 나온 뜨거운 만두 접시 위에 스티로폼 도시락을 덮더니 휘딱 뒤집었다. 도시락 뚜껑을 덮고 고무줄을 씌운 후 그 사이에 동그란 간장 용기와 나무젓가락을 끼웠다. 그는 자리에서 일어나 만두 봉지를 받아들고 카운터의 여자에게 카드와 함께 보너스 쿠폰 용지를 내밀었다. 여자는 잠자코 붉은 무늬 스탬프를 쿠폰 용지의 빈 칸에 찍어주었다. 보너스 쿠폰은 두 칸이 비어 있었고, 앞으로 두 가지 메뉴만 더 주문하면 그는 칼국수 한 그릇을 공짜로 먹을 수 있었다. 두 번 더 올 수 있을까. 그는 무엇인가를 시험하는 기분으로 쿠폰 용지를 지갑에 꽂았다.

집에 돌아와 스티로폼 도시락을 꺼내 열어보니 이번에도 여지없이 뜨겁고 붉은 김치만두들이 한쪽으로 쏠린 채 엉겨 있었다. 늙은 여종업원이 조금만 더 주의해서 만두 접시를 뒤집는다면 매번 이런 꼴은 되지 않으리라고 그는 생각했다. 그는 만두 하나를 살살 떼어내 간장도 찍지 않고 두 손으로 들고 먹었다. 만두를 다 먹었을 때에는 밤 열한 시가 넘었다. 그런 주의사항은 없었지만 그는 내일 오전 열한 시까지는 무엇이든 더 먹지 않기로 했다. 새벽 세 시까지 성적 처리 업무를 마치고 침대에 누웠다. 아침 일곱 시에야 그는 겨우 잠들었다.


그는 A관 2층에서 받은 방문 순서가 적힌 서류를 들고 B관 3층으로 갔다. 서류를 내밀자 간호사가 바닥을 가리키며 주황색 선을 쭉 따라

가면 된다고 했다. 통로 바닥에 표시된 주황색 선을 따라 두 번의 모퉁이를 돌자 접수처가 있었다. 그는 접수를 하고 대기의자에 앉아 기다렸다. 접수처 왼쪽에 그가 얼마 전에 찍은 저선량 폐CT를 광고하는 패널이 세워져 있었다. 방사능 노출이 적고 검사 시간이 짧으며 엑스레이로 잡아내지 못하는 암까지 진단할 수 있다고 되어 있었다.

어느 순간 그는 무엇인가 익숙한 것이 자신을 슬쩍 건드리고 지나가는 느낌을 받았다. 누군가 그의 이름을 부른 것 같기도 했다. 주위를 돌아보았지만 아무도 그를 주목하고 있지 않았다. 다만 허공에 매달린 전광판의 대기자 이름 끝에 그의 이름이 반짝 떠올라 있었다. 설마 저것이었나. 그는 알 수 없었다. 그가 글을 익힌 이래 50년 넘게 보아온 자신의 이름, 그 익숙한 형태가 전광판에 떠오르면서 자신을 건드린 것일까. 듣고 싶지 않아도 들리는 귀처럼, 보고 있지 않아도 눈을 뚫고 들어오는 것이 있는가. 그렇다면 눈도 스스로 선택하고 배제하는 기관이 아니라 귀처럼 뻥 뚫린 두 개의 무방비한 구멍일 뿐인가.

그의 앞 순서 대기자는 다섯 명이었다. 그는 다섯 명의 이름을 의미 없이 읽어 내려가다 앞쪽에 몸을 틀고 구부정하게 앉아 있던 거구의 사내가 의자를 거칠게 밀며 벌떡 일어나는 바람에 깜짝 놀랐다. 사내가 일어나자 사내의 뚱뚱한 몸에 가려 보이지 않았던 혈압 측정기가 보였다. 사내는 측정기에서 출력된 쪽지를 불만스럽게 들여다보며 어딘가로 걸어갔다. 측정기는 두 대가 나란히 놓여 있었고, 그는 혈압을 재기 위해 팔을 집어넣는 측정기의 두 구멍을 보면서, 그렇다면 우리 몸의 모든 구멍 또한 스스로 알아서 작동하는 기관이 아니고 저 기계의 주름진 구멍처럼 주어진 걸 꾸역꾸역 받아들여 통과시키는 수용적인 허공일 뿐인가 생각했다.

한참 만에 낯선 여자의 목소리가 그의 이름을 불렀다.

병원 푸드코트는 드넓은 공간을 낮은 칸막이로 반씩 나눠 한쪽은 식당, 한쪽은 카페로 쓰고 있었다. 그는 카페 카운터에서 에스프레소를 주문하고 주문표를 들고 가까운 자리에 앉아 기다렸다. 옆자리에 앉은 여자들 중 한 여자의 낭랑한 말소리가 들려왔다. 우리 애가 뭘 소리 내서 읽고 있길래 무슨 책을 읽나 봤더니, 애가 글쎄 내 일기장을 읽고 있는 거야. 어머어머 하는 탄성과 왁자한 여자들의 웃음소리가 들려왔다. 웃음 끝자락에, 자기는 아직도 일기장에 일기를 써, 하고 묻는 소리가 들렸다. 그는 엄마를 닮은 낭랑한 목소리로 엄마의 일기를 또박또박 읽고 있었을 대여섯 살쯤 된 여자아이를 상상해보았다. 여자의 일기 내용이 돈 걱정이나 누군가에 대한 험담이 아니라 숲이나 바람, 책과 커피 향에 관한 것이었으면 좋았겠지만, 그렇지는 않았을 거라고 그는 생각했다. 그도 민지에게 그런 걸 준 적이 없었다. 대여섯 살 적의 민지 얼굴과 목소리를 떠올려보려 했으나 생각나지 않았다. 그의 삶에서 가장 힘든 시기였고, 그것은 민지에게도 역시 마찬가지이리라는 것조차 모를 만큼 몹쓸 시기였다.

그는 에스프레소를 받아 카운터에서 멀찍이 떨어진 창가 자리로 가서 앉았다. 의사는 곧바로 수술 일정을 잡으려 했지만 그는 생각을 좀 해보겠다고 말했다. 아, 생각을 좀 해보겠다고요, 라고 의사는 그의 말을 반복하더니 그래도 뭐 어차피 안 할 수는 없는 수술이고 하니까, 하고 느릿느릿 덧붙였다. 안 하면 안 하는 거지 안 할 수 없는 수술이 세상에 어디 있나 하는 반발심이 일었다. 그는 문득 민지에게 이 사실을 말해주면 어떨까 생각했다. 그러자 예상치 못한 돌연한 생기가 솟구쳤고 고대하는 여행을 준비할 때처럼 마음이 들떴다. 그는 중국으로 민지를 찾아가야 할지, 언제쯤 가겠다고 할지, 만나서 바로 얘기를 할지 헤어질 때 공항에서 얘기를 할지, 민지는 어떤 반응을 보일지, 그것에 어떻게 대처할지 등등에 대한 세밀한 망상에 빠져들었다. 그가 한참 만에 정신을 차리고 에스프레소 잔을 들었을 때 잔은 이미 오래전에 비어 있었다. 그는 결국 민지에게 이 사실을 알리지 않기로 했다. 시간이 얼마나 지났는지 몰라도 그 긴 시간을 들여 자신이 공상한 모든 것이 한낱 어리광을 부려보려는 고약한 심보에 불과했다는 생각이 들자 어이가 없었다. 그것도 신도 아니고 딸에게 말이다.

그가 핸드폰을 켜 시간을 확인하는데 옆자리에서 중년 남자의 사투리 섞인 목소리가 들려왔다. 어느 날 애가 해충이 돼버린 기야. 이 말을 들었을 때까지만 해도 그는 그것이 카프카의 『변신』에 관한 이야기이리라곤 생각하지 못했다. 그는 그레고르 잠자가 해충이 되었다는 번역은 여태껏 읽어본 적이 없었다. 그런데 띄엄띄엄 들려오는 남자의 말은 그에게 놀라움과 확신을 주기에 충분했다. 그래서 걔는 더러운 음식만 먹게 된 거라. 걔가 나중에 어떻게 죽냐 하면, 애비가 사과를 던진 기야, 걔한테. 집에서 막 돌아댕기지 말라고. 그게 상처가 돼서 죽은 기야. 그는 사뭇 신선한 경이를 느끼며 그들 쪽을 흘깃 돌아보았다. 상대편 남자가 물었다. 그기 다 결국은 상상 아이가? 그러자 이야기를 꺼낸 남자가 침울하게 대답했다. 그렇지, 상상이지 다…….

그는 카프카의 『변신』을 읽으며 처형을 기다리고 있었다. 그가 오래전에 읽은 책과 마찬가지로 새로 산 번역본에도 그레고르 잠자가 해충이 아니라 벌레가 되었다고 번역되어 있었다. 그는 왠지 안심이 되었다. 물론 '흉측한 벌레'라고는 되어 있었지만, 흉측한 것과 해로운 것은 달랐다. 그는 누가 무슨 이유로 그레고르를 해로운 벌레로 번역했는지 알지 못했고 영원히 알지 못할 것이었다. 책을 읽다 고개를 들면 카페 유리 너머로 모란 방앗간이라는 간판이 보였다. 그는 간판 아래에 적힌 고춧가루 미숫가루 메줏가루라는 글자들을 차례로 읽어 내려갔다. 병원 전광판의 대기자 명단을 읽는 것만큼이나 무의미했지만, 그보다는 조금 친근했고 그만큼 조금 더 위로가 되었다.

그가 다시 책으로 돌아왔을 때 그의 눈에 가장 먼저 들어온 대목은 풀이표 뒤에 적힌 "―그것은 병원이었다"라는 문장이었다. 그럴 리가 없었다. 그는 얼른 위의 단락으로 올라가 자신이 방금 전에 읽었던 부분을 확인했다. 벌레가 된 그레고르를 드디어 부모님과 그의 집을 방문한 지배인이 발견하는 장면이었다. 그러니 그곳은 그레고르의 집, 정확히 말해 그레고르의 방 근처여야 했다. 그리고 그가 기억하기로 그레고르는 벌레로 변신한 후 죽을 때까지 자기 집을 벗어난 적이 없었다. 그러니 병원에 입원한 적도 없었을 것이다. 그런데 병원이라니! 다시 천천히 글을 되짚어 읽은 후에야 그는 무엇이 잘못되었는지 알 수 있었다. 그가 병원이라는 단어에 예민해진 탓인지도 몰랐다.

그러니까 지금, 벌레 그레고르는 비스듬히 머리를 기울인 자세로 경악한 지배인과 절망에 빠진 가족의 눈치를 살피고 있다. 그러는 동안 주위가 서서히 밝아져 그레고르 뒤편으로 도로 건너편의 회색 건물이 뚜렷이 보인다. 기차처럼 끝도 없이 길고 규칙적인 창이 뚫려 있는 짙은 회색의 건물―그것이 병원이었다. 그는 자신의 오해가 풀린 후에도 한동안 수수께끼 같은 생각에 잠겨 있었다. 굵직한 빗방울이 떨어지는 아침, 벌레로 변한 그레고르가 처음 모습을 드러낸 순간 사람들은 그의 기울인 머리 뒤편으로 비에 젖은 음울한 진회색 병원 건물이 끝도 없이 길게 뻗어 있는 것을 본다.

아무리 생각해도 그는 이 장면이 냉혹한 판결처럼 생각되었다. 긴 병원 건물은 벌레가 된 그레고르의 연약한 둥근 머리를 관통하는 잿빛 창처럼 여겨졌고, 더 나아가 어쩌면 모든 병원이 작은 창문 속 병실에 갇혀 있는 환자들을 불가능한 삶의 희망을 볼모로 꼬치처럼 꿰고 있는 쇠꼬챙이인지도 모른다는 생각이 들었다. 환자들은 쓸모없는 생명을 이어가기 위해 가족의 재산을 갉아먹는 해충 같은 존재들이며 결국엔 가족의 행복과 안녕을 위해 바삭한 껍질만을 남기고 굶어 죽어야 하는 그레고르의 운명인지도 모른다고.

약속한 시간보다 30분가량 늦게 나타난 처형은 맞은편 자리에 앉으며, 미안해요, 폭대위가 늦게 끝나서, 라고 말했다. 느닷없는 그녀의 말이 그의 귀에는 폭탄 비슷한 것이 늦게 해체되었다는 뜻으로 들렸다. 그의 멍한 눈을 보고 그녀는, 폭대위라고, 폭력학생들 어떻게 처리할까 대책회의 하는 기구가 있어요, 했다. 아, 그는 고개를 끄덕였다. 어쩌면 5년 만에 불쑥 찾아온 자신이야말로 그녀에게는 폭탄 같은 존재일지 모르겠다는 생각이 들었다.

그가 카운터에서 카페라테를 들고 돌아왔을 때 그녀도 건너편의 모란 방앗간 간판을 보고 있었다. 유리 너머로 보이는 것이 그것밖에 없기는 했다. 그가 카페라테를 그녀 앞에 내려놓자, 이런 데 방앗간이 다 있네요, 하더니 하도 떠들다 와서 잠시만 가만히 앉아 있을게요, 라고 말했다. 그는 그러라고 했다. 잠시 뒤에 그녀가 참지 못하고 입을 열었다.

우리는 혁진이가 상습 자해 학생인 줄로만 알고 있었어요.

이런 게 처형의 방식이었다고 그는 생각했다. 오래 만나지 않아 잊고 있었다. 그는 설명을 기다리는 학생처럼 얌전한 시선으로 잔주름 진 그녀의 목 언저리를 바라보았다.

김혁진이라고 2학년 남자애가 있거든요. 툭하면 애들이랑 선생들 보는 앞에서 자해를 했어요. 맨손으로 유리창도 깨고 계단에서 뛰어내리다 다치기도 하고. 그런데 알고 보니…….

처형은 조금 전에 끝난 폭대위의 충격에서 벗어나지 못한 듯 깊은 한숨을 쉬더니, 알고 보니 김혁진은 일진들의 폭력과 갈취에 시달리는 왕따 피해자였고, 모든 자해 시도는 가해의 흔적을 지우기 위한 일진들의 조종에 의한 것이었다고 했다. 하도 떠들다 와서 잠시만 가만히 앉아 있겠다던 말과 달리 그녀는 눈을 반짝이고 아기자기한 손짓을 곁들이며 폭대위에서 폭로된 놀라운 사실들을 풀어놓았다. 그가 김혁진도 일진들도 모른다는 것을 그녀는 염두에 두지 않았다. 결국 그녀는 기진맥진해질 때까지 떠들다가 얼굴이 해쓱해져서야 입을 다물었다. 그는 갑자기 담배가 피우고 싶었다. 오래전에 쓰던 짙은 갈색의 울퉁불퉁한 두꺼비 모양의 도자기 재떨이가 생각났다. 그 재떨이는 어디로 갔을까. 그는 카페 유리 너머로 보이는 모란 방앗간의 간판 글씨체를 흉내 내 손바닥에 써보기도 하고 간판 아래에 적힌 온갖 가루들을 한 글자씩 천천히 읽어보기도 했다. 그러나 아무래도 조금 전에 처형에게서 들은 얘기 중 한 장면이 실제로 본 것처럼 선명하게 떠오르는 걸 어찌할 수 없었다.

그러니까 지금, 일진들이 혁진을 둘러싸고 모여 있다. 그중 가장 힘이 센 덩치 하나가 혁진에게 주먹을 쥐라고 한다. 혁진은 주먹을 쥔다.

팔목에도 힘을 주라고, 안 그러면 팔목 나간다고 경고한다. 혁진은 팔목에도 힘을 준다. 일진의 무리는 곧 일어날 일에 대한 흥분으로 옅고 긴장된 미소를 띠고 있다. 덩치가 혁진의 옆으로 와 혁진의 주먹과 팔목의 힘을 확인하고 팔꿈치를 붙잡아 팔을 구부린다. 덩치는 혁진의 구부러진 팔을 시계추처럼 부드럽게 몇 번 흔든다. 하나 둘 셋에 치는 거다. 공포에 질린 혁진은 대답하지 못한다. 하나, 팔의 추가 첫 번째 왕복 운동을 한다. 둘, 팔의 추가 두 번째 왕복 운동을 한다. 셋! 세 번째 팔의 추는 돌아오지 않는다. 덩치는 창으로 방패를 찌르듯 혁진의 주먹 쥔 팔을 곧바로 유리창에 박아 넣는다. 일진 무리는 와아 함성을 지르며 일제히 복도를 달려 나간다. 김혁진이 유리창 깼다! 피에 젖은 주먹과 유리가 박힌 팔을 빼지 못한 채 흐느껴 우는 혁진은 그렇게 상습 자해 학생이 되었다.

근데 제부, 하고 처형이 입을 열었다. 무슨 일 있나요? 그는 아니라고 했다.

그럼 무슨 할 말이라도?

그는 역시 아니라고 했다. 그러자 그녀도 이제 더는 먼저 무엇을 묻지 않겠다는 듯 입을 다물었다.

그냥…… 그는 머뭇거렸다. 처형이 잘 지내시나 해서요. 그녀는 헛웃음을 웃었다.

나야 잘 지내고 말고 할 게 어디 있어요. 민지 일이 궁금해서 온 건 아니고요? 민지랑 가끔 통화는 하죠?

그는 가끔 한다고 대답했다.

나하고도 자주는 안 해요. 얼마 전에 근무지가 또 바뀌었다고 들었는데 알고 있나요?

그는 모른다고, 지금 중국에 있는 게 아니냐고 물었다.

중국에 있다가, 지금은 유럽 투어 쪽을 맡아서 거기 돌게 된다나 봐요. 자세한 건 나도 잘 몰라요. 먼저 전화하는 법도 없고 내가 해도 안 받을 때가 대부분이고. 민지가 어떻게 나한테 이럴 수가 있는지 모르겠어요. 그때 5년 전에 말이에요. 갑자기 휴학하고 집을 나가겠다고 했을 때도 나는 그 애한테서 제대로 된 이유를 듣지 못했어요. 제부하고 무슨 얘기가 돼서 그러나 했는데 그것도 아니었고요. 막무가내로 나가겠다고, 독립해서 돈 벌겠다고. 도대체 왜 그랬는지 난 아직도 모르겠어요.

저는 잘 모르지만…… 처형이 보시기에 그때까지 민지한테 무슨 문제는 없었습니까?

없었어요. 그전까지는 정말 아무 문제도 없었어요.

처형이 단호하게 대답했다. 그러나 과연 단호하게 없었는지는 알 수 없었다. 어느 시점까지는 단호히 아무 문제도 없다가 어느 날 갑자기 돌변해버리는 사람이 어디 있나. 그레고르처럼 민지가 변신이라도 한 걸까. 아니면 자해인 줄 알았는데 피해 학생이었던 아이처럼 민지의 문제 또한 완벽하게 위장되거나 은폐되어 있었던 걸까.

제부는 어떻게 지내요?

그냥 그럭저럭…… 별로 이렇다 할 건 없고…….

말투가 어쩜 민지하고 똑같네.

처형이 카페라테 뚜껑을 열고 빨대로 내용물을 휘저었다.

하긴 제부한테만 뭐랄 건 아니죠. 정희도 비슷했으니까. 민지 클 때 보니까 정희 어렸을 때랑 똑같더라고요. 나는 그렇다 치고…….

그는 다음 말을 듣고 싶지 않았다.

제부는 그때까지 민지하고 아무 문제 없었나요?

글쎄 잘 모르겠습니다.

혹시 상처 될 만한 말을 한 적 없어요? 자기도 모르게.

그도 생각해보지 않은 건 아니었다. 무엇을 잘못했는지, 무엇이 잘못되었는지. 그러나 그때에도 알지 못했고 지금도 마찬가지였다.

모르겠습니다.

나도 그래요. 내가 결혼도 안 해보고 애도 안 낳아봐서 민지에게 뭘 잘 못해줬나 많이 생각해봤는데 모르겠어요.

그녀는 카페라테 뚜껑을 덮고 빨대로 남은 것을 다 빨아마셨다. 어떻게, 민지랑 통화되면 우리 만난 거 얘기할까요?

아니라고 그는 대답했다.

정말 오늘 왜 만나자고 한 거예요?

그냥 한번 뵙고 싶었습니다.

어디, 멀리 가요?

그는 아니라고, 아무 일도 없다고 했다. 처형이 고개를 저었다.

참 답이 없네, 답이 없어. 난 오늘 이 자리에 나오면서 어떻게든 이해해보자 그런 마음이었거든요. 정희 걔, 나 별로 안 좋아했어요. 근데 왜 그때 죽어라 같이 살겠다는 제부를 떼놓고 민지까지 달고 날 찾아왔는지 이해가 안 가요. 그렇게 신신당부를 해서 내가 민지까지 맡아 키운 건⋯⋯.

처형이 애쓰신 거 압니다.

그런 말 듣자고 이러는 거 아니에요.

아니, 그가 굳은 얼굴로 말했다. 진심으로 고맙게 생각합니다.

처형이 고개를 갸웃한 채 그를 보았다.

뭐 어쨌거나…… 결론이 이렇게 나버렸으니까 허무하다는 거죠. 덕볼 생각은 추호도 없었지만 그렇다고 섭섭하지 않다면 그것도 거짓말이에요. 결국 정희, 민지, 제부, 셋 다 나랑 아주 다른 세상 사람들이다, 다른 차원에서 사는 사람들이다, 그렇게 생각하기로 했어요. 그래야 나도 살죠. 이해하려고 애쓰면 애쓸수록 내가 뭐 잘못했나, 내가 이상한가, 그렇게 자꾸 날 의심하는 일, 그만하고 싶어요. 고단해요 나도. 이제 늙었기도 하고. 민지는 민지, 나는 나, 제부는 제부, 그렇게 살면 되는 거죠. 나한텐 그래도 아직 일이 있으니까.

처형은 그럼 이만, 하고 자리에서 일어났다. 처형이 걸어가는 뒷모습에서 그는 5년 전까지만 해도 알아채지 못했던 노화의 역력한 증거를 보았다. 그는 잠시 모란 방앗간 간판을 바라보다 다시 책을 펼쳐 읽기 시작했다.


그는 전봇대 밑에 서 있었다. 담배도 피우지 않고 전화도 하지 않고 그저 서 있기만 했다. 25년이 지났지만 동네는 여전했다. 건너편 3층짜리 연립주택의 뒷벽은 페인트칠을 하지 않아 흉하고 투박한 잿빛 벽면에 층마다 아주 작은 창문 네 개씩만 달려 있었다. 부엌 창문이었다. 그들 부부가 신혼살림을 차렸던 집은 2층 왼편 끝집이었는데 그곳에서 6년을 살았다. 그곳에서 민지가 태어났고 그곳에서 정희가 말없이 떠났다. 문득 그 집에 올라가 벨을 눌러볼까 생각했지만 그러지 않기로 했다. 부질없는 짓이어서가 아니라 겁이 나서였다. 서너 살 된 민지가 아직도 거실에서 혼자 놀고 있을 것만 같아서, 치료를 포기한 정희가 아직도 방에 누워 앓고 있을 것만 같아서, 부엌 창문 앞에 아직도 짙은 갈색의 울퉁불퉁한 두꺼비 재떨이가 놓여 있을 것만 같아서, 등 뒤에서 정희가 당신 빨리 논문 쓰라고, 이렇게 살면 안 된다고 나직나직 속삭이고 있을 것만 같아서. 그럴 리가 없는데도 꼭 그럴 것만 같아서 그는 겁이 났다.

뒷벽은 저녁 햇살에 비스듬히 나뉘어 위쪽은 희부옇게 빛나고 그늘진 아래쪽은 시멘트가 덜 마른 것처럼 축축하게 젖은 진회색을 띠고 있었다. 그 벽에 파라솔을 붙여놓고 세 명의 노인들이 술을 마시고 있었다. 벽 쪽 의자에 마주 보고 앉은 두 노인 중 하나는 왼쪽 눈에 둥글고 희뿌연 안대를 붙이고 있었는데, 그것은 김치만두를 포장할 때 곁들여 오는 작은 플라스틱 간장 용기의 뚜껑과 비슷했다. 늙은 여종업원이 그 작은 용기에 간장을 따르다 흘리던 게 기억났고, 그는 노인의 눈 안쪽 까만 간장 같은 눈동자도 무엇 때문에 밖으로 흐르게 된 것인지 모르겠다는 생각을 했다. 그래서 뚜껑 모양의 안대로 꼭 닫아두어야 하는지도. 벽을 마주하고 길 쪽에 앉은 노인은 장애인이 타는 검정색 전동 휠체어를 타고 검정 선글라스를 쓰고 있었는데, 금방이라도 자리를 박차고 달려 나갈 듯 긴장된 표정과 꼿꼿한 몸으로 좁게 뻗은 골목길 끝을 향하고 있었다. 그러나 아무리 시간이 지나도 전동 휠체어는 그 자리에 꼼짝 않고 있었다. 어쩌면 검정 선글라스 노인이 그토록 꼿꼿하고 긴장된 자세를 유지할 수밖에 없는 것은 척추 관련 질병을 앓고 있기 때문인지도 몰랐다.

건물 벽을 배경으로 말없이 앉은 세 노인들을 보고 있자니 벽조차 한 명의 노인인 것처럼 여겨졌다. 노인들이 그다지 어두운 빛깔의 옷을 입고 있지 않은데도 왠지 그의 눈에는 노인들을 비롯해 그들을 둘러싼 시멘트 벽과 빛바랜 파라솔이 모조리 무채색으로 가라앉아 보였고, 그 와중에 유일하게 눈에 띄는 것은 테이블 위에 놓인 초록빛 소주병과 스텐 그릇에 담긴 붉은 무생채 가닥뿐이었다. 그래서인지 그가 지금 마주하고 있는 것이 현실이 아니라 누군가가 그린 정물화인 듯, 그가 도저히 끼어들 수 없는 허구인 듯 여겨졌다.

오래전 정희가 늦게 퇴근하고 돌아온 어느 밤이 생각났다. 그녀가 스포츠용품 매장에서 일하고 그가 논문을 준비하던 때였으니 결혼한 지 2년 안쪽이었을 것이다. 민지가 태어나기 전이었다. 그녀는 그가 막 뜯어놓은 라면 봉지를 보더니 이럴 줄 알았다고 가볍게 혀를 찼다. 그녀는 옷도 갈아입지 않고 식탁 의자에 앉아서 그가 라면 끓이는 걸 지켜보며 무슨 얘기인가를 했다. 그가 다 끓인 라면 냄비를 식탁에 내려놓으며 같이 먹겠냐고 묻자 그녀는 웃었다. 그녀가 왜 웃었는지, 라면을 같이 먹었는지 아닌지는 기억나지 않는데 뜬금없이 다른 어떤 사물이 너무도 선명하게 그의 머릿속에 떠올랐다. 그것은 그녀가 냉장고에서 꺼내놓은, 붉은 양념에 버무려진 초록빛 파김치였다. 이상하게도 그날의 기억에 집중하면 집중할수록 그녀의 얼굴은 점점 흐려지는 대신 덜 익어 알싸한 파김치의 이미지는 생생해졌다. 폐허 속에 핀 초록 잎사귀 속의 붉은 장미처럼 그것만 이물스럽도록 도드라졌다. 그날 그 밤의 기억 역시 그가 실제로 겪은 현실이 아니라 누군가가 그린 정물화였을까. 그가 도저히 끼어들 수 없는, 누군가가 만들어놓은 허구였을까.

그는 전봇대를 떠나면서 마지막으로 건너편 연립주택 2층 왼편 끝의 작은 창문을 흘깃 보았다. 실은 그가 그곳에 올라가보지 않은 진짜 이유는 거기에 아무도 없을 것 같아서였다. 정희가 민지를 데리고 떠나버린 그날처럼 텅 비어 있을 것 같아서였다. 등 뒤에서 당신 이렇게 살면 안 된다고 노인들 중 누군가 중얼거린 것도 같았다. 그는 이미 지쳐 있었지만 집까지 돌아갈 길은 멀었다.

　침대에 비스듬히 누워 책을 읽다 잠들었다고 생각했는데 아마 책을
펼치자마자 곧바로 잠이 들었던 모양이었다. 그가 엎어놓은 제발트의
『토성의 고리』는 본문 첫 페이지 그대로였다. 멍한 상태에서 첫 페이
지를 띄엄띄엄 읽어 내려가던 그는 눈을 멀뚱히 뜨고 자세를 고쳐 앉
았다. 낯선 길모퉁이에서 오래된 지인의 뒷모습을 본 듯한 확신이 왔
다. 그렇다면 따라가지 않을 수 없다. 책의 1장은 작가가 온몸이 마비
된 상태로 노리치 병원에 입원하는 것으로 시작되었다. 병상에 누워
방충망이 쳐진 창을 통해 잿빛 하늘만 바라보던 제발트는 현실이 사라
져버린 듯한 두려움에 시달리게 되고, 현실감을 회복하기 위해 어떻게
든 창밖 풍경을 보아야겠다고 결심한다. 그래서 마비된 몸을 침대 모
서리로 밀어가고 다시 바닥으로 기어 내려가 마침내 벽에 이르게 되는
데, 이 대목에서 그는 이미 다음 문장을 충분히 예견할 수 있었다. 가
까스로 창턱을 붙잡고 고통스럽게 몸을 일으킨 제발트는 "불쌍한 그레
고르가 떨리는 다리로 일인용 소파 등받이를 붙잡고 바깥을 쳐다보"던
『변신』의 한 장면을 떠올리고 있었다.
　그는 골똘한 얼굴로 그다음 문장을 읽었다. 그렇게 힘겹게 몸을 일
으킨 '벌레 존재'들은 유일하게 자신들을 바깥 세계와 접촉하게 해줄
창문 너머로 무엇을 보게 되는가. 그는 이미 『변신』에서 그레고르가
창을 통해 본 것이 샤를롯테 거리였다는 것을 알고 있었지만 제발트가
쓴 문장에서 새로운 사실 하나를 추가로 깨달았다. 제발트는 "그레고
르가 여러 해 동안 가족과 함께 살아온 고요한 샤를롯테 거리를 흐릿
해진 눈 때문에 알아보지 못하고 눈앞의 풍경을 회색의 불모지라고 생

각했"다고 쓰고 있었다. 그가 읽은 『변신』의 번역본에는 그레고르가 벌레가 되어 눈이 흐릿해졌다는 암시가 빠져 있었으므로 그는 샤를롯 테 거리 자체가 워낙에 황량한 잿빛 거리인 줄로만 알고 있었다. 그렇다면 이제 제발트는 무엇을 보게 되는가. 제발트 역시 창밖 풍경을 보고 현실감을 되찾기는커녕 "익숙한 도시" 노리치를 "아주 낯설게" 느끼고 "마치 절벽 위에서 돌의 바다나 자갈밭을 내려다보는" 것 같은 황량한 느낌에 휩싸인다. 그는 이 대목에서 읽기를 멈추고 잠시 생각에 잠겼다.

그러니까 창밖 현실이 실제로 얼마나 다채롭고 역동적인지는 문제가 되지 않았다. 그것이 무엇이든 벌레 존재의 흐릿해진 눈에는 회색의 불모지나 돌의 바다 또는 자갈밭과 다를 바 없는 것이다. 그는 며칠 전 시멘트 벽 아래에서 술을 마시는 세 노인을 보면서 그것이 현실이 아니라 무채색 배경 속의 정물화 같다고 여겼던 것을 떠올렸다. 아직 병원에 입원하지도, 힘든 수술을 받지도 않았는데 그가 이미 벌레의 눈을 갖게 된 것인지도 몰랐다.

그는 고개를 숙이고 병명이 적힌 서류를 들여다보듯 조심스럽게 제발트의 다음 문장을 읽어 내려갔다. 그리고 잠시 후에 잔잔한 희열을 느끼며 고개를 들었다. 제발트는 부지불식간에 자신이 내려다본 황량한 풍경 속에서 무엇인가를 찾아내려 애쓰고 있었고 마침내 찾아내는 데 성공했다. 그리고 그 역시 제발트의 건조한 잿빛 문장 속에서 무엇인가를 찾아내려 했고 마침내 그렇게 했다. 제발트의 눈은 노리치 병원의 우중충한 풍경 속에서 무엇인가 움직이는 것을 발견하는데, 그것은 병원 진입로 "잔디밭을 가로질러 오는 간호사"와 모퉁이를 돌고 있는 "푸른 등이 달린 구급차"였다. 제발트 자신은 음울하게 그 가치를 폄하하고 있지만 그는 그것이 명백히 제발트의 '파김치'라는 걸 알 수 있었다. 그들, 그러니까 그와 제발트는 아직 벌레가 아니고 아무리 황량한 폐허 속에서도 무언가를 찾아낼 수 있고 찾아낼 수밖에 없는 존재들이었다. 아직은 잿빛 세상 속에 끼워 넣을 희미한 의미의 갈피를 지니고 있는 존재들이었다. 그게 비록 초록빛 소주병이나 푸른 등을 단 구급차, 붉은 무생채 가닥이나 개미처럼 움직이는 간호사의 실루엣에 불과하다 할지라도.

그는 침대에서 벌떡 몸을 일으켜 밖으로 나왔다. 밤이었고 비는 오지 않았다. 국숫집에 자리가 없어서 그는 김치만두 포장을 주문하고 카운터 옆에 서서 기다렸다. 그 자리에서는 주방 입구가 보이지 않았으므로 그는 늙은 여종업원이 이번에도 간장을 흘리는지, 부주의하게 만두가 한쪽으로 쏠리도록 뒤집는지 지켜볼 수 없었다.

대학본부에 휴직을 위한 서류를 제출하고 집에 돌아오자마자 그는 두 책을 나란히 펼쳐놓았다. 전철을 타고 오는 내내 그는 오로지 한 가지 생각에만 사로잡혀 있었는데, 그것은 그레고르와 제발트가 비록 서로를 알아보지는 못했지만 분명 같은 곳을 보고 있었으리라는 확신에 가까운 생각이었다. 물론 샤를롯테 거리 건너편에 노리치 병원이 있을 리 없고, 또 제발트는 9층 병실에 입원했다고 되어 있는데 그레고르의 방 너머로 보이는 병원은 길고 낮은 건물이라고 되어 있으니 같은 병원일 리도 없었다. 그러나 비현실적이라고 해서 불가능한 것은 아니었다.

그러니까 어떤 상상, 어떤 사색 속에서는 충분히 제발트가 입원한 병원이 그레고르의 집과 도로 하나를 사이에 두고 마주 보고 있을 수 있었다. 그레고르는 벌레가 되기 전에는 맞은편 병원을 지긋지긋하게 싫어했지만 벌레가 되어 창밖을 바라보게 되었을 때는 눈이 흐릿해져 맞은편 병원을 전혀 볼 수 없게 된다. 그럼에도 그레고르는 매일 소파에 몸을 기대고 황무지 같은 샤를롯테 거리와 그 너머의 병원을 본다. 제발트 역시 병실 창턱을 붙들고 서서 밖을 내다볼 때 고통과 질환 때문에 "저 아래쪽의 촘촘히 얽힌 담장들 안에서 사람들이 움직이"는 것을 볼 수 없다. 그러나 눈이란 기관은 응시하지 않는 것도 볼 수 있는, 열린 구멍이지 않은가. 그들은 알지 못했지만 그들이 같은 곳을 보는 순간 그들의 존재는 서로의 눈을 투과했을 것이다. 제발트는 건너편 어느 집의 창문을 통해 벌레가 되어 흐릿해진 눈으로 자신과 똑같은 풍경을 바라보고 있는 그레고르의 모습을 보았을 것이고, 그레고르 역시 병원의 규칙적인 창문들 중 하나에서 사라지려는 현실을 붙잡기 위해 고통 속에 부들부들 떨면서도 창틀을 잡고 밖을 내다보려 안간힘을 쓰며 직립한 제발트의 희미한 윤곽을 볼 수 있었을 것이다. 그리고 그레고르는 회복되지 못하고 죽었지만 제발트는 병세가 점차 호전되었으므로 그 이후에 노리치 병원의 9층 병실 창문에서 등판에 사과가 박혀 썩어가는 그레고르와, 누이의 연주에 매혹당해 자기도 모르게 방문을 열고 거실로 나아가는 그레고르와, 마침내 죽어 얇게 비쩍 마른 껍질로만 남은 그레고르를 똑똑히 목격했을 것이다. 어쩌면 노리치 병원에서 퇴원한 후 아무렇지 않게 도로를 건너 샤를롯테 거리에 있는 그레고르 잠자의 집을 찾아갔을지도 모른다. 그리하여 그레고르의 천사 같은 누이동생이 열어주는 문 안으로 들어갈 수 있었을지도.

이런 환상적인 조우를 머릿속에 그려보는 것만으로 그는 요즘 들어 거의 느껴본 적 없는 격한 기쁨을 맛보았다. 그 감격 덕분에 그는 자신이 조만간 병원에 입원해서 가망 없는 수술을 받아야 하는 것도, 회복 기간 내내 낯선 간병인의 손에 몸을 내맡겨야 하는 것도 그다지 두렵게 여겨지지 않았고, 오히려 은근히 기다려지기까지 했다. 심지어 그의 간병인이 그레고르의 시중을 맡은 무자비한 하녀처럼 위협적인 말을 한다든지 자기를 빗자루로 밀친다든지 하는 식으로 다소 거칠게 다루어주었으면 하는 어처구니없는 소망조차 품게 되었다.

축대로 막힌 골목의 끝, 돼지 불고기 전문인 연탄집에서는 언제나 희미한 먼지 냄새가 났다. 젖은 재 냄새 같기도 하고 마르지 않은 회벽 냄새 같기도 했다. 연탄집 주인이 칠판에 적힌 어제의 메뉴를 지우고 오늘의 메뉴를 쓰고 있었다. 첫째 줄은 늘 똑같았다. 연탄 돼지 불고기라고 쓰고 괄호 속에 고추장·간장이라고 썼다. 둘째 줄에는 계란말이·오뎅탕·두부김치라고 쓰고, 셋째 줄에는 소라회·소라찜이라고 썼다. 첫째 줄 끝에 1인분 8천, 둘째 줄 끝에 1만이라고 쓰고, 셋째 줄에서 잠시 심사숙고하더니 괄호를 치고 소 1만 5천, 중 2만이라고 썼다. 그는 연탄집에서 고추장 불고기와 간장 불고기를 번갈아 먹어보았지만 사실 맛의 차이는 크지 않았다.

주인은 그를 보자 연탄불을 새로 피워야 해서 불고기를 먹으려면 좀 기다려야 한다고 했다. 그는 괜찮다고 했다. 주인은 축대로 향하는 뒷문을 열어놓고 연탄불을 피웠다. 화덕에 번개탄을 깔고 불붙인 종이를 구겨 넣고 연탄을 얹은 다음 눈을 가늘게 뜨고 불이 잘 붙는지 지켜보면서 담배를 피웠다. 탄불을 피우면서 담배를 피우는 건 언제나 그럴싸하게 보인다고 그는 생각했다. 그는 주인에게 담배 한 개비를 빌려 피우고 싶은 욕구를 참느라 물을 벌컥벌컥 들이켰다. 통로 건너 옆

자리에 앉은 흰 셔츠에 타이를 맨 30대 남자가 그를 흘깃 보더니 고개를 돌렸다. 뭐야, 술이 아니라 물이었어, 하는 표정이었다. 흰 셔츠 맞은편에는 쑥색 티셔츠에 반바지 차림의 또래 남자가 앉아 있었다. 그들은 찐 소라에 맥주를 마시고 있었다. 흰 셔츠가 반바지에게 말했다. 그러니까 거기에는 공기가 가득 차 있다고. 둥둥. 반바지가 물었다. 둥둥? 그렇지. 뭐가 둥둥 떠 있다 이거지? 아니, 뭐가 둥둥 떠 있는지는 모르겠고, 흰 셔츠가 잠시 말을 멈추었다가 고개를 끄덕이며 말했다. 그래, 어디 둥둥 떠 있을 수는 있지. 하늘 같은 데야? 아냐, 아냐. 흰 셔츠가 손을 저었다. 하늘 같은 건 없어. 그럼? 그냥 공기만 가득 차 있다니까. 둥둥. 그게 뭐야? 모르겠어. 모른다고? 몰라, 그냥 공기만 가득 차 있다니까. 둥둥.

그는 자기도 모르게 그들이 하는 얘기에 귀를 기울였다.

그래서?

그냥 공기만 가득.

공기만 가득?

공기만 둥둥.

공기만 둥둥?

둥둥.

그러니까 공기만 가득 둥둥 차 있다?

그렇게 느껴진다고.

그들이 하는 얘기가 무슨 얘기인지도 모른 채 그는 그 얘기에 매혹되어 몸을 약간 그쪽으로 기울였다. 그러면서 누이동생의 연주에 홀려 제 몸을 드러내선 안 된다는 것도 잊고 거실로 기어 나온 그레고르를 생각했다.

뭣도 없이?

뭐?

아무것도 없냐고? 공기만 있냐고?

몰라.

그럼 경계는 있어? 끝 말이야.

몰라.

몰라?

가만, 경계가 있는지는 모르겠고, 뭔가 내부라는 느낌은 있어.

어디 안쪽이다 이거지?

응.

이를테면 애드벌룬 안 같은 거야?

그보다는 크겠지.

그렇겠지. 그래도 엄청나게 큰 애드벌룬이라면?

그럴 수도 있어.

진짜 아무것도 없고?

아니, 진짜 뭐가 있는지 없는지는 모르겠고, 일단 나한테는 공기만
가득, 둥둥, 그런 상태.

공기만 가득, 둥둥…….

그런 상태를 생각해봐.

공기만 가득, 둥둥…….

그렇지.

그러니까 내 생각에 그건…….

남자 손님 셋이 들어와 시끌벅적해지는 바람에 그는 더 이상 두 남
자의 대화를 들을 수 없었다. 반바지의 생각에 그건…… 그건 뭐였을

까. 공기만 가득 둥둥, 그런 상태…… 그걸 텅 빈 상태라고 해야 할지 가득 찬 상태라고 해야 할지 알 수 없었지만 그는 그 상태를 알 것 같았다. 그는 입술을 벌리지 않고 둥둥이라고 발음해보았다. 입술을 조금만 벌리고 둥둥이라고도 발음해보았다. 둥둥…… 둥둥…… 입속에서 작은 북소리가 울리는 것도 같았고 먼 곳에서 북소리가 들려오는 것도 같았다. 연탄 간장 불고기와 밥이 왔다. 그는 상추에 밥과 고기를 넣고 쌈을 싸서 만두를 먹을 때처럼 두 손으로 들고 입에 넣었다. 흰 셔츠와 반바지는 여전히 무슨 얘기를 하고 있었지만 더 이상 둥둥 얘기는 아닌 것 같았다.

그가 계산을 하기 위해 지갑을 여는데 무언가 툭 떨어졌다. 반으로 접힌 국숫집 보너스 쿠폰 용지였다. 펼쳐보니 열 개의 칸 중 마지막 칸만 비어 있었다. 가만히 보고 있자니 그 마지막 빈칸은 그가 들어가 채워야 할 마지막 병실의 창문처럼 보였다. 그리고 아홉 칸에 찍힌 붉은 스탬프 무늬는 작은 병실에서 저마다 몸을 꿈틀거리며 침대에서 바닥으로 내려와 창을 향해 기어가는 벌레 존재의 궤적처럼도 보였다. 아무 기댈 곳도 없고 아무 쥘 것도 남지 않은, 이제 와서야 그는 비로소 겉돌던 세상의 틀 속에 겨우 들어앉게 된 것 같은 느낌이 들었다. 회오리치던 그의 가르마를 누군가 단정히 잡아준 것만 같았다.

열린 뒷문으로 축대 밑에 놓인 연탄 화덕에서 약한 연기와 가스가 피어오르는 게 보였다. 마지막이라고 해봤자 별게 없겠지만, 그래서 더 공허해질지 더 충만해질지 모르겠지만, 그는 그저 공기만 가득 둥둥인 상태를 마지막으로 한 번 더 느끼고 싶었다. 카운터에서 계산을 마치고 그는 연탄집 주인에게 공손하게 물었다. 제게 담배 한 대만 주실 수 있습니까? ▪

# 김애란

# 건너편

© SonHongjoo

1980년 인천 출생. 한예종 극작과 졸업. 2002년 〈대산대학문학상〉 등단.
소설집 『달려라, 아비』『침이 고인다』『비행운』. 장편소설 『두근두근 내 인생』.
〈한국일보문학상〉 〈이효석문학상〉 〈오늘의 젊은 예술가상〉 〈김유정문학상〉 〈이상문학상〉 등 수상.

# 건너편

이번 크리스마스에는 노량진 수산시장에 가자고, 이수가 수건을 개며 말했다.

—노량진?

도화가 부엌에서 섬초 시금치를 다듬다 고개 돌렸다. 부엌이라 해봐야 거실에서 몇 발자국 거리지만 건너편 상대에게 말할 땐 목소리를 조금 높여야 했다.

—어, 거기 수협 있는 데.

도화가 잠시 생각에 잠긴 얼굴로 찬물에 시금치를 담갔다. 한겨울, 눈바람을 맞고 자란 풀들이 도시의 수돗물을 머금자 꽃처럼 부풀었다.

—그날 나가봤자 복잡하고 바가지만 쓸 텐데.

물에서 시금치를 건지는 도화의 두 손에 초록이 무성했다. 이수는 거실 바닥에 앉아 개그 프로그램을 보며 낄낄댔다. 티브이에서 눈을 떼지 않은 채 수건을 더디 갰다. 도화식式대로 가로로 세 번, 세로로 한 번. 각 잡은 수건을 층층 쌓을 때마다 '우리 집에선 늘 둥글게 말았는데……'란 생각이 절로 났지만 아무래도 여긴 도화 집이었다. 이수 돈이 조금 들었다 해도 그건 사실이었다.

　—어, 나 거기 아는 형 있어, 가게 오면 잘해준다고 전부터 꼭 들르라더라.

　이날 두 사람은 평소보다 달게 잤는데, 저녁상에 오른 나물 덕이었다. 도화는 밤새 내장 안에서 녹색 숯이 오래 타는 기운을 느꼈다. 낮은 조도로 점멸하는 식물 에너지가 어두운 몸속을 푸르스름하게 밝히는 동안 영혼도 그쪽으로 팔을 뻗어 불을 쬐는 기분이었다. 도화는 잠결에 자세를 바꾸다 속이 편하다는 느낌을 몇 번 받았다.

　—제철 음식이라 그런가.

　도화가 간밤 편안함에 대해 설명하자 이수가 도화 쪽으로 몸을 틀며 수긍했다. 도화는 새삼 그 말이 이상하게 들렸다. 직업상 비 올 확률이라든가 바람의 세기, 적설량에 민감한 도화에게는 요즘 들어 '제철'이 다 사라진 것처럼 보였기 때문이다. 당장 크리스마스를 하루 앞둔 오늘만 해도 그랬다. 기상청에서 예보한 최저기온과 최고기온 모두 영상을 크게 웃돌았다. 일본 어느 도시에서는 벚꽃이 피고, 뉴욕 한낮 기온도 18도를 넘었다 했다. 여러모로 올겨울은 겨울 같지 않았다. 파이프 물 새듯 미래에서 봄이 새고 있었다.

　—내일 쉬지?

　이수가 가랑이 사이로 이불을 말아 넣으며 도화 눈치를 봤다. 해 뜨기 전이라 잠 묻은 눈두덩에 의식이 가물댔다. 도화가 '응' 하고 답하며 화장대 거울에 비친 이수를 봤다. 뻗친 머리카락 사이로 새치가 부쩍 늘어 있었다.

—그런데 모레는 나가봐야 해.

도화가 고개를 갸웃거리며 눈가 주름에 파운데이션이 끼지 않았는지 살폈다. 그러고는 자신이 한창때가 지난 걸 실감했다. 아무렴 한창때가 지났으니 나물 맛도 알고 물맛도 아는 거겠지. 살면서 물 맛있는 줄 알게 될지 어찌 알았던가. 직장 상사들은 '30대 중반이야말로 체력과 경력, 경제력이 조화를 이루는, 인생에서 가장 좋은 때'라는 말을 자주 했지만 도화는 알고 있었다. 자신도, 이수도 바야흐로 '풀 먹으면' 속 편하고, '나이 먹으면' 털 빠지는 시기를 맞았다는 것을.

—다녀올게.

도화가 이불 밖으로 기어 나온 이수의 맨발을 물끄러미 바라봤다. 전에는 집을 나설 때 이수 발등에 자주 입 맞췄다. 한 손 가득 발을 감싼 뒤 털 난 발가락을 쓰다듬다 이불 안에 도로 넣어주곤 했다. 도화는 그 발, 자신과 많은 곳을 함께 간 연인의 발을 응시했다. 그러곤 결국 아무것도 안 하고 돌아섰다. 도화가 안방과 부엌 사이에 놓인 반투명 미닫이문을 조심스레 열었다. 그러곤 가볍게 문지방을 넘어 몸을 돌린 뒤 미닫이문을 닫는데, 이수가 베개에서 머리를 떼며 큰 소리로 외쳤다.

—참, 나 오늘 어디 가.

—어디?

—태안.

—왜?

—원덕이 결혼식.

—아…… 오늘이구나. 늦어?

—아니, 식 끝나면 바로 올 거야. 할 일도 많고.

도화가 '알았다'고 답하며 미닫이문을 닫았다. 현관 앞, 검정색 소가죽 단화에 발을 넣으며 코트 주머니에서 황사 마스크를 꺼내 썼다. 그러곤 여느 직장인과 마찬가지로 졸음과 추위에 맞서며 매연에 잠긴 도시 속으로 뚜벅뚜벅 걸어 나갔다. 바깥 공기가 폐에 닿자 몸에 피가 도는 속도가 빨라졌다. 몸 상태가 바뀌는 게 아니라 다른 몸으로 갈아타는 느낌을 받았다. 도화가 먼 데서 큰 바람을 일으키며 달려오는 6호선 열차를 바라보며 승차 시간을 확인했다. 그러곤 속으로 '오늘 밤에는 꼭 헤어지자 얘기해야지……' 다짐했다. 그런 지 두 달째였다.

*

도화의 직장은 빌딩숲이 우거진 도심 한복판에 있었다. 도화는 서울시 종로구에 위치한 서울지방경찰청 교통안전과 종합교통정보센터에서 일했다. 처음 본청 5층에 들어섰을 때 도화는 수백 대의 관측용 모니터에 압도당했다. 재난영화에서나 보던 현대적 시스템의 현현이랄까. 자신이 사마귀나 잠자리 눈 안쪽에 들어선, 아니 그보다 '행정'이라는 고등생물 뇌 속에 들어간 기분이었다.

서울에는 하루 400만 대 이상의 차량이 오갔다. 교통정보센터에서는 도로별 상황을 분석해 라디오와 인터넷 방송국에 보냈다. 센터에 24시간 상주하는 안내원과 경찰이 그 일을 했다. 방송사 리포터를 제외하고 경찰청 직원 중 생방송을 진행하는 사람은 세 명뿐이었다. 10년 가까이 프로듀서 겸 스태프, 아나운서 일을 맡아온 최 경위와 방송 경력 8년 차 박 경사 그리고 경장 계급을 단 지 얼마 안 된 도화가 한 팀이었다.

12월 24일 전국 미세먼지 농도는 매우 짙었다. '하늘을 친구처럼 국민을 하늘처럼' 여기는 기상청 예보에 의하면 그랬다. 시민들은 그날 날씨에 따라 교통수단을 정하고 업무를 조정했다. 이상기후가 나타나면 보험사가 긴장하고, 홈쇼핑 편성표가 재편되고, 대형마트 기획팀이 바빠졌다. 더불어 종합교통정보센터에서도 촉을 세웠다. 눈 한 송이의 의지가 모여 폭설이 되듯 CCTV에 비친 풍경이 모여 교통방송이 전할 '정보'가 됐다. 도화는 목, 교橋, 진津, 포浦, 천川, 골, 굴窟 등의 이름을 외웠고 각 도로의 특징과 이력을 파악했다. 그리고 자신이 이해한 것을 간명하게 요약해 세상에 전했다. 도화는 자신이 속한 조직의 문법을 존중했다. 수사도, 과장도, 왜곡도 없는 사실의 문법을 신뢰했다. 이를테면 '내부순환로 홍제 램프에서 홍지문 터널까지 차량이 증가해 정체가 예상된다'거나 '올림픽대로 성수대교에서 승용차 추돌사고가 났으니 안전운행 하시라'와 같은 말들을. 더구나 그 말은 세상에 보탬이 됐다. 선의나 온정에 기댄 나눔이 아니라 기술과 제도로 만든 공공선. 그 과정에 자신도 참여하고 있다는 사실에 긍지를 느꼈다. 그것도 서울의 중심 이른바 중앙에서. 실제로 서울지방경찰청 건물은 조선시대 왕궁 중 하나인 경복궁 근처에 있었다. 서울에서 지방까지 거리를 계산할 때 시작점도 광화문이었다.

생방송 5분 전, 도화는 미지근한 물로 입을 축인 뒤 습관적으로 '흠'

소리를 냈다. 옷매무새를 점검하고 큐 카드를 챙겨 카메라 앞에 섰다. 카드 뒷면에는 고개를 옆으로 튼 노란 독수리가 박혀 있었다. 도화가 입술에 침을 바르며 짧은 숨을 들이켰다. 이윽고 프로듀서 겸 스태프를 맡은 최 경위가 신호를 보냈다.

—55분 교통정보를 알려드리겠습니다.

이른 아침, 도화의 밝고 건전한 목소리가 시내 곳곳에 퍼져 나갔다. 빗방울처럼, 종소리처럼. 산발적으로 또 다발적으로. 도화의 어깨에 박힌 나뭇잎 모양 은장이 조명을 받아 차갑게 반짝였다.

*

이수가 서울남부터미널역에 도착한 건 밤 아홉 시가 넘어서였다. 신랑 측 전세버스에서 내려, 지인들과 인사를 나눈 뒤 곧장 지하철역 쪽으로 몸을 트는데 대학 동기 몇몇이 팔뚝을 잡았다. 몇 년 만에 만났는데 근처에서 맥주나 한잔하자는 거였다. 이수가 '집에 일이 있다'는 식으로 머뭇대자 누군가 '우리도 오래 못 마신다'고, '애들 크리스마스 선물 주려면 일찍 들어가야 한다'며 엄살인지 자랑인지 모를 푸념을 했다. 이수는 동기들과 겉도는 대화를 하며 지루한 시간을 보내고 싶지 않았다. 긴 세월 각자 바쁘게 살다 보니 우정도 추억도 희미해져 이제는 어떤 친구도 도화만큼 편하지 않았다. 그렇지만 거절할 명분도 마땅찮아 왁자지껄 앞장서는 무리를 따라나서는 수밖에 없었다.

이수가 정말 '딱 한 잔만' 하려 한 술자리는 3차까지 이어졌다. 그리고 새벽 세 시가 넘었을 즈음 테이블에 남은 건 이수와 동오뿐이었다.

두 사람은 그다지 친하지도 않았다. 이수는 동오가 최근 커피숍을 냈다 망한 걸 알고 있었다. 직접 연락하지 않아도 그런 소문은 귀에 잘 들어왔다. 이수는 자신의 근황도 그런 식으로 돌았을지 모른다고 짐작했다. 걱정을 가장한 흥미의 형태로, 죄책감을 동반한 즐거움의 방식으로 화제에 올랐을 터였다. 누군가의 불륜, 누군가의 이혼, 누군가의 몰락을 얘기할 때 이수도 그런 식의 관심을 비친 적 있었다. 경박해 보이지 않으려 적당한 탄식을 섞어 안타까움을 표한 적이 있었다. 그 새끼 공부 잘했는데. 그러니까 걔가 그렇게 될 줄 어떻게 알았어. 인생 길게 봐야 하나봐. 누구는 벌써 부장 달았던데. 걔가 잘 풀릴 줄 아무도 몰랐잖아. 동일한 출발선을 돌아본 뒤 교훈을 찾고 줄거리를 복기할 입들이 떠올랐다. 그러다 어색한 침묵이 돌면 금방 다른 화제를 찾아내겠지. 어쩌면 친구들도 타인의 삶에 심드렁해진 지 오래인데 이수 혼자 그렇게 추측하는지 몰랐다. 이수는 3차 자리에서 일어나 동오와 어깨동무를 한 채 해물포차에 갔다. 안주가 나오자마자 동오가 탁자 위로 뻗어버렸고, 이수는 곧 마흔을 바라보는 친구의 휑한 정수리를 바라보며 한 시간 넘게 혼자 소주를 마셨다. 그리고 새벽 다섯 시 즈음 누군가 어깨를 흔드는 기척에 잠에서 깼다. 이수야, 일어나. 집에 가야지. 학부 시절 말 몇 마디 섞어본 게 전부인 동기가 자신을 부축하고 토닥이는 걸 느꼈다. 아냐, 아냐, 나 돈 있어. 계산하지 마. 알아 인마 아까도 네가 샀잖아. 실랑이를 벌이다 비틀비틀 거리로 걸어 나왔다.

—아저씨, 신사동 가주세요.
—신사요?
—네, 강남 신사 말고 은평구 신사요.

이수가 택시 뒷좌석에 올라타며 말짱한 척을 했다. 딴에는 교통비를 아끼려 지하철 첫차 시간까지 버틴 건데 그 사이 술을 너무 많이 마셔 몸을 가눌 수 없었다.

—어느 길로 가드려요?

—강변북로 타주세요.

이수가 게슴츠레한 눈을 끔적이며 창문에 이마를 기댔다. 멀리 가로 등 불빛 아래로 뿌연 먼지가 부유하는 게 보였다. 올겨울 이상기온 원인은 엘니뇨라든가. 엘니뇨의 별명은 아기 예수. 크리스마스 즈음 자주 나타나 먼 나라 어부들이 그렇게 부른다 했다. 이수는 이국의 먼 바다에서 시작돼 한국에 영향을 주는 현상이랄까, 인생의 작은 우연과 큰 결과, 교훈 따위 없는 실패를 떠올렸다. 지난 10년 간 자기 삶에 남은 것 중 가장 귀한 것을 생각했다. 그러다 무겁게 감기는 눈을 어쩌지 못해 기절하듯 잠들었고, 소스라치듯 일어나 주위를 둘러본 뒤 다시 코를 골았다.

같은 시간, 도화는 집에서 멍하니 티브이 모니터를 응시하고 있었다. 거실에 불도 켜지 않은 채 무릎을 세우고 앉아 이리저리 채널을 돌려댔다. 좁은 거실을 한껏 차지한 47인치 벽걸이형 평면 티브이는 몇 해 전 이수가 공무원 시험을 때려치운 기념으로 주문한 거였다. 하지만 그 충동구매에는 취업을 자축하는 의미도 깃들어 있었다. 퇴근 후 도화가 어리둥절한 표정을 짓자 이수는 '어차피 결혼하면 새로 살 거라 좋은 걸로 장만했다'고 했다. 전시 상품이라 무척 싼 데다, '내 카드로 샀으니 걱정 말라'고.

—어디야? 연락 줘.

도화가 이수에게 문자메시지를 보냈다. 그러곤 '늘 이런 식이야······' 생각했다. 도화가 이별을 준비할 때면 두 사람 사이에 꼭 무슨 일이 생겼다. 이수가 새로운 직장의 면접을 앞두거나, 도화가 승진을 하거나, 이수의 생일이거나, 누군가 아픈 식이었다. 미래를 예측하고 결론 내리기 좋아하는 도화는 벌써부터 오늘 하루가 빤히 읽혀 울적했다. 과음한 이수는 종일 앓을 것이다. 술 냄새와 담배 냄새로 이불을 더럽히고 땀에 전 몸으로 오후 늦게 일어나 두통을 호소하겠지. 그러다 보면 우리는 오늘도 헤어지지 못할 것이다.

　도화는 UFC 경기가 한창인 모니터 속 풍경을 물끄러미 바라봤다. 이수가 좋아하는 프로그램이었다. 반질거리는 파이트 쇼츠를 입은 한국 선수가 상대에게 덤벼보라는 손짓을 했다. 엉덩이 부분에 대부업체 광고가 큼지막이 박혀 있었다. '하루라도 대출 광고 안 보는 날이 없다'며 투덜대던 이수의 목소리가 떠올랐다. 도화가 기계적인 몸짓으로 채널을 돌렸다. 12월이라 그런지 홈쇼핑 업체에서 창틀을 팔았다. 다른 채널에서는 야마하 디지털 피아노가 단돈 799,170원. 대형 모니터에서 쏟아지는 전파가 도화 몸을 얼룩덜룩 물들였다. 언젠가 이수와 수족관에 갔을 때 두 사람 머리 위에도 비슷한 얼룩이 아른댔다. 하지만 그건 물 그림자였던가. 빛 그림자였나. 한 손을 길게 뻗어 '빛도 얼까?' 중얼대던 이수가 떠올랐다. 도화는 아름다운 혹등고래나 발광해파리 보듯 자본과 상품이 나른하게 유영하는 모습을 관람했다. 뻔하고 지루하지만 때론 넋을 잃고 보게 되는 풍경이었다. 도화가 무표정한 얼굴로 다시 리모컨 단추를 눌렀다. 중년의 쇼핑 호스트가 비데 원리를 설명하며 손가락 주름에 낀 초코시럽을 닦아내는 순간 탕탕탕탕 누군가 밖에서 문을 두드렸다.

*

이수는 도화가 현관문을 열어주자마자 고꾸라졌다. 몸통 반은 현관
에 나머지 반은 부엌에 걸친 채였다. 도화는 팔짱을 끼고 이수를 내려
다봤다. 구겨진 양복 앞섶에 토사물 말라붙은 게 보였다. 도화는 현관
앞에 쪼그려 앉아 이수의 신발부터 벗겼다. 4년 전, 이수가 부동산컨설
팅 회사에 들어갔을 때 자신이 선물한 감색 구두였다. 도화가 이수 팔
을 머리 위로 길게 늘어뜨린 뒤 거실 쪽으로 잡아당겼다. 여자 친구 손
에 잡혀 무력하게 질질 끌려가던 이수가 눈을 감은 채 피식피식 웃었
다. 도화는 이수 목에 쿠션을 받치고, 안방에서 극세사 담요를 가져와
덮어줬다. 그러곤 이수 옆에 비스듬히 누워 오랜 연인의 잠든 얼굴을
뚫어져라 바라봤다. 헤어지더라도 잊어버리지는 않겠다는 듯. 담요 끝
에 삐져나온 실밥 한 올이 이수의 날숨을 따라 파르르 떨렸다 꺾인 뒤
다시 날렸다.

두 사람은 8년 전 노량진 강남교회에서 처음 만났다. 귀가 떨어져나
갈 것같이 춥던 어느 겨울. 평일 아침 일곱 시 무렵이었다. 그 교회는
노량진 수험생들에게 밥을 나눠주기로 유명했다. 도화와 이수는 둘 다
종교가 없었지만 그날 같은 무게의 스테인리스 식판을 들고 같은 줄에
서 있었다. 두 사람은 서로를 처음 만난 순간을 회상할 때마다 꽃 냄
새, 바람 냄새가 아닌 습기 찬 식당을 가득 메운 압도적인 밥 냄새, 국
냄새, 깍두기 냄새를 떠올리곤 했다. 거기 오는 사람들 중 서로 인사를

나누는 이는 거의 없었다. 다들 식판에 고개를 묻고 교재만 봤다. 도화 역시 귀에 이어폰을 꽂고 북엇국을 떴다. '간통' 또는 '폭행' '강도' 등 영단어가 적힌 인쇄물을 보면서였다. 실은 아무 음악도 듣고 있지 않던 도화에게 먼저 말을 건 건 이수였다. 도화는 태연하게 한쪽 귀에서 이어폰을 빼며 '무슨 말씀 하셨느냐'는 식으로 이수를 빤히 올려다봤다.

—여기 앉아도 되냐고요.

도화는 천천히 고개를 끄덕였다. 그러곤 '경찰영어 단어 총정리, 범죄 편' 위로 다시 시선을 돌렸다.

도화는 잘 개어놓은 수건처럼 반듯하고 단정한 여자였다. 도화는 인내심이 강했고, 인내심이 강해서 쾌락이 뭔지 알았다. 그리고 이수는 도화의 그런 몸을 사랑했다. 무뚝뚝한 도화의 살갗 위로 수건 올 살듯 오소소 소름이 돋아날 때 이수는 기쁘고 다급해졌다. 도화 역시 이수의 담백하게 마른 몸과 막걸리 빵 냄새, 살짝 건드리기만 해도 금방 딱딱해지는 앙증맞은 젖꼭지를 좋아했다. 이수가 처음부터 공무원 시험에 몰두했다면 도화는 체육대학 졸업 후 구립스포츠센터에서 수영강사로 일하다 뒤늦게 경찰공무원 시험에 응시한 경우였다. 도화는 노량진에 머문 2년 동안 자투리 시간도 허투루 쓰지 않았다. 오전에 두 번, 오후에 두 번 한 세트에 열다섯 번씩 악력기로 손힘을 키웠고, 집중력이 떨어질 때면 여성 전용 독서실 공용 휴게실에서 물구나무를 서는 일도 서슴지 않았다. 그리고 도화의 이런 완고함은 독서실 안에서 종종 놀림거리가 됐다.

도화가 재수 끝에 합격증을 받아든 건 스물아홉 때였다. 그해 여름, 이수는 7급 공무원 시험에 떨어졌다. 처음엔 이수도 크게 낙담하지 않았다. 선배들이 '원래 7급이나 5급은 3년은 기본으로 까는 공부'라기에 그냥 그런 줄 알았다. 그런데 그게 4년, 5년을 넘어가자 어느 순간 초조해지기 시작했다. 이수는 도화를 만나기 전 공무원 시험에서 이미 두 차례 낙방한 경험이 있었다. 도화는 물론 그 사실을 몰랐다. 도화가 경찰공무원 시험에 합격한 뒤에도 이수는 혼자 노량진에 남아 공부를 계속했다. 도화를 만나기 전 2년, 도화와 함께 2년, 도화가 떠난 뒤 2년 도합 6년이니 이수로서는 할 수 있는 데까지 해보고, 갈 수 있는 데까지 가본 뒤 손을 털고 나온 셈이었다.

이수가 공부를 그만둔 가장 큰 계기는 '도화'였다. 이수는 도화가 '어디 가자' 할 때 죄책감 없이 나서고 싶었고, 친구들이 '놀자' 할 때 돈 걱정 없이 나가고 싶었다. 하지만 이수를 가장 힘들게 한 건 도화가 혼자 어른이 돼가는 과정을 멀찍이서 지켜보는 거였다. 도화의 말투와 표정, 화제가 변해가는 걸, 도화의 세계가 점점 커져가는 걸, 그 확장의 힘이 자신을 밀어내는 걸 감내하는 거였다. 도화는 국가가 인증한 시민, 국가가 보증해주는 시민이었다. 반면 자신은 학생도, 직장인도 아닌 애매한 국민이었다. 이 사회의 구성원이되 아직 시민이 아닌 사람이었다. 입사 초, 수다스러울 정도로 조직 생활의 어려움을 토로하던 도화가 어느 순간 자기 앞에서 더 이상 직장 얘길 꺼내지 않는다는 사실을 깨달은 뒤 이수는 모든 걸 정리하고 노량진을 떠났다. 한 시절과 작별하는 기분으로 뒤도 안 돌아보고. '뒤도 안 돌아보기' 위해 이를 악물며 1호선 상행 열차에 몸을 실었다.

그 뒤 이수는 몇몇 회사의 인턴 자리를 전전하다 부동산 컨설팅 회사에 들어갔다. 진입 장벽이 낮은 대신 실적 압박이 커 스트레스가 심한 곳이었다. 거절과 모욕, 하대를 당할 때마다 이수는 자신이 '있을 뻔했던 곳' '있어야 했던 곳'을 쳐다봤다. 피로한 얼굴로 자기 인생이 어디서부터 잘못된 건지 복기했다. 물론 공부를 접어 좋은 점도 있었다. 적어도 욕망, 그러니까 무언가 먹고, 입고, 쓰는 데 관대해져도 됐으니까. 하지만 그 '자유'에 익숙해지기까지 연습이 필요하다는 건 이수도 늦게 알았다.


　—몇 시야?
　이수가 얼굴을 찡그리며 물었다.
　—세 시.
　—밖에 눈 와?
　—아니.
　—근데 왜 이렇게 어두워?
　—먼지야. 미세먼지.
　이수가 속 쓰린 듯, 한 손으로 배를 움켜쥐었다.
　—이수야.
　—어?
　—우리 오늘 나가지 말자.
　—갑자기 왜?
　—그냥. 밖에 공기도 안 좋고. 귀찮아.
　—나 술 먹고 늦게 들어와서 화났어?
　—아니. 너 몸도 안 좋은 것 같고.

—아냐, 나 괜찮아. 나갈 수 있어. 오늘 너랑 맛있는 거 먹고 싶어.

도화가 입술을 달싹이다 '정 그러면 집에서 피자나 시켜 먹자'고 했다.

—그러지 말고 우리 나가서 좋은 거 먹자. 나 돈 생겼어.

—돈?

—어. 원덕이가 사회비로 50이나 넣었더라.

—그럼 그걸로 너 옷 사. 만날 입을 옷 없다고 투덜댔잖아. 뭣하면 저금하든가.

—아냐, 이런 돈은 그냥 써버려야 해. 우리 뭐 먹을까? 광어 먹을까? 우럭? 아, 둘 다 시켜도 되겠다.

이수가 외출 준비를 하며 욕실에서 씻는 동안 도화는 문자메시지 한 통을 받았다. 위층 사는 주인아주머니로부터 온 거였다. 도화는 용건도 보기 전부터 몸이 굳었다. 이사를 자주 다닌 세입자의 몸이 알아서 반응한 거였다. 도화는 요즘 이수 모르게 혼자 살 집을 알아보고 다녔다. 계약 기간이 끝나면 이수에게 이 집 보증금의 일부인 500만 원도 돌려줄 생각이었다. 그런데 집주인은 갑자기 왜 보자고 하는 걸까. 심란한 얼굴로 이런저런 가능성을 재며 계단을 올랐다. 그런데 주인아주머니가 뜻밖의 말을 꺼냈다. 내년 봄에 자기 아들이 결혼한다. 앞으로 아들 내외가 이 집에서 함께 살게 됐으니, 조만간 방을 비워줄 수 있겠느냐는 말이었다. 주인아주머니는 새댁 나갈 때 정산을 어떻게 하면 좋겠냐고, 남은 보증금에서 3개월 치 월세를 빼고 주면 되겠냐고 물었다.

—월세요?

도화가 도통 무슨 말인지 모르겠다는 얼굴로 되물었다. 주인아주머니는 올 초 이수가 보증금 일부를 빼가며 전세를 반전세로 돌렸다고 말했다. 집 장사 하는 입장에서 요즘처럼 금리가 낮을 때 반전세를 마다할 이유가 없었노라고.

—얼마나…… 가져갔는데요?

—응. 천만 원. 거기서 1년 치 월세 미리 까고 850 가져갔어.

—…….

—신랑이 말 안 해?

—…….

—아이고, 정말 몰랐나 보네. 거기 인감이랑 신분증 가져와서, 나는 색시도 다 아는 줄 알았어.

                    \*

노량진역 주위에 안개가 자욱했다. 두 사람은 페인트칠 벗겨진 어둑한 통로를 지나 육교에 올랐다. 다리 아래로 수산시장 풍경이 한눈에 들어왔다. 다닥다닥 붙은 상점 위에 균등한 크기로 늘어선 빛 덩이가 휘영청했다. 도화도, 이수도 노량진에 그렇게 오래 머물렀건만 수산시장에 온 건 처음이었다. 도화는 진작 가라앉은 기분과 별개로 낯설고 떠들썩한 풍경에 잠시 마음을 뺏겼다. 손님 눈높이에 맞춰 비스듬히 세워놓은 가판을 비롯해 계단식 수조, 얼음 담긴 스티로폼 상자며 붉은 대야에 각종 어패류와 갑각류가 바글거렸다. 사방이 꿈틀대고, 펄떡대고, 부글거리는 생물로 가득했다. 온갖 생선이 힘차게 허리를 틀며 피를 뿜는데 저도 모르게 가슴이 뛰었다. 그렇지만 낯설고 신기한 기분도 잠시. 이수가 벌써 몇 번째 목적지를 찾지 못해 같은 자리를 빙빙 돌자 도화는 짜증이 나고 말았다.

—전화해봤어?

—그게 미리 연락하고 오면 괜히 부담 줄 것 같아서…….

—그래도 이런 날엔 예약을 했어야지. 크리스마스잖아.

이수가 마지못해 휴대전화를 꺼냈다. 그러곤 소심하게 연락처를 뒤진 뒤 통화 버튼을 눌렀다.

—표정이 왜 그래?

—어?

—얼굴이 왜 그러냐고.

—어. 그게 없는…… 번호라는데?


두 사람은 같은 자리를 두 번 더 돌았다. 표정이 이미 굳을 대로 굳은 도화의 눈치를 살피다 이수가 결국 근처 상인에게 자리를 물었다. 비닐 앞치마 차림에 고무장화를 신은 사내가 명함 쥔 손을 길게 뻗어 찌푸린 눈으로 약도를 살폈다.

—아, 청해수산?

이수의 얼굴에 살짝 희망이 스쳤다.

—여기가 거기여.

—네?

—이 집이 그 집이라고.

사내가 고갯짓으로 '남해수산'이라고 적힌 자기네 가게 간판을 가리켰다.

—전에 사장님하고 아는 사이셨나?

이수가 대답 대신 복잡한 표정을 지었다. 남해수산 업주는 자기가 얼마 전 청해수산을 인수했다고 했다. 그 집 사장이 뭐가 잘 안 풀렸는지 급히 정리하고 떠나는 분위기였다고.

—이 집 찾은 거면 잘 찾아오셨네. 이왕 온 거 여기서 사세요. 내 잘 해드릴게.

아까부터 뭔가 자기만의 생각에 빠져 흥정에 별 관심을 두지 않는 도화와 달리 이수는 갈등했다. 이수는 다른 곳을 더 둘러본 뒤, 스마트폰으로 가격을 비교하고, 에누리 요령을 익힌 뒤 거래하고 싶었다. 그렇지만 시장을 몇 바퀴 더 돌자 하면 도화가 폭발할 것 같았다.

—저건 뭐에요?

—이놈이요? 돔이에요.

—돔이요?

—예, 줄돔.

이수는 살짝 긴장했다. 줄돔이 정확하게 어떤 생선인지는 몰라도 무척 비싸다는 것 정도는 알고 있었다. 사내가 타이밍을 놓치지 않고 재빨리 끼어들었다.

—두 분 드시게?

—아, 네…….

이수가 저도 모르게 고개를 끄덕였다. 그렇지만 그게 꼭 사겠다는 의미는 아니었다.

—그런 건 얼마나 해요?

—달아봐야 알지. 킬로그램 당 10만 원 좀 넘는데 오늘 특별히 9만 원에 해드릴게.

이수가 눈을 깜빡였다. 그러곤 자신의 방금 전 마음을 사내에게 들켰을까 신경 썼다.

—돔이 요새 제철인가요?

사내가 잠시 머뭇대다 '잡히기는 여름에 많이 잡히는데 맛은 겨울이 낫다'고 했다.

—아이고 아무렴 어때, 뭐든 맛있게 먹을 때가 제철이지. 안 사도 되니까 한번 달아나 보세요.

빨리 이 자리를 벗어나야 한다는 생각과 다르게 이수의 고개가 천천히 움직였다. 혹 손님 마음이 변할까 사내가 후다닥 뜰채를 쥐었다.

—어디 보자. 3킬로그램 조금 안 되니까…… 25만 원 주시면 되겠네.

킬로그램 당 9만 원이라 할 땐 실감을 못했는데 한 접시에 25만 원이라는 얘기를 들으니 머리가 떵해졌다.

—……

—내 산낙지 두어 마리 같이 넣어드릴게.

도화의 미간이 살짝 구겨졌다. 도화는 '어차피 안 살 거면서' 이수가 왜 주저하는지 알 수 없었다. 그런데 그때 이수가 뜻밖의 얘기를 했다.

—주세요, 그거.

순간적으로 도화가 이수 팔을 잡아당기며 조그맣게 속삭였다.

—미쳤어?

—그걸로 할게요.

—댁에 가져가시게?

사내도 거래를 서둘렀다.

—아니요, 근처에서 먹을 거예요.

사내의 움직임에 속도와 흥이 붙었다. 사내가 시멘트 바닥 위로 뜰

채를 뒤집자 상처 하나 없이 깨끗한 생선이 백열등 불빛 아래서 반질거렸다. 비둘기색 몸통 위에 검은색 줄무늬가 산뜻했다. 사내가 작업대에 생선을 누이고 배를 갈랐다. 조심스레 내장을 제거하고 살을 발랐다. 이수와 도화는 잠시 존경심과 두려움을 느끼며 사내가 회 뜨는 모습을 지켜봤다. 귀한 생선이라 그런지 껍질 하나 버리지 않고 잘게 썰어 접시에 올렸다.

—머리랑 내장도 드려요?

—네.

이수는 자신이 살짝 흥분했다는 걸 알았다. 먹는 데 이렇게 큰돈을 써보기는 처음이었다. 가슴이 뛰었지만 한편으로는 이게 무슨 대수인가 싶었다. 아파트도 자동차도 아닌 고작 생선 한 마리에⋯⋯. 물론 이수는 알고 있었다. 그 '생선 한 마리'가 자신의 한 달 생활비인 적도 있다는 걸. 실은 그보다 적은 돈으로 겨울을 나고 여름을 건넌 적도 있다는 걸. 도화는 모든 걸 포기한 듯 어느새 한 걸음 물러서 있었다. 이수가 빛바랜 패딩 주머니에서 흰 봉투를 꺼냈다. 한 장 한 장 공들여 현금을 세는 이수의 손끝에 죄책감과 흥분, 설렘이 동시에 드러났다.

비닐 포장된 음식을 들고 좁고 어둑한 골목으로 들어섰다. 수산시장에 흔히 있는 상차림 비용과 술값만 따로 받는 식당을 찾아서였다. 두 사람은 남해수산 사장이 추천해준 집에 들어갔다. 그리고 신을 벗고 안으로 들어선 순간부터 정신을 차리지 못했다.

이수는 태어나 그런 광경을 처음 봤다. 도화 역시 마찬가지였다. 너른 홀에 족히 이삼백 명은 돼 보이는 이들이 앉아 일제히 무언가를 씹고 마시며 시끄럽게 떠들어대고 있었다. 두 사람은 종업원의 안내에 따라 얼떨떨한 표정으로 홀 중앙에 앉았다. 테이블 간격이 몹시 좁은 데다 앞뒤, 옆 모두 사람이 있었다. 우윳빛 비닐이 깔린 테이블 위로 순식간에 수저와 개인 접시, 양념장이 놓였다. 상추와 당근, 풋고추가 담긴 작은 바구니도 빠지지 않았다. 두 사람은 말없이 상아색 플라스틱 접시를 바라봤다. 방금 전 숨이 끊긴 생선 대가리가 넋 나간 표정으로 허공을 응시하고 있었다. 이수가 시무룩한 얼굴로 간장 그릇에 고추냉이를 풀었다. '생 와사비면 더 좋았을 텐데…… 25만 원짜리 생선이면 의당 그렇게 나와야 하지 않나?' 그래도 아직 회에 대한 기대가 남아 있었다.

—이거 먹어봐.

이수가 도화의 기분을 풀어주려는 듯 부드러운 목소리로 말했다. 도화가 자신의 개인 접시에 놓인 도톰하고 반투명한 살점을 잠시 바라봤다. 그러곤 일단 먹고 보자는 듯 젓가락을 들어 돔 한 점을 집은 뒤 간장에 찍었다.

—…….

이수가 돔을 씹으며 어색하게 고개를 끄덕였다. 생선 맛을 신중하게 살피며 자신의 선택에 실망하지 않으려 애썼다. 엄청 놀랄 만한 맛은 아니나 다른 생선보다 확실히 쫄깃했다.

—괜찮네.

—그러네.

두 사람은 이런 소비가 꽤 익숙한 사람인 양 굴었다. 도화가 평소 입에 대지 않는 소주를 시켰다.

—괜찮아?

—어, 한 잔 정도는.

식당 안은 여전히 시끌벅적했다. 이수 옆 테이블에 앉은 사내가 주방 쪽을 향해 갑자기 '여기요!' 하고 성마른 소리를 냈다.

—아니, 여기요, 여기.

아까부터 유리컵 바꿔달라는 얘기를 몇 번 했는데 여태 소식이 없냐며 얼굴에 아직 소년티가 남아 있는 종업원을 나무랐다. 종업원은 무표정한 얼굴로 '죄송하다' 사과한 뒤 돌아서며 중국말로 뭐라 구시렁거렸다. 확신할 순 없으나 아무래도 욕 같았다. 이 모습을 눈여겨본 이수가 도화에게 친근하게 속삭였다.

—요즘은 참 어디 가도 이방인 천지다, 그렇지?

도화가 형식적으로 고개를 끄덕였다. 이수는 문득 이상한 기분이 들었지만 이런 때일수록 싱거운 말로 불길함을 헹궈내야 한다는 걸 알았다.

—어제 태안 가는 버스 안에도 외국인 많더라.

—전세버스에?

—아니. 고속버스에. 나 사회 봐야 해서 좀 일찍 내려갔거든. 그런데 거기 몽골인가? 우즈베키스탄인가? 중앙아시아 쪽 사람들로 보이는 남자들이 있더라고. 한국에 일하러 온 사람들 같았어.

—당진에 공장이 많으니까.

—어. 그런데 이 사람들, 가는 내내 너무 시끄러운 거야. 하필 내 앞뒤로 앉아 자기네 나라 말로 뭐라 떠들고. 나중에는 잠도 못 자겠고 막 피곤하더라고.

도화가 서비스로 받은 산낙지 한 토막을 집어 기름장에 담갔다.

—조용히 해달라고 하지 그랬어.

맨살에 소금이 닿은 낙지가 몸을 틀었다.

—왠지 말도 안 통할 거 같고, 거기 머릿수가 많아 참았어. 그런데 어느 순간 약속이라도 한 듯 버스 안이 갑자기 조용해지더라?

—왜?

이수가 잠시 뜸을 들였다.

—바다가 나왔거든.

—……?

—막 서해대교 지나는데 아스라한 잔물결이 반짝반짝하더라고. 대륙 사람들은 바다 볼 기회가 적지 않나? 몇 사람은 아예 창가로 자리를 옮겨 심각하게 바다만 보더라. 스마트폰으로 사진도 찍고. 가족 생각이 나는지 뭐가 그리운지 서로 한 마디도 안 해. 그런데 이게 그냥 고요가 아니라 엄청나게 시끄럽던 와중에 들이닥친 고요라 되게 인상적이었어.

도화가 젓가락으로 낙지를 뒤집으며 대꾸했다.

—그랬겠네.

이수의 얼굴에 설핏 실망감이 스쳤다. 도화가 자기 앞 빈 잔에 술을 따랐다.

—회 더 안 먹어?

—좀 질리네.

—아…… 그렇지? 우리 둘이 먹기에 양이 좀 많네.

이수도 아까부터 배가 불렀지만 남은 살점을 꾸역꾸역 위 속에 밀어넣었다.

—그래도 이 비싼 걸 매운탕에 넣을 수는 없지.

도화가 차분하게 두 번째 잔을 들이켰다.

—이수야. 우리 만난 지 8년 됐나?

—어. 거의 10년 됐지.

—10년이면 얼추 개 수명하고 비슷하다.

도화가 혼잣말하듯 중얼거렸다. 순간 이수의 몸이 딱딱하게 굳었다. 이수는 온몸에 전깃줄을 친친 감은 크리스마스트리처럼 환하게 웃었다. 불안할 때 반사적으로 나오는 행동이었다.

—나 아까 주인아주머니 만났어.

이수가 고개를 작게 끄덕였다.

—그걸로 뭐 했어?

도화가 짐짓 예의를 차렸다.

—집에서 필요하대?

이수가 고개를 저었다.

—누가 아프셔?

이수가 한 번 더 고개를 저었다.

—설마 게임한 건 아니지?

이수가 처음으로 도화 눈을 똑바로 쳐다봤다. 깊은 눈망울에 수치심과 서운함이 엉겨 흔들렸다.

—금방 돌려놓을게.

도화가 너그럽고 가혹한 투로 응했다.

—올해 초 일이잖아.

—그러니까 빠른 시일 안에. 꼭 메워놓을게.

—아니, 안 그래도 돼.

—어?

—나 혼자 살 집 알아보고 있어. 그러니까 너도⋯⋯.

이수는 다급하고 무서워졌다.

─도화야.

─돈은…… 천천히 줘도 돼. 내년 3월에 계약 끝나니까 그 사이 짐 정리해줬으면 좋겠어.

─도화야, 미리 얘기 못해 미안해. 내가 다 설명…….

도화가 아무 말도 듣고 싶지 않다는 듯 고개를 옆으로 틀었다.

─어, 형!

누군가 이수에게 다가와 알은체를 했다.

─형! 여기 웬일이세요?

이수 얼굴에 당황하는 기색이 역력했다.

─아, 명학 씨.

도화는 방금 전 분위기도 그렇고, 모르는 사람과 인사하고 싶지 않아 눈을 내리깔았다.

─이번 주에 왜 안 나오셨어요? 올해 마지막 스터디라 다들 기다렸는데.

도화가 이수 얼굴을 뚫어지게 쳐다봤다. 이수는 시선을 피했다. 명학은 그때서야 '누구……?' 하는 눈으로 도화를 슬쩍 바라봤다. 명학의 서글서글한 눈에 선의와 호기심이 가득했다. 도화가 속으로 '아직 덜 실패한 눈……'이라 중얼댔다. 오래전 저 눈과 비슷한 눈을 가진 사람을 본 적이 있다고. 자신도 가져본 적 있는 눈이라고 생각했다. 순간 둘 사이에 이상한 기운을 감지한 명학이 눈치 빠르게 자리를 정리했다.

─아, 제가 두 분 데이트를 방해했네요. 마저 말씀 나누세요. 올해 형 도움 정말 많이 받았어요. 1월 첫 주에는 스터디 나오실 거죠? 그때

기출문제집 돌려 드릴게요. 고마워요, 형. 그 말씀 드리려고 왔어요.

　이수가 명학을 올려다봤다. 그러곤 천천히 고개를 끄덕이며 웃는 듯 우는 듯 기이하고 서글픈 미소를 지었다. 명학이 가고 난 뒤 긴 침묵을 깨고 먼저 입을 연 건 도화였다.

　— 회사는?

　— 관뒀어.

　— 매일 양복 입고 다시 노량진 간 거야? 1년 동안?

　이수가 투명한 술잔 밑바닥을 바라봤다.

　— 왜 그랬어?

　이수의 입술이 파르르 달싹였다.

　— 왜 말 안 했어?

　— ……마지막이니까.

　— …….

　— 아무에게도 말하지 않아야, 내가 내 자신에게 마지막이라 말할 수 있을 것 같았으니까.

　— …….

　— 그런데 이번에는 왠지 느낌이 좋아. 잘될 거 같아. 4년 전에도 마지막이라고 말했지만 이번에는 정말 마지막이야. 그러니까 도화야, 조금만 기다려줘. 정말 딱 한 번만. 내년 여름까지만 부탁할게.

　도화가 침착한 눈으로 이수를 바라봤다. 오래전, 이수가 현관을 나설 때면 저 사람, 저대로 사라져버리면 어떡하지, 길 가다 교통사고라도 당하면 어쩌지 싶어 가슴이 저렸던 기억이 떠올랐다.

　— 이수야.

　— 응.

—나는 네가 돈이 없어서, 공무원이 못 돼서, 전세금을 빼가서 너랑 헤어지려는 게 아니야.

—…….

—그냥 내 안에 있던 어떤 게 사라졌어. 그리고 그걸 되돌릴 수 있는 방법은 없는 거 같아.

—…….

잔을 쥔 이수 손이 가늘게 떨렸다. 매운탕이 펄펄 끓는 가스버너 주위로 아이들이 비명을 지르며 뛰어다니고, 벽에 박힌 대형 평면 티브이 위론 새터민이 나와 북한 체제를 비판하는 모습이 보였다. 식당 한쪽에선 군인 모자를 쓴 노인들이 불콰해진 얼굴로 노래를 부르고, 그 옆에선 수험생 무리가 요란하게 건배했다. 시간이 흐를수록 식당 안으로 사람들이 꾸역꾸역 더 몰려들었다. 고요한 밤, 거룩한 밤. 누군가 찾아온대도 안개에 가려 결코 못 알아볼 것 같은 밤. 수백 명이 왕왕거리는 이 횟집에서, 모두 소리 높여 떠드는 가운데 아무 말도 않는 사람은 이수와 도화 둘뿐이었다.

\*

12월 26일. 미세먼지 농도는 '나쁨' 수준으로 내려갔다. 도화는 교통안전과 종합교통정보센터로 출근해 옷을 갈아입고, 밤새 누적된 교통정보를 분석하고, 방송 대본을 준비했다. 도화에게 큰언니뻘 되는 박 경사가 '얼굴이 왜 그래?' 물었으나 도화는 피식 웃고 말았다. 시민들이 가장 많이 듣는 일곱 시대 방송은 최 경위가, 그다음 시간대 방송은 박 경사가 맡아 진행했다. 도화는 아홉 시 55분 교통방송을 담당했다.

세 사람은 돌아가며 서로 방송을 도왔다.

　생방송 5분 전, 도화는 미지근한 물로 입을 적신 뒤 카메라 앞에 섰다. 옷매무새를 매만지고 '흠, 흠' 성대를 푼 뒤 큐 카드를 확인했다. 군청색 카드 뒷면에 박힌 노란 독수리가 매섭고 늠름한 표정을 지었다. 이윽고 스태프 겸 프로듀서, 아나운서 일을 겸하는 최 경위가 도화에게 큐 사인을 줬다. 도화가 밝고 건전한 미소를 지으며 입을 열었다.

　—55분 교통정보를 알려드리겠습니다. 오늘 교통량은 적으나 대기가 뿌옇습니다. 안개와 먼지가 뒤엉켜 가시거리가 짧으니 자동차 전조등을 밝게 켜시기 바랍니다. 이어서 노량진…….

　짧은 사이. 도화는 말을 잇지 못했다. 대부분 알아채지 못할 실수였으나 방송 베테랑 최 경위만은 심상치 않은 눈으로 도화를 주시했다. 방금 전 노량진이라는 낱말을 발음한 순간 도화는 목울대에 묵직한 것이 올라오는 걸 알았다. 단어 하나에 여러 기억이 섞여 쏟아지는 걸 느꼈다. 서울시 동작구 노량진동 안에서 여러 번의 봄과 겨울을 난, 한번도 제철을 만끽하지 못한 채 시들어간 연인의 얼굴이 떠올랐다. 교회 식당에서 '도화 씨가 좋아하는 거 같아 잔뜩 집어 왔어요'라고 말하며 식판 위에 쌓인 동그랑땡을 자랑하던 모습과 옆면이 새카매진 한국사 교재, 베갯잇에 묻은 흰 머리카락, 눈가의 주름, 살 냄새 그런 것이 밀려왔다. 한겨울, 오들오들 떨며 현관문을 열면 따뜻한 두 손으로 언 귀를 녹여주던 모습과 여름이면 도화 쪽으로 바람이 더 가도록 선풍기 각도를 조절해주던 이수의 옆얼굴도. 그때서야 도화는 어제저녁, 주인 아주머니를 만난 뒤 자신이 느낀 게 배신감이 아니라 안도감이었다는

걸 깨달았다. 마치 오래전부터 이수 쪽에서 먼저 큰 잘못을 저질러주
길 바라왔던 것처럼. 이수는 이제 어디로 갈까? 도화가 목울대에 걸린
지난 시절을 간신히 누르며 마른침을 삼켰다. 그리고 최 경위가 나서
기 전 재빨리 말을 이었다. 교통방송 때 늘 하는 말, 도화가 신뢰하는
말, 과장도, 수사도, 오해도 없는 문장을 풀어냈다.

— 노량진역에서 노들역 방향 사이 승용차 추돌 사고가 있었습니다.
하지만 현재 사고 정리가 모두 끝난 상태라 양방향 모두 교통 상황 원
활합니다.

도화 등 뒤에 펼쳐진 스크린 화면에 강변북로를 비추는 CCTV 영상
이 크게 떴다. 그런데 그때 카메라 렌즈 위로 웬 비둘기 한 마리가 날
아와 화면을 가렸다. 도로 위 풍경 대신 비둘기의 희끗희끗한 날개가
환영처럼 아른댔다. CCTV 카메라가 비둘기를 쫓으려 도리질하듯 고
개를 흔들었다. 도화는 잠시 그 모습을 멍하니 바라봤다. 그러곤 다음
소식을 전하기 위해 카드 위로 시선을 떨궜다. 더 이상 고요할 리도, 거
룩할 리도 없는, 유구한 축제 뒷날, 영원한 평일, 12월 26일이었다. ▪

안보윤

때로는 아무것도

1981년 출생. 명지대 사학과와 동대학원 문창과 졸업.
2005년『문학동네』등단. 소설집『비교적 안녕한 당신의 하루』, 장편소설『오즈의 닥터』『사소한 문제들』
『우선 멈춤』『모르는 척』. 〈문학동네작가상〉 〈자음과모음문학상〉 수상.

# 때로는 아무것도

1

최초의 기억은 무수한 선으로 뒤덮여 있었다. 리모컨과 마름모꼴 박하사탕, 생닭 따위가 허공을 날아다녔는데 그건 어떤 의미에서 몹시 정확한 기억이기도 했다. 도영은 그것들이 그려내는 복잡한 선에 빠져 있었다. 스테인리스 컵이 진한 곡선을 긋고 냅킨 뭉치가 짧은 직선으로 지그재그 흩어졌다. 도영은 포대기에 싸인 몸을 꼼지락대며 선을 쫓았다. 무언가가 빠른 속도로 날아와 뒤통수를 후려치기 전까지는 그랬다. 당시 세 살이었던 도영은 어머니 등에 꽉 묶인 채로 정신을 잃었다.

─하필 냉동 닭이 날아오는 바람에.

이후 도영의 머리를 깎아줄 때마다 어머니는 음울한 목소리를 냈다.

도영의 뒤통수는 반 수저 떠낸 홍시 모양으로 움푹 꺼져 있었다. 친근하게 머리를 쓰다듬어줄 때가 아니면 눈치채지 못할 정도였으나 도영의 어머니는 거기서 좀처럼 눈을 떼지 못했다. 도영은 자신의 첫 기억이 통닭집에서 목격한 무수한 선들이라는 사실을 어머니에게 말하지 않았다. 대신 뒤통수 홈에 손가락을 덧대 꽁꽁 언 닭의 크기를 가늠해보았다. 정확하게는 닭다리나 날갯죽지의 지름 정도일 것이었다.

싸움의 원인은 사소하고도 다양했다. 그래서인지 몸싸움으로 번지게 된 이유를 기억하는 사람은 아무도 없었다. 모두 누군가를 때렸고 모두 누군가에게 맞았다. 아무도 때리지 않고 중상을 입은 사람은 도영뿐이었다. 영광빌라 A동 친목 도모회 중 벌어진 일이었다. 작은 통닭 집에 모인 주민은 열 명 남짓이었는데, 301호에 세쌍둥이가 이사 온 뒤로 관계가 사뭇 험악해진 상태였다. 종아리가 당차게 여문 세쌍둥이는 한밤에도 우박 떨어지는 소리를 내며 온 집 안을 뛰어다녔다.

— 전등이 다 나갈 지경이라고.

201호 남자가 자리에 앉자마자 투덜댔다. 작은 체구에 머리통이 길고 좁은 남자였다. 새치가 절반인 짧은 머리칼이 고슴도치처럼 솟아 있어 뒷모습이 우스꽝스러웠다. 마주 앉게 된 102호가 슬그머니 의자를 뒤로 물렸다. 강퍅한 성미에 불만 서린 얼굴로 빌라 곳곳을 쑤시고 다니는 통에 201호 남자를 달가워하는 사람은 아무도 없었다. 그는 수시로 옥상을 오르내리며 층계참에 놓인 세발자전거와 항아리들을 걷어찼다. 우편함 옆에 서서 드나드는 사람 모두에게 빌라 출입문을 똑바로 닫으라고 을러대기도 했다. 빌라 주민들이 가장 끔찍하게 여기는 건 매달 셋째 주 일요일의 계단 청소였다. 남자는 오전 일곱 시부터 빌라 전 층을 뛰어다니며 고함을 지르고 초인종을 연거푸 누르고 알루미늄 난간을 두드려댔다. 그 소란은 주민들이 수도에 긴 호스를 연결해 물을 뿌리고 빗자루로 빌라의 모든 계단을 쓸어낼 때까지 계속되었다.

—공동생활에도 격이 있는 법인데 말이지. 거, 가정교육이라는 게 뭔지 알기나 하나, 그 집은? 애새끼들이 얼마나 날뛰는지 내가 거실에 앉아 있질 못해. 전등 떨어질까봐.

—애들 뛰는 게 뭐 그리 대수라고 유난이래요. 우리 집에선 콩 튀는 소리만큼도 안 들립디다.

402호가 단번에 면박을 주었다. 세쌍둥이 엄마가 자신의 딸 학교 선생이라는 걸 알게 된 뒤로 402호는 유난히 그 집을 감쌌다. 꼭대기 층부터 시작되는 계단 청소 특성상 셋째 주 일요일의 괴롭힘이 402호에게 유난히 질긴 탓이기도 했다. 그쪽이야말로 공동생활이라는 게 뭔지 알기나 하나? 402호가 비쭉거리며 말을 흘렸다.

—애들 노는 게 우렁차긴 하지 뭘.

B02호 노인이 말했고,

—부실시공이 문제예요, 다 그것 때문에 그래. 초인종만 눌러도 온 빌라가 쩌렁쩌렁 울리잖아요. 몇 호가 짜장면을 시켜 먹는지 몇 호에 잡상인이 찾아왔는지 다 들리는 판국에.

101호 주민이자 통닭집 주인이 슬쩍 말을 물렸다.

술이 몇 차례 돈 뒤에는 분위기가 누그러졌다. 통닭집 주인과 그녀의 늙은 아들이 닭을 튀기느라 분주히 움직이는 동안 402호가 양배추를 썰었다. 도영의 어머니가 양배추 위에 케첩과 마요네즈를 섞어 뿌렸다. 생맥주를 따르러 간 201호 남자가 부걱부걱 터져 나온 맥주 거품을 뒤집어썼고, B02호 노인이 냉장고에서 중국산 노가리를 찾아내

굽기 시작했다. 가게 텔레비전에서 뉴스가 흘러나오고 있었다. 테이블 모서리에 노가리를 탕탕 찍던 노인이 화면을 보고는 물었다.

—저 사람들은 다 뭐고? 공터에 웬 사람들이 저래 빼곡하니 꽂혀 있나?

오묘한 색깔로 변한 마요네즈를 찍어 먹던 도영의 어머니가 마요네즈만큼이나 오묘해진 낯빛으로 대꾸했다.

—촛불이잖아요, 할아버지. 광화문 광장요, 사람들이 촛불을 들고 모인 거예요.

—촛불이 어디? 시꺼면 머리통만 몇 겹씩 휘감겨 있구만, 보기 흉측스럽게. 전쟁통에 피난 가는 사람들도 아니고 어으, 껌껌하기도 하다. 내 자네한테 말한 적 있던가? 육이오 난리통에 내가 갓 돌잡이한 새끼를 옆구리에 끼고서는…….

—할아버지 눈이 영 안 좋으신 모양이네. 저게요, 사람들이 들고 있는 저 촛불이 엄청 중요한 거거든요. 효순이 미선이 모르세요?

—중요한 건 그런 게 아니지.

맥주 거품에 상의 앞섶이 푹 젖은 채 소주를 따라 마시고 있던 201호 남자가 끼어들었다. 험상궂은 시선이 마침 가게에 들어선 301호에게 갈고리처럼 가 박혔다.

—거, 공룡놀이는 좀 아니지 않나? 애아빠가 새벽에 들어오면 발 씻고 잠이나 잘 것이지, 왜 자는 애들을 깨워서 티라노사우루스니 트리케라톱스니 떠들어대며 크와아아, 쿵쿵 뛰고 비명 지르고 지랄들을 하냐고. 그 집 애새끼들 뛸 때마다 우리 집 전등이 껌뻑껌뻑 나가는 걸 알고는 있고? 나도 한번 해봐줘? 거, 열 손가락에 장도리니 드라이버니 끼고 그 집 문 앞에서 크와아아, 한번 날뛰어줘?

—그러는 아저씨야말로 왜 그래요?

포크를 내동댕이치며 102호가 말했다.

—대체 왜 자꾸 우리 집을 들여다보는 거예요? 우리는 한낮에도 암막커튼을 치고 살아요, 아저씨가 요리조리 들여다보고 새벽마다 담배 피우러 나온 척 베란다 창살 사이로 머리를 집어넣는 통에요. 여자들만 산다고 만만히 보는 거예요? 아저씨야말로 내가 한번 해봐줘요? 열 손가락에 송곳이니 과일칼이니 끼고?

—살벌한 소리들 말고, 여기 통닭 좀 들어요. 우리가 양심껏 깨끗한 기름으로 튀기는 거라 튀김옷까지 다 씹어 먹어도 살도 안 찌고 여드름도 안 나. 주위에 광고들 좀 해주고, 응?

—친목 모임에 안 나오면 벌금 3만 원이라니, 언제부터 그런 규칙이 있었죠? 이거 텃세 아닌가요?

통닭집 주인과 301호가 각각 떠들어댔다. 저런 쓸데없는 거 말고요, 할아버지, 정말 저 불빛들이 안 보이세요? 도영의 어머니가 B02호 할아버지에게 바짝 붙어서며 다그쳤다. 통닭집으로 뛰어 들어온 세쌍둥이가 크와아아, 소리치는 것과 동시에 201호 남자가 자리를 박차고 일어섰다.

15평짜리 통닭집은 싸움이 시작된 지 10여 분 만에 완전히 폐허가 되었다. 뒤엉킨 사람 중에 201호 남자의 움직임이 제일 빨랐다. 냉장고 문을 열어 식자재를 끄집어낸 사람도 그였다. 생닭과 절임무와 플라스틱 접시들이 가게 안을 날아다녔다. 가장 위협적인 것은 생닭이었는데, 철썩, 하고 얼굴에 붙는 속도가 무시무시한 데다 유통기한이 지난 노계들이라 삭은 기름 냄새가 그야말로 끔찍한 탓이었다. 싸움은 냉동닭에 머리를 맞은 도영이 병원으로 실려 가면서 끝이 났다.

도영과 도영의 어머니, B02호 노인이 병원에 간 뒤 통닭집에 남은 주민들은 한동안 서로를 노려보고 서 있었다. 201호 남자만이 누구를 노려봐야 할지 몰라 두리번거렸다. 마주 노려볼 사람이 너무 많아서였다. 남자는 한참 만에야 결심한 듯 카운터 뒤에 쪼그려 앉아 울고 있는 세쌍둥이 중 하나를 노려보았다.

싸움은 끝났으나 더럽고 으깨진 것들을 직접 치워야 하는 번거로움이 남아 있었다. 주민들은 절임무를 쪼개 콧구멍에 박은 채 씨근거리며 벽을 닦고 바닥을 쓸었다. 닭비린내와 땀내와 걸쭉하게 끓어오른 분노의 열기 때문이었다. 분을 삭이지 못한 201호 남자의 코에서 수시로 절임무가 튀어나왔다. 생닭에 코피가 터지지 않은 사람은 세쌍둥이 뿐이었다. 세쌍둥이는 통닭집 앞 길가에 조르르 붙어 앉아 콧물을 훔쳤다. 하나가 졸기 시작했다. 다른 하나가 칭얼댔고 마지막 하나가 짧은 손으로 양옆 아이들을 토닥였다. 가을볕이 몇 번이고 즈려밟는 통에 세쌍둥이의 이마와 콧등이 검게 타 반들거렸다.


2


오래된 종이가 내는 소리는 눅눅하고 질겼다. 도영은 학교신문 상단에 찍힌 발간 일자를 더듬었다. 자료실이라고 붙은 팻말이 겸연쩍을 만큼 습습한 창고이니 눅진 면은 어쩔 수 없겠으나 질긴 감은 쉽게 이해되지 않았다. 도영의 머릿속에서 '오래된 것'은 손을 대면 가루가 되어버리는, 소멸 직전의 무엇이었다. 가마에 구워 단단하게 굳힌 도자기 정도가 아니고서야 적당히 닳아 없어지는 것이 옳았다.

도영은 책상 위에 쌓인 오래된 신문들을 반복해서 넘겼다. 빠르게,

더욱 빠르게 넘기거나 무언가의 껍질을 벗겨내듯 가장자리를 살살 긁어 일으키기도 했다. 어떤 방식으로 열든 질기고 억센 종이의 궤적이 남아 있었다. 또박또박 잘린 칸에 나열된 글자들 역시 꿈적도 하지 않았다. 집요한 것은 종이가 아니라 기록된 글자들인지도 모르겠다고, 도영은 생각했다. 종이 섬유와 함께 짜이기라도 한 것처럼 글자들은 빈틈없이 질겼다.

대학에서의 첫 여름을 학교 도서관 창고에서 보내는 건 예상 밖의 일이었다. 사양이 형편없는 노트북 한 대가 놓인 1인용 책상이 도영의 지정석이었다. 창고에는 작업을 지시하는 사람도, 확인하는 사람도 없었다. 금요일 오후에 일주일 분량의 작업 문서를 정해진 이메일로 보내면 끝이었다. 도영은 보통의 스무 살들이 그러하듯 몇 겹씩 포개지는 파도와 몇 겹씩 포개지는 소주병들과 두 겹만 포개져도 충분할 입술 따위로 이루어진 MT를 꿈꿨다. 그러나 도영의 일과는 아르바이트와 또 다른 아르바이트로 정밀하게 포개져 있었다. 학교 도서관 아르바이트는 적막했고 24시간 만화 카페 아르바이트는 번잡했다. 도영은 뒤통수의 홈을 꾹꾹 누르며 엑셀 창을 열었다.

—방학 동안만 자료실에서 일하면 될 거야.

그렇게 말하던 도서관 사서의 옆얼굴이 떠올랐다. 어쩐지 어정쩡한 표정이었고, 도영과는 전혀 눈을 맞추지 않았다. 개교 100주년을 맞은 학교에서 그간 발행된 학교신문을 전부 디지털화시키겠다고 공표한 직후의 일이었다.

—어떤 작업을 하는지는 상관없잖아. 근로 장학금만 정확히 입금되면 되는 거니까. 그렇지?

도영은 대충 고개를 끄덕였다. 창고에 처박혀 100년분의 기록과 홀로 싸우게 되리라는 사실을 미처 몰라서였다. 도서관에서 도영이 하던 일은 반납된 책 더미를 정리하고 새 책에 도난 방지 안테나를 눌러 박는 것이었다. 어깨가 굳고 팔이 저려도 어울려 이야기할 사람들이 곁에 있었다. 근로 학생 대부분은 도영보다 나이가 많았고 학식과 등록금에 엇비슷한 불만을 가지고 있었다. 도영은 그들 중 하나가 책장에 바짝 붙어 서 있던 모습을 떠올렸다. 어느 오후의 일이었다. 사람들 발길이 뜸한 서쪽 구역이었고, 도영이 느릿느릿 통로를 빠져나가던 참이었다. 그쪽 구역 분류 기호가 뭐였더라. 철학서들이 꽂혀 있는 곳이었는데. 그때 그 사람이 쥐고 있던 책은.

……딱히 상관없지만. 도영이 작게 읊조렸다.

이곳에서는 이곳에 맞는 일을 하면 그만이었다. 도영은 엑셀 시트를 연도별로 분류했다. 오늘 입력분은 1961년 발행된 학교신문 뭉치였다. 첫 장을 넘기자 켜켜이 박제되어 있던 먼지가 거대한 몸피로 부풀어 올랐다. 도영은 양팔을 휘젓거나 종이를 펄럭여 먼지를 흩뜨리지 않았다. 내버려두면 맥없이 제자리로 돌아갈 것들이었다. 잠시 숨을 참은 도영이 신문 각 면에서 헤드라인을 골라 나눠둔 칸에 입력해나갔다. 학생에게가 아니면 시키지 못할 단순하고 무식한 작업이었다.

1961. 02. 07. 제216호. 1면. 兪賢根 總長 寄宿舍開館記念行事

1961. 03. 13. 제221호. 2면. 兪祕根 代表理事 獎學金授與式

기사 대부분이 한자라 전자사전을 찾는 시간이 훨씬 길었다. 그럼에도 이름 몇 개는 획 하나 틀리지 않고 똑같이 그려낼 수 있을 만큼 눈에 익었다. 작업을 하는 동안 도영이 가장 많이 입력한 건 유필근, 유현근, 유상근으로 이어지는 가계도였다. 따지고 보면 수십 년 분량의 기사들은 학교의 것이라기보다 유씨 집안의 행보를 기록한 것에 가까웠다. 도영은 다음 면을 열어 헤드라인을 짚었다. 11면 왼쪽 하단. 總長室 占據한 學生會長 重懲戒. 손가락이 미끄러지듯 구석으로 밀려난 조그만 글자들을 더듬었다. ……에 대한 반대 입장을 표명하고 횡령 및 재단 비리에 대한 해명을 촉구하며 총장실을 점거한 학생회 위원들의 징계 절차를 밟아 엄중히 처벌…….

—중요한 건 그런 게 아니지.

문득 들려온 목소리에 도영이 주위를 둘렀다. 놀람이나 당황에서 비롯된 행동은 아니었다. 습관에 가까운 두리번거림은 느슨하고 여유로웠다. 도영은 허공을 향해 중얼중얼 대꾸했다.

—네에, 네, 알아요. 안다고요.

기사를 읽던 손가락이 다음 헤드라인을, 또 다음 헤드라인을 입력했다. 도영의 손끝이 1961년을 지나 62년을 향해 거침없이 내달리는 동안 목소리는 침묵했다. 당연했다. 목소리가 들려오는 경우는 도영이 불필요한 곳으로 시선을 흘릴 때뿐이었다.

처음 목소리가 들린 것은 중학교 3학년 때였다. 기말고사 기간이었고, 아침 자습이 끝난 뒤 국사 시험을 볼 예정이었다. 도영은 주관식에 나올 만한 단어들을 골라 외우고 있었다. 아관파천, 고종 대한제국 선포, 광무개혁을 통해 자주국가의 면모를, 기술교육 기관과 사립학교 설립. 검은 동그라미가 한창 늘어갈 무렵이었다. 중요한 건 그런 게 아니지. 걸걸하고 낮은 남자 목소리가 귓속을 파고들었다. 비아냥대는 것처럼 말끝이 끌려 올라간, 기분 나쁜 어투였다.

도영은 놀란 얼굴로 주위를 살폈다. 아이들은 도영처럼 어딘가에 밑줄을 긋고 동그라미를 치느라 바빴다. 도영은 양전사업에 동그라미를 그렸다. 목소리가 들렸다. 유학생 파견에 밑줄을 그었다. 목소리가 들렸다. 전제군주제 강화를 옮겨 적었다. 목소리가 들리지 않았다.

이후 남자의 목소리는 수시로 도영의 귓속을 파고들었다.

도영이 상가 앞 간이 테이블에서 설문지를 작성하고 있거나 학급별 축구대회를 위해 골대 그물을 묶거나 자동차 아래 동그랗게 몸을 말고 있는 고양이를 끄집어내고 있노라면, 목소리는 쯧쯧 혀를 차며 말했다. 중요한 건 그런 게 아니지. 그럼 도영은 얼른 앞에 놓인 것에서 손을 뗐다. 서점 가판대에서 수험서를 고르거나 수행평가지를 작성하고 있을 때면 사위가 고요했다. PC방으로 몰려가는 학급생들과 다른 방향으로 발길을 돌릴 때도 마찬가지였다.

목소리의 판단은 냉정하고 정확했다. 도영은 수능공부를 할 때, 대학 원서를 넣을 때, 하다못해 십자 퀴즈를 풀 때조차 목소리의 도움을 받았다. 보다 더 중요한 것을 선택하는 일. 도영은 올바른 선택에 대해 그렇게 정의해왔다. 그리고 지금, 도영에게 중요한 건 헤드라인을 엑셀 창에 정확히 입력하는 일이었다.


3


—정산은 내가 할게.

도영에게서 동전 통을 빼앗으며 세쌍둥이가 말했다.

—너 잔돈 처리 꽝이잖아. 매일 몇 백 원씩 비는 거 진짜 짜증나.

—신경 써서 하고 있는데요.

—웃기시네. 니 발밑에 떨어진 동전이나 보고 말해.

세쌍둥이가 바닥을 걷어차자 짤랑 소리와 함께 은빛 곡선이 그어졌다. 도영은 단조롭고 분명한 선의 궤적을 지켜보았다. 선이 끝나는 지점을 손으로 더듬자 차갑게 식은 동전이 잡혔다.

　—안과에 가보라니까? 그거 분명히 병이야. 어떻게 발밑에 떨어진 동전을 못 보냐. 지난번 클레임 들어온 것도 니가 손님이 보고 있던 책들 싹 정리해버려서 그런 거잖아. 바로 앞에 앉아 있는 사람을 못 봤다는 게 말이 돼?

　—가봤어요, 안과.

　—뭐래?

　—몽골리안 시력이래요.

　—지랄한다.

　정말이었다. 도영의 시력을 재던 간호사는 혀를 내두르며 말했다. 이렇게 시력 좋으신 분 처음 봐요, 몽골족에서나 나올 수치인데 이게 정말 보이세요? 도영은 시력검사표 바닥까지 내려간 지시봉을 바라보며 끄덕였다. 다른 것은 뿌옇게 흐렸지만 지시봉 끝이 가리키는 숫자와 기호는 정확하게 보였다. 그러나 기계로 다시 시력을 재고 나자 간호사가 싸늘한 얼굴로 덧붙였다. 검사표 외우고 그러시면 안 되거든요. 어린애들도 그런 짓은 안 해요.

　도영은 카운터 옆 선반에 감자칩을 채우기 시작했다. 만화 카페는 시간제로 운영되었다. 카드 결제가 대부분이었지만 과자와 초콜릿 같은 군것질거리는 따로 현금으로 받았다. 어째서 잔돈을 자꾸 흘리는지, 어째서 자신은 그걸 발견할 수 없는 건지 의아하긴 했다. 다른 일에는 좀처럼 실수하지 않는 도영이었다. 오히려 지나치리만큼 정확했다. 예를 들어 도영은 2만여 권의 만화책 중에서 손님이 요구하는 책을 정확히 골라낼 수 있었다. 잘못 꽂힌 책을 귀신같이 찾아내 원래 자리로 돌려놓기도 했다.

―관심이 없는 거야, 넌.

―그래봤자 잔돈인데요.

―응. 근데 지난달에 니가 펑크 낸 돈 다 모으면 만 원이 넘어. 그럼 그건 더 이상 잔돈이 아니지 않아? 최소한 나한테는 이 동전들이 엄청 중요하다고.

세쌍둥이가 주문받은 생과일주스를 믹서로 갈아 유리잔에 담았다. 도영도 주문표에 찍힌 대로 아메리카노를 뽑아 쟁반 위에 올렸다. 카페 구석에서 위잉 위이이잉 호출 벨이 울렸다. 점점 가까워지는 소리는 도영으로 하여금 몇 시간 전 창고에서 질리도록 들었던 기계음을 떠올리게 했다. 그것은 규칙적으로, 진동에 춤추는 먼지 다발이 눈에 보일 정도로 가까운 곳에서 울렸다. 책상을 옮겨보거나 노트북 전원을 꺼도 멈추지 않았다. 이상한 소리가 들린 건 처음이 아니었으나 위이이잉 하는 기계음은 묘하게 거슬렸다. 대체 어디서 나는 소리였을까. 도영의 찌푸린 얼굴에 음료를 가지러 왔던 손님이 불쾌한 기색을 보였다.

―이쪽은 됐으니까 잠깐 쉬고 와.

세쌍둥이가 카운터 밖으로 도영을 밀어내며 말했다. 툴툴대긴 해도 도영의 사정을 봐주는 건 세쌍둥이뿐이었다. 도영은 세쌍둥이의 코를 잠깐 바라보다 고개를 흔들었다. 알고 지낸 지 17년이 지났지만 도영은 세쌍둥이를 그냥 세쌍둥이라고 불렀다. 언젠가 각각의 이름을 소개받은 날도 있었겠지만 기억나지 않았다. 도영은 그들을 굳이 구분해야 할 필요성을 느끼지 못했다. 그들의 차이는 콧날이 휜 방향이라든지 콧잔등이나 뺨에 얹힌 점의 개수처럼 미미했다. 24시간 만화 카페에서 함께 일하게 된 후로도 마찬가지였다. 그들이 하는 일은 대동소이했다. 셋 모두 도영을 이름 대신 너, 라고 불렀고 청소와 책장 정리를 도영에게 맡겼으며 수시로 동전 통을 빼앗아갔다.

—참, 너 들었어? 201호 아저씨 얘기.

—그 아저씨 이사 간 지가 언젠데 아직도 그렇게 불러요.

—이사 갔다고 해봤자 바로 앞 건물인데 뭐. 쥐똥만 한 동네에서 옮겨 다녀봤자지. 암튼 그 아저씨 말야, 죽었대.

—죽어요?

—응. 골목에 죽어 있는 걸 누가 신고했다나봐. 이렇게 앉은 채로 죽어 있더래, 왜 죽었는진 아직 모르고. 경찰이 수사하러 올지도 몰라, 우리 집이랑 사이 엄청 안 좋았으니까.

—옛날 얘기잖아요.

—원래 옛 원한이 무서운 거야. 너도 용의자가 될 테니까 알려주는 거야. 네 뒤통수 찌그려놓은 사람도 그 아저씨잖아.

도영이 뒤통수를 만지작거렸다. 거기 홈을 낸 사람이 201호 남자인지 301호인지 확실치 않다는 말은 하지 않았다. 냉동 닭을 집어던진 사람은 통닭집 늙은 아들일 수도 402호일 수도 있었다. 굳이 따져보자면 홈의 어느 부분은 세쌍둥이가 힘차게 밟고 지나간 흔적이기도 했다.

4

휴게실로 도영을 밀어 넣으며 세쌍둥이는 슬쩍 도영의 뒤통수를 쓰다듬었다. 머리카락으로 가려져 있어도 그것의 위치는 쉽게 짚어낼 수 있었다. 통닭집에서의 싸움 이후 도영의 상처는 1년 가까이 아물지 않았다. 가까스로 아문 뒤에는 머리칼이 나지 않아 윗부분 머리칼을 길게 길러 상처를 덮어야 했다. 영광빌라 A동 사람들은 여전히 데면데면

한 사이로 불만 섞인 시선을 주고받았지만 골목 끝에서 도영이, 뒤통수에 커다란 반창고를 붙인 도영이 나타나면 얼른 서로에게 웃어 보이곤 했다. 그러니까 도영은 좀 이상한 형태로 출범한 평화사절단인 셈이었다.

세쌍둥이는 그 시절을 모호하게 기억하고 있었다. 셋이 각각 기억하고 있는 부분은 명확했지만 그것들을 한데 모으면 어쩐지 귀퉁이가 일그러진 그림이 되었다. 기본적인 것에서부터 그랬다. 세쌍둥이 중 하나는 그 시절 아버지와 어머니가 사이좋게 함께 살고 있었다고 기억했다. 다른 하나는 그 시절 아버지와 어머니가 밤새 거실과 온 방을 내달리며 욕을 하고 싸워댔다고 기억했다. 마지막 하나는 그 시절 아버지와 어머니는 이미 별거 중이었고, 자신들을 불쌍히 여긴 삼촌이 때때로 놀러와 공룡놀이를 해주었다고 기억했다.

─그래서 201호 아저씨가 새벽에 시끄럽다고 쫓아 올라왔다가 그냥 가버리곤 했잖아. 아버지가 선풍기며 의자며 집어던지는 바람에 난장판인 거실에 엄마는 막 소리 지르며 굴러다니고. 한 번은 아저씨네 액자 떨어졌다고 욕하러 왔다가 우리만 데리고 내려갔는데 기억 안 나? 아저씨네 집에서 꿀을 탄 우유를 마셨는데. 넌 마시다가 이불에 토했고.

─무슨 소리야, 아저씨네 집에 간 건 벌받을 때였지. 아저씨가 계속 엄마 괴롭히니까 우리가 복수해주자고 그 집 현관문에 먹물 뿌렸다가 걸리는 바람에. 며칠 동안 가서 걸레로 문 닦고 벌서고 그랬잖아.

─그건 삼촌 아냐? 삼촌이 아버지 대신 그 집에 가서 따졌지. 그리고 먹물은, 그 집 아냐. 402호야.

세쌍둥이는 입을 다물었다.

시간이 흐르는 동안 빌라 구성원이 대부분 바뀌었지만, 모두 모여 계단 청소를 하는 일 따위도 없어졌지만 세쌍둥이는 내내 402호가 불편했다. 4층으로 올라가는 좁은 계단과 ㄱ 자로 꺾인 통로도 싫었다. 그곳을 보고 있노라면 엉덩이로 축축한 한기가 올라오는 것 같았다. 통로 창문으로 기어든 햇빛이 계단 높이로 싹둑싹둑 잘려 있던 장면이 문득 떠오르는 날도 있었다. 언니가 재밌는 거 보여줄까. 계단 꼭대기에서 손짓하던 희고 통통한 손. 어느 쪽이든 불편하긴 마찬가지였다.

세쌍둥이는 서로 조금씩 다른 방식으로 402호 현관문에 먹물을 끼얹던 순간을 기억했다. 빌라에는 모두 똑같은 회색 철문이 달려 있었는데 402호만이 짙은 밤색 테두리를 두른 크림색 현관문을 달고 있었다. 팻말도 금박으로 반짝거리게 만든 새것이었다. 그 문으로 402호 딸의 친구들이 바쁘게 들락거렸다.

—402호 언니는 그러고도 잘 살까.

—언니라고 부르지 마. 그년은 미친년이야.

—그리고 보면 개도 그때 중2였으니까 자기를 통제할 수 없었는지도 몰라. 어린애였잖아.

—지랄하네. 중2병이 황금 면죄부냐? 자꾸 봐주니까 그것들이 죄를 지어놓고도 반성할 줄 모르는 거야. 나쁜 년은 그냥 나쁜 년이야.

세쌍둥이는 카페 안 각각의 자리로 흩어졌다. 하나가 에스프레소를 추출하는 동안 다른 하나가 테이블에 어질러진 만화책을 정리하고, 나머지 하나가 카페 한쪽에 앉아 동영상 강의를 들었다. 누군가의 말투가 험악해지면 적당히 흩어지는 게 그들만의 규칙이었다. 세쌍둥이의 어머니와 아버지는 포기를 모르는 사람들이었다. 상대방 말투가 험악해지면 더욱 거친 말투를 썼고, 그보다 더 악독한 말이 없으면 기꺼이 몸을 날렸다. 세쌍둥이는 그런 면만은 결코 닮고 싶지 않았다.

—그래도 서른두 시간이라니. 아저씨 엄청 더웠겠다.

찢어진 페이지에 투명 테이프를 붙이던 다른 하나가 중얼거렸다.

201호 남자의 죽음을 알게 된 건 카페로 출근하던 한낮의 일이었다. 지은 연도도 공법도 들쭉날쭉한 빌라들이 빼곡해 워낙 제멋대로 길이 꺾인 동네였다. 경사진 골목을 생각 없이 따라가면 길을 잃기 십상이었다. 세쌍둥이는 미로처럼 얽힌 골목을 능숙하게 빠져나가 큰길에 다다랐다. 큰길이라고 해봤자 손수레 하나가 가까스로 지나갈 수 있는 너비였다. 세쌍둥이는 길 끝에 이르러 발을 멈추고 갸웃거렸다. 경찰차 한 대가 앞을 막고 있는 까닭이었다. 어떻게 봐도 차가 들어올 수 있는 공간이 아니었다. 경찰차는 배수관에 머리가 끼인 새끼 고양이처럼 본체 앞부분이 길에 꽉 끼인 채 멈춰 있었다.

—할아버지가 보신 것만 솔직하게 얘기하면 된다니까요, 네?

—201호를 내가 모른다고 한 것도 아니잖나. 내 아는 사람이라니까, 근 20년을 알고 지낸 사람이라고 몇 번을 말해.

—그런데 그날은 못 보셨다구요?

—그렇지.

—몇 십 년을 알고 지낸 사람인데 유독 그날만 못 보셨다?

—그렇대두.

—그게 말이 됩니까? 저희가 CCTV도 확인했어요. 할아버지가 수레를 끌고서 골목에, 그러니까 그 사람 앞에서 한참 서성대는 걸 다 확인했다고요.

—폐지를 주웠다니까. 수레도 폐지 모으는 수레고.

—20년을 알고 지낸 사람이 코앞에 죽어 있는데, 폐지를요?

―그렇지.

―할아버지, 보세요. 자아, 그 사람은요, 무려 서른두 시간 동안 똑같은 자리에 앉아 있었어요. 이렇게 쪼그려 앉은 시체가 골목에요, 네? 그런데 할아버지가 오후 일곱 시에 한 번, 새벽 다섯 시에 또 한 번 거길 지나갔어요. 그럼 할아버지가 말씀하신 대로 폐지를 줍다가, 자 보세요, 줍습니다, 이렇게 폐지를 줍다가요, 허리를 펴거나 고개를 들면 어이쿠, 이 시체랑 딱 마주칠 수밖에 없다 이겁니다. 근데 본 적이 없다니 그 말을 어떻게 믿어 드려요. 할아버지, 일부러 신고 안 한 이유가 있는 거죠? 아니면 할아버지가 수레에 시체를 싣고 와서 저기다 유기한 거예요?

―못 보지.

―네? 뭘요?

―시체는 못 보지. 내 눈엔 폐지밖에 안 보이니까, 못 봐, 그건.

B02호 노인은 완강했다. 두 명의 경찰관이 발을 구르는 걸 보며 세쌍둥이는 길을 돌아 나왔다. 기다려봤자 길을 터줄 것 같지 않아서였다. 그나저나 201호 아저씨가 죽었다니. 나쁜 사람은 아니었는데. 하나가 말했다. 좋은 사람도 아니었지. 다른 하나가 말했다. 사람이란 게 원래 그런 거 아닐까. 좋지도 나쁘지도 않고, 다만 가여운 채로. 나머지 하나가 말했다. 세쌍둥이는 구불구불 이어진 골목을 말없이 걷다 처음으로 방향을 잃었다. 한 번도 본 적 없는 초록색 담이 눈앞에 있었다. 허리께까지 벽돌을 쌓아 만든 것이었는데 담쟁이넝쿨이 끈질긴 기세로 자라 담을 뒤덮고 있었다. 세쌍둥이는 초록색 담 앞에 조르르 붙어 앉아 땀을 훔쳤다. 여름 볕이 몇 번이고 지르밟는 통에 세쌍둥이의 이마와 콧등이 검게 타 반들거렸다.

도영은 자료실 문 앞에 서 있었다. 어제 세쌍둥이가 유난을 떠는 통에 급히 카페에서 나온 게 문제였다. 자료실 보안 키가 든 지갑을 직원 사물함에 두고 온 것이었다. 영락없는 창고인 주제에 보안 키는 무슨. 201호 아저씨 죽은 게 뭐 그리 대단한 일이라고 유난들을. 투덜대던 도영이 뒤통수를 긁었다. 홈이 평소보다 움푹하게 느껴졌다.

도서관에 올라가 여벌 키를 받아오면 끝날 일이었으나 발이 떨어지질 않았다. 도영은 복도를 서성이다 문고리를 잡았다. 그러고 보니 가끔 문이 열려 있을 때가 있었던 것이다. 도영은 아홉 시 정각 출근이었는데 일주일에 두어 번쯤 보안이 풀려 있었다. 묵직한 소리와 함께 문고리가 돌아갔다. 누가 무슨 일로 열어두었든 간에 도영으로선 잘된 일이었다.

자료실 내부는 어제와 똑같은 모습으로 멈춰 있었다.

쌓여 있는 신문 더미에서 몇 부를 골라낸 뒤 도영은 노트북을 켰다. 엑셀 창을 열고 보면대에 신문을 펼쳐 고정시켰다. 1963년에는 신문 발행이 드문드문 이어졌다. 64년부터 67년까지는 아예 신문이 발행되지 않았다. 도영은 빠른 속도로 68년과 69년을 입력해나갔다. 유씨 집안은 여전히 강건했다. 학교 건물 증축 기사가 급작스레 늘었다. 신문 기사로만 보자면 도영의 학교는 호시절 탄탄대로를 걷고 있었다. 간혹 귀퉁이에 실린 사진이나 기사가 눈에 들어오면 도영은 남자의 목소리보다 먼저 중얼거렸다. 아니지, 아냐, 중요한 건 그런 게 아니지.

—아뇨, 중요한 건데요.

도영은 양팔을 힘껏 휘저을 정도로 놀랐다. 바로 옆에서 들려온 목소리는 두려울 만큼 입체적이었다. 짜증 섞인 억양과 숨소리까지 선명했다. 도영의 팔에 밀린 보면대가 넘어지면서 먼지가 솟구쳤다. 엉망으로 접히고 구겨진 신문을, 도영 또래 학생이 주워 들었다. 가지가지하네, 진짜. 학생이 고개를 돌린 채 뇌까렸다. 도영은 팔을 번쩍 든 채로 멈춰 있었다. 그가 언제 창고로 들어온 건지, 도영 옆에 바투 선 것은 언제인지 도무지 모를 일이었다.

— 9월 11일자 7면이 빠졌다고 몇 번을 말해요. 빨리 입력해주세요.

— 누구세요?

— 누구긴요, 그쪽하고 똑같은 근로 학생이죠. 문서에서 누락된 면이 있으면 제가 제대로 스캔을 뜰 수가 없어요. 일에 차질이 생긴다고요.

— 스캔?

— 신문을요, 아, 진짜 답답하네. 그쪽이 헤드라인 따서 문서 입력을 끝내면, 내가 거기에 맞춰 신문 각 면을 스캔해서 문서에 붙인다고요. 이걸 넘겨야 다음 팀이 일을 하죠. 한 달 내내 같이 일해놓고 갑자기 뭘 모른 척이래.

— 한 달 내내? 같이?

— 저기요. 시간 없거든요? 그간 공동 작업 격 떨어지게 혼자 시끄럽게 떠들고 펄럭대고 한 건 다 이해해 드렸는데요, 작업량 밀리는 건 도저히 못 봐드려요. 빨리 끝내고 다음 알바 가야 되거든요.

학생이 도영에게 가져온 신문 뭉치를 떠넘겼다. 분명 도영이 작업을 끝낸 일자의 신문이었다. 달라진 게 있다면 먼지가 깨끗이 털려나간 데다 우그러들었던 귀퉁이가 반듯해졌다는 점이었다.

창고를 대각선으로 가로지른 학생이 서쪽 벽 앞에 섰다. 도영은 어리둥절한 얼굴로 그의 궤적을 지켜보고 있었다. 날렵하고 신경질적인 궤적이었다. 그는 벽면 어딘가에서 페인트 롤러처럼 생긴 휴대용 스캐너를 꺼내 들었다. 도영이 쓰는 것보다 훨씬 넓고 큰 원목 보면대가 그 앞에 있었다. 신문을 털어 판판하게 편 학생이 스캐너로 신중하게 신문 면을 긁어내리기 시작했다. 위잉 위이이잉. 위잉 위이이잉.

도영은 땀이 솟은 머리칼에 손가락을 밀어 넣었다. 홈은 여전히 그 자리에 있었으나 어쩐지 물컹물컹하고 깊숙했다. 여태 한 번도 느껴보지 못한 낯선 감촉이었다. 위잉 위이이잉. 기계음이 끈질기게 공기 층을 흔들어댔다. 보이지 않는 것. 도영은 문서에 그렇게 찍어 넣었다. 2019. 6. 27. 제000호. 1면. 보이지 않는 것, 볼 수 없는 것, 보려 하지 않은 것. 도영은 계속해서 찍어나갔다. 도영의 머릿속에 펼쳐진 그날의 신문은 식초에 산화된 달걀 껍질처럼 불투명하고 질겼으며, 넘길 때마다 글자들이 위태롭게 출렁거렸다.


방학이 막 시작된 무렵이었다.

도서관은 눈에 띄게 한산했다. 간혹 출입하는 학생들은 열람실에 자리가 없어 공부할 책상을 찾는 정도였다. 근로 학생들의 새 일거리는 재고 현황 파악이었다. 사서들은 재고 목록을 받아 학기 동안 도난당한 책의 수를 헤아려 새로운 목록을 만들었다. 도난 도서 목록을 채우는 건 대부분 고가의 전공 서적들이었다.

—어떻게 알고 새 책만 귀신같이 훔쳐간다니까.

사서들이 끝없이 늘어가는 목록을 보며 혀를 내둘렀다. 어느 정도 목록이 채워진 뒤엔 다시금 잡다한 일들이 이어졌다. 대출 기간이 지난 사람들에게 독촉 전화를 걸고 새로운 도서를 신청하고 정렬했다. 새 책에 바코드를 붙이고 안테나를 심었다. 드물게 훼손된 책을 복구

할 때도 있었다. 복구라고 해봤자 찢어진 부분에 투명 테이프를 붙이 거나 반으로 쪼개진 책등에 본드 칠을 하는 게 전부였다.

도영 역시 엇비슷한 일을 해나갔다. 실내 온도가 24도로 설정된 도서관은 구역에 따라 덥거나 추웠다. 도영은 일하는 중간중간 북카트를 밀고 도서관 가장 끝인 서쪽 구역으로 갔다. 볕이 안 들어 서늘한 데다 동양철학 서적만 잔뜩 꽂혀 있어 책의 출입도 사람의 출입도 드문 곳이었다. 도영은 그곳에 앉아 팔다리를 주물렀다. 사서들의 눈을 피해 잠시 쉬기엔 최적인 장소였다.

그날 오후도 마찬가지였다. 도영은 오전부터 너무 많은 책을 정리했다. 하필 에어컨 바람이 들지 않는 곳의 책들이라 점심시간이 되자 속이 메스껍고 어지러웠다. 도영은 근로 학생들과 메밀국수를 먹으러 가는 대신 서쪽 구역 차가운 시멘트 바닥에 누웠다. 몸에 쌓인 열기와 어지럼증이 좀 가실 때까지 눈을 붙일 셈이었다. 잠에서 깼을 땐 온몸에 소름이 돋아 있었다. 차갑게 식은 손끝이 남의 것을 떼다 붙인 것처럼 생경했다. 도영은 천천히 굳은 몸을 펴고 어깨를 주물렀다. 온몸의 감각이 둔해져 느릿느릿 통로를 빠져나올 때였다. 책장에 붙어 서 있던 근로 학생 하나가 소스라치게 놀라 도영을 바라보았다.

책의 출입도 사람의 출입도 드문 서쪽 구역이었다. 동양철학 서적은 1년 내내 대출 권수가 열 권을 넘지 않았다. 학생은 그 책장 중 하나에 몸을 붙이고 있었다. 정확하게는 하드커버로 근 700페이지는 될 법한 두꺼운 책을, 책장 빈 칸에 펼쳐놓고 그곳에 상체를 바짝 기울이고 있었다. 커터를 교묘하게 세운 학생의 손이 책 이음새에 매몰되어 있는 도난 방지 안테나를 뜯어내고 있는 걸, 도영은 똑똑히 보았다. 도영은 사서들이 만들어낸 끝없는 목록을 떠올렸다. 크림도넛 반쪽과 커피를 나눠주던 또 다른 근로 학생 역시 떠올렸다.

　―중요한 건 그런 게 아니지.

　목소리가 도영의 등을 다그치듯 밀어냈다. 수없이 긴 목록에 한 칸이 더해진다고 크게 달라질 일은 없을 터였다. 사서들은 또 다음 방학에서야 사라진 책들의 존재를 깨닫게 될 것이고, 도난 도서 목록과 신청 도서 목록을 새로이 작성할 것이었다. 새로운 근로 학생이 다시금 그 책들에 안테나를 심고 바코드를 붙여 정해진 자리에 꽂을 것이고 다음엔 또 새로운. 도영은 도서관 끝까지 걸어가 모서리가 반듯한 새 책들을 북카트에 실었다. 쓸데없는 생각은 그 정도로 충분했다. 이곳에서는 이곳에 맞는 일을 하면 그만이었다.

　하지만 사실은, 그렇지 않을지도 몰랐다. 도영이 이해할 수 없는 일이라면 얼마든지 있었다. 도영의 창고행이 결정된 것은 바로 다음 날의 일이었다. 도영은 자신을 대하는 사서와 근로 학생들의 태도가 이전과 확연히 다르다고 느꼈다. 사서들은 줄곧 시선을 피했지만 근로 학생들은 경멸의 기색을 감추지 않은 채 도영을 훑어보고 노려봤다. 서쪽 구역에서 마주쳤던 근로 학생 역시 마찬가지였다. 도영은 난감한 얼굴로 뒤통수를 더듬었다. 홈은 전에 없이 얕아서 이대로 없어져버리는 건가 싶을 정도였다. 손끝으로 힘껏 눌러야 못 이긴 척 서걱거렸다. 이것도 저것도 모두 이해할 수 없는 일들뿐이었다.


6


　―가끔 안 보이는 게 있어요.

　―알아.

잘게 썰린 양배추를 휘젓고 있던 세쌍둥이가 가볍게 대꾸했다.

— 잔돈 말고도 또 있어요.

— 안다니까. 너 계산하러 오는 손님은 기가 막히게 체크하면서 홀에 앉아 있는 손님은 못 보잖아. 물품 주문서 틀린 건 귀신같이 잡아내면서 내가 명찰 바꿔 달고 있는 건 모르고. 지금 당장 중요하다고 생각되는 일이 아니면 무시해버리는 거야, 넌. 못 보는 게 아니라 의식적으로 지워버리는 거지.

— 우선순위를 정하는 것뿐이에요. 그게 잘못은 아니잖아요.

— 그래, 아니지. 근데 내가 전에도 말했잖아. 잔돈이 자꾸 모이면 더 이상은 잔돈이 아니게 된다고.

도영은 못마땅한 얼굴이었으나 딱히 반박하진 않았다. 대신 테이블에 놓인 스테인리스 포크와 플라스틱 접시를 여러 번 들었다 놨다. 오래된 느낌이 역력한 기물들이었다. 지나치게 긴 포크 날과 초록색 바탕에 흰 점이 얼룩덜룩 찍힌 접시 문양 같은 것이 그랬다.

— 때로는 아무것도 아니라고 생각했던 것들이 세상의 전부가 되기도 한다는 건가요?

— 반대이기도 하고. 세상의 전부라고 생각했던 게 한순간 아무것도 아닌 게 되기도 하니까.

— 그럼 중요한 게 뭐라는 거예요?

— 난들 아냐.

세쌍둥이가 앞에 놓인 컵을 끌어다 물을 한 모금 마셨다. 아래쪽 폭이 현저히 좁은 스테인리스 물컵에서 비릿한 쇳내가 올라왔다. 동네 끝자락에 있는 작은 통닭집 문을 열었을 때 도영은 한참 머뭇거렸다. 뭐 어때. 세쌍둥이가 도영을 밀고 끌어 테이블에 앉힌 뒤에도 뒤통수를 한참이나 만지작거리더니 사고 이후로 여긴 처음 와요, 했다. 101호 늙은 아들이 한층 더 늙은 얼굴로 닭을 튀겨내다 눈짓으로 알은척을 했다.

세쌍둥이는 초록색 바탕에 흰 점이 드문드문 찍힌 플라스틱 접시에 소금과 후추를 잔뜩 쏟았다. 닭을 덜어 먹는 개인 접시도, 절임무가 담긴 접시도, 마요네즈와 케첩을 절반씩 섞어 버무린 양배추 접시와 양념 접시도 전부 똑같은 종류의 것이었다.

─너는 잔돈을 못 보고 나는 볼 수 있어. 오히려 그게 수상하지 않아? 나한테 굉장히 중요하고 절대적인 무언가가 너한텐 아무것도 아닌 게 된다는 거잖아. 그건 좀,

위험하지. 세쌍둥이가 나직하게 중얼거렸다. 마지막에 덧붙인 말은 가게 텔레비전 소리에 묻혀 도영에겐 들리지 않았다.

언니가 재밌는 거 보여줄까. 402호 딸은 계단 위에서 희고 통통한 손을 움직여 세쌍둥이를 불러올리곤 했다. 402호 딸 친구들은 여드름으로 발긋한 뺨을 하고 어쩐지 과장된 몸짓으로 계단 여기저기 앉아 있었다. 보통은 빌라 옥상에 올라가 노는 날이 많았는데, 비가 오거나 날이 추워지면 4층 계단에 눌러앉았다. 그들의 발밑은 가래침 자국과 비벼 끈 담배꽁초로 엉망이었다.

402호 딸이 보여주는 건 대단치 않은 것들이었다. 이해할 수 없는 그림과 유머들이 많았으나 가끔 밀짚모자를 쓴 해적이 나오는 만화책 시리즈를 건네주기도 했다. 세쌍둥이는 402호 딸과 친구들이 꾸준히 뿜어내는 담배 연기를 참으며 계단에 앉아 만화책을 읽었다. 세쌍둥이의 어머니가 4층 계단에 올라온 것은 어느 비 오는 날 오후였다.

─너희들 거기서 뭐 하는 거야?

세쌍둥이의 어머니가 카랑카랑한 목소리로 외치며 계단을 올라왔다. 집 안에서만큼이나 거친 걸음이었다. 세쌍둥이는 엉겁결에 402호 딸 친구들 뒤에 숨어 눈을 질끈 감았다. 402호 딸이 세쌍둥이 어머니 앞을 가로막았다.

—시끄러워요, 아줌마. 공동생활에도 격이 있는데 아무 데서나 소리 지르시면 안 되죠.

—뭐야? 너희들 몇 반이야, 담임 누구야?

—니가 학교에서나 선생이지 밖에서도 선생이야? 학교 나서면 아무것도 아닌 게 어디서 나대!

402호 딸의 희고 통통한 손이 세쌍둥이 어머니 머리채를 낚아챈 건 순식간이었다. 머리를 세차게 휘둘린 어머니의 몸이 그대로 떠밀려 계단에서 미끄러지는 걸, 세쌍둥이는 놀란 얼굴로 바라보았다. 세쌍둥이의 어머니가 황망한 얼굴로 층계참에 주저앉았다. 낄낄대며 발을 구르던 402호 딸과 친구들이 의기양양한 표정으로 계단을 내려갔다.

세쌍둥이는 한 발자국도 움직이지 못했다. 아무것도 아닐 리 없었다. 아버지에게 거친 말을 쏟아붓고 빌라 주민들과 일일이 다툼거리를 만들고 상냥하지 않은 사람이라 해도 그들에게 어머니는 세상의 전부였다. 자신들에게 가장 소중한 존재가 402호 딸에겐 왜 아무것도 아닌 걸까. 세쌍둥이는 이해할 수 없었다. 계단에서의 사건은 세쌍둥이와 그들의 어머니에게 명백하고 치명적인 훼손의 순간이었으나 402호 무리에게는 사소한 유희의 순간에 불과할 뿐이었다.

이상해, 그런 건. 그리고,

무서워.

세쌍둥이가 다시 한 모금 물을 마셨다가 도로 뱉었다. 가방에서 텀

블러를 꺼내 카페에서 가져온 커피로 입을 헹구는 동안 도영은 가게 텔레비전으로 시선을 돌렸다. 통닭집의 낡고 닳은 집기들과 달리 텔레비전은 화질이 선명한 새것이었다. 근데 저게 뭐예요? 도영이 화면을 가리키며 물었다.

─저 빨랫줄들은 다 웬 거예요? 공터에 빨랫줄 감아놓은 걸 뉴스에서 왜 보여줘요?

오묘한 색깔로 변한 마요네즈를 찍어 먹던 세쌍둥이가 마요네즈만큼이나 오묘해진 낯빛으로 대꾸했다.

─리본이잖아. 광화문 광장에, 리본 묶어둔 거.

─무슨 리본요? 빈 빨랫줄만 몇 겹씩 휘감겨 있는데.

─너 안과 가보라니까. 저 리본이 벌써 몇 년째 묶여 있는 건데 저걸 못 보냐.

─안과 가봤다니까요. 몽골리안의 시력이라고.

─지랄한다.

짙은 갈색으로 튀겨진 통닭이 커다랗고 둥근 접시에 담겨 나왔다. 아직도 잘게 끓고 있는 기름이 통닭 표면을 따라 흘러내렸다. 세쌍둥이는 다리 한쪽을 뜯어 도영의 접시에 놓아주었다. 그런데 말야. 세쌍둥이가 낮은 목소리로 물었다. 그런데 말야. 내가 보지 못하고 있는 건 대체 뭘까. 도영은 대꾸 없이 통닭만 바라보았다. 오랫동안, 뒤통수 홈을 만질 때마다 가늠해왔던 날갯죽지와 다리의 지름이 바로 거기 있었다. ▪

# 이기호

# 최미진은 어디로

1972년 강원도 원주 출생. 추계예대 문창과와 명지대 문창과 대학원 졸업.
1999년『현대문학』등단. 소설집『최순덕 성령충만기』『갈팡질팡하다가 내 이럴 줄 알았지』
『김 박사는 누구인가?』. 장편소설『사과는 잘해요』『차남들의 세계사』.
〈이효석문학상〉〈김승옥문학상〉〈한국일보문학상〉 등 수상.

# 최미진은 어디로

\*

지난달 중순 무렵, 외장 하드를 사려고 우연히 중고나라 사이트에 들어갔다가 누군가 내 책을, 그러니까 2년 전에 나온 내 장편소설을, 염가 판매하고 있는 사실을 발견했다. 아이디가 '제임스 셔터내려'라는 열심회원이 올린 글이었는데, 그는 내 책 말고도 50권이 넘는 소설책과 20권가량 되는 철 지난 계간지를 팔고 있었다. 소설책은 그룹 1, 그룹 2, 그룹 3 하는 식으로 구분을 지어 7,000원, 5,000원, 4,000원 각기 다른 가격대를 매겨놓았고, 계간지는 2,000원 단일 가격이었다.

내 책은 그룹 3에 속해 있었다.

나는 외장 하드를 찾아볼 생각 같은 것은 잊은 채 '제임스 셔터내려'

의 판매 목록을 하나하나 꼼꼼히 살펴보기 시작했다. 그는 그룹별 사진을 찍어 보관 상태를 확인시켜주었는데, 사진 아래에는 각 책에 대한 짤막한 코멘트도 적어놓았다. 이를테면 그룹 1에 있는 박상륭의 『열명길』 같은 책에는 '압도적인, 전설의 시작'이라는 글귀와 함께 '그래서 7,000원'이라는 설명이 붙어 있었다. 그룹 1에는 대체로 허먼 멜빌이나 존 치버, 테드 창 같은 외국 작가들이 많았고, 국내 작가로는 박상륭과 이문구가 유일했다. 그룹 2에는 가장 많은 작가가 포진되어 있었는데, 바르가스 요사도 있었고, 이노우에 야스시도 있었고, 이반 투르게네프와 은희경, 이승우도 있었다. 그룹 2에 포함된 작가들에 붙은 코멘트 역시 '세계의 나쁜 본질이 이 한 권에!' '상실을 긍정하는 힘'처럼 우호 일색이었다.

그리고 문제의 그룹 3…… 4,000원에 팔고 있는 그룹 3…… 나는 마우스 휠을 돌려 내 소설책에 붙은 코멘트를 가장 먼저 확인했다.

49. 이기호 / 병맛 소설, 갈수록 더 한심해지는, 꼴에 저자 사인본 (4,000원―그룹 1, 2에서 다섯 권 구매 시 무료 증정)

나는 허리를 구부정하게 숙인 채 가만히 그 문구들을 바라보았다. 그러다가 다시 스크롤을 올려 내 책의 보관 상태를 찍은 사진을 살펴보았다. 책은, 마치 한 번도 펼쳐보지 않은 것처럼, 이제 막 서점에서 새로 구입한 것처럼, 겉표지가 깨끗했다. 나는 다시 화면을 내려 내 책 다음에 적힌 목록도 마저 읽어보았다.

50. 박형서 / 같은 병맛 계열 소설, 병맛이지만 나름 묵직한 한 방이 있는, 메

## 타픽션 갑(4,000원)

나는 내 위에 있는 작가들의 목록도 천천히 바라보았다. 그룹 3에 있는 열다섯 명의 소설가 중 '다섯 권 구매 시 무료 증정'이라는 판매 조건이 붙어 있는 작가는 나 말고는 아무도 없었다. 나는 마우스에서 손을 떼 잠깐 팔짱을 껴보았다. 허허, 일부러 소리를 내어 웃어보기도 했다. 하지만 웃음소리는 그리 오래가지 않았다.

나는 중고나라 사이트에서 나와 네이버 메인화면으로 들어가 한화 이글스의 경기 결과를, 선수 한 명 한 명의 타율과 타점까지 세세하게 확인했고, 10분 분량이 넘는 하이라이트 영상을 끝까지 다 시청했다. 조석과 이말년, 곽백수의 웹툰을 보며 몇 번 낄낄거리기도 했다. 평소엔 보지 않던 웹툰에 달린 댓글까지, 페이지를 넘기면서까지 죄다 읽어보았는데, 의외로 악플보다는 '오늘도 믿음을 저버리지 않는' '다음 주까지 또 어떻게 기다리죠?' 같은 응원들이 더 많이 눈에 들어왔다. 나는 그게 좀 신기했고, 무언가를 잃어버린 것처럼 찜찜하기도 했다.

나는 인터넷 창을 모두 닫고 잠깐 눈을 감았다. 엄지와 검지로 미간 사이를 몇 번 눌러보기도 했다. 그러곤 다시 한글 프로그램을 띄워놓고 숨을 길게 한 번 내쉬었다. 한글 프로그램은 사흘 전부터 빈문서 1, 빈문서 2, 빈문서 3 하는 식으로 새 창만 계속 늘어났는데, 정작 거기에 적힌 문장은 아무것도 없었다. 나는 10분 넘게 새하얀 한글 프로그램 화면을 바라보다가 담배를 한 대 입에 물었다. 불을 붙이려 라이터를 켰는데, 이런 그만 부싯돌이 툭 바닥으로 떨어져버리고 말았다. 나는 책상에 앉아 바닥에 떨어진 부싯돌과 라이터를 잡고 있는 내 왼손을 내려다보았다. 그때까지 미처 몰랐는데, 라이터를 부여잡고 있는 내 왼손엔 힘이 잔뜩 들어가 있었다. 손등엔 퍼런 힘줄이 드러나 있었고, 손톱 끝은 하얗게 변해 있었다. 꼴에 저자 사인본이라는 거지……. 다섯 권 구매 시 무료로 준다는 거지……. 박형서는 그냥 4,000원이라는 거지……. 나는 부싯돌이 빠진 라이터를 보며 아랫입술을 깨물었다. 그러곤 묵직하게, 책상을 한 방 내리쳤다.

*

그날 밤, 나는 평소보다 일찍 안방 침대에 누웠다. 침대엔 아내와 막내딸이, 침대 아래 방바닥에는 올해 열 살이 된 첫째 아들이 마치 십자가에 못 박힌 예수 그리스도 형상으로, 둘째 아들은 올림픽 성화 봉송 주자 자세로 잠들어 있었다. 나는 최대한 몸을 웅크려 막내딸 옆에 누웠다. 장마가 시작되기 직전의 후덥지근하고 끈끈한 밤이었다. 코앞에 있는 막내딸의 머리칼에선 연한 비린내가 났다.

"자기야, 자……?"

나는 한참 동안 누워 있다가 작은 목소리로 아내에게 물었다.

"으응…… 왜……?"

아내는 잠에서 덜 깬 목소리로 건성건성 대답했다.

"아니, 그냥 자나 해서……."

"왜……? 또 소설이 안 써져? 안 써지면 그냥 자."

아내는 막내딸의 베개를 바로 해주더니 다시 벽 쪽으로 돌아누웠다. 아내의 머리맡에는 알람시계가 놓여 있었다. 아내는 내일 아침 여섯 시에 일어나 막내의 유치원 체험학습 도시락을 싸야 했다.

"저기, 자기야……. 나, 실은…… 오늘 좀 모욕적인 일을 당했다……."

"그래……. 목욕 좀 하고 자."

"아니, 목욕 말고 모욕."

그제야 아내는 한 손으로 머리를 쓸어 넘기면서 상체를 일으켰다.

"왜 그래? 오늘 은행 갔다 온 거야?"

아내는 3년 거치 기간이 모두 끝난 아파트 담보 대출금 걱정을 했다. 지난달부터 시작된 원금 상환 때문에 아내는 몇 번인가 내게 은행을 다녀오라고 말했다. 대출금 갈아타기를 문의해보라는 뜻이었다.

"아니 아니, 그게 아니고……."

나는 어두운 안방 천장을 바라보며 중고나라 사이트 이야기를 했다. 박형서는 4,000원이고, 나는 원 플러스 원 같은 취급을 받았다고…….

"그게 머릿속에서 지워지지 않네……. 사람들도 많이 보는 사이트 인데……. 갈수록 더 한심해진다니…… 좀 심하지 않니?"

아내는 말없이 누워 있는 내 얼굴을 내려다보았다. 그러곤 다시 벽쪽을 향해 돌아누웠다.

"그냥 잊고 자……. 당신 책이나 박형서 책이나 사겠다고 나서는 사람도 없을 테니까……."

"소설깨나 읽어본 사람 같더라구. 한데, 어떻게 그렇게 말할 수가 있지? 병맛이니, 꼴에 저자 사인본이니……."

아내는 아무 말이 없었다.

"혹시…… 내가 아는 사람 아닐까? 일부러 나한테 모욕을 주려고……. 난 왠지 꼭 그럴 것만 같거든……."

나는 혼잣말처럼 중얼거렸다. 이거 무슨 모욕죄 같은 거에 해당하지 않나? 남의 인격을 무시하고, 명예훼손하고, 비방하고, 그걸 공공연하게 드러내고…… 뭐 그러면 걸린다고 하던데……. 나는 아내가 대꾸하든 말든 계속 구시렁거렸다. 아내는 몇 번인가 한숨 내뱉는 소리를 내다가 어느 순간 획 등을 돌려 큰 소리로 말했다.

"그러니까 인터넷 그만하고 소설이나 쓰라고! 소설을 안 쓰고 있으니까 그런 것만 보이지! 소설가가 소설 못 쓰면 그게 모욕이지, 뭐 다른 게 모욕이야!"

아내의 큰 목소리 때문에 방바닥에서 자고 있던 둘째 아이가, 자던 모습 그대로, 그러니까 오른손만 번쩍 치켜든 자세로, 자리에서 벌떡 일어났다. 나는 얼른 두 눈을 감고 자는 척을 했다. 그러면서도 나는 속으로 혹시 박형서가 올린 건 아닐까, 하는 생각을 계속, 줄기차게, 쉬지 않고 해댔다. 잠은 좀처럼 오지 않았다.

\*

그다음 날 나는 다시 중고나라 사이트에 들어가 '제임스 셔터내려'의 핸드폰 번호를 확인했다. 그리고 그 번호로 그룹 2에 있는 다섯 권의 책을 구매하고 싶다는 문자를 남겼다. '제임스 셔터내려'는 채 5분도 지나지 않아 답신을 보내왔는데, 입금 확인 즉시 착불 택배로 보내준다고 말했다. 나는 그에게 다시 문자를 보냈다.

—혹시, 직거래도 가능한가요? 집에 택배 받을 사람이 없어서요.

'제임스 셔터내려'는 15분쯤 답이 없다가 다시 문자를 보내왔다.

—일산 정발산역 근처라면 가능합니다.

—아, 그래요? 잘됐네요. 저도 그쪽 근처인데 직거래하시죠.

나는 그와 약속 시간을 잡았다. 이틀 후인 목요일 오후 두 시. 정발산역 2번 출구 롯데백화점 정문 앞. 나는 다시 메시지를 보냈다.

　—한데, 그룹 2에서 다섯 권 구매하면 이기호 소설책은 무료 증정이라고 했는데…….

　—아, 네. 그것도 갖고 나갈게요. 그건 어차피 서비스니까요.

　어차피 서비스, 어차피 서비스……. 나는 그가 보내온 문자를 오랫동안 노려보았다. 그러곤 다시 인터넷에 접속해 목요일 오전 열한 시 광주 송정역에서 출발하는 행신행 KTX 표를 구입했다. 뭐 이제 광주에서 일산까지는 금방 가니까……. 다 그쪽 근처니까……. 나는 마음을 다잡았다. 그러자 어떤 열기 같은 것이 훅 내게 밀려 들어왔다. 어차피 서비스, 어차피 무료 증정, 어차피 박형서…….

*

　예전에, 그러니까 내가 작가가 되고 2년쯤 지났을 무렵이었던가, 친구의 차를 얻어 타고 경부고속도로를 달리다가 교통사고를 당한 적이 한 번 있었다. 차가 중앙분리대를 들이받고 옆으로 전복된 꽤 큰 사고였는데, 신기하게도 운전을 한 친구나 조수석에 앉아 있던 나나, 이마와 팔뚝에 찰과상만 입었을 뿐 다른 곳은 말짱했다. 그래도 엑스레이도 찍고 사후 경과도 지켜보겠다는 심정으로 입원을 했는데(친구가 그것을 강하게 원했다), 6인용 병실에 누워 의사와 간호사가 들어올 때마다 허리와 목을 부여잡고 끙끙 앓는 소리를, 거의 빈 소년 합창단 수준으로 내고 있었는데(친구가 그것도 강하게 원했다), 그렇게 사흘쯤 지나자 보험회사 직원(친구가 강하게 기다리던)이 우리를 찾아왔다.

보험회사 직원은 우리를 보자마자 정중하게 인사를 했고, 자신의 명함을 침대 옆 탁자 위에 내려놓았다. 그는 분명 우리 또래처럼 보였지만, 입고 있는 양복 때문인지는 몰라도 한참 위의 형이나 선생님을 마주한 것 같은 기분이 들기도 했다. 보험회사 직원은 친구와 나를 번갈아 바라보면서 상태는 어떠시냐, 뭐라고 위로의 말씀을 드려야 할지 모르겠다, 같은 말들을 전혀 궁금해하거나 걱정되지 않는 표정으로 건넸다. 그러곤 대뜸 들고 온 서류철을 펼치고 우리의 직업을 물어왔다.

"파스퇴르 유업에 다닙니다. 사무직이죠."

친구는 특히 '사무직'이라는 단어에 강세를 주면서 말했다. 그러곤 자신이 없으면 전국 우유 배송에 커다란 문제가 생길지도 모른다고, 자기네 회사 우유는 저온 살균이라서 특히 유통기한이 짧은데, 이거 참 큰일이라고, 간간이 앓는 소리와 함께 덧붙였다.

보험회사 직원은 나에게도 같은 질문을 했다. 그러자 6인용 병실 침대에 누워 있던 사람들이 일제히 내 쪽을 바라보는 것이 느껴졌다. 나는 그들의 시선을 의식하면서 천천히, 조금 작은 목소리로 대답했다.

"저는…… 그러니까…… 작가인데요……. 소설을 쓰는……."

내 말을 들은 보험회사 직원은 들고 있던 서류철에서 시선을 떼 힐끔 나를 한번 내려다보았다. 글쎄, 잘 모르겠다……. 소심한 내 성격 탓인지도 모르겠지만, 나는 그때 보험회사 직원의 한쪽 입꼬리가 살짝, 아주 살짝, 비스듬히 올라가는 것을 놓치지 않고 보았다. 그는 다시 아무렇지도 않은 표정으로 서류철을 뒤적거렸다.

"작가라, 작가라……. 작가들은 보통 교통사고도 잘 안 난다던데……. 운전하는 사람들도 별로 없어서……. 여기 있네요, 작가. 작가는 일용잡급에 해당하니까…… 일당 만팔천 원이네요."

아아, 그렇군요. 나는 속으로 그렇게 말하면서 연신 고개만 *끄덕거*
렸다. 그렇게 열심히 고개라도 *끄덕거려야지* 다른 사람들한테도 아무
렇지 않아 보일 것만 같았다. 나는 그가 말한 만팔천 원보다, 웬일인지
그의 깨끗하게 다려진 양복과 넥타이에서, 들고 있는 펜과 서류철에
서, 어떤 수치심 같은 것을 느꼈다. 어쩐지 내가 이제 막 그에게 포획
된 짐승이 된 듯한 기분도 들었다.

그날 나는 그가 사인하라는 곳에 얌전히 사인했고, 그가 묻는 말에
만 대답했으며, 아무런 질문도 따로 건네지 않았다.

*

그때와 지금은 무엇이 다른가?

나는 정발산역 2번 출구 앞에 서서 계속 그런 생각을 했다. 어째서
그때 기억이 자꾸 떠오르는 것인가? 그때의 수치심과 지금의 모욕감
은 무엇이 다른가? 광주에서 행신까지 오는 KTX 좌석에 앉아서 나는
내가 무언가 살짝 뒤틀려 있다는 것을 깨달았다. 내가 모욕을 느낀 정
확한 이유도 알 수 없었다. 그룹 3에 있기 때문인가, 병맛이라는, 갈수
록 한심해진다는 표현 때문인가? 그도 아니면 무료 증정 때문인가, 박
형서 때문인가? 그건 단순히 개인의 취향 문제 아니던가? '제임스 셔
터내려'가 모욕한 것은 내가 아니고, 내 소설이 아니던가? 나는 시간이
지날수록 그가 내게 가한 모욕의 '이유'와 '대상'이 어쩌면 서로 상관없
는 것들인지도 모른다는 생각을, 그런 의심을, 처음으로 하게 됐다. 하
지만 이상한 것은 그럼에도 그를 만나야겠다는 생각만큼은 변하지 않

았다는 점이다. 나는 용산역에서 내려 다시 광주로 돌아갈 수도 있었고, 행신역에서 내려 그만 멈출 수도 있었다. 나에게는 그만큼 많은 기회가 있었다. 하지만 나는 기어이 행신역 앞에서 버스를 갈아타고 정발산역 앞까지 오고 말았다. 후에, 그러니까 모든 것이 다 지난 후 그 이유에 대해서 생각해보니, 글쎄, 그건 어쩌면 이런 것과 같은 맥락이지 않았을까? 사귈 때는 별로 사랑하지도 않았던 사람이 막상 이별을 통보하자 목 놓아 울게 되는……. 그렇게 슬퍼하면서 비로소 스스로 사랑을 완성하는……. 그때 당시 나는 바로 그 '목 놓아 울고' 있는 상태가 아니었을까? 그러니까 그렇게 계속 어떤 열기 같은 것을 느끼고, 멈추지 못했겠지……. 바로 그 순간만큼은 내가, 내 소설이, 괜찮아 보였을 테니까. 돌아서면 인정하고 말아야 할 테니까…….

*

'제임스 셔터내려'는 약속 시간보다 10분 정도 늦게 나타났다. 누군가 내 어깨를 톡톡 두들겨 뒤돌아보니, 거기에 그가 서 있었다.

"직구매하기로 한 분 맞으시죠?"

나는 마치 좁은 골목길에서 커다란 개와 맞부닥뜨린 것처럼 당황했지만, 이내 아무렇지도 않은 척 그에게 짧게 묵례를 했다. 그는 아무리 많이 잡아도 30대 초반으로 보였는데, 갈색 야구모자에 아무런 무늬도 없는 흰 면티, 축구 유니폼 같은 반바지에 삼선 슬리퍼를 신고 있었다. 키는 1미터 70센티미터가 채 안 될 것 같았고, 종아리와 팔뚝은 마치 초등학생처럼 얇고 가늘었다. 나는 야구모자 아래에 있는 그의 얼굴을 보려고 노력했다. 쌍꺼풀 짙은 눈매와 조금 낮은 콧대, 경계선이 흐릿한 입술까지, 그는 분명 박형서도 아니었고, 내가 아는 사람도 아니었다.

"우선 물건부터 좀 볼까요?"

내가 그렇게 말하자, 그가 들고 있던 이마트 로고가 새겨진 노란색 비닐봉지를 앞으로 내밀었다. 거기에 책들이 들어 있었다.

나는 백화점 앞 화단에 책들을 내려놓고 한 권 한 권 마치 부동산 등기부 등본을 검토하듯 차분하게 상태를 확인하는 척했다. 책들은, 과연 그가 중고나라 사이트에 올려놓은 사진들처럼 깨끗했고 또 상태가 좋았다. 페이지를 접어놓았던 흔적도 없었고, 밑줄 하나 그어진 부분이 없었다.

"소설책 많이 읽으시나 봐요?"

나는 책 앞부분에 나와 있는 초판 발행일을 살펴보면서 물었다. 그는 내 질문엔 대답하지 않은 채 슬리퍼 신은 발끝으로 툭툭 화단 경계석만 쳐댔다. 그는 어쩐지 피곤해 보였고, 또 조금 무료해 보이기도 했다. 백화점에서 나온 젊은 연인들이 우리 앞을 지나갈 때마다 주변 공기는 조금 더 진해졌고, 상대적으로 그와 내가 서 있는 자리는, 풍경은, 조금 흐릿해지는 기분이 들었다.

나는 마지막으로 내 장편소설을 집어 들었다. 주황색 겉표지는 다른 책들과 마찬가지로 스크래치 하나 없이 말끔했다. 나는 나도 모르게 흡, 숨을 멈추고 겉표지를 펼쳐보았다. 겉표지 바로 다음에 있는 속표지에는 내 서명이 적혀 있었다.

―최미진 님께. 좋은 인연. 2014년 7월 28일 합정에서 이기호.

2014년 7월 28일이라면 책이 발간된 지 2주쯤 지난 시점이었다. 출판사에서 책 홍보 차 합정에 있는 한 카페를 빌려 독자와의 만남 행사를 열었는데, 아마 그때 온 독자 중 한 명에게 해준 서명이었으리라. 그때 행사에 참여한 독자가 채 20명도 안 되었던 걸로 기억하는데…….

"그럼, 여기 이 최미진 님이 바로……?"

내가 그렇게 물으면서 고개를 들자, 그가 '어, 어?' 하면서 내 얼굴을 빤히 바라보았다.

"어, 어…… 이러면 안 되는데…….."

그는 주춤주춤 뒤로 물러서기까지 했다. 그러면서도 내 얼굴에서 시선을 떼지 않았다. 나는 내 책을, 책날개에 작가 사진이 실린 내 책을, 한 손에 든 채 그에게 한 걸음 더 다가섰다.

"저기, 그러니까 제가…….."

내가 그렇게 말하는 순간, 그는 아예 등을 돌려 호수공원 쪽으로 후다닥 내달리기 시작했다. 슬리퍼를 신었지만, 믿을 수 없을 만큼 빠른 속도였다.

그가 나를 알아본 것이었다.

*

하지만 얼마 지나지 않아서 '제임스 셔터내려'는 터덜터덜 내 앞으로 다시 돌아왔다. 그는 내 얼굴을 제대로 쳐다보지도 않았고, 내게 아무런 말도 걸지 않았다.

우리는 롯데백화점 뒤편 벤치에 가 앉았다. 책이 든 비닐봉지는 내가 들었고, 그는 고개를 푹 숙인 채 졸졸 내 뒤를 따라왔다. 벤치 앞 작은 공터에는 유모차를 끌고 나온 젊은 엄마 한 명이 선 채로 책을 읽고 있었고, 유치원생으로 보이는 여자아이 한 명은 잠자리를 쫓아 팔랑팔랑 뛰어다니고 있었다. 한여름이었다. 매미 소리는 깊어지고, 나뭇잎들은 점점 더 징그럽고 사나운 녹색으로 변해가는 여름.

"담배 피울래요?"

나는 조금 멀찍이 떨어져 앉은 그에게 담배 한 개비를 내밀며 물었다. '제임스 셔터내려'는 내 손에 들린 담배를 물끄러미 바라보다가 이내 고개를 저었다. 나는 어쩐지 조금 머쓱해져 벤치에 담배를 톡톡 두들겨댔다. 그냥 그대로 헤어지는 편이 나았을까? 나는 잠깐 후회했다. 그가 도망치지 않았다면, 내 얼굴을 알아본 뒤에도 아무렇지 않은 표정을 지었다면, 그랬다면 어떻게 됐을까? 아마 나 또한 별다른 말을 하지 않고 그저 2만 5천 원을 건넨 후 다시 행신역으로 가는 버스를 탔을 것이다. 웃으면서 '진짜 꼴에 사인본이네요'라고 말하는 게 전부였을지도 모른다. 그것이 내가 상상한 최대치였다. 하지만 그가 갑자기 나를 알아보고 내달리는 바람에, 그런 후 얼마 지나지 않아 다시 내 앞으로 되돌아오는 바람에, 모든 것이 이상해지고 말았다. 모욕을 당한 것은 분명 나라고 생각했는데, 이제는 둘 다 함께 어떤 잘못을 저지른 처지가 된 기분, 서로 눈치를 보는 상황이 되어버린 것이었다. 술이라도 한잔하러 가자고 해볼까? 나는 그 생각도 하지 않은 것은 아니었지만,

그 말만큼은 쉽게 나오지 않았다. 그가 거절할까 염려해서 그렇기도 했으나, 무엇보다 나는 그냥 그렇게까지는 하고 싶지 않았다. 왠지 좀 억울한 기분이 들었기 때문이었다.

"그냥 다른 뜻은 없었어요. 혹시 제가 아는 사람인가, 해서…… 진짜 필요한 책도 있었고……"

나는 앞뒤가 안 맞는 말을 했다. 그는 그 말에도 계속 묵묵부답이었다.

"혹시 글 쓰는 분이세요?"

그는 그 말엔 짧게 고개를 흔들었다. 나와 짧게 눈이 마주치기도 했다. 나는 다행이라고 생각하면서도, 어쩐지 조금 실망스러운 마음이 들었다.

"어쨌든 직거래하기로 했으니까……"

나는 지갑에서 3만 원을 꺼내 그에게 내밀면서 말했다. 그는 주저하다가 내가 내민 3만 원을 두 손으로 받아들었다. 그러더니 주머니에서 주섬주섬 5천 원짜리 지폐를 꺼내 내게 내밀었다. 나는 아무 말 없이 그 5천 원짜리 지폐와 그의 얼굴을 번갈아 바라보다가 짧게 손사래를 쳤다. 그러면서 슬쩍 웃기도 했다. '제임스 셔터내려'는 한동안 그 5천 원짜리 지폐를 빤히 내려다보다가 다시 자신의 반바지 주머니에 쑤셔 넣었다.

나는 벤치 옆에 놓여 있는 비닐봉지를 들고 자리에서 일어났다. 어쨌든 셈은 다 치렀으니까, 그럼 이제 우리 사이의 직거래는 모두 끝난 셈이었다.

"저기……"

그가 나를 따라 엉거주춤 벤치에서 일어나며 말했다.

"죄송해요⋯⋯."

이번엔 내가 대꾸 없이 그의 얼굴을 바라보았다. 그는 계속 고개를 숙이고 있었지만, 시무룩한 표정은 손끝에서, 어깨에서, 고스란히 다 묻어났다.

"작가들도⋯⋯ 그런 사이트에 들어올 줄⋯⋯ 몰랐어요⋯⋯."

나는 일부러 미소를 지으려고 애썼다. 나는 너한테 악의가 없어, 그냥 진짜 필요한 책이 있었을 뿐이야, 나는 끝까지 그에게 그렇게 보이고 싶었다.

"에이, 뭐 작가라고 별거 있나요? 다 똑같은 사람이죠."

"그래도⋯⋯."

나는 그와 대화를 나누는 것이 점점 더 불편해졌다. 분명 내가 먼저 시작한 것인데도 그랬다. 아마도 그래서 기어이 그런 질문까지 하고 말았을 것이다.

"근데, 나 진짜 궁금해서 그러는데요⋯⋯ 왜 내 책만 무료 증정인 거예요? 다른 작가들 거는 다 그렇지 않으면서⋯⋯."

그는 더 깊이 고개를 숙였을 뿐, 말이 없었다.

"진짜 그렇게 한심했어요?"

나는 그가 대답할 때까지 기다렸다.

"죄송해요⋯⋯."

그의 입에선 끝내 그 말밖에 나오지 않았다. 나는 어쩐지 더 큰 모욕을 받은 기분이었다. 하지만 나는 티 내지 않고, 더 밝은 목소리로 말했다.

"아니, 뭐 내가 따지자는 게 아니고⋯⋯ 그냥 궁금해서⋯⋯. 신경

쓰지 마요. 그럴 수도 있죠."

이제 그만두자고, 이쯤에서 멈추자고, 나는 마음먹었다. 이상하게도 내가 더 초라해지고 더 비참해지는 기분이 들었기 때문이었다.

나는 그에게 인사를 하고 뒤돌아섰다. 그러다 무언가 퍼뜩 떠오르는 게 있어서 제자리에 멈춰 섰다.

"아 참, 근데 그럼 이 최미진이라는 분은 누구예요?"

내가 그렇게 말을 하자, '제임스 셔터내려'는 모자챙 아래 그늘진 눈동자로 멍하니 나를 바라보았다. 그는 내게 무언가 말하려고 속으로 무던 애쓰는 것처럼 연신 입술 끝을 씰룩거렸지만, 그러나 정작 그의 입에선 아무런 목소리도 새어 나오지 않았다. 대신 그의 어깨가 작게 떨리기 시작했다. 훌쩍훌쩍 콧물을 들이켜는 소리도 들려왔다. 나는 갑작스러운 그의 반응에 얼떨떨해져 '아니 나는 단지 그냥 궁금해서……'라고 작게 중얼거렸지만, 더 이상은 아무런 말도 하지 못했다. 아니, 할 수가 없었다. 그가 다시, 이번엔 주엽역 방향으로 후다닥 달려갔기 때문이었다. 팔뚝으로 연신 눈가를 훔치면서…… 고개는 계속 숙인 채…….

그는 다시 그 자리로 돌아오지 않았다.

*

광주로 돌아오는 KTX 안에서 나는 아내의 전화를 받았다.

"어디야?"

"으응…… 좀 취재할 게 있어서……."

나는 객실에서 나와 화장실 문 앞에서 통화를 했다. 아내의 옆에선 막내와 둘째가 서로 전화를 바꿔달라며 떼쓰는 소리가 들려왔다.

"오늘 혹시 은행 갔다 왔어?"

"아, 그게…… 내일쯤 갈까 해서……. 이게 수수료 문제도 더 알아 볼 게 있고……."

나는 한 손으로 이마를 문지르면서 이제 또 한소리 듣겠구나, 생각했다.

"가지 말라고."

"응?"

"괜히 은행 가서 아쉬운 소리 하지 말라고."

군인 한 명이 화장실을 가려는지 내 앞에 우뚝 멈춰 섰다. 나는 자리를 피하면서 작은 목소리로 말했다.

"안 가면 어떡해. 당장 이번 달도……."

"나, 다음 달부터 일하기로 했어. 아파트 앞 상가 보습학원에서 파트타임 강사 구한대. 오늘 거기 면접 보고 왔어."

"아니, 저기…… 뭐 꼭 그럴 거까지야……."

나는 아내에게 이번 기회에 아파트를 팔고 조금 더 싼 곳으로, 나주나 화순쯤으로, 그도 아니면 다시 전세라도 알아보자고 말하려고 했다. 하지만 나는 그 말을 하지 못했다. 아내의 마음이 어떨지 또 알 수 없었기 때문이었다. 그리고 무엇보다 결정적으로 바로 그 순간, 둘째 아이가 아내의 핸드폰을 뺏어 들었기 때문이었다.

"아빠 나 있잖아, 아빠 노트북을 막 치는데, 거기 있는 글자가 하나 쏙 빠졌다."

나는 아무 말 없이 전화를 끊었다.

광주 송정역에 도착해 비닐봉지를 들고 막 택시를 타려는 순간, 다시 전화가 울렸다. 집에서 온 거려니 생각했는데, 액정에 '제임스 셔터내려'의 번호가 찍혀 있었다. 나는 택시를 보내고 다시 뒤돌아섰다. 밤 아홉 시가 넘은 역 광장에는 띄엄띄엄 떨어져 담배를 피우는 사람들 몇 명을 빼고는 아무도 없었다. 오토바이 한 대가 빠르게 송정시장 쪽으로 지나갔고, 노숙자로 보이는, 겨울 점퍼를 껴입은 남자 한 명이, 누군가 버리고 간 담배꽁초를 주우면서 는적는적 돌아다니고 있는 것이 보였다.

'제임스 셔터내려'는 통화가 연결된 이후에도 한참 동안 말이 없었다. 수화기 너머에선 가느다란 숨소리가 나는가 싶더니, 후우, 길게 한숨을 내쉬는 소리만 났을 뿐이었다. 나 또한 아무런 말도 하지 않았다. 나는 그의 숨소리만 듣고도 그가 지금 어떤 상태인지, 얼마나 술을 마셨는지, 짐작할 수 있었다.

"저기요…… 혹시 미진이 잘 아세요?"

그가 더듬더듬 물었다. 그는 계속 숨을 크게 내쉬면서 말했다. 나는 잠자코 그의 목소리를 듣기만 했다. 내가 어떤 대꾸를 하는 것이 별 의미가 없을 거라고 생각했기 때문이었다.

"미진이가요…… 그러니까…… 난 걔가 지금 어디 있는지도 잘 모르거든요……. 우린 헤어졌는데, 지금은 어디 있는지도 잘 몰라요……. 걔가 나한테 남기고 간 건 책뿐인데…… 그 책이 꽤 많아요……. 버린 것도 있는데……. 아직도 여기 책장에 많이 꽂혀 있어요……."

나는 저기, 잠깐만요, 하면서 말을 끊으려고 했지만, 그는 내 말을 듣지 않았다.

"한데요…… 이제 내가 이사를 해야 해요……. 방을 빼야 하거든요……. 걔는 그것도 아마 모를 거예요……. 미진이는 모를 거라구요……. 나는요, 나는 그 책들을 다 갖고 갈 수가 없어요……. 갖고 가고 싶어도 갖고 갈 수가 없다구요……."

통화를 하고 있는 내 앞으로 겨울 점퍼를 껴입은 남자가 다가왔다. 나는 계속 전화기를 든 상태에서 한 손으로 그에게 담배 한 개비를 내밀었다. 그는 내 손에 들려진 담배를 가만히 바라보다가 몸을 돌려 다시 광장 반대편 쪽으로 걸어갔다. 그는 계속 담배꽁초를 줍고 있었다.

"아저씨…… 아저씨는 우리 미진이도 잘 모르잖아요……. 모르면서 그냥 좋은 인연이라고 쓴 거잖아요……. 그건 그냥 쓴 게 맞잖아요……. 씨발, 아무것도 모르면서…… 내가 왜 책을 파는지…… 내가 당신이 쓴 글씨를 얼마나 오랫동안 바라봤는지…… 우리 미진이가 어디서 어떻게 사는지…… 아무것도 모르잖아요……. 모르면서 그냥 그런 거잖아요……. 그런데 씨발, 내가 뭘 그렇게 잘못했다고……. 내가 죄송하다는 말을 얼마나 많이 하고 사는데…… 꼭 그 말을 들으려고…… 꼭 그 말을 들으려고 그렇게……."

전화는 거기에서 툭 끊겼다. 그는 다시 전화를 걸어오지 않았고, 나 또한 그에게 전화를 걸지 않았다. 나는 비닐봉지를 들고 한동안 그 자리에 가만히 서 있었다. 그의 전화를 기다린 것은 아니었다. 그저 내 호의를 거절한 남자의 뒤를 눈으로만 좇았을 뿐이었다. 남자는 역 광장 화단 앞에 기대앉더니 담배꽁초를 물고 가만히 밤하늘을 올려다보았다. 밤하늘엔 먹장구름이 잔뜩 끼어 있었지만, 그는 그곳에서 눈길을 떼지 않았다. 역에서 나온 일군의 사람들이 아무렇지도 않게, 그가 거기 앉아 있는 것이 보이지 않는다는 듯, 눈길 한 번 주지 않고 바쁘게 걸어가는 것이 보였다. 나도 그 무리에 끼어서, 그 무리의 맨 뒤에 서서, 천천히 역 광장을 빠져나왔다.

나는 나의 적의가 무서웠다.


\*


아내는 이번 달 초순부터 주 나흘씩 보습학원에 출근하기 시작했다. 오후 두 시에 출근해서 밤 아홉 시에 퇴근을 했는데, 그 때문에 내가 세 아이의 저녁식사를 모두 챙기게 되었다. 저녁을 다 먹고 난 후 종종 아이들과 함께 슬리퍼를 신고 아파트 앞 상가에 나가 있기도 했다. 상가 1층 문구사에서 내놓은 100원짜리 탱탱볼 뽑기를 하면서 아내를 기다렸는데, 늘상 막내아이가 우리 중 가장 많은 탱탱볼을 뽑곤 했다. 아내는 단 한 번도 정시 퇴근한 적이 없었다. 하지만 거기에 대해선 아내나 나나 따로 불만을 내보이진 않았다. 동네 학원이라는 게 다 그렇지, 뭐. 아내가 지나가듯 그렇게 말한 것이 전부였다. 몇 번인가 보습학원 원장과 마주친 적도 있었다. 같은 아파트 주민이기도 한 그녀는 그러지 말라고 말렸는데도, 기어이 우리 아이들을 데리고 문구사로 들어가 킨더조이 초콜릿을 사주곤 했다. 나는 그 모습을, 탱탱볼을 쥔 두 손을 뒤로한 채, 가만히 지켜만 보았다.

나는 '제임스 셔터내려'에게서 구입한 내 책을, 본래 최미진의 것이었던 내 책을, 내 방 책장 구석에 꽂아두었다. 그에게서 구입한 나머지 다섯 권의 책들도 그 옆에 세워두었다. 살만 루슈디와 오에 겐자부로, 배수아는 원래 있던 것들이었고, 도손과 헤르타 뮐러는 내게 없던 책들이었다. 그 책들을 내가 다시 꺼내 보는 날들이 있을까. 글쎄, 지금으로선 잘 모르겠다. 잘 모르지만, 어쨌든 내게는 그 책들을 보관하고 꽂아둘 만한 책장이 있었다. 그것들은 나와 아주 가까운 거리에 있었다. 그렇다면 나는 언제든 그것들을 읽어볼 가능성이 있겠지. 나는 그렇게 되기를 희망한다.

나는 중고나라 사이트에 들어가서 '제임스 셔터내려'가 올린 게시물을 다시 찾아보기도 했다. 그를 만나고 온 다음다음 날까지도 멀쩡하게 그 자리를 지키고 있던 게시물은, 그러나 일주일 뒤에 다시 들어가 보니 흔적도 없이 사라지고 말았다. 그사이 책들이 다 팔린 것일까? 아마, 그렇진 않을 것이다. 그렇지 않을 거라고 예상을 하면서도, 나는 그 책들이 모두 다른 주인들을 만났기를 바랐다. 그것이 그에게도 보탬이 되는 일이라고 생각했기 때문이다.

때때로 나는 생각한다.

모욕을 당할까봐 모욕을 먼저 느끼며 모욕을 되돌려주는 삶에 대해서.

나는 그게 좀 서글프고, 부끄럽다. ▪

이장욱

낙천성 연습

1968년 서울 출생. 고려대 노문과와 동대학원 졸업.
2005년 『문학수첩』 등단. 소설집 『고백의 제왕』 『기린이 아닌 모든 것』.
장편소설 『칼로의 유쾌한 악마들』 『천국보다 낯선』. 〈문학수첩작가상〉 〈김유정문학상〉 수상.

# 낙천성 연습

예전에 자살을 하겠다고 예고 문자를 보내온 위인이 있었다. 자살을 '암시'만 한 게 아니라 말 그대로 '통보'해온 것이다.

'나는 앞으로 30분 후 자살할 예정이다. 잘 살길 바란다.'

이게 전부였다. 그 문자를 받은 대부분의 사람들은 거의 동시에 이렇게 중얼거렸다.

—미친 새끼.

하마터면 나까지도 그렇게 외칠 뻔했으니, 말 다했다. 사실 그는 자살 같은 건 애초에 생각이 없는 게 확실했다. 똑같은 문자만 한두 번이 아니었으니까. 이전에도 여러 차례 '자살 아닌 자살'을 시도한 경력이 있었다는 얘기다.

첫 번째는 고전적인 방법이었다. 이 위인이 수면제를 삼킨 것이다. 그런데 양이 턱없이 부족했다. 문자를 받은 사람들이 그를 신속하게 병원으로 옮겼다. 위세척을 한 뒤 열아홉 시간 푹 재웠더니 멀쩡하게 깨어났다. 깨어난 위인은 대체 무슨 일이 있었는지 모르겠다는 표정으로 눈을 껌뻑거렸다. 침대 머리맡에 서 있는 나를 보고는, 너 거기서 뭐하냐?―라고 한마디 한 게 다였다.

두 번째는 손목을 칼로 그었다. 하지만 긋자마자 지혈을 열심히 하는 바람에 병원에 가서 간단한 처치를 받는 것으로 끝났다. 젊은 레지던트에게 손목을 맡긴 그는 전신마취를 요구했고, 레지던트는 고개를 외로 꼬고 이렇게 대꾸했다. 에, 무슨 전신마취를 해요. 상처도 얕구만. 그냥 안 아프게 해드릴게.

세 번째는 한강 다리에서 뛰어내렸다. 하필이면 조기축구회 회원들이 축구를 하던 강변 운동장 옆이었다. 공을 향해 달려가던 장정 몇이 투신 장면을 보고는 내친 김에 멋진 포즈로 다이빙을 했다. 일부는 다리 밑을 지나던 모터보트를 향해 열심히 소리를 질렀다. 투신한 위인은 곧 구조되었다. '하필이면 거기서 축구시합이 있었다니……'라는 것은 그가 한탄을 섞어 내뱉은 말이었지만, 솔직히 다람쥐 방귀 뀌는 소리로 들렸다. 그가 몸을 던진 것은 다리가 끝나는 강변 쪽이어서 높이가 얼마 되지 않았다. 게다가 축구공이 사이드라인을 벗어나 강변으로 굴러오는 순간이었다. 운동장의 선수들이 일제히 강물 쪽을 바라보는 순간 때맞춰 물로 뛰어든 게 틀림없었다. 마침 모터보트가 다리 아래를 지나고 있던 것은 물론이다. 절묘한 타이밍이라고 할 만했으니, 그가 살아난 것은 하필이 아니라 필연이었다.

이게 끝이 아니다. 달리는 버스에 뛰어든 적도 있었다. 날씨도 좋고 미세먼지도 적어 시야가 탁 트인 날이었다. 손님도 몇 없는 오후여서 시내버스 기사는 편안한 마음으로 운행 중이었다. 버티고개 인근을 지나고 있을 때 이 위인이 도로로 뛰어들었다. 기사는 급브레이크를 밟았다. 굽잇길이라 속도를 줄인 참이어서 뛰어든 사람과 부딪치지는 않았다. 위인이 지레 넘어지면서 실신해버렸을 뿐이다. 처음에는 보험금을 노린 자해 사기극이 아닌가 의심을 받았다. 나중에 자살 시도라는 것을 알고는 어이없는 표정을 지으며 기사가 말했다. 아니, 그런 걸 하시는데 보통 버스를 이용하지는 않잖아요? 위치도 좀 그래요, 버티고 개는 차선도 좁고 굽잇길이라 원래 속도가 안 나는 곳인데……

네 번째로 살아난 뒤에는 아무도 그에게 호의를 보이지 않았다. 병원 침대에 누워 있는 위인 앞에서 나는 노골적으로 탄식하며 이렇게 뇌까렸다.

—아, 쪽팔려.

병상의 그가 인상을 찌푸리며 나를 바라보았다.

그는 나의 부친이었다.


부친이 자살 중독증인 건 아니다. 자살 같은 것을 할 만한 위인도 아니지만, 그럴 이유도 없었다. 그는 번듯한 대학 출신에 시력 문제로 병역 면제를 받은 신의 아들이었으며 심지어 전직 공무원이었다. 퇴직 후에는 사회교육원에서 각종 인문학 강좌를 성실하게 수강했고 작은 문예지에 수필가로 등단하기까지 했다. 그런 인간이 뭐하려고 자살 같은 걸 한다는 말인가? 하려면 나 같은 인간이 해야지.

나? 나로 말하자면 그런 데가 있었나 싶은 대학을 나온 실업자로서 토익 최고점이 입에 담기 민망한 수준에 **빡빡** 기는 최전방 맹렬부대 병장 출신이다. 몇 군데 중소기업에서 저임금 계약직으로 일했지만 오래갈 리 없었다. 보수가 거의 최저임금 수준인 데다 일할 의욕을 쥐꼬리만큼도 주지 못하는 자리들이었으니까.

작년부터는 부친에게 붙어 기생하는 처지였고, 집구석에 틀어박혀 게임이나 하는 게 생활의 전부였다. 가끔 취직한 친구들을 불러내 거나하게 한잔 걸치기도 했지만 시간이 갈수록 대화 주제가 사라졌다. 친구들은 회사 얘기에 애새끼 얘기를 주구장창 늘어놨고, 나는 퇴화하는 기생충이 되어 소주잔이나 기울여야 했으니까. 콤플렉스가 심하겠다고? 설마. 나는 뭐, 그냥 살아간다. 즐거우면 즐거운 대로, 배고프면 배고픈 대로. 어차피 다 모래로 돌아갈 테니까. 무, 일 테니까.

하지만 언젠가 부친이 이렇게 말한 것은 지금도 똑똑히 기억하고 있다.

─퇴화하는 것이야말로 진정한 진화다.

돌아보니 부친이 방문에 기대서서 나를 바라보고 있었다. 새로 나온 알피지 게임에 열중해 있었기 때문에 나는 한참 뒤에야 부친이 거기 있다는 것을 알았다. 아, 이런 식으로 갈구는 것인가? 아무리 내가 기생충이라고 해도 당신이 이런 식으로 말하면 안 되는 것 아닌가? 나는 부친을 노려보며 입을 앙다물었다. 그래, 나야말로 인류가 퇴화한다는 증표다. 그래서 뭐? 내가 뭘 어쨌다는 말인가? 내 게으른 뇌세포들의 기원이 대체 어디란 말인가? 바로 당신이 아닌가? 꼭 이런 식으로 자식을 비꼬아야겠는가?

사실 부친의 뇌는 나와는 정반대였다. 나는 느리고 게으른 뇌의 소유자였고, 부친은 예민하고 집요한 뇌를 지녔다는 뜻이다. 게임에 중독된 나의 뇌도 그렇지만 부친의 뇌 역시 정상이라고는 할 수 없었다. 사람들은 그런 것을 만성 신경과민이라고 부른다.

우선 부친은 잔소리가 심했다. 그게 어딘지 좀 기묘했는데, 잔소리라기에는 뭣한 데가 있었다는 뜻이다. 차 조심해서 다니고 술 담배 하지 말고 공부 열심히 하거라 따위의 전통적인 잔소리와는 달랐다. 잔소리란 무엇인가. 우리의 귓등을 간질이며 스쳐가는 바람 같은 것이 아닌가. 잔소리는 너무 일반적이기 때문에 설득력이 없고, 지나치게 상식적이기 때문에 흘려듣게 된다. 하나 마나 한 말이라는 뜻이다. 하지만 대개 잔소리에는 누구에게나 도움이 되는 훌륭한 지혜가 담겨 있다. 때로는 위대한 진실까지도 말이다. 그 지혜와 진실이 얼마나 소중한지를 깨달았을 때는…… 대개 너무 늦은 뒤지만 말이다. 내 경우가 그랬다. 거리에서 호기를 부리다 교통사고를 당한 게 여러 차례였고, 술 담배 게임 등등에 중독돼 겨우 서른 나이에 만성질환을 달고 살고, 공부 따위는 고리타분한 범생이들이나 하는 짓이라며 호언했다가…… 아아, 그만두자. 자기혐오야말로 혐오스러운 감정이 아닌가. 자기혐오는 자기연민을 불러오게 마련이고, 자기연민이란 기껏해야 자애가 강한 자들의 심리적 액세서리에 불과하지 않은가.

어쨌든 부친의 잔소리에는 상식적이며 일반적인 진실 같은 것은 눈을 씻고 찾아도 없었다. 뭔가 코드가 달랐던 것이다. 그의 뇌에서 일어나는 일은 타임스퀘어의 누드 페스티벌이나 은하계 저편에서 일어나는 입자 분열처럼 불가사의해서, 나처럼 평범한 조선인으로서는 상상하기가 쉽지 않았다. 신경과민 환자답게 그의 말은 집요하고 치열하고 논리정연했으며, 무엇보다도 어이가 없었다. 이런 것이었다.

—너는 알고 있느냐? 확인되지 않은 수많은 전제 위에서 우리가 일생을 보낸다는 것을? 신호를 무시한 트럭이 돌진해오지 않으리라는 근거 없는 믿음 위에서, 우리는 횡단보도를 건너는 것이다. 주방장이 음

식에 독을 타지 않으리라는 무신경한 신뢰 속에서, 우리는 식사 주문을 하는 것이다. 엘리베이터 케이블이 끊어져 무서운 속도로 추락하지 않으리라는 밑도 끝도 없는 신념과 함께, 우리는 아파트를 오르락내리락하는 것이다. 그러니 우리는 하루에도 수십 명, 수백 명에게 목숨을 맡긴 채 살아가는 것이 아니냐.

부친은 그런 이상한 이야기를 하면서 슬픔에 빠지곤 했다. 그는 이발을 하다가 면도칼에 목을 베이고, 커피포트의 끓는 물을 얼굴에 뒤집어쓰고, 배관을 타고 침입한 강도에게 살해당하고, 가스가 폭발해서 집과 함께 온몸이 산산조각 나는…… 그런 인생을 살아갔다. 밖에 나갈 때면 아무리 더운 날이라도 방진 마스크를 하고 다녔으며, 공공장소는 전염병의 위험이 있다는 이유로 회피했으며, 발코니나 옥상 같은 데는 추락의 유혹에 사로잡힌다는 이유로 올라가지 않았다. 테러의 희생양이 되고 싶지 않다며 비행기를 이용하지 않았고, 교통사고의 위험을 무릅쓰고 승용차를 타고 다니는 사람들을 비난했으며, 안전 점검을 재촉하느라 겨우 3년 된 아파트의 관리 사무소를 들락날락했다. 그러니 내가 이 위인의 뇌에서 일어나는 복잡다단한 알고리즘을 굳이 이해하려 하지 않는 건 당연한 일이 아닌가?

한번은 운전기사가 되어볼까 한다고 그 위인에게 말한 적이 있다. 버스기사 쪽은 구인난이 있어서 취업이 쉬울 거라는 얘기를 듣고서였다. 아니나 다를까, 내 말을 들은 위인 왈,

—너는 버스라는 기계가 어떻게 움직이는지 알고 있느냐? 버스는 운전기사가 인도를 향해 핸들을 획 돌리지 않는다는 전제하에 운행되는 거대한 살인 병기다. 놀라운 일이 아니냐? 인간이라는 나약한 존재

에게 갑자기 그런 충동이 일어나지 않는다고 어떻게 보장한다는 말인가? 그런 근거 없는 과신이 현대 교통체계의 출발점이라니 놀랍지 않으냐? 그런데 다른 누구도 아닌 네가 버스를 운행하겠다니 이 무슨 어이없는 발상인가?

물론 어이가 없는 건 나였다. 그런 말을 듣고 있으면 누구라도 짓고 있을 표정, 즉 얼빠진 표정을 짓고 있는 나를 향해 부친은 다음과 같이 당부했다. 장엄한 어조였다.

—쇼펜하우어를 기억하라. 그는 이발사의 면도날에 목을 베이지 않을까 우려하여 목만은 면도하기를 거부했다. 기나라 사람의 걱정을 비아냥거리지 말아라. 하늘이 무너질까 두려워했던 그이야말로 현자가 아니었으랴.

운운.

그러면서 그는 오후의 거리를 내려다보며 이렇게 덧붙이는 것이었다. 낯설고 신비로운 것을 바라보는 사람처럼 눈을 게슴츠레하게 뜬 채였다.

—아아, 인간이란 얼마나 놀라운 존재인 것이냐. 저것은 맹목적으로 서로를 믿고 신뢰하는 기이한 종족이 아니냐. 인간들의 저 놀라운 무신경은 대체…… 얼마나 아름다운 것이냐.

나도 부친의 시선을 따라 창밖을 바라보았다. 보이는 것은 미세먼지로 가득한 거리와 행인들이 있는 풍경뿐이었다.


부친의 신경과민에 변화가 찾아온 것은 치명적인 사고 때문이었다. 모친이 교통사고로 세상을 뜬 것이다. 성당 신도회에 끼어서 피정을 가셨는데, 버스 운전자가 그만 졸음운전을 했다고 했다. 버스는 외곽

지역의 도로를 달리다가 난간을 들이받고 개천 쪽으로 돌진했다. 다행히 전복은 되지 않았다. 경미한 부상자들이 많은 가운데 유일한 사망자가 하필이면 열성 신도였던 모친이었다.

모친의 사고사 앞에서 부친이 단지 절망에 빠지기만 한 것은 아니다. 상황은 더 나빴다. 그는 자책을 하기 시작했다. 신경과민인 당신을 위해 기도하려고 성당에 나갔다가 변을 당했다는 것이다. 세계의 위험에 대해 그토록 예민했는데 아내조차 지키지 못하다니…… 아니, 세계의 위험에 그토록 예민했기 때문에, 바로 그랬기 때문에 아내를 잃다니…… 그는 망연자실했다. 이것은 당신의 책임이 아니며 당신이 자책할 문제가 아니라고 말해도 소용이 없었다. 조문객들조차 맞지 못할 정도로 부친은 좌절했다.

그 후 그의 증세가 이상한 방향으로 흘러갈 것이라고는 물론 예상하지 못했다. 보통 사람이라면 애도를 통해 사랑하는 이의 죽음을 조금씩 받아들이게 마련이다. 감당하기 어려운 괴로움조차 언젠가는 담담한 슬픔이 되는 것이며, 회한과 그리움을 마음에 묻은 채 남은 생을 살아가는 것이다. 그리고 또 다른 누군가에게 애잔한 기억을 남긴 채 마침내 모래로 돌아가는…… 그런 것이 무릇 인생 아닌가.

부친에 관한 한, 나의 상식은 빗나갔다. 장례식을 마치고 돌아와 휑한 아파트에 부친과 나만 남았을 때였다. 부친이 뭔가 깨달은 표정으로 이렇게 중얼거렸다.

—신에게 드린 기도는 이루어지지 않는다. 왜? 신에게 기도를 드렸다는 바로 그 이유 때문에. 신을 모시는 이들이 신에 의해 죽임을 당한다. 왜? 그들이 신을 모신다는 바로 그 이유 때문에.

부친의 눈에서 광선이 나오는 것 같았다. 서늘한 광기였다.

그때까지도 나는 그의 뇌에서 무슨 일이 일어나고 있는 것인지 감지하지 못했다. 사실을 말하자면 나 역시 부친의 신성모독에 적극적으로 동조했기 때문이다. 모친은 신을 믿고 신에 의지하는 신실한 양이었을 뿐이다. 신을 모시기 위해 동료 신자들과 피정을 간 것뿐이며, 관광버스 앞자리에 설치돼 있는 정수기 물을 받기 위해 잠시 안전벨트를 풀었던 것이며, 바로 그 순간에 운전기사의 뇌세포가 깜빡 수면에 빠졌던 것이며, 전방의 회전구간을 보지 못한 것이며, 난간을 뚫고 돌진하는 버스를 멈추지 못했던 것이며, 그래서…… 나는 침묵했다. 나로서는 부친의 주장에 하등 의문을 품을 이유가 없었다.

나는 그렇게 모친을 애도하기 위해 신을 저주한 것뿐이지만, 부친은 좀 달랐던 모양이다. 그걸 깨달은 건 시간이 더 지난 후였다. 부친의 과민증에 엉뚱한 변화가 일어나고 있다는 걸 이해하기 위해서는 몇 개의 에피소드가 더 필요했다.

어느 날 웬일로 부친과 함께 지하철을 탔을 때였다. 청량리역을 지날 때쯤인가, 기관사의 안내방송이 나왔다. 피곤에 지친 듯 거칠고 빠른 목소리였다.

'승객 여러분께 안내 말씀 드립니다. 객실 내에서 휴대폰 통화 시 주위 사람들에게 방해가 되지 않도록 조용히 해주시기 바랍니다.'

지하철 기관사는 데시벨을 높여 반복적으로 멘트를 날렸다. 아마도 문자나 비상통화 같은 것으로 민원이 들어온 듯했다.

'다시 한 번 말씀드립니다. 객실 내에서는 휴대폰 통화 시 주위 사람들에게 방해가 되지 않도록 조용히 해주시기 바랍니다. 다시 한 번…….'

안내방송을 듣고 있던 부친은 심각한 표정을 짓더니, 내 쪽을 바라보며 이렇게 중얼거렸다.

—나는 저것을 견딜 수 없다.

나는 멀뚱한 표정으로 부친을 마주 보았다.

—조용히 해달라는 저 멘트 때문에 지금 지하철이 조용하지 못하다. 조용히 해달라는 멘트 때문에 조용하지 못하다니, 저것은 자신의 존재를 부정하는 방식으로 존재하고 있지 않으냐. 바로 그 점을 나는 견딜 수 없다.

뭐 어련하시겠는가. 신경과민에는 이유 같은 것을 따질 필요가 없다. 그냥 이마나 한번 때리고 잊으면 그만이다. 하지만 문제는 부친의 다음 행각이었다. 부친은 진지한 얼굴로 주위를 둘러보더니, 뭔가를 발견하고는 객실 끝으로 뚜벅뚜벅 걸어갔다. 나는 직감적으로 부친이 뭘 하려는지 깨달았다. 빨간 비상통화장치가 눈에 띄었던 것이다. 부친은 승무원에게 연락을 취할 것이다. 조용히 해달라는 바로 그 안내방송 때문에 객실이 조용하지 않다는 점을 지적할 것이다. 카랑카랑하고 준엄한 어조일 것이다. 승무원과 언성을 높이다가 급기야 청원경찰들이 들이닥칠지도 모른다. 나는 내 이마를 때린 뒤 위인을 뒤쫓아가서 팔을 붙잡았다. 마침 열차가 다음 역에 도착했으므로, 나는 거의 완력으로 이 어이없는 위인을 끌어내려야 했다.

거기서 끝일 리가 없었다. 부친의 과민증에는 모종의 일관성 같은 것이 있었다. 어느 날엔가 모친의 납골묘에 들렀다가 집으로 돌아오는 길이었다. 아파트 근처, 철거 중인 단독주택들이 있는 골목을 지날 때였다.

석양이 깔리는 골목, 반쯤 무너진 담벼락 앞에 부친이 혼자 서 있는 게 보였다. 심각한 표정이었다. 뭘 보고 저러나 했더니 담벼락에 '낙서 금지'라고 쓰여 있는 게 눈에 띄었다. 큼지막한 글씨였다. 이 위인이 또 뭘 어쩌려는 것인가, 나는 심상찮은 기운을 느꼈다. 부친 곁에 물통과 세제가 보였다. 아니나 다를까, 부친은 이내 팔을 걷어붙이더니 담벼락에 물을 끼얹고는 '낙서 금지'라는 글자를 지우기 시작했다. 나는 눈을 질끈 감았다. 신이시여, 이건 뭡니까 또.

부친은 이렇게 말했다.

—낙서 금지라는 이 낙서를 보아라. 나는 이것을 견딜 수 없다.

나는 직감적으로 그의 말을 이해해버렸다. 낙서 금지라는 낙서가 자신을 부정하고 있다는 얘기구나. 가련한 표정을 짓고 있는 내 앞에서 부친은 외쳤다. 단호한 목소리였다.

—저 낙서는 지금 자기 자신을 부정하고 있다! 그것도 아주 극렬하게!

과연, 낙서는 빨간 스프레이로 쓰여 있어서 극렬하다는 부친의 주장을 뒷받침했다. 결정적으로 그것은 궁서체였다. 극렬한 궁서체라니, 어딘지 희극적이지 않은가. 나는 어이가 없어 웃음을 터뜨렸다. 철거 현장의 인부들이나 초딩 애들이 장난 좀 친 걸 갖고 자기부정이니 뭐니 흥분하는 위인 앞에서 뭘 어쩌겠는가. 부친의 외침은 광야를 헤매는 고고한 선지자의 절규에 가까웠으므로 더더욱 듣기가 민망했다.

—낙서를 금지하기 위해 낙서를 한 셈이니, 이 낙서는 자기 자신을 위배하고, 자기 자신을 배신하고, 자기 자신의 존재를 스스로 부정하고 있는 것이다!

나는 이마를 쳤다. 세게 쳤다. 아아, 이것이 바로 외상 후 스트레스

장애라는 것이로구나. 모친을 잃은 뒤 공허감을 견디지 못하는 게 틀림없구나. 그렇다 해도 이건 지나치지 않은가. 신경과민을 넘어 히스테리나 강박증에 가깝지 않은가. 나는 희비극의 주인공이 되어 무릎을 꿇고 머리칼을 부여잡았다. 부친은 낙서 금지라는 낙서를 말 그대로 맹렬하게 지우고 있었다.

신경정신과에 가보라는 나의 조언이 먹힐 리 없었다. 나도 더 이상 말하지 않았다. 나 자신이 자포자기 상태였다. 취직은 안 되고 게임 등급도 올라가지 않았다. 모든 게 지지부진이었다. 부친의 기행은 점점 가관이 되어가고 있었지만, 나는 냉소적인 마음으로 내버려두었다. 하긴 내가 뭘 어쩔 수 있었겠는가.

어느 날은 위인이 책 한 권을 들고 소파에 앉아 있었다. 읽고 있었던 건 아니고, 그냥 멀뚱히 표지를 바라보고만 있었다. 피에르 뭐라는 프랑스 사람의 책인 모양이었다. 『읽지 않은 책에 대해 말하는 법』. 순전히 제목이 웃겨서였지만, 나도 앞의 몇 페이지를 들쳐본 적이 있다. 물론 게으른 뇌세포는 이런 인문서에 맞지 않았으므로, 곧바로 책을 덮으며 나는 이렇게 중얼거렸을 뿐이다. 미친 새끼, 읽지도 않은 책에 대해 왜 말을 하고 지랄인가. 읽지 않은 책에 대해 말하는 법을 대체 왜 배워야 한다는 말인가. 그냥 입을 닥치고 있는 편이 낫지 않겠는가.

너무나 정당한 반응이라고 생각한다. 하지만 부친의 소감은 달랐던 게 틀림없다. 부친은 책을 싱크대에 던져버렸다. 그리고 라이터를 가져와 불을 붙였다. 책은 타올랐다. 잘 타올랐다. 나는 말리지도 않았다. 대체 왜 이런 짓까지 해야 합니까?—라고도 묻지 않았다. 하는 꼴을 그냥 보고만 있었는데, 이윽고 위인이 입을 열어 다음과 같이 외치는 것이었다.

　—나는 이 책을 읽지 않고 이 책에 대해 말하려고 했다! 그렇게 하지 않는다면 가련한 이 책은 자신을 부정하는 꼴이 되기 때문이다! 책이 책 자체를 맹렬하게 부정하고 있으니, 나는 이 책을 읽을 수도 없고 읽지 않을 수도 없게 되었다! 그것은 끔찍하지 아니한가!

　아아, 말인지 막걸리인지. 무슨 자다가 봉창 두드리는 소리인지.

　논리적으로도 상식적으로도 어처구니없는 얘기였으니, 나로서는 그저 귀를 막고 싶을 뿐이었다. 나는 한숨을 내쉬었다. 이젠 위인이 뭐라고 떠들어도 관심이 가지 않을 판이었다.


　그래도 부친이 절에 다니기 시작했을 때는 반가운 마음이 들었다. 미우나 고우나 그는 나의 동거인이고 나를 부양하는 자였으니까. 서양의 신에게 절망했으니 동양 종교에라도 귀의하기를 나는 바랐다. 부처 앞에서 마음의 평화를 얻기를 바랐다. 적어도 희비극적인 헛소리는 하지 않게 되기를…… 물론 모든 희망은 배반당하게 마련이다. 이 위인식으로 말하자면, 희망은 그게 희망이기 때문에 이루어지지 않을 것이다. 언제나 무지개처럼 뒤로 물러나는 게 희망이라는 놈이니까.

　어느 날 절에 다녀온 부친의 얼굴이 붉게 상기되어 있었다. 또 무슨 두꺼비 같은 망언이 튀어나올까 저절로 몸이 움츠러들었다. 아니나 다를까, 부친의 입에서 튀어나온 두꺼비는 이런 것이었다.

　—반야심경이야말로 궁극의 세계관이라고 나는 생각하였다. 세계관이라기보다는 차라리 세계 자체에 가깝다고 나는 생각하였다.

　그런 요령부득의 헛소리를 내뱉더니 부친은 한동안 침묵을 지켰다. 반야심경이 뭔지 나는 모른다. 마하반야바라밀다심경 운운하며 목탁

치는 소리라는 것밖에는. 하지만 단박에 예측할 수 있었다. 반야심경을 부정하는 반야심경 어쩌고 하는 두꺼비가 이제 곧 부친의 입에서 튀어나오리라는 것을. 부친의 침묵은 오래가지 않았다.

— 나는 색즉시공 공즉시색이라는 말의 허위를 견딜 수 없다.

그렇겠지. 이 위인이 뭐를 견딜 수 있겠는가? 사실 색즉시공 공즉시색이라는 문구의 뜻은 나도 제법 알고 있다. 술자리에서 친구들에게 이렇게 떠벌린 적도 있다. 색즉시공 공즉시색, 무릇 섹스는 허무하고 허무하므로 우리는 섹스를 해야 한다 그런 뜻 아니냐. 나는 부친이 그런 썰렁한 농담이라도 해주기를 진심으로 바랐다. 하지만 부친은 역시 나와는 레벨이 달랐다. 강론을 들은 뒤에 스님을 따라가 이렇게 항의했다는 것이다.

— 스님, 스님은 욕망하기를 멈추라고 말씀하시지 않았습니까.

스님이 인자한 표정으로 부친의 얼굴을 바라보았다. 부친의 표정에 팽팽한 긴장감이 흐르고 있었다. 이윽고 두꺼비가 튀어나왔다.

— 하지만 욕망하기를 멈추고 싶다고 생각하는 순간 저는 다시 번뇌에 빠지고 맙니다. 욕망하기를 멈추려면 욕망을 멈추고 싶다는 바로 이 욕망부터 멈추어야 하지 않겠습니까? 욕망을 멈추기를 맹렬히 욕망해야 하다니 이런 이율배반이 또 어디에 있겠습니까? 자기 자신에게 적용하지 못하는 도를 통해 어찌 도를 깨닫겠습니까? 그러니 저는 지금 욕망을 멈출 수도 없고 멈추지 않을 수도 없는 번뇌에 빠져서…….

운운.

이쯤 되면 쪽팔린 수준을 넘어서 짜증이 밀려오는 것이다. 저능아가 아닌 다음에야 이런 식으로 물고 늘어져서 뭘 어쩌자는 말인가. 사는 건 일단 대충 사는 것이지 그렇게 골치 아프게 따져서 어떻게 삶을 유지한다는 말인가. 과연, 스님 역시 나와 같은 기분이었는지 이렇게 답했다고 한다. 나와는 레벨이 달라서 온화한 미소를 지으면서였다.

　—처사의 말씀이 옳습니다. 다만 색즉시공 공즉시색이라는 구절 앞을 살피시기 바랍니다. 거기에는 지혜롭게도 색불이공 공불이색이라는 구절이 있습니다. 사람들의 생각과 달리 색불이공과 색즉시공은 똑같이 중요한 것입니다. 모순으로 보이는 것을 하나로 느끼는 것이야말로 도의 경지지요.

　스님은 숨을 고른 뒤 덧붙였다. 차분한 목소리였다.

　—우리는 그저 불완전한 상태에서 살아가다가 부처님의 세계로 귀의할 뿐입니다. 그러니 욕망을 버리기를 욕망하십시오. 그것만이 도에 이르는 길입니다…….

　스님이 뭐라고 한 건지 나로서는 이해하지 못하겠다. 별로 이해하고 싶지도 않다. 부친 역시 이해하지 못한 듯했지만, 나와는 반응이 달랐다. 부친은 이렇게 외쳤다고 한다. 아니, 꽥 소리를 질렀다는 것이다. 스님의 가사를 멱살 잡듯이 부여잡으면서.

　—아니오! 그것은 도가 아니오! 도가 도 자신을 빼놓았는데 어찌 도를 따르라 하시오! 그것은 의미가 없지 않소! 의미가 없지 않소! 의미가 없지 않소!

　아아 뭐 이런 또라이가…… 하는 표정이 멱살 잡힌 스님의 얼굴에 떠올랐다. 그러고는 슬금슬금 뒷걸음질을 쳤다. 멱살을 잡은 중생의 눈에 핏발이 어려 있었으니, 더 이상 말이 통하지 않는다는 것을 깨달았던 것이다. 모여든 신도들이 소동을 일으킨 위인을 사찰 밖으로 끌어낸 건 당연한 일이었다.

　나는 위인의 어리석은 사고방식을 천천히 납득하기 시작했다. 동시에 그게 중딩 수준의 사고력만 있으면 피할 수 있는 오해로 가득하다는 점 역시 깨닫기 시작했다. 이율배반이니 패러독스니 하는 것은 인터넷에 돌아다니는 흔하디흔한 농담이 아닌가. 아마도 이 위인은 꼼짝말고 손 들라는 강도를 만나면 웃음을 터뜨릴 것이고, 성부와 성자가 하나라고 설파하는 신부님을 만나면 무턱대고 대들 것이며, 회의주의자나 상대주의자라는 이들을 보면 불같이 화를 낼 것이다. 꼼짝 않고 손 드는 일의 문제점에 대해 항의하다가 강도에게 칼을 맞을 것이며, 무한한 성부와 유한한 성자가 일체라는 모순 때문에 머리칼을 부여잡고 고통스러워할 게 뻔하다. 회의주의를 철저히 회의하면 회의주의 자체가 불가능해지고 상대주의 자체가 상대적이라면 상대주의가 성립하지 않는다며 싸움을 걸지도 모른다. 맥락도 없고 현실도 없고 인생도 없는 위인. 그저 자기 논리에 사로잡힌 위인. 그런 게 나의 부친이었다.

과연, 부친의 증상은 점점 더 심해졌다. 사례를 수집하고 자료를 모으기 시작하더니 블로그와 페이스북에 글을 올려 공공연하게 자신의 주장을 설파하기 시작했다. 이 대목에서 부친이 한때 문학 지망생이었으며 현직 수필가라는 점을 상기할 필요가 있겠다.

어느 날 부친은 심각한 표정으로 신문을 보고 있었다. 문화면 칼럼에서 '시는 언어의 한계를 말하는 언어형식이다'라는 상투적인 주장을 접한 모양이었다. 부친은 곧 행동에 들어갔다. 칼럼을 쓴 유명 시인의 주장을 반박하는 글을 써서 페이스북에 올리고, 그 시인의 페북 댓글란에 옮겨놓았으며, 해당 신문사에 반론 글을 보내기까지 했다. 내용은 안 봐도 뻔한 것이었다. '언어의 한계를 말하는 언어라니 언어도단이 아닌가. 언어의 한계를 진정으로 인식한다면 우리가 취할 수 있는 유일하게 올바른 자세는 침묵, 침묵뿐이다!'

어련하시겠는가. 글은 비약에 비약을 거듭한 뒤에 다음과 같이 마무리되고 있었다. '고전이 된 아방가르드만큼 토악질이 나오는 것이 어디 있겠는가! 진부한 모더니즘이라니, 절필이라도 해야 하지 않겠는가! 리얼리즘이 현실을 관념으로 재단한다면 그것이 어찌 리얼리즘이겠는가! 실제를 편집하고 극화하는 다큐멘터리라니, 차라리 허구이고 거짓이기 때문에 진실에 가까운 소설이 낫지 않겠는가!'

씨발, 나는 어이가 없어 속으로 욕을 내뱉었다. 부친의 말에 가득한 언어유희와 과유불급과 자가당착을 지적할 생각은 나지 않았다. 나는 그저 새로 나온 알피지 게임을 구입하지 못해서 속이 타들어갈 뿐이었다. 게임의 세계에는 자기모순도 이율배반도 없으니 행복하겠다는 생각이 들었다. 부친이 무슨 짓을 하건 무슨 말을 하건, 나는 관심을 끊기로 했다.

실수라면 그게 실수였다. 내가 PC방에 죽치고 앉아 시간을 보내는 동안, 부친의 행각은 점점 예민하고 위험한 영역으로 확장되어갔다. 부친은 페북과 블로그에 글을 올리고 스팸 메일을 쏘는 것으로도 모자라, 주류 신문사든 옐로 페이퍼든 지면을 가리지 않고 투고를 하기 시작했다. 내용은 천편일률에 논조는 극단적이었다. 그는 자동차를 타고 다니는 환경 운동가들을 비난했으며, 대기업을 비판하면서 대기업 제품을 쓰는 사람들을 조롱했으며, 동물 보호 운동을 하면서 채식주의자가 아닌 이들을 공격했다. 논리는 엉성하고 비약은 자의적이었으며 결론은 생뚱맞았다.

거기서 멈췄더라면 좋았을 것이다. 게재 불가 통보만 받으면 되었으니까. 아주 드물게 인터넷 언론 같은 데 게재가 되더라도 '이게 무슨 개소리인지 모르겠다'는 댓글만 몇 개 달리면 되니까.

더 나가기 시작했다는 게 문제였다. 어느 날 부친은 손수 피켓과 패널 같은 것을 만들더니 흰 띠를 머리에 두르고 집을 나섰다. 피켓에는 '사람을 자르면서 사람을 위한 경영이라는 게 웬 말인가!'라고 적혀 있었다. 나는 위인이 어디로 무엇을 하러 가는지를 직감했다. '사람을 위한 경영'을 슬로건으로 광고하는 모 기업에서 대규모 감원이 진행 중이라는 소식은 나도 얼핏 들은 적이 있었다. 정규직을 줄이고 비정규직을 늘려 비용을 낮추려는 게 뻔했다. 부친은 그 회사 앞으로 1인 시위를 하러 가는 길이었다.

나는 그를 막지 않았다. 여기까지는 뭐, 충분히 이해할 만했으니까. 나 같은 인간조차 '사람을 위한 경영'을 한다는 대기업의 위선적인 광고에는 혀를 찰 수밖에 없었으니까. 하지만 부친의 생각은 역시 차원이 달랐다.

뭘 어떻게 하려는 건가 싶어 구경을 갔다. 부친은 작은 피켓을 왼손에 들고 커다란 패널을 오른손으로 붙잡고 회사 건너편 보도에 서 있었다. 패널에는 매직으로 깨알 같은 글씨가 적혀 있었다. 읽으라는 건지 말라는 건지 알 수 없을 정도로 빼곡해서, 이 글자들이야말로 지금 자신을 부정하고 있는 게 아니냐고 따지고 싶을 정도였다.

쭈그리고 앉아 한 글자 한 글자 짚으며 해독해보니 부친의 주장은 예상과는 다른 것이었다. '사람을 위한 경영을 한다고 광고하면서 무차별적인 해고를 단행하다니 자기모순 아닌가'라는 게 아니었다. 순서가 반대였다. '대규모 해고를 단행하면서 사람을 위한 경영을 한다고 광고하다니 자기모순 아닌가.' 나는 혀를 찼다. 사태의 핵심을 확실하게 빗나가는 주장이었다. 광고만 안 하면 아무런 문제가 없다는 투였다. 해고가 문제인가, 광고가 문제인가? 이 뻔한 문제를 두고 부친은 두꺼비 같은 생각에만 몰두했던 것이다.

나는 진심으로 화가 났다. 부친을 집으로 끌고 오는 대신, 나는 피켓을 빼앗아 길바닥에 내던지고 욕설을 퍼부었다. 부친은 별다른 대꾸도 없이 두꺼비처럼 바라보고만 있었다. 내가 씩씩거리고 서 있자 말없이 피켓을 주워 들고는 시위를 계속할 뿐이었다. 나는 그 길로 집으로 돌아와 이불을 뒤집어써버렸다.

사태는 다소 묘한 방향으로 흘러갔다. 근방을 지나던 사람들이 부친과 나의 실랑이를 사진과 동영상으로 찍어 SNS에 올린 것이다. '웃기는 아버지와 아들' '1인 시위에 아들이 행패네' 등 다양한 코멘트가 붙어 있었다. 그 와중에 부친의 피켓이 노출되었다. 광고 중단을 요구하는 1인 시위라는 점이 부각된 것은 물론이다.

그날 밤 한 CF 스타가 '광고는 광고일 뿐인데 이분, 지랄이시네요……'라는 코멘트와 함께 사진을 리트윗했다. 팔로워 수가 많기로 유명한 연예인이었다. 공개적으로 사귀던 연인과 헤어진 날이어서 그는 꽤 취한 상태였다. 다음 CF 계약이 무산된 것도 영향을 미친 듯했다. '지랄'이라는 단어는 그렇게 공표되었다. 당연하게도 부친의 사진은 무한 알티의 소용돌이로 빠져 들어갔다.

CF 스타에 대한 사회적 비난이 쏟아지기 시작한 것은 불과 10여 분 뒤였다. 스타의 코멘트는 트위터와 페북을 도배하더니 기획사의 게시판이 다운되는 사태로 확대되었다. 비난은 비난을 낳고 공분은 증폭되었다. 하루도 채 지나지 않아 그는, '취해서 올린 글로 인해 우려와 심려를 끼쳐 드려 죄송하다'는 내용의 사과문을 발표했다.

부친의 에피소드는 급기야 한 일간지에 소개되기까지 했다. 해당 연예인의 윤리적 둔감함을 지적하는 칼럼과 함께였다. 경제면 해설 기사도 등장했다. 구조적 실업 문제를 노동 부문의 희생으로 해결하는 것은 구시대적이다. 자의적 구조 조정과 복지 축소는 소비 활성화에 찬물을 끼얹을 것이며, 이는 다시 기업 부문에 부메랑이 되어 돌아올 것이다. 기업들이 저임금 구조를 강화하는 것은 결국 반기업적 결과를 초래하는 이율배반적인 행태다—라는 게 대략적인 내용이었다.

아무려나. 그런 것은 내 알 바 아니다. 문제는 지금 나 자신이 실업자라는 점이며, 부친이 정상이 아니라는 점이니까.

일련의 사건들에도 불구하고 부친은 무심해 보였다. 그런 소동은 관심사가 아니라는 투였다. 그의 시선은 이미 다른 곳에 가 있었던 것이다. 텔레비전 뉴스를 바라보는 눈빛이 심상치 않았다. 시절이 시절인지라, 정부에서는 민주주의를 지키기 위해 불가피하게 민주주의를 제한할 수밖에 없다는 말들이 흘러나오고 있었다. 집회 시위의 자유는 교통 흐름 및 공공질서에 반한다는 이유로 제한되었으며, 언론 표현의 자유는 자유민주 체제에 위협이 된다는 이유로 축소되었다. 여당은 이런저런 관련 법안들을 마구잡이로 상정하고 있었다. 민주주의를 지키기 위해서는 눈물을 머금고 민주주의를 제한할 필요가 있다는 성명을 발표한 뒤, 여당 대표는 실제로 눈물을 흘리기까지 했다. 다음 날 1면 사진으로 맞춤한 장면이었다.

아무려나. 그런 것 역시 내 알 바 아니다. 하지만 내 알 바 아닌 문제들이 돌고 돌아 다시 우리의 멱살을 쥐어 잡는 데는 오랜 시간이 걸리지 않는다. 사태는 돌이킬 수 없는 것처럼 보였다. 적어도 부친에게는 말이다.

부친은 점점 편집광이 되어갔다. 도서관을 들락거리고 인터넷을 뒤졌다. 자료를 찾고 데이터베이스를 축적했다. 안 봐도 뻔한 노릇이었다. 그는 민주주의라는 이름으로 민주주의를 제한한 반민주주의의 역사적 사례를 모으기 시작했으며, 자유를 지키기 위해 자유를 제한해야 한다고 주장하는 인사들의 명단을 작성했다. 민주주의의 자가당착을 비판하는 글을 각종 매체에 투고한 것은 물론이다.

다행히 그 글들은 게재조차 되지 않았다. 게재가 안 되었으니 반응이 없는 것은 당연한 일이었다. 글이 길고 장황한 데다 뭔가 초점이 안 맞았기 때문일 것이다. 그러기를 한 달여, 드디어 한 신문사에서 연락이 왔다. 뜻밖에도 중앙 일간지였다. 투고 원고를 살피던 한 신참 기자가 CF 스타 건을 기억해낸 덕분이었다. 아, 그 1인 시위를 하던 양반이군. 기자는 중얼거렸다. 글에 조리가 없고 어조는 불필요하게 강경했지만, 부친의 글에는 뭔가 흥미를 끄는 요소가 있었다.

글은 데스크의 승인을 거쳐 온라인판에 게재되었다. 민주주의를 위해 민주주의를 제한한다면 그것은 이미 민주주의가 아니다, 만일 지금 정부가 이런 이율배반의 행보를 계속한다면 나는 죽음으로써 자유를 증거할 것이다, 운운.

하나 마나 한 주장에 근거는 추상적이고 어조는 과격했다. 아무도 부친의 주장에 관심을 보이지 않았다. 그 글을 읽고 불길한 느낌을 받은 것은 나뿐이었다.


부친이 다섯 번째로 자살 예고 문자를 보내온 것은 그 무렵이었다. 누군가는 이번에도 '미친 새끼'라고 뇌까렸을지 모르겠다. 양치기에게

속을 내가 아니지, 라며 코웃음을 쳤을지도 모른다.

나는 아니다. 그럴 수 없었다. 무언가 끝까지 가고 있다는 생각이 들었다. 자기모순에 빠지지 않기 위해, 자신의 말에서 자신을 배제하지 않기 위해, 죽음을 통해 삶을 증거하기 위해, 진화할수록 퇴화해가는 인류를 구원하기 위해, 정말 무언가를 저지를지도 모른다는 직감이 들었다. 나는 경찰에 사건의 전말을 알리고 휴대전화 위치 추적을 의뢰했다.

불행히도 나의 예감은 적중했다. 부친은 수면제를 먹거나 손목을 긋지 않았다. 버스에 뛰어들지도 않았다. 대신 부친은 국회의사당이 보이는 육교에 올라갔다. 행인도 별로 없었고 몇몇 차량들만이 강변도로를 달리고 있었다. 휴일 저녁이었고, 황혼 무렵이었다. 바람이 조용히 불고 있었다.

육교에 오른 부친은 제 몸에 시너를 부었다. 망연히 국회의사당 쪽을 바라보다가, 그는 라이터를 켠 엄지손가락에 힘을 주었다. 불꽃이 타올랐다. 불이 몸에 옮겨 붙었다. 타오르는 부친의 몸은 주춤주춤 움직였다. 천천히 난간 쪽으로 이동했다. 그러다 문득 온몸이 무너졌다. 난간 아래로 추락했다.

마침 육교 밑으로 관광버스 한 대가 속도를 줄인 채 지나가고 있었다. 버스 안에는 술 취한 중년들이 일어서서 춤을 추고 있었다. 쿵쾅거리는 뽕짝 리듬이 버스 안에 가득했다. 음량을 맥시멈으로 올린 채였다.

부친의 몸은 버스 지붕에 떨어졌다. 환풍구에 걸려 요행히 도로로 추락하지는 않았다. 타오르는 몸을 실은 버스는 무슨 일이 일어났는지도 모른 채 계속 달렸다. 한참을 달렸다. 여의도를, 국회의사당을, 올림픽대로를, 63빌딩 앞을 달렸다. 황혼이 내리는 강변을…… 휴일 저녁의 도심을…… 부친의 타오르는 몸은 달렸다.

행인들이 119로 전화를 걸었다. 달리던 승용차들이 버스에 바짝 붙어 클랙슨을 울렸다. 타오르는 버스의 질주를 휴대전화로 찍어 SNS에 올린 이도 있었다. 택시와 승용차 몇 대가 앞을 가로막고 나서야, 버스는 정지했다. 버스 안의 음악이 멈추었다. 대체 무슨 일이야. 의아한 승객들이 차창 밖을 바라보았다. 핏빛 황혼이 강변을 물들이고 있었다.

그 뒤의 이야기는 더 이상 하고 싶지 않다. 무엇보다도 내 영혼의 힘이 남아 있지 않다. 그저 후일의 기억을 위해 간단히 사건의 경과를 정리해놓기로 한다.

부친이 육교에 내건 현수막에는 '이율배반의 가장 깊은 곳을 직시하라! 정부와 국회는 각성하라!'는 구절이 적혀 있었다. 붉은 글씨에 궁서체였다. 많은 사람들은 앞의 문장을 제대로 이해하지 못했다. 뭔가 불투명하고 아리송하며 어리둥절한 느낌을 주었을 뿐이다. 하지만 뒤의 문장은 명확하고 정당한 주장이라는 데 대부분 동의했다. 게다가 사망한 이가 '사람을 위한 경영' 사건의 바로 그이라는 게 알려졌다. 부친의 분신 소식은 시민들의 애도와 함께 퍼져나갔다. 정부 여당에서는 사태의 확산을 막기 위해 안간힘을 썼다.

하지만 심상찮은 애도 분위기는 딱 하루 뒤에 반전되었다. 부친이 이미 수차례 자살 시도를 한 적이 있다는 증언이 나왔다. 죽음과 삶의 이율배반적 공존 운운하며 퍼포먼스를 벌였다는 내용이었다. 개인의 일탈적 행동으로 사태를 봉합하려는 언론의 역공이 시작되었다. 부친을 애도하지만 부친의 의도는 이해할 수 없다는 식의 칼럼도 나왔다. 모든 일은 해프닝이 되었으며, 일부에서는 혐오 발언의 대상이 되기까지 했다. 현수막의 난해한 내용을 문제 삼는 이도 있었다.

처음에는 우호적이던 야당 쪽에서도 더 이상 이렇다 할 반응이 나오지 않았다. 진보적 인사들까지 공격했던 과거의 행적이 드러난 것이다. 부패 척결을 외치는 당사자들이 부패해 있는 게 문제라며 비판한 적도 있었고, 당에서 입안한 정책들을 하나하나 따져 사소한 이율배반들을 찾아내 공개한 적도 있었다.

이런저런 추측성 기사가 포털에 올라온 것은 물론이다. 여당 일각에서는 엉뚱하게 종북이라는 단어가 튀어나왔고, SNS에서는 부친이 불교와 카톨릭의 교리를 무차별적으로 공격했다는 주장도 제기되었다. 나는 왜곡 추측 보도를 한 몇몇 신문사에 항의 전화를 했으며, 페북에 글을 올려 악의적인 루머에 저항했다.

나는 솔직하게 적었다. 나는 부친의 진심을 모른다고 적었다. 하지만 부친은 죽음과 싸우며 끝까지 삶을 지키고자 했다고 적었다. 이율배반에 고통받는 인간 존재를 구원하고자 했다고 적었다. 그래서 이율배반 자체인지도 모를 생명을 버린 것이라고도 적었다. 나의 문장은 자기모순으로 가득했다. 글을 쓰면 쓸수록 나는 모멸감에 빠졌지만, 그랬기 때문에 나는 멈출 수 없었다.

나를 위로한 것은 엉뚱하게도 관광버스 운송사업조합이라는 곳이었다. 조합에서 나왔다는 직원들이 집까지 찾아와 정중하게 조의를 표했다. 그들은 진심 어린 어조로 부친의 뜻을 기리며 애도했다. 어리둥절한 내게 나이가 지긋한 간부가 설명했다.

모친이 사고로 세상을 뜬 후, 유사한 교통사고를 막기 위해 부친이 혼신의 노력을 해왔다는 것이다. 교통사고 안전 매뉴얼을 직접 제작해 무료로 배포했으며, '기사님들의 안전한 운행을 기원합니다'라는 피켓을 들고 몸소 버스회사를 순회했으며, 기사님들의 근무 환경 개선에 써달라며 평생 모은 돈을 조합에 기부했다고 했다.

나는 화가 났다. 상의도 없이 기부를 해서가 아니었다. 부친의 이율배반에 환멸을 느꼈다. 평생 자린고비 노릇을 하던 위인이 전 재산을 그렇게 손쉽게 기부해버리다니…… 평생 성실한 공무원으로 하루하루를 이어왔으면서 그렇게 갑작스레 세상을 떠버리다니…… 퇴화하는 나만 남겨놓고 가버리다니…… 나는 뼛속 깊이 환멸을 느꼈다. 그리고 환멸은 마침내…… 나를 덮쳤다.


물고기처럼 취한 밤이었다. 술집 밖으로 눈송이들이 떨어지고 있었다. 친구 녀석들을 불렀지만 아무도 나와주지 않았다. 그래, 이율배반 따위가 대체 뭐라는 말인가. 어차피 세상은 모순투성이고 모순조차 없으면 스스로를 지탱하지 못하는 게 인생 아닌가. 그렇게 중얼거리며 혼자 소주잔을 기울인 뒤였다.

자정 무렵, 나는 비틀거리며 버티고개를 걷고 있었다. 색즉시공 공즉시색, 섹스는 허망하고 허망하므로 섹스를 해야 한다…… 그런 명청한 주문을 되뇌면서였다. 인적 없는 길이었다. 멀리서 막차가 다가오고 있었다. 저 버스를 타고 버티고개를 넘어가면 한남대교가 나오고 올림픽대로도 나오고 여의도도 나오겠지. 나는 중얼거렸다. 63빌딩을 지나고 국회의사당을 지나고 달리고 더 달리면 언젠가는 바다에 닿겠지. 그 바다의 더 먼 바다에는 자기모순도 이율배반도 없겠지. 그냥 수

평선이 있겠지. 파도가 일렁이겠지. 심연이 있겠지. 나는 취한 물고기처럼 중얼거렸다.

헤드라이트를 켠 버스가 내 쪽을 향해 다가오고 있었다. 나는 달려오는 두 개의 빛을 물끄러미 바라보았다. 눈송이들이 점점이 떨어지고 있었다. 어쩐지 애잔한 느낌이 들었다. 그래서였을까, 어리석은 짓에 몸을 맡긴 것은. 그냥 취기가 등을 떠밀었기 때문이라고 해두자. 어쩌면 그 길이 그저 버티고개 길이었기 때문인지도…….

나는 비틀거리며 한길로 뛰쳐나가 버스를 향해 몸을 던졌다.

버스는 쇳소리를 내며 급정거했다.

버스는 내 코앞에서 멈추었다.

눈이 내리고 있었고, 굽잇길이었고, 버스는 속도를 내지 못했고, 버스 안에는 손님이 없었다. 나는 죽지 않았다. 죽으려고 했기 때문에 죽지 못하는구나. 이런 이율배반이 있나. 색즉시공 공즉시색…… 빌어먹을. 나는 버스 앞에 서서 취한 목소리로 중얼거렸다. 버스는 헤드라이트를 켠 채 움직이지 않았다. 클랙슨도 울리지 않았다. 나는 천천히 고개를 들어 버스를 바라보았다.

운전기사가 나를 내려다보고 있었다. 기사모를 쓰고 정복을 착용하고 있었다. 나는 흐리멍덩한 눈으로 그를 바라보았다. 우리의 눈이 마주쳤다. 어디선가 본 듯한, 낯익은 얼굴이라는 느낌이 들었다. 나는 고개를 외로 꼬았다. 아무래도 이 사람은…… 아버지가 아닌가. 나는 중얼거렸다. 창밖으로 고개를 내밀고 나를 내려다보고 있는 사람은…… 확실히 부친이었다. 기사 모자를 쓰고 정복을 입은 부친이 너그러운 표정으로 나를 바라보고 있었다. 미소를 짓고 있었다. 눈송이 몇 점이 미소 사이로 희미하게 떨어져 내렸다. 그 얼굴이 부처의 얼굴을 닮았다고 생각하는데, 다시 보니 그것은 그냥 캄캄한 얼굴이었다. 어둡고 깊어서 아무것도 드러나지 않는 얼굴이었다.

나는 고개를 떨궜다.

나는 몸을 돌렸다.

자정의 버티고개를, 나는 휘적휘적 걷기 시작했다. 버스는 그 자리에 서서 헤드라이트로 내 쪽을 비추어주고 있었다. ▪

# 조 현

# 제인 도우, 마이 보스

1969년 전남 담양 출생.
숭실대 행정학과와 국민대 종합예술대학원 졸업.
2008년 『동아일보』 등단. 소설집 『누구에게나 아무것도 아닌 햄버거의 역사』.

# 제인 도우, 마이 보스

## 1

YMS - 1791 - 0901C 지점에 대한 발굴 작업은 일주일에 걸쳐 이루어졌다. 작전 기간 동안 미군은 CH - 47, 일명 치누크 수송 헬기를 동원하여 발굴 지역 탐색을 지원하였다. 치누크 헬기로 실어나른 장비는 세계 최고로 민감한—미국은 살짝만 자극해도 무섭게 반응이 덮쳐오는 이러한 감촉에 탁월하다. 사실 매카시즘과 비아그라 역시 미국의 발명품이 아니던가— 방사능 측정기 및 극비로 취급되는 모종의 장비들일 것이다. 아마도 현재의 내 보안등급으로는 포장지조차 구경하기 힘든 고가품일 테다.

비밀 작전은 사전에 충분한 토의 끝에 미군의 유해 발굴 사업으로 위장되었다. 언제나 그렇듯이 말이다. 미국인들의 열광적인 애국심은 유별나지 않던가. 뭐 거짓말은 아니다. 실제로 이 지역이 과거 한국전쟁 당시 미군의 교전 지역이었던 것은 사실이니까. 하긴 그 당시 좁은 한반도에서 미군의 교전 지역이 아닌 곳도 드물 것이다.

어쨌거나 난 작전 중에 관련 문헌에 대한 책임 연구원이라는 애매한 신분으로서 발굴에 합류했다. 물론 내 보안 등급으로 가능한 범위까지 말이다. 여기서 가능한 범위란 말은 문헌에 등장하는 바위를 찾아 그 아래에 묻힌 석조 불상까지 확인하는 것이 내 역할의 전부라는 뜻이다. 하여간 발굴 엿새째에 석불 비슷한 투박한 돌덩이가 발견되자 현장은 달아오른 프라이팬에 떨어진 물방울들처럼 한층 부산스러워졌다. 그리고 드디어 뭘 찾아냈는지 일주일 만에 치누크는 밀봉된 알루미늄 상자를 싣고 남쪽으로 떠났다. 물론 공식적인 성과는 모두 세 구의 미군 유골을 발굴한 것으로 발표될 것이다.

치누크란 이름은 북미 인디언 부족에서 따온 이름이라고 한다. 그리고 지금도 수천 대가 전 세계 곳곳을 날랜 매처럼 날아다니며 이런저런 비밀 임무를 수행하고 있다고 한다. 사실 헬기에 붙이는 치누크나 아파치란 이름에서 보듯이 미국의 유별난 인디언 사랑은 찐득한 애국심 못지않게 유명하기도 하다. 짐작건대 치누크에 실린 공식적 유골과 비공식적 상자는 오산의 미공군 기지에 들렀다가 다시 대형 수송기로 옮겨져 미합중국 본토로 향할 것이다.

밀봉 상자의 내용물이 무척 궁금했지만 명색이 책임 연구원인 나에게까지 호기심을 채울 기회는 돌아오지 않으니 약간 서운하긴 하다. 마치 변비로 실컷 고생한 뒤 간신히 눈 똥을 미처 확인도 못했는데 누군가 지 맘대로 변기 물을 내린 기분이다. 하지만 용담호혈과도 같은 작전의 세계에서 불필요한 호기심은 정규직 일자리와 남은 수명을 위태롭게 할 뿐이다. 그렇다. 어떤 종류의 비밀은 오로지 세계 최강대국의 것이다. 언제나 그렇듯이 말이다.

난 사무실의 보스에게 보안 회선으로 전화를 걸어 작전 종료를 보고했다. 뭐 이미 돌아가는 상황을 나보다 더 잘 알고 있겠지만. 보스로 말하자면 프리다 칼로의 그림에서 막 빠져나온 여자 같은 포스에 업무 중에는 코카콜라와 공화당, 그리고 퇴근 후와 주말에는 펩시콜라와 민주당의 지지자였다. 그녀에 대한 나의 호감은 살로메를 숭배하는 젊은 니체와 같다고나 할까, 아니면 얀데레 애니를 좋아하는 오타쿠라고나 할까, 하여간 그녀는 나에게 일종의 정신적인 위안처였다. (오랜 관찰 결과 콜라에 대한 보스의 정치적 성향은 무당파에 가깝다고 생각된다. 그녀의 무당파적 기호야말로 어쩌면 미국식 중산층의 본모습인지도 모르겠다. 어쨌거나 미국에서 공화당과 민주당, 혹은 코카콜라와 펩시콜라의 차이점은 우리가 점심때 시켜 먹는 짜장면과 짬뽕의 관계와 흡사하다는 의견이 있다. 선택할 땐 무척 고민되지만 막상 배 속에 들어가면 그놈이 그놈이라는 건데 이거야말로 정치적으로 올바르지 못한 냉소주의다.)

치누크 헬기를 보내고 사무실로 복귀한 난 정해진 매뉴얼에 따라 일련의 마무리 작업을 해야 했다. 우선 애당초 전달받은 YMS-1791 고문서와 그에 따른 조사 기록을 정리하여 두툼한 마닐라 봉투에 밀봉했다. 그리고 연구를 위해 통화한 기록, 메모, 카드 내역, 영수증을 모두 폐기했다. 물론 밀봉한 마닐라 봉투 역시 수송기 편에 미국 본부로 보낼 것이다. 아마도 본부에서는 등급 조정 후에 더 은밀한 기관으로 자료를 넘기고 거기서 기밀로 보관할 것이다. 역시 언제나 그렇듯이.

이것으로 반년간의 문헌 조사와 현장 작전이 종결되었다. 물론 공식적인 성과는 모두 세 구의 미군 유해를 발굴하는 것으로 발표되고 치누크 헬기가 전 세계 곳곳에서 발굴해온 다른 유해들과 함께 미국의 알링턴 국립묘지에서 예의 바른 하관식이 거행될 것이다.

비록 난 최종적인 비밀에는 접근하지 못했지만 따지자면 로키 산맥 어딘가의 땅굴에 묻혀 있는 ICBM의 발사 암호나 1888년 런던을 공포에 몰아넣었던 전설적 살인마 잭 더 리퍼의 정체 역시 모르긴 마찬가지가 아닌가. 최소한 지금 내가 밀봉한 마닐라 봉투는 오산 공군기지 쯤에서 알루미늄 박스와 재회하여 태평양을 건널 것이다. 그리고 운이 좋다면 랭글리의 구중심처에서 ICBM에 맞먹는 엄중한 경호를 받으며 보관될 터이니 그렇게 서운해하진 말자고 다짐한다.

어쨌거나 밀봉된 마닐라 봉투에 책임 연구원인 내 이름을 기재하는 것으로 영영 진실은 내 손에서 떠난다. 하지만 지금 이 순간 궁금한 것은 다른 거다. 미합중국으로 향하는 수송기에도 인디언 부족의 이름이 붙어 있을까 하는 거다. 한가롭게 광활한 북미 대륙을 누비다가 양키들에게 뒤통수를 세게 얻어맞은 그들의 이름이 말이다. 가끔은 그런 게 진짜 궁금해진다.


## 2


내가 자기계발서의 하이라이트 부분에 모범적인 사례로 쓰일 법한 눈물겨운 스펙을 쌓은 끝에 외국계 법인에 연구원으로 입사했을 때 불행히도 여자 친구와는 이별한 상태였다. 군 입대 당일을 회상하는 기분으로 '눈물겨운'이란 수식어로 간단하게 적었지만 사실 내가 쌓은 스펙은 이력서 세 장을 빽빽하게 채우는 긴 목록이었다. 각종 외국어

성적표는 물론이고 반려동물 행동 교정사나 포클레인 자격증 따위를 비롯하여 극기심을 과시하기 위해 다녀온 7박 8일 해병대 훈련 캠프 등이 포함돼 있었으니까. (포클레인 자격증 같은 건 취업에 성공한 선배가 특이한 자격증은 자소서를 쓰기에 유리하다고 해서 따놓은 것이고 해병대 캠프는 잘나가는 취업 공략집에 이 스펙이 꼭 필요하다고 해서 겨울철 갯벌을 기꺼이 뒹굴면서 만들어놓은 경력들이다.)

당시 다년간 사귀던 여자 친구는 어디선가 한 번쯤 이름을 들어본 기업에서 일하며 내가 스펙을 쌓는 데 필요한 비용을 자주 무이자로 빌려주곤 했지만 뫼비우스 띠모양 끝없이 이어진 실업의 출구가 보이지 않는 터라 어느 날 문득 이별을 통보했었다. 물론 기상청이 자기들 체육대회로 점찍은 날의 날씨처럼 예측할 수 없는 게 남녀 사이라지만 직장도 없는 백수 상태에서 이별 통보를 받는 것만큼 세상에 비참한 것은 없다. 왜냐하면 우주에 존재하는 에너지가 질량에 빛의 제곱을 곱한 것에 비례한다면, 20대 후반의 비참함은 학자금 대출 잔액에 헛발질한 입사 지원 횟수의 제곱을 곱한 것에 비례하기 때문이다. 그리하여 인간 사이에 이루어질 수 있는 모든 정서적 관계는 취준생이라는 하나의 어정쩡한 신분으로 수렴되어 사회적으로 단호하게 단죄되는 것이다.

이렇게 되면 정신 건강에 있어 '중2병'이나 '갱년기의 발기부전'과 비교할 수 없는 심리적 문제가 발생한다. 모교에서 다년간 시간강사로 인문학 과목을 가르치며 근근이 생계를 이어가던 한 선배는 술자리에서 이런 감정 상태를 존재론적 우울이라고 불렀다. 이 선배로 말하자면 이제는 대기업 취업 대비 학원의 토론 면접 분야 명강사로 제2의 인생을 살고 있다. 선배는 우리 사회의 떳떳한 구성원으로 자리 잡고 나서야 존재론적 우울에서 벗어날 수 있었다고 생기발랄하게 고백한 바 있다. (여기서 생기발랄하다는 것은 한 달에 한 번 통장에 일곱 자리의 숫자—물론 원화 기준으로—를 찍어주는 고용주를 찾아냈다는 뜻이다.)

간만에 존재론이라는 개념을 떠올리니 학창 시절 만만하게 보고 선택한 교양 철학에서 매우 난해한 사유로 나를 거칠게 넉다운시킨 하이데거가 생각나지만, 솔직히 그 자식한테 뒤통수를 맞은 게 어디 나쁜 이겠는가. 사실 나치를 편든 주제에 유럽의 지성계에서 끝내 살아남은 이 집요한 의지의 철학자에게 뒤통수를 맞은 인물 중에 자기 딴에는 똑똑한 축에 속한다고 자부했던 이가 수두룩하다. 이를테면 대표적인 인물로 그의 스승 후설과 연인인 한나 아렌트를 거론할 수 있다. 특히 열여덟 살의 어린 나이에 하이데거에게 감언이설로 꾐을 당한 한나 아렌트의 경우에는 그를 스승이자 연인으로 생각했겠지만 그 남자는 그녀를 단지 말랑말랑한 섹스 파트너로만 생각했을 터이다.

그러니 반지르르한 겉모습에 혹해서 겁 없이 아무에게나 마음을 주다가는 뒤통수 맞기 딱 좋다는 걸 난 이미 학창 시절 교양 철학 시간에 터득한 셈이다. 하긴 선거철이면 우리가 남이냐고 목표를 던지다가 정작 자신에게 주어져야 할 복지 정책이 쥐도 새도 모르게 쪼그라드는 것도 모르고 다음 선거철이 다가오면 또다시 표를 줄 마음의 준비를 하는 게 우리의 현실이었으니 지구의 반대편에서 이루어졌던 유럽의 지성사만 힐난할 일은 아니다. 어쨌거나 이미 끝장났긴 하지만 나에게 여자 친구가, 그리고 여자 친구에게 내가 이런 구질구질한 관계가 아니었기만 바랄 뿐이다.

그건 그렇고 인문 계열 대학원에서 지역 방언학과 중세국어의 비교

화용론을 애매하게 엮은 논문을 쓴 내가 별다른 관련도 없는 '세계 희귀종 보호기금'이란 희한한 이름의 외국계 법인에 입사하게 된 일은 자기계발서의 아름다운 사례로 쓰일 만도 하다. 자화자찬 같긴 하지만 인턴으로 입사한 후에 계약직을 거쳐 이제는 당당한 정규직 연구원이 됐으니 이 과정 역시 한 청년이 글로벌한 규모의 악전고투 끝에 한 명의 샐러리맨으로 사회에 안착하는 휴먼 스토리라고도 할 수 있겠다.

자, 그럼 이 이야기를 어디서부터 시작해야 할까? 입사 후 이해할 수 없었던 몇 가지 프로젝트에 대한 얘기부터 시작할까 아니면 슬슬 우리 기관의 정체를 알아챈 미국 연수 시절부터 시작할까.

내가 인턴으로 들어간 후에 맨 처음 한 일은 무담보로 신용 대출 받을 때의 은행 서류처럼 두툼한 수십 쪽의 보안 서약서에 일일이 서명을 한 일이다. 다음으로 맡은 일은 미국에서 건너온 식물학자를 가이드하여 남해의 야생 동백 군락을 다녀온 것이었다. 남해의 섬들을 뒤지느라 꽤 힘들었지만 내 돈 내고 겨울철 갯벌에서 자발적으로 뒹군 적도 있으니 뭐 이건 고생도 아니다. 오히려 모두 모아봤자 한 줌밖에 안 되는 야생 씨앗을 채취한 대가로 통장에 찍힌 첫 월급을 보니 이 미국인 식물학자에게 황송하여 넙죽 절이라도 올리고 싶었다.

어쨌거나 인턴 일에 어느 정도 적응을 하자 좀 더 전문적인 일이 주어졌다. 이를테면 토종 한국인인 나로서도 처음 보는 이런저런 골동품의 사용법 같은 걸 조사하는 것이었다. 골동품은 조선시대의 야릇한 성인용품부터 귀신에게 대미지를 먹이는 벽사부적에 이르기까지 다양했다. 그런 거야 인사동이나 장안평의 골동품 상가에 가서 물어봐도 되고 좀 더 전문적인 식견이 필요한 거라면 재단의 예산으로 전문가를 호출해 의뢰를 하였으며 경우에 따라서는 자체적으로 문헌 조사도 했다.

하여간 각종 같은 조선시대 딜도가 기금과 무슨 관계가 있는지는 몰랐지만 큐레이터나 서지학자도 아닌 주제에 이런저런 조사 보고서를 두꺼비가 파리 잡아먹듯 넙죽넙죽 해치웠다. 그러자 인턴인 신분은 계약직으로 바뀌고 할당된 조사는 더 난해해진 동시에 수상쩍어졌다. 이를테면 한반도의 강신무와 시베리아 샤먼의 제례의식의 비교 연구나 『조선왕조실록』에 나타난 UFO 현상 같은 주제를 심층적으로 분석하는 과제가 주어진 것이다. 사실 분석은 두툼한 영문으로 이미 이루어져 있었고 그 자료를 검토하며 한국인으로서의 주관적 의견을 덧붙이는 것이 내게 주어진 과제였다. 그건 마치 영어로 번역된 『춘향전』이나 『금오신화』를 읽고 독후감을 적어내는 듯한 묘한 느낌이었다. 내 가족이나 여자 친구의 숨겨진 모습에 고개를 갸웃하는 심정이라고나 할까.

이런 묘한 과제 때문에 혹시 내가 글로벌 규모의 신종 다단계나 유사 종교에 한 발 걸쳐놓은 것은 아닌가 하는 걱정도 들었지만 앞서 고백한 대로 월말이면 급여가 꼬박꼬박 통장에 꽂혔기에 별다른 불만은 없었다. 솔직히 꽤 재미도 있었다. 이를테면 타블로이드판 옐로페이퍼에 적힌 가십을 읽는 대가로 월급을 받는 기분이었으니까.

항상 문헌 분석만 한 건 아니고 가끔 현장 조사 지원도 나갔다. 계약직으로 있는 동안에 가장 인상 깊었던 현장 체험은 문무대왕 수중릉에 대한 조사였다. 경주시 앞바다에 있는 수중릉의 조사에는 무려 미 해군의 잠수정까지 동원됐다. 물론 내가 직접 작전에 참가한 것은 아니고 경주 앞바다 해안가에서 군불을 쬐며 혹여나 있을 민간인들을 통제한 것에 불과하지만 말이다. 하여간 이런 장비를 보니 내가 입사한 외국계 법인의 정체가 정말로 궁금해졌다. 분명 한국 측의 묵인이 있었을 테니 말이다.

나중에 알게 됐지만 이 과정 중에 나에 대한 보안 테스트도 있었다고 한다. 어쩐지 해안가에서 예쁘장한 처자들이 실실 웃으면서 이러쿵저러쿵 군소리를 하며 말을 걸어오더라니. 물론 이것 말고도 내가 미처 눈치채지 못한 다른 상황도 있었을 것이다. 한마디로 말하자면 내 입이 얼마나 무거운지를 함정을 파놓고 시험해봤다는 거다. 만약 미국인들이 그렇게 생각했다면 그건 한국의 계약직들을 매우 우습게 본 셈이다. 헬조선의 계약직들은 정규직이 되기 위해선 입에다 지퍼를 다는 것은 물론이고 필요하다면 성대와 식도에다가 콘크리트라도 가득 부어넣을 마음의 자세가 돼 있다는 걸 몰라서 하는 짓거리다. 정규직이 될 수 있다면 친구는 물론 연예인 닮은 애인이라도 '1+1'로 팔아넘길 텐데 그깟 입 좀 다무는 거야 뭐 그리 어렵다고. (물론 애인이 설현이나 원빈 같은 필이 난다면 도저히 팔아넘길 수 없겠다고 생각하는 분들도 있을 수 있겠다. 여기서 잠깐 이런 분들을 위해 한마디만 덧붙이겠다. "그러니까 정규직이 되지 못하는 거야. 오케이?")

　어쨌거나 계약직으로 있는 동안 맡은 마지막 임무, 그러니까 문무대왕 수중릉에 대한 현장 조사가 무난히 이루어지고 이 과정에 대한 평가가 양호했는지 난 정규직 연구원으로 임용될 수 있었다. 왕조시대로 말하자면 집도 절도 없는 불가촉천민이 하루살이 노비와 허드렛일하는 평민을 거쳐 드디어 미관말직 정도의 신분증을 따낸 셈이다. 하여간 정규직으로 임용됨과 동시에 미국으로 건너가 신입 연구원 연수를 받게 되었는데 이때 처음 보스를 만났다. 내가 입사한 '세계 희귀종 보호기금'에서는 문어발에 달린 빨판처럼 세계 곳곳에 지사를 두고 있었는데 어느 국가를 막론하고 정규직의 첫 코스가 바로 미국에서의 합동 연수였던 것이다.

## 3

연수 첫날 난 강의실에서 세계 곳곳에서 모여든 동기생들을 볼 수 있었는데 우리는 딱 봐도 서로가 깨진 알에서 막 튕겨져 나온 병아리라는 걸 바로 알아챌 수 있었다. 뾰족하게 깎은 스테들러 연필 끝을 입술로 물고 있는 꼴이 한 대라도 치면 삐약삐약 울어댈 것만 같은 긴장감이 우리들 사이에 퍼져 있었으니까. 하긴 전 세계적인 불황에도 불구하고 막 정규직—그것도 세계 최강대국 미국의 정규직—이 되어 미국 시민들이 낸 세금으로 월급을 받게 되었으니 말이다.

어미 닭이 막 깨어난 새끼들을 돌보듯이 우리를 맞이한 선임 교관이 바로 나중에 한국 지사의 지사장으로 부임한 나의 보스였는데, 그녀는 첫 대면에서 자신을 제인이라고 불러달라며 순순히 그 이름이 가명임을 밝혔다. 물론 위대한 레지스탕스나 혹은 세기의 사기꾼이 그렇듯이 나중에 한국에서는 적재적소에 서로 다른 신분증을 사용했지만 난 사석에서 그녀를 제인이라고 불렀다.

보스는 주로 기금의 역사와 업무의 범위를 강의했는데 우리는 새끼 병아리들이 어미 닭을 쫓듯 그녀를 졸졸 따라다녔다. 탄산음료의 애호가이자 유럽의 영민한 철학자들에게 애증을 품었던 우리 보스로 말하자면 또한 음모론 마니아였는데, 그 때문이었는지 그녀는 미국의 역대 통치자와 비밀결사 사이에 일어날 법한 에피소드를 수업 시간에 풀어놓았다. 이를테면 프리메이슨과 일루미나티 혹은 워싱턴 오벨리스크나 1달러 지폐 뒷면에 담긴 오컬트 같은 게 그녀의 주된 가십거리였던 것이다.

그렇잖아도 세계 각지에서 모여든 우리는 모두 미국 본부에서의 연수라는 게 각자가 겪은 계약직 시절의 과제 못지않게 꽤나 수상쩍다는 것을 짐작했는데 보스의 믿거나 말거나 하는 가십 거리는 불난 집에 니트로글리세린을 쏟아붓는 것 같았다. 물론 나 역시 이러한 영향으로 좌측 세 군데에 커다랗게 천공이 된 두툼한 바인더의 공식 교재가 아니라 보스가 풀어놓는 이런저런 음모론에 흥미를 갖게 되었다.

보스에 의하면 재단법인 '세계 희귀종 보호기금'의 전신은 18세기 후반으로 거슬러 올라간다고 한다. 이 시기는 세계사에 있어 큰 의미가 있었는데 신대륙에서는 신생 공화국이 독립전쟁을 벌이고 이에 영향을 받은 프랑스에서는 혁명이 시작됐으니 말이다. 결과적으로 세계 최초로 공화국 헌법들이 연달아 선포되었으니 결과도 아름다웠는데 생각해보면 이러한 변화는 곧 피의 결과물이라고도 할 수 있다. 물론 유혈 사태 없이 이루어졌으면 더할 나위 없이 좋았겠지만 대저 고통 없이 주어진 권리는 쉬이 증발하고 만다고 보스는 주장했다. 어쨌거나 이 시기 작은 변화는 매사추세츠주 보스턴에서도 일어났다. 혁명의 시기를 앞두고 이 도시의 지식인을 중심으로 '보스턴 인디언 클럽'이 결성된 것이다.

출범 당시 클럽의 목적은 대체로 소박한 것으로 북미 인디언들의 제례의식이나 그들의 민담을 채록하는 일이 주된 과제였다. 물론 인디언들이 재배하고 있는 식물이나 민속품에 대한 수집도 병행했다. 클럽이 출발한 데에는 인디언의 쇠락을 예견한 한 독지가의 기금 출연이 있었다고 한다. 아마도 북미 원주민에 대한 약간의 죄의식과 더불어 지적 호기심이 작용했음이 틀림없는 이 독지가는 프리메이슨 단원으로 알려져 있고 따라서 클럽의 회원들도 그러했을 거라고 보스는 사견을 밝혔다.

독지가가 출연한 것은 뉴잉글랜드 지방에 위치한 작은 토지에서 산출되는 수익이었는데 엄밀히 따지자면 이 땅도 대대손손 살아온 인디언의 것이라고 할 수 있다. 그러나 땅에 대한 권리는 메이플라워호를 타고 건너온 이들이 만들어낸 근대적 법률에 따라 독지가의 것으로 귀속되었다가 클럽으로 양도된 것이다. 여기서 우리는 모든 권리는 지킬 힘이 있거나 요구할 의지가 있는 자들의 것이라는 교훈을 얻을 수 있겠다. 어쨌거나 클럽은 오랜 명맥을 유지하며 설립 취지에 맞는 임무를 수행하다가 드디어 1960년대 미국 정부로부터 모종의 지원을 받아 '세계 희귀종 보호기금'이란 글로벌 재단법인으로 신장개업을 한 것이다. 즉 기금의 활동은 미국의 국력에 따라 확대되어 북미 인디언에 대한 자료 수집에서 벗어나 중동과 남아시아, 그리고 남미나 극동아시아의 이 골목 저 골목으로 확대된 것이다.

기금의 연혁에 대한 보스의 강의는 그렇다 치고 신입 연수의 나머지 과정은 스파이 교육 냄새가 물씬 풍겼다. 세계 각국에서 불려온 우리 연수생들이 받은 교육은 대체로 전공과 거리가 멀었으니 말이다. 다만 커리큘럼에 저격용 소총의 사격술이나 도청 교육이 없었던 걸 보면 기금에서는 우리들에게 CIA의 현지 안내원 같은 역할을 기대했는지도 모르겠다. 이런 측면에서 과연 기금의 진정한 목적이 무엇이냐 하는 게 연수 기간의 최대의 의문이었다. 하긴 인턴 때는 잘 몰랐지만 계약직 업무를 할 때부터 난 이미 이 외국계 법인에는 상당히 수상쩍은 일들이 많다는 것을 눈치채고 있었다. 찾아오는 사람은 거의 없고 간혹 있는 외부 방문자는 내가 아는 범위에서만 세 번의 보안 검사를 받았다. 물론 방문자가 공식적으로 인지하는 것은 그중 한 번에 불과했지만 말이다. 그러거나 말거나 정규직에 따른 대우는 만족스러웠으니 이

건 잡아먹기 전까지 빈둥빈둥 사육당하는 가금류 같다는 생각이 절로 들었다. 하기야 미국 시민권이라도 따면 진짜 스파이를 시켜줄지도 모르겠다. 그렇게 된다면 간신히 미관말직에 이름을 올려놓는 게 아니라 육두품 정도로 승격되는 건지도 모르겠다. 진골이나 성골이야 언감생심 올려다보지 못하겠지만.

이런 의문을 풀어준 것이 바로 보스였다. 영민한 보스로 말하자면 라틴계 혈통이었는데 이는 그녀의 밝은 초콜릿 빛깔의 피부와 가끔 화날 때 내뱉는 스페인어 욕설로 증명된다. 그녀는 열정적인 라틴계 인종답게 대화의 방식 또한 불같이 열변을 토하는 성격이었고 가끔은 핵이빨 수아레스처럼 믿거나 말거나 하는 식으로 기금의 공식 교재를 시니컬하게 물어뜯는 다혈질을 보여주기도 하였다. 기금이 법인격이 아니라 실제 살아 움직이는 사람처럼 통증에 민감한 근육을 가지고 있다면 심판을 향해 방방 뛰었으리라.

여하튼 폭발하는 열정으로 유머와 더불어 냉소를 뿜내던 보스는 기금의 정체성에 대해서 다음과 같이 속시원히 밝혔다. "기금에서 다루는 업무는 미합중국 대통령의 무해한 취미 생활입니다." 이렇게만 적어놓으면 보스의 단언이 좀 과격해 보인다. 그러니 그녀가 덧붙인 설명을 추가하자면 다음과 같다.

1) 여러분은 어려서 프라모델이나 바비 인형에 용돈을 써본 일이 있을 거다. 그렇다면 용돈이 많은 사람이라면 어떨까? 돈뿐만 아니라 권력 역시. 그리고 그냥 많은 정도가 아니라 아주, 아주, 아주 많은 사람이라면.

2) 제어할 수 없는 권력자는 모가 나기 마련이다. 따라서 애꿎은 시

민을 향한 갑질을 방지하기 위해 권력자에게는 누구에게나 무해한 관심사가 반드시 필요하다. 마치 중세의 왕들이 궁중에 광대를 둔 것처럼 전 세계에 존재하는 모든 희귀종의 수집이 바로 역대 미합중국 대통령의 무해한 취미 생활인 거다. 여기서 희귀종이란 야생의 동식물에서부터 오컬트의 유산까지의 모든 '레어 아이템'을 뜻한다.

3) 솔직히 까놓고 말해서 밑도 끝도 없이 중동으로 쳐들어가 스커드 미사일로 애꿎은 어린이들을 폭격하느니 차라리 그 돈으로 성배를 찾아다니는 게 도덕적으로 더 우월하지 않을까.

그리고 그녀가 애호하는 음모론에 따라 동서고금의 역사적 권력자들이 얼마나 오컬트와 신비주의에 심취했는지를 사례로 들었다. 진나라 초대 황제의 대규모 조사단과 불로초, 중세의 유럽 왕국과 연금술, 미국의 독립과 프리메이슨, 그리고 현대사에 있어 나치가 심혈을 기울인 툴레협회에 이르기까지 말이다.

"이 모두가 미국의 국가 안보에 지대한 영향을 미칩니다. 아마도 제2차 세계대전 종전 직후 베를린에서 미국과 소련의 최고위 정보기관 담당자들은 침을 질질 흘리며 티베트와 남극을 탐사한 아흐네네르베 비밀문서를 똑같이 나누었을 거라고 저는 장담합니다. 머리를 맞대고 신경전을 벌이면서 결국 자살한 히틀러가 남긴 화장지까지 똑같이 반으로 나누었을 거라는 데 제 주머니에 있는 1달러를 겁니다." 언젠가 보스는 이렇게 단언했다. 물론 1달러짜리 지폐의 뒷면에도 보스가 애호하는 음모론의 상징이 노골적으로 그려져 있기도 하다.

사실 보스의 말처럼 히틀러와 나치가 전 세계 곳곳에 오컬트 취향의 유적 발굴에 골몰한 것은 유명한 사실이다. 보스의 설명에 의하면 티

베트부터 남미까지, 중동에서부터 남극에 이르기까지 나치의 탐험가들이 쏘다니지 않은 곳이 없다고 한다. 이러한 나치의 활발한 활동에 대해 소련과 미국 역시 지대한 호기심을 가지고 있었다. 얘네들이 하는 짓이 뭐지 하고 손가락 빨고 있다가 V로켓에 런던이 맹폭격 당하고서야 뜨거운 맛을 보았던 트라우마 때문이었을까, 종전 직후에 미국과 소련은 나치의 기밀문서 획득을 위해 눈에 불을 켰다. 결과적으로 미국과 소련은 그러한 열의에 보답을 받는다. 노획한 각종 기밀문서와 폰 브라운 박사를 비롯하여 나치 출신 과학자들이 핵무기 및 우주선 개발에 지대한 기여를 했으니 말이다.

이런 교훈으로 미합중국의 정보 당국자들은 나치의 오컬트 연구에도 자신들이 미처 발견하지 못한 뭔가 의미심장한 것이 있다고 판단했다. 제3제국 나치가 국력을 기울여 조사한 것이니만큼 다 그만한 이유가 있지 않을까 하는 게 실용주의를 최고의 미덕으로 삼는 미국인의 솔직한 속내였을 것이다. (이건 마치 신입 연수를 받으면서 기금에 대해 '우리에게 이런 교육을 시키는 것은 뭔가 이유가 있겠지, 다들 배울 만큼 배운 똑똑한 정규직이니까'라고 생각하는 방식과 비슷하다. '어쨌거나 최소한 시체는 없잖아.' 이게 기금의 정규직을 대하는 나의 입장이다.)

"여러분은 이미 출신 지역에서 적어도 한 번 이상은 민속품이나 유적지, 그리고 고문헌에 담긴 초자연적 유물이나 현상을 조사한 바 있을 것입니다. 성서에 기록되어 널리 알려진 우림과 둠밈, 그리고 초자연적 능력을 가진 피리나 요정의 날개, 혹은 바위 속에 꽂힌 검이나 사막에 추락한 외계인의 시체 같은 것이죠. 이런 것들 모두가 기금의 콜렉션 대상입니다. 물론 거의 대부분 의미가 없거나 과장된 것이지만 미합중국의 무해한 취미 생활이라고 해둡시다. 그런데…… 가끔 진짜가 나올 때도 있습니다. 아주 가끔은요."

보스의 미모와 화술에 말린 병아리들이 정말 진짜가 나올 때도 있냐고 묻자 그녀는 이렇게 답했다. "물론 농담이지요. 하지만 여러분은 이걸 기억하세요. 에드거 앨런 포는 귀중한 편지를 가장 눈에 띄는 곳에 두어 비밀을 지켰다는 것을요. 어쨌거나 앞으로 여러분은 지시에 따라 무엇이든 찾아오세요. 여러분이 할 일은 그동안 눈에 띄지 않게 처박혀 있는 것들을 찾아낸 다음 그걸 우리에게 가져다주는 겁니다. 이게 기금이 여러분에게 급여를 지불하는 이유죠. 그럼 우리는 그것을 신중하게 분석하고 당장은 황당한 것처럼 보이더라도 미합중국의 미래를 위해 기꺼이 보존할 겁니다."

그렇다. 어쩌면 기금의 진정한 정체성을 비롯한 세상의 모든 비밀은 포가 숨겨둔 편지처럼 인파가 가장 북적이는 곳에 있는지도 모른다. 사실 가장 중요한 비밀은 99%의 진실에 하나의 거짓으로 숨기거나 역으로 99%의 거짓에 하나의 진실로 숨길 때 지켜지는 건지도 모른다. 이건 보스가 애호하던 비밀결사뿐만 아니라 전 세계 정부 대변인과 정치인들이 밥 먹듯 애용하는 방법이기도 하다. 어쨌거나 보스의 마지막 강의는 그렇게 마무리되었다.


4


연수 후 한국의 지사로 복귀한 나는 이런저런 프로젝트를 보조하며 경력을 쌓아나갔다. 덕분에 보스의 한국 지사장 부임에 맞춰 책임 연구원이 된 동시에 보안 등급도 A-1 레벨을 찍게 됐다. 책임 연구원이 된 내게 보스가 준 첫 프로젝트가 바로 18세기 후반의 한 고문헌에 대한 조사였다. 그건 발렌타인데이에 받는, 위스키가 7.5% 정도 섞인 초콜릿 같았다. 들뜬 마음으로 미국의 본사에서 대외비로 전달된 마닐라 봉투를 개봉해보니 고문서 한 부와 동봉된 서류가 보였다. 레터 용지로 작성된 서류의 표지에는 대외비란 붉은 도장과 함께 다음과 같은 개요가 적혀 있었다.

1) 문헌 명칭 : 『해동한담』(저자 미상, 1791년)
2) 수록 내용 : 강원 영서지역 양씨 집성촌의 가문사를 중심으로 한 한시 및 산문(-1791년)
3) 수집 연도 : 1947년(수집자 E.M.미더)
4) 특기사항 : 1969년 재분류 결과 관리등급이 일반에서 대외비 (A-1a)로 승급 조정(사유 별첨)

서류를 넘기자 특기사항으로 언급되었던 관리 등급 승급 사유서의 사본이 보였다. 내가 봉투를 개봉하는 것을 지켜보던 보스는 승급 사유서는 텍스트를 먼저 검토한 후에 살펴보라고 조언했다. 선입견 없이 문서를 먼저 살피라는 뜻이다. 하긴 끝내주는 맛집도 발품을 팔아 찾아내야지 유명 블로거의 사진발만 믿고 갔다간 강한 파열음의 욕만 나오기 마련이니.

하여간 대외비 등급이 'A-1'이란 것은 아직 학계에 보고되지 않았을뿐더러 앞으로도 20년 안에 일반 공개는 꿈도 꾸지 말라는 뜻이다. 사실 이 텍스트가 오늘날 한국의 학계에 알려지지 않은 것은 해방 이후 혼란한 시기에 다른 많은 고문헌과 더불어 미국으로 건너갔기 때문이다.

　사실 미국으로 말하자면 일본이나 유럽의 학자들이 한차례 토네이도처럼 휩쓸고 지나간 다음에 극동아시아에 손을 뻗은 셈이다. 얘기하자면 막차를 탄 셈인데 어쨌거나 일본인을 몰아낸 해방자로 한국인들의 집단적 숭앙을 받던 미국인이 향촌의 종가집을 방문하여 가문의 유구한 전통에 적당히 존경심을 표시하면—여기서 말하는 존경심이란 미대사관 직원 신분증이나 아니면 영어로 적힌 명함을 양손으로 내밀면서 한국식으로 넙죽 고개를 숙인다는 뜻이다—문중의 촌로들은 거의 바빈스키 반사작용처럼 다양한 문집을 한 꾸러미 내놓고 자랑을 시작한다. 분위기가 이렇게 화기애애해지면 고문헌의 입수는 거의 이루어졌다고 보면 된다. 미합중국 자산으로 구입되어 기금의 보존 서고나 랭글리의 금고에 보관되다가 세밀한 현장 조사를 위해 가끔 기금으로 비밀리에 우송되는 대외비 자료 역시 대체로 이런 절차를 거쳐 획득된 것이다.

　물론 아무리 넙죽 절을 한다 해도 자신들의 족보 꾸러미만큼은 절대 넘겨주지 않았는데 재미없는 전화번호부처럼 생긴 계보도는 언제든 쉽게 구해볼 수 있으니 미합중국의 콜렉터로서도 그다지 시급한 콜렉션 목록은 아니었다. (대집단 속에서 특정 소집단의 정체성과 결속을 다지는 이런 종류의 배타적 문서는 21세기를 맞은 현대에도 존재한다. 이를테면 소위 명문학교 동문 회원부나 출신 지역 향우회 전화번호부, 혹은 해병대나 사법연수원의 기수별 명단 같은 게 그렇다. 이들의 공통점은 항렬이나 기수의 서열에 개인이 가진 모든 인격적 품위가 수렴된다는 것이다.)

　난 분석실에서 첫 프로젝트에 대한 기대감 속에 흰색 면장갑을 끼며 다시 한 번 고문헌이 씌어진 1791년을 떠올렸다. 18세기 후반이라면 기금의 전신인 보스턴의 한 클럽의 출범 시기와 비슷하다. 그 시기 중요한 세계사로 우선 신대륙의 한 귀퉁이에서 훗날 거대한 제국으로 성장할 신생 공화국이 출범한 것을 꼽을 수 있겠다. 그리고 대서양을 사이에 두고 서로 영향을 주고받으며 곧 유럽에서도 프랑스혁명이 터진다. 이러한 세계사의 급박한 흐름과 먼 거리를 두고 태평양 건너 극동아시아의 어느 향촌에서는 한 낙향 관료가 자신의 이순을 맞아 단정한 해서체로『해동한담』을 썼는데 이는 일종의 회고록인 셈이다.

18세기 조선의 사정은 어땠을까. 이 시기 저술로 유득공의『경도잡지』나 홍만선의『산림경제』, 혹은 서유구의『임원경제지』같은 문헌을 들 수 있겠다. 물론 이들 모두는 학계에 널리 알려져 극동 아시아의 한 구석에서 멍때리고 있다가 세계사의 치열한 생존 게임에서 예선 탈락한, 이 시기 조선의 지성사를 살필 수 있는 필독서로 꼽힌다.

그리고『해동한담』역시 당시 강원도의 향촌의 인문 지리적 배경을 채록하고 있는 저술이라 할 수 있다. 물론 검토를 시작하며 문학적으로나 사상적으로 독창성이 있는 텍스트는 아니라는 느낌은 들었다. 이 회고록으로 말하자면 당시 양씨 문중의 대소사, 그리고 강원도 지역의 명소를 다소 구태의연하게 음풍농월한 한시 20여 수가 실려 있는 잡문집이니까. 굳이 문집에 이름을 밝히지 않은 것으로 보아 출판을 고려하지 않은 일종의 비망록으로도 볼 수 있겠다. 이를테면 이 책의 임인년 9월 초하루의 기사에는 이런 대목이 나온다.

'올해 가을 전답에서는 벼 열두 가마, 검은 콩 아홉 가마, 수수 네 가마, 깨 마흔 말을 거두었다. 이중 깨 스무 말을 보리 열다섯 말로 바꾸었다.' 이것으로 18세기 후반, 더 정확히는 1782년 가을에 깨와 보리의 교환 비율이 20:15, 즉 약분하자면 4:3임을 알 수 있다. 물론 아직 전국적인 물류시스템이 작동하지 않은 이상 보수적으로 해석해서 강원도 영서 지역에 한정된 경제지표로 봐야 하지만 말이다. 물론 당시 조선의 도로망은 지독히 열악했으니 다른 지역에서도 깨가 같은 부피의 보리보다 더 가치 있었다고 확신할 순 없을 터이다. 내가 막 기금에 입사한 인턴이라면 '18세기 후반 조선의 향촌에서는 여전히 곡식과 옷감에 의존하는 물물교환이 보편적이었으며 금 본위제는커녕 상업 경제도 그다지 탄력을 받지 않았음' 정도의 상투적인 코멘트를 보고서에 적었을 테지만 말이다.

만약 문집의 저자가 명망가였으면 달라졌을 거다. 뭐 유명 연예인이 코 푼 휴지가 수집의 대상이 되기도 하니 말이다. 솔직히 저자가 당대의 명망 있는 지식인이거나—하다못해 그런 지식인의 잊힌 스승이거나 가까운 친인척이라도 된다면—혹은 저술 안에 그간 학계에 알려지지 않은 참신한 발상의 사색이 담겨 있다면 주목을 받겠지만 그런 것도 없다. 물론 자필 문집이니만큼 필체라도 빼어나면 먼 훗날 이 문서가 공개됨과 동시에 서예에 관심 있는 애호가들의 흥미를 끌 수도 있겠지만 저자의 글씨는 졸필이라고 할 수는 없지만 그렇다고 가필이라고도 할 수 없는 수준이다. 그렇게 따지자면 책 속에 담긴 소중화주의 못지않게 성리학에 대한 지나친 숭상도 껄끄럽긴 마찬가지다. 읽다 보면 이걸 어디까지 저자의 본심으로 믿어야 할지 망설여지는 것이다. 이건 뭐 결혼 정보 회사에서 긴가민가한 통계치로 매칭 성공률을 자랑하는 거나 혹은 배울 만큼 배운 정부 대변인이 드디어 대학 등록금 반값이 실현되었다고 우기는 걸 듣는 기분이다.

사실 새로운 지성적 개념들이 전자레인지 속 팝콘처럼 펑펑 터지는 것은 낯선 개념들이 수북하게 뒤섞인 상태로 강한 에너지를 받아 한껏 달아오를 때였다. 이를테면 18세기 초반 중국에서 수입된 역학易學에 자극을 받아 새로운 철학을 내보인 라이프니츠는 말할 것도 없고, 같은 세기 후반의 프랑스 혁명만 하더라도 신대륙과 구대륙 간의 지성의 교류에 자극을 받았기 때문이다. 근친교배로는 답이 없다는 것은 수억 년에 이르는 진화의 결과 역시 증명한다. 연어가 거센 물살을 거슬러 오르거나 공작새가 깃털을 가다듬으며 낯선 유전자와 자신의 유전자를 뒤섞으려고 애쓰는 것은 유럽의 프리미어리그에서 거액을 주고 남미나 아프리카의 유망주를 픽업해오는 것만큼이나 다 그럴 만한 이유가 있는 것이다.

어쨌거나 이런 한탄은 잠시 접어두고 『해동한담』으로 돌아가자. 구태의연한 사건의 열거로 이 고문헌의 가치가 의심스러워질 무렵 거의 마지막 부분에 가서야 이 저술의 진가가 드러났다. 9회말 투아웃 만루 상황이라고나 해야 할까, 역전이 시작된 것은 계미년, 즉 1791년 여름부터의 기록이다. 이해 봄 출가한 딸이 친정아버지인 저자에게 편지를 보내왔는데 이런 내용이다.

'거둔 참외가 달아 세 접을 보내드립니다. 보름의 이순 잔치에 보탬이 되었으면 합니다. 그런데 어제 거둔 참외를 살펴보고 있을 때 기이한 일이 있었습니다. 푸른 하늘에 빛나는 햇무리 같은 게 나타났는데 자세히 보니 형체는 놋그릇 같았고 반듯이 날아가다가 멈추고 다시 옆으로 꺾이는 것이 마치 벼를 베는 낫 모양으로 움직였습니다. 그러더니 큰 피리를 부는 소리와 함께 놋그릇 같은 형체에서 모서리가 떼어져 땅으로 떨어지니 함께 구경하던 하인들이 모두 요사스럽다고 하였습니다.'

이상은 계미년 8월 아흐레에 보내온 편지의 주요 내용이다. 직선 비행이 아니라 직진 후 직각 비행이라는 점에서 유성일 가능성이 배제되고 형태와 빛깔이 빛나는 놋그릇 같은 금속 빛을 띤다는 점에서 자연적인 기상 현상과도 구분된다. 이 편지의 관찰이 사실이라면 전형적인 UFO 목격담이다. 사실 이 정도의 목격담이야 1609년도『광해군일기』를 비롯하여 여러 고문헌에서도 확인되지만 딸의 진술에 가치가 있는 것은 이어지는 9월 초하루의 편지 때문이었다.

'잔치를 잘 마쳤으니 이후로도 내내 강녕하시길 빕니다. 한데 동네에 다시 기이한 일이 있었습니다. 마을 사람이 얼마전 햇무리 떨어진 자리에서 기이하게 생긴 물건을 주웠는데 밤이면 야광석을 보는 듯 푸른빛을 발하였다고 합니다. 처음에는 귀한 보물을 얻었다고 기뻐했으나 며칠 후 머리털이 모두 빠지고 시름시름 앓다가 죽었습니다. 그리고 물건을 접한 다른 사람들도 같은 모양으로 죽어나가니 마을 사람들은 귀신이 붙었다고 하여 근처 절에서 덕이 높은 스님을 모셔 제를 올렸습니다. 스님께서 말씀하시길 이것은 밤에 음기를 뿌리니 양기로 눌러야 한다고 하셨습니다. 하여 벼락 맞은 대추나무로 함을 짜 물건을 넣은 후에 절 근처의 음기를 누른다는 바위 아래에 묻었는데 애꿎게 숨진 원혼을 달래고자 돌로 불상을 깎아 함 위에 함께 묻었다고 합니다.'

첨부된 승급 사유서를 살펴보니 바로 이 부분 때문에 관리 등급이 조정된 것으로 나왔다. 사유서는 해당 진술이 전형적인 UFO 목격담이라는 판정과 더불어 사망의 원인이 전형적인 피폭 증상이라는 가정하에 추후 가능하다면 정밀 조사가 필요하다는 결론이 기재돼 있었다. 이게 이 고문헌이 비밀로 분류된 이유이다.

나는『해동한담』에 대한 조사를 저자를 찾아내는 것으로 시작했다. 이와 관련해 문헌에는 중요한 정보가 있었다. 즉 저자의 출생일과 신분이 밝혀져 있는 것이다. 계미년인 1791년 음력 8월에 이순을 맞이하였으며 양씨 성을 가진 낙향 관료라는 것이다. 강원도 영서 지방이라는 지역도 문헌의 옛 명칭을 분석하여 상당히 범위를 좁힐 수 있었다.

확보된 정보를 바탕으로 18세기 양씨 성에 대한 모든 족보와 지역을 조사한 결과『해동한담』의 저자의 이름을 양문선으로 특정할 수 있었다. 저자의 신분이 확인되니『해동한담』의 신빙성은 높아졌다. 이제 과거 양문선이 살았던 지역을 중심으로 문제가 된 절과 최종 목표인 '음기를 누르는 바위'만 찾아내면 된다. 물론 그 전에 내부 회의를 시작하며 작전명도 정했다. 작전명은 양문선의 이름과 저술 연대를 따서 'YMS-1791'로 겸손하게 지어졌다. 물론 처음에는 수집자의 이름과 수집 연도를 붙여 'EMM-1947'로 정하는 것도 검토했으나 미국인의 관용 정신에 따라 18세기 극동 아시아를 살았던 한 낙향 관료의 이름을 붙인 것이다. 역시나 북미 인디언을 존중해서 헬기에도 이들 부족의 이름을 붙인 바 있는 미합중국은 자유와 정의, 그리고 톨레랑스의 나라이다. (앗 참, 톨레랑스는 취소. 이건 프랑스에 저작권이 있는 말인 것 같다. 뭐 요새 프랑스에서 벌어지는 이런저런 차별을 보면 잘 보관하지 못한 우유를 마실 때처럼 살짝 의심이 들긴 하지만.)

일단 저자의 신원은 밝혀냈지만 문제는 절의 위치였다. 그래야 바위의 범위를 좁힐 수 있으니 말이다. 절의 위치를 찾아내고자 먼저 시도한 것은 딸이 출가한 지역을 찾는 작업이었다. 하여 난 문헌에 인용된 딸의 편지를 분석하여 그녀가 사는 곳을 찾아내고자 했지만 결국 난관에 부딪치고 말았다. 어떤 땐 "이렇게 먼 곳으로 출가를 하니 어머니를 그리워하는 눈물이 베개를 적신다"고 하다가도 또 어떤 땐 "오늘은 날씨가 맑아 친정집이 눈으로 보일 것 같아 기쁩니다"라고 오락가락 진술하고 있으니 말이다. (사실 남자인 나로서는 200년 전 여성의 언어를 분석한다는 것은 정말 난감한 일이다. 하긴 나에게 난감한 것은 현대 여성의 말도 마찬가지다. 예를 들어 "내가 왜 화났는데?"라거나 "뭐가 미안한데?"라고 다그쳤던 여자 친구의 의문문에는 정말 뭐라고 대답할 말이 없다.)

하여 다음으로 시도한 것은 18세기 강원도 영서 지방의 바위에 얽힌 구비 전승을 조사한 것이었다. 물론 귀신 붙은 물건, 석불, 음기, 양기, 벼락 맞은 대추나무, 절, 스님 같은 낱말이 키워드로 활용되었다. 그러나 별다른 소득이 없어 마지막으로 가장 무식한 방법을 쓰기로 했다. 즉 남자의 성기처럼 생긴 바위를 모조리 찾아보기로 한 것이다. 이 아이디어를 떠올린 것은 인턴 시절의 과제 목록에 있었던 중세의 딜도에 대한 연상 때문이었다. 목적이 다산에 대한 기원이었는지 아니면 끈적한 에로티시즘의 추구였는지는 잘 모르겠지만 각좆이 있으면 비슷한 심리적 효과를 내는 바위 역시 있지 않을까 하는 생각이 번뜩 떠오른 것이다.

생각해보니 발기한 남자의 성기처럼 생긴 바위에 대고—명칭은 아마도 좆바위나 각좆바위 혹은 좀더 고상하게 남근석 등으로 불렸을 테다. 어쨌거나 양기가 엄청 충만했을 거라고 믿을 만큼 바위는 꽤나 크고 우람했을 거다—자식을 낳게 해달라고 치성을 드렸을 거란 추측이 꽤나 신빙성 있어 보였다. 물론 모처럼 인사동으로 나들이하여 신라시대부터 조선시대까지 시대별 각좆을 매우 흥미롭게 살펴본 보스는 내 아이디어에 적극 찬성했다.

보스가 허락했으니 이제는 돈을 쓸 차례다. 사실 미국의 가장 큰 경쟁력은 다른 나라의 환율이야 어떻게 되든 말든 마구잡이로 찍어내는 달러가 아니던가. 나는 예산에 구애받음 없이 꽤나 비용을 들여 약서른 곳의 그럴듯한 바위를 후보로 찾아냈다. 그리고 예비 후보를 고문헌의 기록과 대조하여 최종적으로 다섯 곳의 본선 후보를 선정했다. 물론 작전명에 어울리게 편지의 날짜를 따서 후보가 된 바위에 'YMS-1791-0901A'부터 'YMS-1791-0901E'까지 일련번호를 매긴 것도 당연한 수순이 되겠다.

내가 주도하여 진행한 과정은 대략 여기까지였고 이후의 현장 발굴부터는 내 손을 떠났지만 후속 작업은 일사천리로 진행됐다. 그리고 각 후보지에서 미군 유해 발굴을 진행하여 드디어 세 번째 지역에서 잭팟을 터트린 것이다.


5


작전이 성공적으로 마무리되고 홀가분한 마음으로 난 보스와 함께 인사동으로 나갔다. 한국식으로 한턱을 내겠다니 감사히 얻어먹고 기회가 된다면 과감한 대시도 해보겠다는 야무진 마음이었다. 그건 그렇고 인사동도 이미 본모습을 잃어버린 지 오래여서 남미에서 왔는지 아프리카에서 왔는지 알 수 없는 국적 불명의 민속품이 온통 거리를 차지하고 있었다. 그런 거리를 요리조리 돌아 보스가 데리고 간 곳은 뜻밖으로 김치찌개 집이었다. 생각해보니 화끈한 보스에게 한국의 김치찌개가 잘 어울릴 것 같긴 하다.

난 돼지고기가 뭉텅뭉텅 들어간 찌개를 먹으며 보스와 함께 연수 시절 얘기를 했다. "제인, 언젠가 기금의 목적이 미합중국 대통령의 무해한 취미 생활이라고 했었죠? 그런데 가끔은 진짜가 나온다는 말도 했었죠. 전 그게 계속 궁금했어요." 찌개를 뜨다 말고 잠시 날 바라보던 보스가 대답했다. "미스터 조, 뭐가 진짜냐는 그걸 들여다보는 시간과 장소가 결정하는 거야. 마치 양자역학의 슈뢰딩거 고양이 같은 거지. 관찰자나 관찰 환경이 대상의 운명을 정한다는 거야. 그러니 거꾸로 내가 질문을 해볼게. 1940년 후반 미국이 이 나라를 군정 통치한 시기가 있었지. 그때 군정청 소속 수집가 한 명이 서울의 야산에서 조그만 라일락 종자를 채취해 본국으로 가져갔어. 그리고 개량을 거듭해 꽤나 우아한 라일락으로 만들어냈지. 그리고 당시에 자신의 자료 정리를 도왔던 한국인 타이피스트의 이름을 따서 '미스 김 라일락'이라는 이름을 붙였어. 만약 내가 그 시절로 돌아가 한국의 야산에서 따낸 씨앗을 보여주며 이게 가끔 나오는 진짜냐고 묻는다면 당신은 어떻게 대답할래?"

그리고 보스는 자신이 라틴계라는 걸 아느냐고 물었다. 난 물론 짐작하고 있었다고 대답했다. "내가 한국에 와서 처음 김치찌개를 먹어보고 놀랄 만큼 감동을 받았어. 영혼까지 쥐어짤 정도로 강렬한 맛이었거든. 어쩌면 한국인이 그렇게도 좋아하는 고추의 원산지가 남미라서 그런지도 몰라. 어쨌거나 이렇게 매력적인 향신료가 정복자의 손을 거쳐 유럽으로 건너가고 그게 다시 돌고 돌아 중세 시절 일본과 전쟁 중이던 한국으로 들어온 거라고 하더라고. 그러니까 터프하게 말하자면 지금 먹는 김치찌개도 정복의 산물이야. 하지만 이것을 문명의 전파라고 다른 뉘앙스로 표현하기도 하지."

그러면서 보스는 기금의 업무가 본질적으로 약탈과 보전, 그리고 독점과 전파라는 이율배반적 성격을 지니고 있다고 했다. 이런 점에서 자신은 기금의 업무를 오컬트에 대한 음모론으로 보는 걸 좋아한다고 했다. 즉 음모론과 신비주의는 권력자에게 최고의 사치를 누리게 함으로써 비교적 누구에게나 무해하게 권력 의지를 충족시켜주는 동시에 시민들에게도 지고한 어떤 것을 현실이면서 동시에 현실이 아닌 알레고리로 등치시켜 만족감을 준다는 것이다.

"내가 프랑스의 철학자였으면 현란한 언어로 기금의 이율배반적 정체성을 파헤쳤겠지만 다행인지 불행인지 그런 능력은 없어. 어쨌거나 세상의 모든 음모론에서는 톡 쏘는 스파이스 맛이 나지. 그리고 그 자체를 주식으로 할 순 없지만 어떤 요리에 섞어도 멋진 맛을 내지. 그러니 미스터 조, 당신은 뭔가 새로운 소스를 찾아와. 그럼 내가 그걸 요리 재료에 섞어보며 근사한 새 레시피를 만들 테니 말이야."

보스의 말을 들으니 어쩌면 진정한 신입 연수는 지금부터인지도 모른다는 생각이 들었다. "그리고 언젠가 당신도 개성 있는 셰프가 될 거야. 그렇다고 해서 스웨덴의 수르스트뢰밍 농축액 같은 걸 베트남 쌀국수에 넣는 짓은 하지 마. 아무리 퓨전이 트렌드라고 해도 사람들이 그런 걸 환영할 것 같진 않으니까 말이야."

인사동의 김치찌개 집을 나서면서 마지막으로 해준 보스의 조언은 과연 나에게 시의적절했다. 자신이 속한 조직의 정체성에 혼란을 느끼거나 자기가 맡은 프로젝트에서 존재론적 우울을 느끼는 것 역시 계약직이니 정규직이니 하는 것을 떠나 모든 샐러리맨들의 애로사항이라고 생각하니 약간의 위안이 생기기도 하고 말이다. 요리 얘기가 나오니 약간 로맨틱한 기분도 들고 말이다.

그러므로 앞으로 보스와 함께할 작전이 기대된다. 보스의 말마따나 최소한 스커드 미사일로 애꿎은 어린이들을 폭격할 일은 없으니 말이다. 더불어 시체를 만들 일도 없을 테니까. ▪

# 최정화

# 푸른 코트를 입은 남자

1979년 인천 출생. 경희대 국문과 졸업.
2012년 『창작과비평』 등단. 소설집 『지극히 내성적인』, 장편소설 『없는 사람』.

# 푸른 코트를 입은 남자

  '푸른 코트를 입은 남자'라는 제목이 달린 그 그림은 사이즈가 작은 정사각형 모양의 캔버스에 그려졌는데, 전시된 다른 작품들이 회색을 섞어 둔탁하게 가라앉은 느낌을 주는 것과 달리 강렬한 원색의 파란 물감을 써서 단번에 시선을 끌었다. 실존인물을 모델로 그린 것 같았지만 이목구비를 흐릿하게 처리한 데다가 배경에는 크기를 비교할 만한 마땅한 사람도 사물도 없었기 때문에 남자에 대한 아무런 정보를―키가 큰지 작은지조차―알 수 없었다. 코트 깃을 세우고 단추를 채우지 않은 채 콘크리트 벽에 기대어 서 있는 그 남자는 20대의 청년 같기도 했고 30대 중반을 훌쩍 넘어선 것으로 보이기도 했다. 남자에게 고유한 특성을 부여하고 있는 것은 오로지 그가 입고 있는 푸른 코트뿐이었다.

  그림 앞에서 한동안 꿈쩍도 않고 넋이 팔려 있다가 함께 전시회를 보러 온 남편이 언제부터인지 곁에 없다는 사실을 깨달았다. 스무 평 남짓한 전시장을 세 번이나 둘러본 뒤에야 나는 남편을 겨우 찾아낼 수 있었다. 그는 출입문의 대각선 반대쪽 구석에 놓인 소파에 다리를 꼬고 앉아 도록을 읽고 있었다. 사실 갈색 스웨터를 입은 남자가 얇은 종이 책자를 무릎에 놓고 고개를 숙이고 있는 것을 보긴 했다. 다만 그게 남편이라는 걸 알아보지 못했던 것이다. 나는 낯선 사람을 쳐다보듯 한동안 남편을 관찰했다. 펼쳐놓은 지면에 오래도록 시선이 머물러 있고 책장은 넘기지 않고 있었다. 그림이 너무 마음에 들거나 아니면 다른 생각에 빠져 있는 것 같았다.

나는 남편에게 가는 대신 다시 그림 앞에 섰다. 그림에서 눈을 떼고 다시 주변을 둘러보았을 때, 이번에는 남편을 찾는 데 시간이 좀 더 걸렸다. 소파는 이제 비어 있었고 남편은 이번에도 그림을 감상하는 무리들 틈에 없었다. 남편을 발견한 곳은 정수기 앞이었다. 그는 종이컵에 물을 따라 마시는 중이었다. 나는 남편이 종이컵에 냉수를 받아 연거푸 두 잔을 마시는 모습, 종이컵에 남은 물을 바닥에 흘리고 구두창으로 대충 문지르는 모습을 보았다. 나는 문득 그가 불필요하게 덩치가 크다고 느꼈다. 평소보다 키가 5센티미터 정도는 더 커 보였다. 목은 짧고 둔하며 허벅지는 우스꽝스러울 정도로 두껍다고 느꼈다. 그의 신체가 불균형해 보이니까 바닥에 흘린 물을 구두창으로 문지르는 행동마저 그가 평소에 드러내지 않던 부도덕한 면모를 드러내는 것이라고 느껴졌다. 아니면 그 반대일 수도 있다. 마음에 들지 않는 그의 사소한 행동 때문에 그의 신체 전체가 불균형하다고 느껴지는 것일 수도 있다.

다음 그림은 거대한 쇼핑몰 건물과 그 앞에 나란히 서 있는 세 명의 여중생이었다. 그림은 별 감흥이 없었고 그래서인지 다른 그림을 보면서도 푸른 코트를 입은 남자만 어른거렸다. 그림 속의 남자가 실존하는 인물일 거라는 생각에 그 남자가 진기와 아는 사이일 거라는 생각이 덧붙었다. 이따 진기에게 그 그림이 누구를 그린 것인지 물어보기로 했다. 그 남자를 실제로 보고 싶기도 했다. 나는 그림 속의 남자를 만나는 상상을 하며 나머지 그림들을 대충 훑어보았다. 제일 마지막 그림—역시 흐릿한 회색 배경에 사람들의 얼굴이 둥둥 떠다니는 그림으로, 어떤 사람의 코는 누군가 베어 문 듯 패어나가 있었고 어떤 이는 뒤통수가 있어야 할 부분이 비어 있었다—앞에 섰을 때 남편이 내 옆에 와 섰다.

이 미술관 요즘 대센데 진기 씨가 장소 컨택을 아주 잘했네.

남편은 내 친구 덕분에 오랜만에 이런 문화생활을 하게 되니 마음이 다 개운해진다면서 흡족한 표정을 지었다.

개운하다는 것은 그의 눈앞에 펼쳐진 그림들과는 전혀 어울리지 않는 표현이었다. 남편은 그림들을 제대로 보지도 않고 아무 말이나 하고 있는 게 분명했다. 남편의 처진 눈매에는 졸음이 그득했다. 그림에 관심이 없는 것을 넘어서서 전시에 대한 최소한의 예의도 갖추지 못한 태도였다. 남편의 나른한 얼굴을 향해 '좀 더 관심을 갖고 제대로 감상을 해보라'고 말하려는 순간, 나는 아주 이상한 경험을 했다. 남편의 얼굴이 전과 전혀 다르게 보였다. 진하게 쌍꺼풀 진 눈은 토끼의 동그란 눈처럼 지나치게 동그래서 어리석어 보였고, 평소 내가 좋아했던 갸름하고 부드러운 턱 선은 남자답지 못한 유약한 성격을 드러내는 것 같았다. 통통한 입술은 불만스럽다는 듯 툭 튀어나와 보기 싫었다. 전체적으로 이목구비가 지나치게 선명해서 부담스런 얼굴이라는 생각이 들었다. 10년 동안 아무 문제 없이 받아들였던 얼굴이 눈에 거슬리자 내가 더 당황했다. 남편에게는 일단 화장실에 다녀오겠다고 한 뒤 출입문을 빠져나왔다.

전시회와 복도를 가르고 있는 유리 벽 앞에 섰다. 남편은 아까 내가 서 있던 자리에서 「푸른 코트를 입은 남자」를 감상하고 있었다. 그의 뒷모습이 신나 보여서 나는 좀 의외였다. 그림의 어떤 점이 그를 신나게 만드는지 알 수 없었다. 슬쩍 비켜서서 다시 보니까 남편의 손에는 휴대폰이 들려 있었다. 그는 요즘 SNS에 빠져 있는데 아마 전시장의 그림을 찍어서 인터넷에 올리는 것 같았다. 며칠 전에도 휴대폰을 너무 쥐고 산다는 이유로 그에게 화를 냈다. 남편은 나를 빼고 모두가 SNS를 하고 있다고 오히려 나를 이상한 사람으로 몰았다. 오로지 나만이 세상의 흐름에 뒤처져 다른 사람들이 누리는 즐거움과 재미를 모르고 있으며, 너는 그게 고상하다고 생각하고 있지, 라고 비아냥거리며 비난의 화살을 나에게 돌렸다. 남편은 다른 사람들의 행동이 자신의 행동을 정당하게 만들어준다고 생각하는 모양이었다. 남편은 원체 유행에 민감했다. 새로 나온 전자제품은 꼭 사서 사용해봐야 직성이 풀렸고, 인기 그룹 멤버들의 이름도 다 알고 있었다. 유행이 지나면 멀쩡한 옷에도 손을 대지 않았다. 친구들은 그가 세련되다고 칭찬했지만 내 귀에는 그게 칭찬으로 들리지 않았다. 나는 남편과 함께 전시회에 온 것을 후회했다. 진기가 남편을 데리고 오라고 한 것은 그냥 지나가는 말일 뿐인데 그 말을 굳이 기억해두었다가 그를 억지로 데리고 나온 건 순전히 내 잘못이다. 남편이 그림에 관심이 없다는 것을 알고 있었으니까 모처럼 휴일에 집에서 쉬면서 티브이나 보도록 내버려두는 쪽이 나았을 것이다.

화장실에서 립스틱을 고쳐 바른 뒤 다시 전시회장에 들어섰을 때 남편은 진기와 대화를 나누고 있었다. 나는 갑자기 속이 쓰리기 시작했다. 그가 말실수나 하지 않기를 바랐다. 다행히 진기의 표정은 나쁘지 않았다. 나는 남편이 무슨 얘기를 떠들고 있는지 한번 들어보고 싶었지만 괜히 끼어들었다가 대화가 더 길어질 것이 걱정되었다. 나는 「푸른 코트를 입은 남자」를 좀 더 감상했다.

조금 뒤에 키가 작고 빼빼 마른 여자가 케이크가 든 상자와 작은 난초 화분을 들고 나타났다. 나에게는 그 여자가 구세주처럼 느껴졌다. 진기가 그녀를 맞으러 가자 나는 손짓을 해 남편을 불렀다. 나는 진기를 도와 전시회 뒷정리를 하고 갈 건데 당신은 피곤해 보이니까 먼저 집에 돌아가 쉬는 게 좋겠다고 말했다.

남편은 괜찮다고 했다. 그는 '모처럼 문화생활을 하니까 기분이 꽤 좋다'고 했다. 그는 또다시 문화생활이라는 단어를 썼다. 그 단어는 남편이 전시회를 제대로 보지 않았다는 증명이었다. 그는 진기가 그린 그림을 '문화'라는 두루뭉술한 단어로 뭉뚱그리고 있었다. 나는 왜 남편이 평소와 달리 눈치 없이 구는지 몰랐다. 하지만 억지로 들어가라고 할 수도 없었다. 결국 남편과 나는 전시회가 끝나고 술자리에까지 참석하기로 했다. 남편은 진기에게 마감 시간을 묻더니 담배를 피우고 오겠다며 밖으로 나갔다.

술자리는 생각보다 길어져서 어느새 밤 열한 시가 지나고 있었다. 진기와 나는 20년지기 친구로 허물없이 지내고 있었지만 전에는 한 번도 진기의 그림에 대해서 얘기를 나눠본 적이 없었다. 진기도 나에게 딱히 그림에 대한 의견이나 감상을 원하는 것 같지는 않았다. 우리는 대체로 기분을 들뜨게 하거나 가라앉히는 일상의 사소한 일들을 공유하는 사이로, 나는 평소에 진기가 화가라는 사실에 대해서 의식하지 않았다. 진기가 무얼 그리는지에 대해서 별 관심이 없었다. 술자리에서 나는 진기에게 그림에 대해서 물었다. 질문이라고 하기도 뭣한 단순한 내용이기는 하지만, 어쩌면 이 질문은 내가 진기의 그림에 대해 처음으로 관심을 가지게 되었다는 걸 뜻했다.

나는 진기에게 그 그림 속의 남자가 누구냐고 물었다.

진기는 전혀 예상하지 못한 질문을 받았다는 듯 곤란한 표정을 지었다. 진기는 잠시 망설이다가 시선을 슬쩍 돌려 남편을 쳐다보았는데, 다른 얘기로 화제를 돌리고 싶어 하는 것처럼 보였다.

진기가 무슨 중요한 결정을 내린 사람처럼 입을 열었다.

요즘 만나는 사람이야.

사귀는 사람이 있다는 얘기는 듣지 못했지만 다른 친구들이 다 가정을 꾸리는 동안 짝을 찾지 못하고 혼자 지내던 진기에게 애인이 생겼다고 하니 반가운 마음이 들었다. 그 이야기를 왜 이제야 하느냐며, 나는 그가 무슨 일을 하는 사람이냐고 물었다. 남편이 맥주를 비우더니 술을 채워달라고 빈 잔을 내밀었다. 남편은 내 질문이 전시회의 뒤풀이에 어울리지 않는다고 생각하는 것 같았다.

진기는 잠깐 생각에 잠겼다가—이번에는 남편의 뒤편으로 시선을 던져 다른 테이블을 쳐다봤다. 그러나 좀 전보다는 빨리 결단을 내렸고, 새로 사귀고 있는 애인이 작은 사업을 하고 있다고 대답했다.

거기서 질문을 멈춰야 했는데, 술기운 때문인지 호기심이 발동해서 그 사업이라는 게 뭔데? 라고 또 물어보았다. 이제 진기는 확실하게 기분이 나빠 보였다. 이번에는 망설이지도 않고 수출업과 관련된 것, 이라고 쏘아붙이듯 대답했다. 나는 멈춰야 한다고 생각하면서도 질문을 멈추지 않았다.

나이는?

스물여덟.

진기가 대답했다.

스물여덟?

나도 모르게 목소리가 커졌다.

스물여덟에 무슨 수출업 사업을 한대?

스물여덟이랑 수출업 사업이 무슨 상관이 있지?

진기가 나를 노려봤다. 진기의 오른손이 옆구리에 올라갔다. 진기의 눈빛이 무섭게 변해 있었다. 검은자위가 커져서 홍채까지 완전히 뒤덮을 지경이었다. 진기는 애인이 좀 이따 이리로 올 거니까 그때 인사를 시켜주겠다며 대화를 정리했다.

한동안 유쾌한 분위기가 흘렀는데 나는 문득 시계를 보다가 그런데 그 남자가 아직 오지 않았다는 사실을 깨달았고, 별생각이 없이 그가 언제 오는지 물었다. 진기는 시계를 확인하더니—건성으로 블라우스의 소매 끝을 들어올렸을 뿐 진짜 시간을 확인하는 것 같지는 않았다—그가 곧 올 거라고 대답했다. 진기는 내 얼굴을 한참 들여다봤다. 나는 진기가 내 뺨이라도 때리는 줄 알았다. 진기는 한숨을 쉬더니 갑자기 내가 탓하지도 않은 것들에 대해 변명을 시작했다.

너가 몰라서 그러는데 요즘은 그 정도 나이차는 아무것도 아니야. 내가 아는 사람들 중에는 스무 살 차이 나는 커플이 두 쌍이나 있어.

진기는 내가 자기보다 너무 어린 사람을 사귀는 것에 대해 윤리적으로 비난하고 있다고 느꼈던 것 같다. 하지만 나는 그런 생각을 전혀 하지 않았다. 나는 그저 그 파란 코트를 입은 남자가 빨리 보고 싶었던 것뿐이었는데 진기와 나 사이에는 다시 메우기 힘든 골이 파여 있었다.

진기는 다른 테이블을 살피더니 술을 더 주문해야겠다면서 카운터 쪽으로 가버린 뒤에 다시 우리 테이블로 돌아오지 않았고 자정이 되기 전에 남편과 나는 술집에서 나왔다. 남편은 내게 핀잔을 주었는데 내가 자꾸 쓸데없는 데 관심을 보이니까 진기 씨도 그러는 게 아니겠느냐고 했다.

당신은 구시대적 사고방식을 가지고 있어. 인간관계도 시대에 따라 계속해서 바뀌고 변한다고. 요즘에는 아무리 친구라도 그렇게 사적인 질문을 할 때는 조심스러워 하는 게 대세야.

남편은 나를 어르듯 말했다. 다른 사람들도 있는 자리인데 원치 않는 질문을 던져 진기를 곤란하게 한 것 같기는 하다. 그게 사실이라고 해도 진기 편을 드는 남편이 얄미웠다.

요즘이 개인주의가 대세이건 아니건 아무 상관없어. 진기랑 나는 그런 사이가 아냐. 우린 그 정도 얘기는 충분히 주고받을 수 있을 정도로 가까워.

진기가 아까 그렇게 화를 낸 건 그 애가 술에 취했기 때문이라고 나는 설명했다.

아까 보니까 취해서 눈이 완전히 풀려 있더라고. 난 동공이 그렇게 커진 사람은 처음 봤어. 걘 완전히 취했어.

야, 너 지금 서클렌즈 얘기하는 거지?

남편이 집게손가락을 세워 손으로 권총 모양을 만들어 나에게 손가락질을 했다.

진기 씨 오늘 보니까 서클렌즈 꼈던데 너 그게 뭔지도 모르지? 너 지금 서클렌즈 보고 동공 풀렸다고 얘기하는 거지? 응?

남편이 깔깔 웃었다.

그게 렌즈야?

나는 말끝을 흐리며 앞장서 걸었다. 뒤에서 남편이 웃음을 참느라고 피식거리며 뒤따라왔다.

나는 또다시 생각에 잠겼다. 아직도 파란 코트를 입은 남자가 눈앞에 어른거렸다. 나에게 잘못이 있다면 그림 속 인물에 완전히 사로잡히고 말아, 그가 어떤 사람일까, 그를 빨리 만나보고 싶다는 생각으로 흥분한 상태였다는 것뿐이다. 진기를 비난할 생각 같은 것은 추호도 없었다. 진기의 기분을 상하게 한 것은 미안하지만 오히려 문제는 좀 이따 술집으로 올 거라던 진기의 애인이 끝끝내 나타나지 않았던 데 있다.


저녁 식탁을 차리기가 귀찮지 않느냐면서 남편은 휴대폰에 저장된 할인 쿠폰을 보여줬다. 남편의 회사와 제휴를 맺은 상대 기업이 외식업을 시작했는데, 우리 동네에서 멀지 않은 곳에 새로 체인점이 들어섰다고 했다. 쿠폰은 개장 이후 한 달 이내에 사용할 수 있는데 이제 보름 정도밖에 남지 않았고 다음 주와 다다음 주에는 주말에도 근무를 해야 하니까, 오늘이 좋겠다고 했다. 나는 순순히 남편을 따라나섰다.

남편은 스테이크를, 나는 볶음밥을 주문했는데, 남편은 쿠폰을 사용해서 5천 원가량을 할인받은 것 때문에 기분이 좋아 보였다. 후식으로 초콜릿을 얹은 레몬 케이크를 주문했는데 남편은 감탄사를 연발하며 케이크를 잘라 먹었다. 당도는 강한데 칼로리가 거의 없다고 설명해주면서 마치 자기가 그 케이크를 개발한 사람처럼 굴었다. 케이크에 들어 있는 초콜릿 성분 때문인지 남편은 가볍게 흥분한 상태였다.

남편이 갑자기 입을 다물고 손가락으로 옆 테이블을 가리켰다.

건너편 테이블에는 남자와 여자가 마주 앉아 있었다. 남자는 20대 중반으로 보였는데 여자는 그보다 열 살은 더 많아 보였다. 남자 쪽에서 연상에 대한 환상을 가지고 있는 모양이었는데, 여자에게는 독특한 매력이 있어서 웃을 때 눈가에 주름이 잡히는 것마저도 매력적으로 보였다. 만난 지 얼마 되지 않은 듯 둘 사이에는 긴장감이 떠돌고 있었다. 여자는 오래 눈을 맞추고 있기도 어려웠는지 대화 도중 테이블의 찻잔이나 벽에 걸린 장식품이나 오가는 점원들로 가끔 시선을 돌렸다. 아무래도 남자 쪽에서 더 적극적인 게 분명했다. 그는 여자를 향해 조금씩 의자를 가까이 당겨 앉았고 상체를 앞으로 향한 채 소매를 걷어붙이고 가끔씩 혀로 입술을 핥았다. 말투는 일부러 어른스러워 보이려고 그러는 건지 아니면 외국에 다녀와서 한국말을 잊었는지 모르겠지만 속도가 느리고 어딘가 억양이 부자연스러웠다.

남편이 그쪽을 보다가 요즘은 유부녀가 젊은 애 사귀는 게 유행이라더니, 라며 왼손 중지로 테이블을 쳤다.

그런 게 유행이라고?

진기 씨도 어린 친구 사귄다고 하지 않았나?

걔는 예술가니까 그런 거고.

남편이 피식 웃었다.

텔레비전이라도 좀 보지그래. 너 인터넷 포털 뉴스도 안 읽잖아. 아무리 연구가 재밌어도 세상이 어떻게 돌아가는지는 알아야지.

나는 화장품 성분 연구하는 일을 하고 있는데 지금 신제품을 개발 중이라 밥을 먹을 때 말고는 항상 그 생각에 빠져 있었다. 신제품 때문이 아니더라도 실은 세간의 유행에는 별다른 관심이 없었다. 길을 갈 때도 남편은 건너편에서 걸어오는 사람들의 표정까지 확인하는 데 반해 나는 늘 머릿속으로 피부 재생에 효과가 있는 생약 성분들의 결합에 대해서 생각하느라 어느 상점을 지나치고 있는지조차 모르는 경우가 대부분이었다.

음료를 한 잔 더 주문한 뒤에 젊은 남자와 마주 앉은 연상의 여자, 나보다 댓 살은 더 많아 보이는 여자의 삶이 어떠할까에 대해 생각해보았다. 내 나이 또래의 다른 여자들은 무슨 생각을 하면서 살까. 가정이 있는 여자들이 구태여 왜 다른 남자를 만날까. 왜 그런 일이 유행을 할까. 아무리 생각해봐도 이해할 수 없는 일이다. 짝짓기 상대가 정해져 있는데 남자 쪽에서 불임이 아니라면 왜 또 짝을 찾아 시간을 낭비해야 한단 말인가. 생물체란 보수적으로 행동하기 마련이니까 누군가 불필요한 에너지를 낭비하는 것처럼 보인다면 분명 그럴 만한 이유가 있을 것이다. 저 여자는 왜 자신에게 줄 것이 거의 없어 보이는 어린 상대를 짝으로 골랐을까? 그가 그녀에게 대체 무엇을 줄 수 있지?

야, 야, 그만 쳐다봐. 저쪽에서 다 알아채겠다.

남편이 목소리를 낮추고 다시 테이블을 중지로 톡톡 건드렸다.

계산을 하려고 카운터로 갔을 때 남편과 나는 다시 그 커플을 마주쳤다. 그들은 내 바로 앞에서 계산을 하고 있었다. 여자가 굽이 없는 구두를 신고 있었는데도 남자 쪽이 5센티미터 정도 더 작았다. 계산은 여자가 했다. 엘리베이터를 탈 때도 그들과 함께였는데 나와 남편의 눈을 의식한 건지 아니면 아직은 서먹한 사이인지 엘리베이터의 양 끝에 떨어져 섰다. 나는 1층 버튼을 누르는 남자의 새끼손톱이 길게 자라 있는 걸 봤다.

그다음에 내가 본 것은 그의 오른팔에 걸려 있는 푸른 코트였다.

나는 뒤통수를 맞은 기분이었다. 우리가 주시하던 불륜의 남자, 그가 바로 진기의 남자 친구였다. 그가 내 친구가 사준 코트를 입고 또다른 여자를 만나고 있는 장면을 목격한 것이다. 남자는 그림 속에서 지금 막 그대로 나온 듯했다. 회색으로 탈색하고 옆머리를 비스듬히 잘라 넘긴 헤어스타일과 검정색 워커가 그제야 눈에 들어왔다. 로비를 빠져나가며 그가 푸른 코트를 걸치자 그림 속의 인물과 완전히 같아졌다.

입맛이 싹 달아났다. 남편도 유쾌한 기분은 아니었는지 아무 말이 없었다. 그게 남편다운 행동이기는 하다. 남편은 구체적으로 도움을 요청했을 때 최대한의 성의를 보이지만 먼저 나서서 알은체를 하거나 마음을 쓰는 일이 없었다. 그런 점에서 그는 로봇과 같다. 버튼을 누르면 실행을 하는 것과 다를 바가 없다. 나는 괜히 남편에게 뾰로통한 마음이 되어 집까지 가는 동안 아무 말도 먼저 꺼내지 않았다. 묻는 말에만 아니, 응, 그럴 수 있지, 25일까지, 같은 단답형 대답을 하면서 푸른 코트를 입고 눈앞에서 사라져버린 그 젊은 남자에 대해서 생각하고 또 생각했다.

나에게는 진기에게 진실을 전할 의무가 있었다. 의무라는 말이 어울리지 않는다면 책임감이라고 해두자. 아니 그 단어도 어울리지 않는다. 다만 나는 그렇게 해야 한다고 느꼈다. 만약에 진기가 내 남편이 외도하는 장면을 목격했다면 나에게 전해주기를 바랐으므로, 나 역시 그렇게 행동해야 한다고 생각했던 것이다. 나는 어떻게 하면 내가 목격한 광경을 진기의 기분이 상하지 않게 전달할 수 있을지 고민하며 이불을 뒤집어썼다. 남편은 이미 곯아떨어져 있었고 가끔 알아듣지 못할 잠꼬대를 중얼거리며 허공으로 팔을 뻗었다.

진기의 새 애인이 그녀의 예술적 재능에 반했을 뿐 실제로 진기에게 그렇게 많이 빠져 있지는 않은 게 분명했다. 아니면 그는 연상 여자들의 허점을 노리는 킬러에 불과한지도 몰랐다. 그 나이의 여자들이 젊은 애들의 열정에 쉽게 마음을 열고 과거의 뜨거운 로맨스에 빠지고 싶어 하는 심리를 이용하는 모양이었다. 어쨌거나 확실한 건 진기가 속고 있다는 사실이다. 진기의 새 애인은 수출업 종사자가 아니라 아무 일도 하지 않고 있고, 심지어는 돈 때문에 그 애를 만나고 있는지도 모른다. 어쩌면 돈 많은 여자들의 호주머니를 털어 제 또래 여자애들에게 화장품을 사주는지도.

시침이 숫자 5를 가리켰을 때 나는 진기가 애써 그린 그림을 팔아 그 젊은 남자에게 푸른 코트를 사준 거라는 생각을 하고 있었고, 더 이상 참지 못해 새벽 다섯 시에 진기에게 전화를 걸었다.

어쩌면 그러지 말아야 했는지도 몰랐다. 남편의 말을 따라야 했는지도 몰랐다. 아무리 친한 사이라도 예의를 지켜야 했는지 모른다. 아침까지 기다렸다면 상황이 좀 더 나아졌을까. 햇빛을 받은 뒤에 명료한 정신으로 통화했다면 상황을 좀 더 잘 설명할 수 있었을까. 진기의 기분이 상하지 않도록 좀 더 객관적으로 내용을 전달했다면 그 애가 속마음을 차분히 내게 털어놓았을까.

진기가 전화를 받자마자 흥분 상태에서 '너는 속고 있었다'고 목소리를 떨며 말했다. 수화기를 쥔 손도 떨리고 있었다.

너 무슨 일 있어? 대체 이 시간에 무슨 일이야?

진기는 목이 쉬어 제대로 소리를 내지도 못했다.

너가 여태 속고 있었다고.

나는 다시 반복했다. 나는 차마 네 애인이 다른 여자와 있는 걸 봤다는 얘기는 아직 꺼내지 못했다.

그게 무슨 소리야? 누가 속았다는 거야?

너가 속았다고. 그 남자가 너를 속였어.

나는 용기를 냈다.

그 남자?

푸른 코트를 입은 남자 말이야.

뭐?

푸른 코트를 입은 사람. 네 애인 말이야.

푸른 코트가, 뭐라고?

진기는 한동안 말이 없었다.

영재야.

진기가 내 이름을 불렀다. 나는 그 애가 내 이름을 불렀다는 사실에 더 용기를 내어 아까 저녁에 내가 본 광경을 자세히 털어놓았다. 진기는 말없이 내 얘기를 경청했다. 얘기가 끝났을 때 진기는 일단 자고 내일 얘기하는 게 좋겠다고 말했다. 목소리는 담담했고 오히려 진기 쪽에서 나를 위로하는 것처럼 들리기도 했다. 진기는 나보다 침착했다. 진기가 그렇게 나오니까 나는 더 화가 났다. 더 참지 못하고 화를 내고 말았다.

그 푸른 코트 네가 사준 거지?

진기는 대답을 하지 않았다. 갑자기 말을 못하게 된 게 아니라면 나이 어린 애인에게 속아서 비싼 코트를 사준 것이 부끄럽다고 생각했기 때문에 아무 말도 할 수가 없었을 것이다.

진기가 잠시 후에 입을 열었다.

그러니까, 니가 오늘 본 남자가 푸른색 코트를 입고 어떤 늙은 여자랑 같이 있었다는 거지? 그 얘길 하고 있는 거지, 이 새벽에 전화를 걸어놓고?

그렇다니까. 내 눈으로 똑똑히 봤어.

너 푸른색 코트 입은 남자 처음 봤어? 그래서 지금 나한테 이러는 거야?

지금 무슨 소리 하는 거야? 그럼 내가 무슨 수로 네 애인을 전에 또 봤겠어? 난 그 사람 오늘 처음 봤어. 내가 무슨 수로 전에 네 애인을 봤겠어?

진기는 한숨을 쉬더니 자기는 며칠 동안 잠을 못 자다가 겨우 한 시간 전에 수면유도제를 먹고 잠에 들었다고 한 글자씩 또박또박 발음해서 말한 뒤에 바로 전화를 끊어버렸다. 나는 내가 무얼 잘못했는지 몰랐다. 만일 내게 잘못이 있다면 요즘 시대에 유행이라는, 그 철저한 개인주의에 기반한 인간관계를 받아들이지 못했다는 것뿐이었다.

점점 더 이상한 일이 일어나고 있었다. 이번에는 진기가 애인에게 사준 푸른 코트가, 젊은 사기꾼이 늙은 여자를 만날 때 입고 나간 그 푸른 코트가 우리 집 옷장 속에 들어 있었다. 나는 손에 힘이 빠져서 옷장 문을 닫지도 못한 채 남편을 불렀다. 남편은 샤워 중이어서 나는 그가 나올 때까지 10여 분을 더 기다려야 했다. 나는 침대 끄트머리에 걸터앉았다. 온갖 상상이 머릿속을 뒤덮었지만 쉽게 판단을 내리지는 말자고 주문을 외면서, 허리에 수건을 두른 남편이 나타날 때까지 잠자코 기다렸다.

남편이 흰색 극세사 타월을 허리에 두르고 나타났을 때 나는 열린 옷장 문틈으로 보이는 푸른 코트를 가리켰다. 남편은 당황한 기색을 들키지 않으려고 그랬는지 어색한 웃음을 흘렸다.

아, 저거 때문에 그런 거야? 아까 퇴근길에 샀어.

샀다고?

그는 이번에 회사에서 새로 제휴를 맺게 된 회사가 의류업체라서 10퍼센트나 더 할인을 받았다는 얘기를 자랑하듯 늘어놓았다. 원래는 100만 원이 넘는 옷인데 겨울도 막바지에 이르렀으므로 30퍼센트 세일을 하는 데다가 자기는 제휴카드로 계산을 했기 때문에 50만 원을 번 셈이라고 했다.

당신 회사는 왜 그렇게 제휴업체가 많아?

요새는 그렇게 회사마다 다른 업체랑 제휴를 해. 곧 우리 회사가 그 회사를 인수하게 될 거거든.

남편은 이제 나를 바보로 아는 모양이었다. 남편은 내가 그 코트를 쳐다보자 옷장 문을 닫았다.

별로 안 비싸게 주고 산 거라니까. 요새 웬만한 코트는 다 100만 원대야. 모처럼 새 옷 샀는데 너무 그러지 마라. 나도 절약하고 있어. 제휴 아니면 안 사고 안 먹는다니까.

남편은 자꾸만 얘기를 다른 데로 돌렸다. 나는 더 따질 기운도 없었다.

지금 나한테 저걸 샀다고 하는 거야? 지금 그걸 설명이라고 하고 있는 거냐고?

야, 나도 코트 정도는 니 허락 없이 한 벌쯤 살 수 있는 거 아니야?

그러니까, 지금 저걸 샀다는 거잖아.

그래, 샀다. 내가 샀다고.

남편은 나와 대화할 의지를 보이지 않았다. 아무도 속아 넘어가지 않을 거짓말을 끝끝내 참이라고 우기고 있었다. 그가 내게 진실을 얘기할 마음이 눈곱만치도 없다는 걸 알았다.

상황을 해석해야 했다. 진기의 사기꾼 남자 친구의 코트를 왜 남편이 집에 갖고 들어왔는지, 이 수수께끼를 혼자서 풀어야 했다. 진기가 전화를 그냥 끊은 것, 더 거슬러 올라가 그날의 술자리, 내가 처음 푸른 코트를 입은 남자에 대해서 물어봤을 때 진기가 남편을 쳐다봤던 것, 연하를 사귀는 건 문제가 되지 않는다면서 진기가 담배 연기를 허공에 내뿜던 장면들을 떠올렸다. 결국 그날 술자리가 끝나고 남편이 내게 화를 내면서 진기 편을 들었던 게 생각났다. 그걸 생각해내자, 진기가 전시회에 남편을 데려오라고 말했던 것도 떠올랐다.

위가 쓰리기 시작했다. 그날 진기가 내게 괜히 날을 세웠던 것, 남편이 대화에 끼지 않으려고 노력했던 것, 그리고 전시회에서 시큰둥한 반응을 보였던 그 모든 일들이 부자연스러웠다는 것을 이제 알게 됐다. 내가 모르고 있는 무언가 한 가지 요소가 나를 이러한 혼란 속에 빠뜨렸고, 나는 그것을 찾아냈다.

바로 남편이 그림의 모델이었다는 사실. 남편은 진기와 만나고 있다. 진기는 늘 새로 남자를 만날 때면, 서로 호감을 갖기 시작하는 단계부터 나에게 의논을 해왔다. 유독 이번에만 그러지 않았다. 애인이 온다고 했는데 안 온 것이 아니라, 그날 술자리에 진기의 애인이 있었다. 다만 오직 나만이 그게 누군지 몰랐던 것뿐이다. 둘은 용케도 나를 속이는 데 성공했다.

나는 남편이 있는데 다른 남자를 만나야 하는 이유를 알 수 없는 것처럼 수많은 다른 남자들을 놔두고 굳이 친구의 남자를 선택한 이유를 알 수 없었다. 새로 하나를 얻을 수 있는데 굳이 하나를 잃으면서 다른 하나를 얻는 선택을 하는 이유는 뭘까. 나는 내가 텔레비전을 보지 않고, 포털 뉴스를 읽지 않고, 하루 종일 화장품 성분이 될 실험에 골몰하는 것이 어쩌면 인간의 삶을 이해하는 데, 적어도 내 남편과 친구의 삶을 이해하는 데 큰 결격사유가 되는지도 모른다고 생각했다. 나도 티브이를 틀어보고 인터넷 창에서 뉴스와 광고를 들여다보려고 노력했었다. 하지만 도저히 관심이 가지 않았다. 거기에는 나를 자극하는 어떤 흥미로운 요소가 없었다. 나에게는 인간의 피부와 트러블을 일으키지 않는 식물의 세포분열 쪽이 훨씬 구미가 당겼다. 나는 세포분열을 할 때 줄기세포가 갈라지는 모양이 공중에서 오로라가 뻗어가는 것과 마찬가지로 아름답다고 느꼈다. 나는 세포분열을 찍은 파일을 볼 때 남편이 휴대폰을 들여다보면서 SNS에 멘션을 달 때와 같은 미소를 짓고 있었다. 그것이 우리 사이의 문제였을까. 언젠가부터 퇴근 후 집에 가서 남편과 식사를 할 때면, 전처럼 남편에게 내 실험 얘기를 꺼내는 것이 불편했다.

종족의 번식을 위해서라면 수컷은 되도록 많은 암컷을 만나는 것이 유리하다. 진기와 만나는 남편의 선택에는 분명 타당성이 있다. 하지만 그 과학적인 진실과 별개로 그와 내가 쌓아온 어떤 신뢰가 무너졌다. 그런 약속을 명시적으로 한 적은 없지만, 내가 진기를 남편에게 소개했을 때에는, 그녀를 짝짓기의 대상에서 제외한다는 최소한의 약속이 공공연하게 밑바탕에 깔려 있는 것이나 마찬가지다. 의아한 것은 그가 자신이 진기의 모델이었다는 사실을, 자기가 푸른 코트를 입은 남자라는 사실을 끝까지 숨기지도 않고 코트를 과감히 옷장에 넣어두었다는 점이었다. 남편은, 왜 그랬을까?

그때 남편은 현대인에게 의생활이 얼마나 중요한지에 대해 내게 설파했다. 이해하기 어렵겠지만 어떤 옷을 입는지는 그 사람의 정체성 자체가 될 수도 있다고 말했다. 그는 긴긴 설명 끝에, 나는 너가 이해하지 못할 거라는 걸 알았어, 라고 단정 지었다. 그는 더 설명하기가 싫다고 했다. 나는 이 시대에 걸맞지 않은 사람이라고 했다. 네 머릿속에는 연구밖에 없으니까. 지나가는 사람한테는 관심도 없으니까. 이 시대에 관심이 없다고. 나는 너랑 있으면 딴 나라에서 온 사람이랑 마주 앉아 있는 것 같아. 매번 뭔가 설명해주는 것도 이제 지겨워. 너랑은 더 이상 말이 안 통해. 이해를 해보려고 하지도 않잖아. 방귀 뀐 놈이 성을 낸다더니 남편은 푸른 코트를 꺼내 입고 나가버렸다.

「푸른 코트를 입은 남자」의 모델이 남편이라고 하더라도 여전히 의문점은 남아 있었다. 그렇다면 식당에서 만난 그 남자는 또 누구란 말인가? 남편의 코트를 왜 그 젊은 남자가 입고 있었던 것일까?

현관문이 닫히고 자동 잠금장치에서 알림음이 울렸다.

나는 베란다에 서서 멍하니 창밖을 바라봤다. 건너편 건물들마다 네모난 창을 통해 환하게 밝혀진 형광등 불빛에 동공이 환하게 열렸다. 나는 코코블록 마을처럼 한눈에 내려다보이는 낯익은 풍경에 시선을 팔았다. 그 거리를 푸른 코트를 입은 남자가 걷고 있었다. 멀리서도 한눈에 남편을 알아볼 수 있었다. 그의 뒷모습은 알 수 없는 환희로 가득 차 있고, 당장이라도 하늘 높이 날아오를 듯 몸이 가벼워 보인다. 마치 자기가 있어야 할 마땅한 장소를 찾았다는 듯, 그곳으로 갈 준비를 모두 마쳤다는 듯 보였다. 푸른 코트가 그에게 날개를 달아준 것 같았다. 코트는 그에게 아주 잘 어울렸다.

남편에게 묻고 싶다. 다시 한 번 듣고 확인해야겠다. 정말 나랑은 대화가 전혀 통하지 않는지. 나랑 얘기하는 게 답답하기만 한지. 어쩌다 가끔 내가 모르는 게 있어서 그런 게 아니고 평소에도 늘 그렇게 느끼는지. 다시 한 번 더 들어야 했다. 그래야 나도 단념을 하든 노력을 하든 무슨 대책이라도 세울 수 있을 것 같았다. 정말 그래? 나랑 사는 게 다른 시대에서 온 사람이랑 있는 것처럼 답답하고 싫기만 해? 처음에는 그런 내가 신기하고 재밌다고 좋아했잖아. 밤하늘에 깜빡이는 게 별이 아니라 인공위성이라는 걸 가르쳐주면서 즐거워했잖아. 자기는 설명하는 걸 좋아하니까 내가 모르는 게 많아서 좋고, 다른 여자들은 브랜드 같은 거에 목을 매는데 나는 그런 걸 구별하지 못해서 더 맘에 든다고, 내가 신선하다고 그랬잖아. 마음이 달라진 게 언제부터야. 나는 현관으로 달려가 신발을 신고 복도를 향해 뛰어나갔다.

엘리베이터에서 내리자마자 남편이 지나간 거리를 향해 정신없이 달렸다. 붉은 신호를 무시하고 2차선 도로를 건너 대로변의 버스정류장에 서 있는 남편을 찾았다. 그가 차를 타지 않고 버스를 기다리는 이유는 몰랐지만 다행히도 너무 늦지는 않은 것 같다. 적어도 질문을 던질 시간은 허락된 것이다. 나는 유리문에 기대 잠시 호흡을 골랐다.

가쁜 숨을 내뱉으며 남편의 어깨 위에 손을 올리자, 그가 천천히 뒤를 돌아보았다.

누구세요?

남자가 나에게 물었다. 나는 숨을 헐떡거리느라고 대답을 할 수 없었다. 푸른 코트를 입은 남자는 영문을 모르겠다는 듯 고개를 갸웃거리더니, 망연자실한 표정의 나를 물끄러미 바라보다가 위로라도 하듯 입을 열었다.

사람을 잘못 본 모양이네요.

남편은 어디 있어요?

네?

남자가 인상을 찌푸렸다.

뭐라고요?

제 남편이요. 지금 댁이 제 남편 옷을 입고 있잖아요.

남자가 어깨를 으쓱하더니 이 코트 말이에요? 라고 물었다.

네, 그 코트요. 입고 계신 그 코트가 제 남편의 옷이잖아요.

나는 아직도 숨이 차서 겨우 말을 이을 수 있었다.

남자가 웃었다.

이 코트가 남편 옷이라니요. 이건 제 돈 주고 제가 산 제 옷이에요.

그럴 리가 없어요. 이건 제 친구가 남편에게 사준 옷인데. 푸른 코트 잖아요. 제 친구가 그린 그림 속에 있던 코트가 이 푸른 코트고요.

지금 무슨 소릴 하시는 거예요. 이 코트 입은 사람 처음 봤어요? 이 색깔 코트가 지금 유행이잖아요.

남자가 이상한 사람을 보듯 나를 힐끗 쳐다보고 더는 말을 섞고 싶지 않다는 듯 두어 걸음 물러섰다. 곧 23-1번 버스가 정차했고 남자는 얼른 버스에 올라탔다. 그는 창가에서 나를 보았다. 나도 그를 보았다. 버스가 떠났고, 나는 혼자 남겨졌다. 떠난 것은 길거리에서 처음 본 남자일 뿐인데 나는 버려진 기분이었다. 모든 것을 잃은 허망한 마음이었다.

다시 아파트 단지를 향해 걷기 시작했다.

지나가는 사람이라도 좀 보고 다녀. 세상에 관심을 좀 가져보라고.

남편의 목소리가 귀를 맴돌며 반복되었다. 나는 주변을 둘러보았다. 상점마다 간판에 두른 네온사인이 눈이 부시도록 반짝였고 사람들의 표정은 지나치게 밝아 보였다. 그들의 동공은 약에 취한 듯 환하게 열려 있었고 발걸음이 빨랐고 상당수의 사람들이 혼잣말을 하면서 걷고 있기에 자세히 살펴보니까 귀에 이어폰을 꽂고 있었다. 핸즈프리였다. 남편이 그걸 사용하는 걸 본 적이 있다.

남편이 내 것도 주문하겠다고 했지만 거절했었다. 난 걸으면서 통화하는 걸 싫어하는데, 걸을 때는 그냥 걷기만 하는 게 좋고 전화를 하는 것보다는 만나서 얼굴을 보고 얘기하는 게 좋으니까, 내가 다른 시대에서 왔거나 다른 사람들을 이해하고 싶지 않아서가 아니라, 나는 그냥 그게 좋아서 그랬다. 갑자기 억울한 생각이 들었다. 옷가게를 지나다가 이상한 기분이 들어서 멈춰 섰다. 쇼윈도의 마네킹이 푸른 코트를 걸치고 있었다. 마네킹은 목 위로 둥근 구의 형태를 얹고 있었다. 눈, 코, 입이 없었고 코트 아래로는 역시 허연 플라스틱 다리가 세워져 있었다.

유리 벽의 안쪽에는 가위로 오려낸 잡지 사진이 붙어 있었다. 젊고 잘생긴 한 남자가—이름은 몰라도 그 남자가 연예인이라는 것 정도는 알고 있다—푸른 코트를 입고 주머니에 손을 찔러 넣은 채 나를 바라보고 있었다. 그 눈빛은 나를 조롱하는 것 같기도 하고 위로하는 것 같기도 하고 그게 아니라면 나에게 뭔가를 말해주고 싶어 하는 것 같기도 했다. 그게 뭔지는 나도 모르겠다. 진기의 그림 속 모델이 입었던 코트가, 식당에서 만난 젊은 남자의 코트가, 남편이 제휴카드를 이용해 할인을 받아 샀다던 코트가, 정류장에 서 있던 낯선 남자가 입고 있는 코트가 하나가 아니라 모두 다른 코트라는 사실만은 분명히 확인할 수 있었다. 그러나 푸른 코트가 유행이라는 사실 외에 다른 모든 것들에 대해서는 잘 알 수 없게 되어버리고 말았다. 그것은 다행일까? 나를 혼란에 빠뜨렸던 질문, 푸른 코트를 입은 남자가 누구인지는 더 이상 궁금하지 않았다. 그것은 애초에 답을 찾을 수 없는 질문이었으므로. 문제는 이제 내가 무엇을 궁금해해야 할지 알 수 없게 되어버리고 말았다는 데 있었다.

길 건너편에서 푸른 코트를 입은 남자가 나를 향해 다가오고 있다. 그는 남편과 키가 비슷하고 남편의 걸음걸이를 닮았으며 남편과 똑같은 목소리로 내 이름을 부르며 뛰어오고 있다. 그러나 나는 그가 누구인지 모르겠다. 나는 그가 푸른 코트를 입었다는 사실과, 그 코트가 유행이라는 사실 외에 그에 대해 아무것도 확신하는 바가 없다. 그가 내 얼굴을 두 손으로 감싸고 나를 꼭 안는다. 그러나 나는 그가 무슨 생각으로 나를 안고 있는지 모른다. 나는 푸른 코트를 입은 남자의 품에 안겨서 쇼윈도의 마네킹을 바라본다. 마네킹은 나를 안고 있는 남자와 똑같은 푸른 코트를 입고 있다. 내가 아는 것은 그것뿐이다. 지금은 남자들 사이에서 푸른 코트가 유행이다. ▪

# 역대 수상작가 최근작

# 김채원

# 흐름 속으로

1946년 경기도 덕소 출생. 이화여대 회화과 졸업. 1975년 『현대문학』 등단.
소설집 『초록빛 모자』 『가득찬 조용함』 『봄의 幻』 『장미빛 인생』
『달의 몰락』 『가을의 幻』 『지붕 밑의 바이올린』 『쪽배의 노래』.
장편소설 『형자와 그 옆사람』 『달의 강』. 〈이상문학상〉 〈현대문학상〉 〈형평문학상〉 수상.

# 흐름 속으로

## (1) 나무

연에게

여기 보내는 CD에 있는 찬송가들은 우리에게는 낯선 노래들이다.

다른 찬송 CD들을 찾아보아도 우리 귀에 익은 곡들은 드물다. 나라마다 즐거이 부르는 노래들이 따로 있는 듯하다. CD 마지막 노래 15번째 곡 때문에 이 CD를 샀는데 어둑해지는 들녘에 홀로 서서 망망한 우주 공간에 홀로이 떠도는 별들을 그리듯 예수님은 함께 계심에도 한없이 그리워, 다 그리워할 수도 없어 나무에 손을 대고 흐느끼는데 안 흐느껴지고 덜 흐느껴지는 내 마음이 있다.

'Just as I am lord JESUS'

'저 이대로 그냥 이대로 주 예수님'

* 예수님은 다 받아들이신다. 다 아시고.

언니

　이것은 정이 동생 연에게 세상 떠나기 한 해 전 그러니까 아마도 마지막으로 보낸 무슨 흔적 같은 것이다.

　파란 창공에 하얀 새 한 마리가 날개를 좌악 펴고 날아가는데 새 몸통과 날개는 금강석을 뿌려놓은 듯 반짝이고 날개 끝부분에서부터 그 반짝이는 것들이 별로 변하여 흐르고 있다. 새의 입에는 꽃잎이 물려 있다. 꽃잎을 물고 별을 흩뿌리며 날개를 좌악 펴 푸른 창공을 날아가는 새. 강한 흡인력을 가진 카드 그림을 연은 책꽂이 위에 비스듬히 기대어 세워놓았다.

　그 안의 내용— 나무 밑에 서서 나무를 한 손으로 붙잡고 흐느끼나다 흐느껴지지 않는 정의 모습을 짧은 일별로 파악했을 뿐, 저 이대로 그냥 이대로인 정의 벅찬 마음을 설명이 필요 없이 통째로 그냥 느꼈을 뿐, 어딘가 극점을 치는 듯한 카드를 연은 왜인지 반복해서 읽지 못했다. 가장 좋은 것은 가장 나중에 온다는 성경 구절처럼 그것을 나중에 두고두고 음미하고자 했던 것 같다.

　연은 책꽂이 위에 놓인 그 카드를 손에 잡아 지금 책상 앞에 가져와서 자세히 본다. 이 카드를 뉴욕 어느 상점에서 샀을 정의 손길과 눈길을 느껴본다. 아 여기에 정의 손길이 분명 닿았겠구나, 이것을 만지면 정의 손을 잡는 것과 같겠구나, 하고 연은 생각한다.

　정이 떠난 후 그동안 3년의 세월이 흘렀다.

그러나 연은 아직 그대로, 무엇 하나 해결되었다거나 정리됨 없이 발판 없는 허공에 떠 있는 느낌으로 살고 있다. 조금 시간이 흘러 집중만 하면 무엇인가 묘수, 어떤 해결책 같은 것을 찾아낼 수 있으리라 생각했었다. 반드시 무슨 방도를 찾아내고 어마 그렇지, 그 방법이 있었구나, 하고 꿈에서 깨어나듯 할 줄 알았다. 그러나 그렇지 않았다. 하늘과 땅이 뒤섞여 무엇을 어찌해야 할지 모르겠는 첫 심정 그대로다.

이것은 도대체 어찌 된 일인가, 무슨 곡절인가, 어찌하여 인생이 이렇게 흘러들도록 내버려둔 것인가. 어쩌면 이렇게 아무것에도 그 무엇에도 대적할 힘이 없는 것일까.

무엇인가를 향해 함께 손잡고 싸워야 하는데 연은 그저 손을 놓고 있었다. 그것을 뒤늦게 깨닫는다.

정이 이 세상에서 홀연히 사라져버렸는데도 연은 그저 막막하기만 할 뿐 그 어떤 복안 그 어떤 위로 그 어떤 기도도 없다.


언니, 라고 정이 카드 끝머리에 쓴 글자에서 어떤 울림이 울려온다. 연은 그것을 느낀다. 정이 언니이기에 언니라고 써놓고 스스로 대견해하는 것 같다. 정이 보냈던 그 수많은 편지 끝에 언니, 라고 쓴 것을 볼때마다 연은 늘 그런 느낌을 조금씩 받았다. 그리고 이 마지막 카드에서 특히 그것을 느낀다. 그 어느 때보다 언니라고 써놓고 스스로 대견해하고 있는 모습이 떠오른다. 또한 첫머리에 연에게라고 그녀를 불러준 그 느낌 또한 특별하다. 그녀를 동생이라고 이렇게 불러주고 있는 것이다.

아마도 연은 스스로 자격 미달을 느끼고 있는 것 같다. 연이 이리도 아파하는 것 역시 그 근원은 자격 미달이라고 이제는 가차 없이 스스로 진단할 수 있다.

얼마나 모자랐던가. 얼마나 못됐던가. 인간이 왜 이리 작은 그릇인가.

그런데 시간이 지남에 따라 불에 튀겨지는 듯하던 몸과 마음이 조금씩 둔화되고 있다라기보다 연은 정이 떠나간 것이 괜찮은 일이라는 생각마저 들게 되었다. 무엇인가 무겁게 짓누르는 이 삶이라고 하는 장을 받아들일 때마다 연은 저도 모르게 그런 생각을 한다. 마지막 통화에서— 그러니까 그것이 그들의 마지막 통화가 되었다. 같이 맛있는 것을 먹으러 다니자는 연의 말에 정은 스피릿만 가지고는 아무것도 할 수가 없어, 라고 안타까운 듯 말했다. 그 소리가 연의 귓가에 생생하다.

거기에는 어떤 절실한 열망이 묻어 있었다. 무엇인가를 하고 싶어도 육체가 없으면 아무것도 할 수 없다는 뜻일 게다. 즉 육체가 빠져나간 영혼만으로는 맛있는 것도 먹을 수 없으며 담소할 수도 없고 그 외 일상의 소소한 아무것도 할 수 없다는 뜻일 게다.

정은 아주 작은 일에도 기뻐하며 감동을 잘 했다. 이곳에 와서 여기저기 다니며 놀라워하고 즐거워할 정의 모습을 연은 상상하곤 했다. 정이 얼마나 신기해하고 재미있어 할까, 이 음식을 얼마나 맛있어 할까, 얘기하며 웃으며 거리를 걸어 다닐까 습관처럼 생각해보곤 했다. 그런데 그것이 무슨 그리 어려운 일이라고 그녀들은 그런 일을 결국 못해내고 말았다. 십 몇 년 동안 그녀들은 서로 만나지 못했다. 어찌 보면 아주 쉬운 그 일을 그녀들은 해내지 못하고 봄을 기약했었다. 그녀가 떠난 3년 전 봄, 그 봄에 이곳으로 올 것을 기약했었다.

이런 일을 떠올릴 때면 인간의 한계에 부딪쳐 연은 괴롭다. 좀 더 자신을 들여다봐야 하나 괴로워 그럴 수 없다. 왜 이 정도일까. 인간 개조가 필요하지 않은가. 도대체 사람이란 개조되어야 할 그 무엇을 숨겨가지고 있는가.

영혼만 가지고 아무것도 할 수가 없어, 라는 정의 말은 이제 몸이 아파 한국에 갈 수 없다는 안타까움과 함께 연에게 그것을 가르쳐주고자 하는 의도가 있는 것 같다. 영혼의 문제를 늘 생각하고, 더 알고 싶어 해왔으나 영혼만 가지고는 실제 아무것도 할 수가 없다는 것을 정은 새삼 깨달아 연에게 얘기했던 것 같다. 큰 것을 원한 것도 아니고 그저 일상의 소소한 기쁨, 오로지 그 소박한 원도 영혼만 가지고는 할 수 없다는 뜻임을, 그리고 그러니 그것을 잘 알아서 살라는 의미가 포함되어 있는 그런 것이라고 연은 이제 이해한다.

우리가 죽으면 육체에서 빠져나간 혼이 잠시 어리둥절하는데 그럴 때 살펴보면 저기 어디에 빛이 보이고 있어. 주저 말고 얼른 그 빛 속으로 가. 가서 빛과 함께 빛 속으로 그냥 죽 흘러.

정은 이런 말을 연에게 여러 번 했다. 시간이 있을 때 미리미리 알려놓아야 한다는 듯이, 우리네 인생이 언제 어떻게 될지 알 수 없다는 듯이. 육신에서 빠져나온 혼들이 하나같이 홀로 어리둥절하다가 저쪽 어디에 보이는 빛 쪽으로 어릿어릿 다가가는 모습을 연은 떠올려보았다. 죽어서도 혼자인 외로움을 느끼게 해 사람들이 가여운 존재임을 다시 확인하면서—.

그러나 사실 연은 정의 그런 말을 귓등으로도 잘 안 들었던 것 같다. 잘 안 듣는다는 시늉을 하고 싶었던 것 같다. 내가 참 많이 안다. 참 많이 알아. 정이 자신의 영혼은 이미 가보았다는 듯 이런 말을 할 때도 연은 귓등으로도 안 듣는다는 듯이 굴었다.

정은 자신이 붙잡고 운 그 나무를 거점으로 어디 멀리까지 나가보지 않았을까. 아마 그랬을 것이다. 너무 멀리 나가 길을 잃을까봐 돌아올 곳으로 그 나무를 표시해두었을 것이다. 어린 시절 숨바꼭질이나 무궁화 꽃이 피었습니다, 같은 놀이에서 어딘가 거점을 정해놓고 하듯이 정은 그 나무를 짚은 후에 멀리멀리 별들의 무리 밖까지 나가보았을 것이다.

나가보았던 그곳의 얘기를 들었을 수도 있었는데…… 이제는 모든 것을 놓쳐버린 것이다.

광대무변한 우주 앞에 나무 하나를 붙잡고 서 있는 정을 상상해볼 수 있다. 정이 붙잡고 있는 그 나무 뒤로 어둠이 내리고 그리고 수많은 별들이 금강석처럼 뿌려져 있다. 정은 그 별밭 앞에 한 손으로 나무를 붙잡고 서 있다. 아마 이제 어디 멀리까지, 어린 날 아이들이 동네 밖까지 점점 그 영역을 넓혀나가보듯 그렇게 나가볼 태세인 모양이다.

별들의 생생한 흐름, 그 빛. 그녀는 숨을 고른 후 황홀하고 벅찬 마음으로 나무를 친 후 하나, 둘, 셋, 하고 미지의 영역을 향해 날아가보았을 것이다. 자신이 짚고 서 있는 그 나무를 잘 눈여겨보아두며 혹시 그 나무의 위치를 잃어버려 못 돌아오면 어쩌나 두려워하며 몇 번이고 심호흡을 깊게 하였을 것이다. 그러고는 하나 둘 셋, 나무를 친 그 힘의 반동으로 반사적으로 날기 시작했을 것이다. 그곳에 구름은 흐르고 있을까. 바람도 불고 있을까. 별들 사이엔 오직 어둠뿐일까. 그 어둠으로 하여 별들은 더 영롱하게 빛을 뿜어내는 걸까.

무엇이 그녀로 하여금 마지막 나무 하나를 붙들고 서 있게 했을까. 무엇이 그녀로 하여금 지구의 맨 끝, 마지막 나무가 있는 그 영역으로 몰아갔을까. 거기에 서면 이제 한 발짝도 더 내딛을 수 없이 오직 그다음 발짝은 날아야만 하게 되어 있는 그곳으로—.

정이 짚고 서 있는 그 나무는 어린 날의 나무를 불러일으킨다. 어둠 속에서 검푸르게 서 있던 어린 날의 나무들. 그 나무와 정이 지금 붙잡고 서 있는 나무가 잘 구분되지 않는다. 시간의 이쪽과 저쪽, 여기와 저기가 잘 구분되지 않는다. 나중에 기운을 차린 후 집중만 하면 무슨 뾰족한 수, 무엇인가를 발견할 수 있지 않을까 하는 그 막연한 기대가 바로 이 '시간'이 아니었을까 연은 생각한다.

집중만 하면…… 무엇인가를 생각해낼 수 있을 것이다. 무엇인가를 생각해내고 어떤 해결책을 얻을 수도 있을 것이다. 그러나 지금은 그럴 겨를이 없고 힘도 없다. 지금은 정이 붙들고 서 있던 그 나무를 상상해볼 따름이다.

정이 붙들고 서 있는 그 마지막 나무가 어린 날 붙들고 있던 바로 그 나무 같기도 하다. 해가 질 녘의 그 검푸른 나무들, 바람이 불면 이쪽 끝에서 저쪽 끝까지 쏴아 하는 소리를 내며 한쪽으로 드러눕던 나무들, 지금 칠십이 된 정의 몸이 그때의 여덟 살 어린이로 연에게 보여진다. 그 모습이 둘에서 하나로 겹쳐진다.

마지막으로 길게 비추이던 빛이 사라지고 어둠이 내려앉기 시작한 어둑한 공원에 정은 쪼그려 앉아 있었다. 형체는 어둠 때문에 이미 잘 보이지 않았다. 어둠의 입자와 정의 몸의 입자가 뒤엉켜 뚜렷한 형태는 사라져 있었다.

어두워질 때까지 정이 돌아오지 않자 어머니는 연을 데리고 찾아 나섰다. 동네 여기저기, 골목골목 돌다가 달성공원에서 정을 발견했다. 대구 피란 시절이었다.

어느 나무 밑에서 정은 몸을 부시시 일으켰다. 겁먹어 핼쑥해진 얼굴로 그러나 어머니와 동생을 만나 안도하듯 수줍게 웃었다.

정은 나무들을 지켜주고 있었다고 어머니에게 말했다. 엄마 나무와 아이 나무라고 했는지 언니 나무와 동생 나무라고 했는지. 언니와 동생 엄마와 아이가 같이 손 붙잡고 있어야 하는데 서로 떨어져 있으니 춥고 외롭고 무서울 거라고 말했다. 나무들이 서로 떨어져 서서 오들오들 떨고 있으니 그들을 지켜줘야 한다고 말했다. 왜 서로 손 붙잡고 있지 못하는가, 손 붙잡고 있어도 밤은 춥고 외롭고 무서울 텐데……

정이 생각하는 것처럼 나무들이 그렇게 무서워하는 게 아니라고 어머니는 말했다. 어제도 그제도 그 이전부터도 나무들은 그렇게 지내왔다고, 우리가 밤에 잠을 자듯이 나무들도 잠을 자고 내일 아침 새 기운으로 깨어나는 거라고 말했다. 연이 이해하기에 그런 의미의 말인 듯했다. 연은 이제 그때의 상황을 되짚어 이해한다. 당시는 그 말들의 의미를 잘 이해하지 못했다. 그리고 또 연은 그것이 정이 일생 잡고 있던 우수였다는 것도, 그녀가 일생 붙들고 있던 것이 바로 그 우수였음을 이제 알아본다.


피란 시절, 정은 잠시도 어머니와 떨어지려 하지 않았다. 어머니가 나가서 일을 봐야 하는데 그래야 돈을 마련해 올 수 있는데 정은 절대로 떨어지려 하지 않았다. 정과 연은 감기에 걸려 기침을 심하게 하고 있었다. 어머니는 피란생활만도 힘겨운데 잠시도 떨어지려 하지 않는 정으로 하여 더욱 힘들었다. 어머니는 속이 상해 눈물까지 비쳤다. 연이 옆에서 나랑 놀자고 정을 달랬다. 그러나 정은 더욱 어머니에게 매달렸다. 어머니는 체념한 듯 눈물을 거두고 두 아이에게 옷을 잔뜩 입히고 털목도리를 두르게 한 후 데리고 나섰다. 어머니는 화가 나서 저만큼 앞서 걸었고 정과 연은 떨어져서 뒤따라 걸었다.

정은 기침을 참느라고 무진 애를 썼다. 기침 소리가 어머니에게 들릴까봐 털목도리로 입을 막았다. 신작로 길은 휑하게 넓었고 사람들은 드문드문 웅크린 채 오갔다. 먼지바람이 일고 몹시 추웠다.

갑자기 앞서 걸어가던 어머니가 뒤돌아와서 정을 안아주었다. 어머니가 뒤돌아올 때 아이들은 무슨 일이 벌어지려나 놀랐다. 어머니는 머리 뒤에도 눈이 있는 듯 기침을 필사적으로 참고 있는 정을 환히 보았던 것이다. 어머니가 갑자기 웃었고 정도 어머니에게 안겨 수줍게 웃었다.

정이 어머니를 절대로 잠시도 떨어지지 않으려 했던 이유가 있다. 60여 년도 더 된 세월이 흐른 뒤에야 지난 일을 뒤돌아보며 연은 알아차린다. 전에도 그런 이유가 있었구나 하고 생각했던 적이 없은 것은 아니었으나 이렇게 마음으로 딱 맞대이듯 이제 안 것이다.

피란길에서 정을 잃어버린 탓이다.

정은 길에서 혼자 울고 있었다. 사람들은 모두 바빠 황망히 정을 스쳐갔다. 지나가던 한 고등학생이 다가와 왜 우느냐고 엄마를 잃었느냐고 물었다. 그 학생은 정을 데리고 얼마간 같이 걸었다. 멀리서 포 소리와 따발총 소리가 끊이지 않고 들렸다. 사람들은 아이를 업고 보따리를 이고 지고 바삐 걸었다. 거리에 쓰러져 있는 사람도 주저앉아 있는 사람도 있었다. 고등학생은 정을 데리고 열심히 걷다가 걸음을 멈추고 나와 가면 고생이 심할 테니까라고 혼잣말처럼 했다. 그는 정을 경찰서로 데리고 갔다. 영동 경찰서였다. 초등학교 2년생인 정은 묻는 대로 꼬박꼬박 대답했다. 어머니 아버지 이름, 집 주소, 어느 초등학교 몇 학년 몇 반이라는 것 등을. 경찰서장에게 마침 영이라는 정과 동갑인 외동딸이 있었다. 정은 경찰서장 집으로 가서 살게 되었다. 전쟁이 끝나면 집으로 데려다주겠다고 했다. 영이는 정과 비슷한 정이 많은 아이였다. 밥을 먹을 때면 정에게 폭폭 퍼먹어 폭폭 퍼먹어, 라고 말하며 자기가 울었다.

어머니와 정과 연은 피란민 트럭에 타고 있었다. 군인 가족이 떠나는 마지막 트럭이었다. 그들은 6·25 때 아버지를 잃고 뒤늦은 겨울 마지막 피란 행렬에 몸을 실었다. 군인 가족이 아니었지만 어느 군인의 도움으로 그 차를 타게 되었다.

트럭 위에 짐이 산봉우리처럼 가득 실려 있고 그 위에 피란민 가족들이 위태롭게 올라앉아 있었다. 어머니는 연이 굴러떨어질까봐 어머니 두루마기 옷고름에 묶어놓았다. 정은 짐을 묶은 검은 밧줄을 잡고 앉아 있었다. 차가 움직이려 할 때 그들을 그곳까지 안내한 군인이 달려와 장군 가족 차에 아이 하나가 탈 수 있는 자리가 난다고 했다. 정과 연 둘 중에 하나를 거기 태우라고 말했다. 정과 연 둘 중 누구를 가게 해야 할지 몰라 어머니가 망설이고 있을 때 정이 가겠다고 말했다. 군인은 정을 안아 내려서 장군 가족이 탄 검은 세단으로 데려갔다. 그러고는 차가 곧 출발했다. 세단이 먼저 가고 그 뒤를 트럭이 따랐다. 그런데 어느 만큼부터 간격이 벌어지고 어느덧 앞서가던 세단이 보이지 않았다.

어머니와 연은 트럭 위에 위태롭게 앉아서 눈보라와 씨름하고 날이

어두워지면 어느 민가에 들어가 국밥을 먹고 그곳 광이나 마루 어디 피란민 틈에서 잠깐 잠들었다가 이튿날 새벽 트럭이 떠나는 시간에 맞춰 달려오는 일을 반복했다. 눈은 오고 오고 또 왔다. 너무 많이 와서 집, 나무, 길이 다 파묻힌 곳을 어머니는 연을 업고 힘겹게 걸었다. 눈이 허리까지 쌓여 다리를 움직이는 것이 거의 불가능해 보일 때 두 아이가 함께였다면 한 아이는 건지지 못했을지 모른다고 어머니는 생각했다.

정은 장성 가족의 세단 차를 타고 가고 있었다. 어머니와 동생이 탄 트럭을 창밖으로 보며 가고 있었다. 그런데 언젠가부터 트럭이 보이지 않았다. 보이지 않다가도 다시 보이곤 했으니까 보이리라 생각하고 아무리 내다보아도 보이지 않았다. 정은 몹시 불안하고 두려웠다. 그 가족은 비스킷 과일 들을 정에게 주지 않고 가족끼리만 먹었다. 정이만 한 아이도 있었다. 그 가족은 피란민 아이 하나가 곁들여 있는 것이 몹시 불편한 듯했다.

영동에서 차가 이상하다며 멈추어 섰다. 탔던 사람이 다 내렸다. 운전사가 차 시동을 걸며 시험 운전을 하고 올 테니 잠깐 기다리라고 말한 후 떠났다. 차가 돌아와 가족들이 다시 차에 올랐다. 정이 맨 끝으로 오르려 하자 운전사가 다시 한 번 시험 운전을 하고 올 테니 잠깐 기다리라고 말했다. 그리고 차 문을 닫고 떠나간 후 돌아오지 않았다. 날이 어둑해질 때까지 정은 그 자리에 꼼짝 않고 기다렸으나 오지 않았다.

지나가던 고등학생은 그때 만난 거였다.

군인 트럭은 일주일쯤 걸려서 피란지인 대구에 도착했다. 가던 길이 막혀 되돌아 다른 길을 찾기도, 눈이 너무 많이 와서 움직이지 못하기도 했다. 타이어가 펑크 나기도 여러 번이었다. 종착지인 육군본부 사무실에 들어갔을 때 그곳에 미리 와 있을 줄 알았던 정이 없었다. 의례히 그곳에서 엄마를 기다리고 있을 줄 알았는데 없었다.

우리 정이 어딨어요? 어머니가 소리쳤다.

그들은 어머니를 진정시키며 지금 김 소위가 영동으로 데리러 갔으니 곧 올 거라고 말했다. 김 소위는 트럭에서 정을 안아 내려 세단으로 데려갔던 군인이다. 세단은 트럭보다 하루 전에 도착하였다. 영동에 내려놓았다는 세단 차에 탄 사람들 얘기를 따라 영동 부근 일대에 연락을 취해보았을 것이다. 아마 곧바로 경찰서에 연락을 취했을지도. 얼마 지나지 않아 정이 김 소위를 따라 들어왔다.

정은 엄마를 부르며 달려오거나 울든가 하지 않고 김 소위 뒤에서 수줍게 웃었다.

바로 이 부분이구나, 하고 연은 생각한다.

반복되는 정의 그 모습이 하나로 겹쳐 보여진다. 공원 나무 밑에 쭈그리고 앉아 있다가 엄마와 동생이 찾아가자 수줍게 웃던 모습, 기침을 하며 어머니 뒤를 따르다가 뒤돌아온 어머니가 안아주었을 때 어리둥절하면서도 수줍게 웃던 모습. 김 소위 뒤에서 수줍게 웃고 있던 모습이 하나로 겹쳐진다.

정이 아버지의 사랑을 특별히 많이 받았던 것은 바로 이런 모습 때문이었을 것이다. 전쟁으로 하여 잃어진 아버지는 정을 특별히 사랑하였다. 언제나 정의 편에 서서 정을 안아주었다. 정아 아꾸 아꾸! 아버지가 정을 안아줄 때 저절로 내는 소리다. 진정으로 통하는 한 아이,

가슴과 가슴이 맞닿는 듯한 한 아이가 자신의 딸로 존재한다는 것을 느끼는 소리였다.

행복이 어떤 상태인지 직접 몸으로 체험했기에 그것을 아노라고 정은 말했다. 이 세상에 행복은 정말 있는 것이라고, 그 속에만 있으면 절대 안전하다고 느끼는 그런 상태가 정말 있는 것이라고, 그 사랑 속에만 있으면 아무것도 두렵지 않은, 즉 우리가 잃어버린 낙원이 어떤 곳인지 실제로 체험했기에 그것이 존재한다는 것을 아노라고 정은 말했다. 그랬기에 그것을 찾으려는 의지가 강했던 걸까. 그녀가 일생 붙들고 있는 우수란 바로 그 행복에의 향수와 의지였을까.

정은 오버 주머니 속에서 떡, 곶감, 사탕 같은 것을 꺼내어 연에게 주었다. 주머니 속에서 뭐가 자꾸만 나왔다. 전쟁으로 인해 배를 곯았기에 정은 동생에게 주려고 그런 것을 안 먹고 모아두었다.

피란지에서 정이 잠시도 어머니를 떨어지려 하지 않은 까닭은 여기에 있다. 잠시도 어머니를 떨어져 있으려 하지 않던 정이 어두워질 때까지 공원의 나무들을 홀로 앉아 지켜주고 있은 거였다.


정이 나무를 지켜주느라 잡고 있던 그 손은 여러 형태로 변모한다. 그 손은 정의 인생 중 여러 번 수없이 반복된다. 어머니가 없는 밤 할머니와 잠을 잘 때면 정은 연의 손을 끌어다가 할머니 손 위에 놓았다. 어머니가 없어 적적함을 느끼는 밤, 이불을 편 후 할머니가 가운데 눕고 정과 연이 양옆에 누웠다. 정은 연의 손을 끌어다가 할머니 손 위에 놓았다.

할머니 이 손. 할머니 연이 손도 잡아.

두 아이는 할머니의 손을 잡고 잠이 들었다.

어머니가 돌아온 후 할머니는 어머니에게 그런 일들을 얘기했다.

할머니 여기 연이 손을 잡아, 라고 정이 말했다고.

그게 실로 공부나 잘하니 그렇지 공부나 못했어봐라. 실로 바보지. 누구나 바보라고 아이 했겠니?

할머니는 어머니에게 종종 이런 말을 했다.

손에 대한 이런 에피소드도 있다. 어린 날 연은 왼손잡이였다. 어른들이 고쳐주려 해도 고쳐지지 않았다. 오른손이 필요 없으니 천사가 밤에 잘 때 와서 가위로 똑 잘라 갈 거라고 어머니가 말했다. 정은 그날 밤 자다가 일어나서 연의 손이 그대로 있는가 보고 울다가 잠들고 또 깨어서 연의 손이 붙어 있는지 살펴보고 다시 잠들었다.

바람이 심하게 불면 정은 꼭 울음을 터뜨렸다. 바람이 불어 나무들이 한쪽으로 쓰러지며 이리로 저리로 쏠릴 때 정은 바람 불어 바람 불어! 하며 울었다. 그것이 전쟁 전이던가 후던가. 아버지가 이미 없을 때이니 전쟁 후일 것이다. 아이가 저렇게 자꾸 울면 안 좋다던데……할머니가 정을 달래며 걱정하였다.

정아 이 바보야, 바보야!

어머니는 늘 이렇게 말했다. 어이구 이런 머저리! 하고 덧붙였다.

또 정은 성을 안 낼 때 성을 낸다고 했다. 그게 어디 니가 성을 낼 일이냐라고 어머니는 말했다.

바보라는 정에 비해 연은 맹꽁이였다.

요 맹꽁아, 라고 어머니는 말했다. 연은 제 꾀에 제가 잘 넘어가는 맹꽁이였다. 또 무엇을 잘 이해하지 못하는 탓도 있을 것이다.

참 못됐다. 어머니는 연에게 이런 말도 가끔 잘 했다.

네가 참 못됐다, 못됐어.

언니 정을 대하는 태도도 그렇고 모든 면에서 못됐다고 했다.

그러니 정은 바보 머저리이고 성을 안 낼 때 성을 내는 아이, 연은 맹꽁이이고 못된 아이.

정이 연이 어릴 때부터 듣고 자란 말이다. 이것은 '제 지은 집을 제가 모르겠니?'라고 말하는 할머니의 말과 동의어일 것이다. 어머니의 형제는 4남매였는데 할머니는 자신이 낳은 네 아이를 하나하나 알 수 있다는 얘기일 것이다. 바로 그처럼 제가 지은 집을 제가 잘 알아서 어머니는 정과 연을 그렇게 정확하게 잡아낸 것인 듯하다. 커가면서 그것이 점점 더 잘 잡혀왔다.

그러고 보면 사람은 제각기 타고난 것이 있어서 일생 별로 변하지 않게 하는 그 무엇이 핵으로 들어앉아 있는가 보다. 그러하기에 명상과 같은 것으로 자신을 닦아내는 일이 필요한 것인가 보다.

명상 같은 것…… 정은 그 명상의 세계에 자연스레 발을 들여놓았다. 어느 때부터인가 책도 거기에 관련된 것만을 즐겨 읽었다. 그녀에게는 어떤 기묘한 일들이 일어나기 시작했고 점점 더 그쪽으로 빠져들었다. 어느 날 책방에 갔더니 갑자기 그 책방에 백합 향기가 가득 찼다. 사람들의 눈이 휘둥그레지며 주변을 돌아보는 게 느껴졌다. 정 자신도 어디서 이런 향기가 몰려오는 것일까 궁금했다. 그런 일들은 꽤 자주 여러 형태로 일어났다. 어느 날 그녀는 명상 중에 얻은 우주심에 대해 연에게 얘기했다. '꽃이 꽃을 피우는 마음이야'라고 말했다.

'꽃이 꽃을 피우는 마음' 연은 전화를 받으며 한 손으로 그 말을 적어놓았다. 꽃이 꽃을 피우는 마음처럼 자연스럽고 좋은 게 없을 듯했다.

나는 힐러가 될 거야, 정은 말했다. 아이들이 나는 이다음에 대통령이 될 거야,라고 말하는 것처럼 말했다. 그녀의 손은 점점 어떤 힘을 가졌다. 아픈 곳에 가져다 대면 아픔이 나았다. '엄마 손은 약손'이라는 그 이치와 같은 것일까. 손에는 어떤 표정이 붙었다. 하와이에 무리 지어 살고 있다는 힐러들, 하와이에 여행 갔던 친구가 연에게 보낸 엽서 속의 손과 흡사했다. 한 여자가 지는 석양을 향해 두 손을 높이 들어 올리고 있는 그 손의 표정과 정의 손의 표정이 똑같았다. 정이 손을 들어 올리면 그 손에서 강한 전자파가 나왔다. 우리가 늘 좀 슬픈 것은 우리 영혼이 완성을 추구하고 완성에 대한 동경 때문이라고 해. 영혼의 발전 수준과 관계없이 어느 영혼이나 다— 하고 정은 말했다.

그러나 어디에서부터 엇갈린 것일까. 정과 연은 엇갈리기 시작했다.

정은 밤이고 낮이고 시도 때도 없이 전화를 걸어 연에게 무엇인가를 항의하였다. 연의 생활은 지옥으로 변했다. 연은 조계사 앞에 가서 부처님의 작은 형상을 사다가 전화기에 부착해놓았다.

도대체 어찌 된 일일까. 정은 양 극과 극 사이를 오가고 있었다. 어떤 때는 너무 평화롭고 선하다가 어떤 때는 제어가 안 되는 악마에 휘둘리고 있었다. 정은 스스로 가라앉히기 위해 무던히 애를 썼다. 그녀는 이겨내려고 자신의 최선을 다하고 있었다.

정은 어느 때부터인가 환영과 환청에 시달렸고 그것은 어떤 혼란을 가져왔다. 그녀 스스로도 혼란에 빠지는 것 같았다. 그리하여 정은 결국 사람들에게 이해받지 못했고 연에게서도 그랬다. 정은 홀로 그녀를 둘러친 적과 싸우고 있었다. 정은 사람들 눈에 안 보이는 것을 보았고 그것은 그녀를 시름겹게 했다. 적과 대치하노라 며칠 밤을 새우기도 했는데 그럴 때 그녀의 목소리는 몹시 지쳐 있었다. 누군가를 구해내야 한다는 말을 종종 했다. 구해야 할 누군가의 전화번호를 알기 위해 이곳 친구에게 전화를 건 일도 있다. 친구는 정이 원하는 전화번호를 가르쳐주지 못했는데 염려했던 일들이 정말로 일어났던 것을 나중에 알았노라고 정이 세상을 떠난 후 연에게 말했다. 친구도 그 사실을 뒤늦게 알았노라고.

정은 또 남들을 조금씩 오해했고 연에게도 그랬다. 무엇인가의 나침판 무엇인가의 눈금 같은 것이 조금씩 이지러지고 있었다. 그럴 때의 정에게서 다른 사람이 느껴졌다. 누군가가 자신 속에 들어와 살고 있다는 얘기를 스스로 했다. 그녀 스스로도 어찌할 수 없는 일이었다.

자동응답기에 정이 말을 퍼붓고 있을 때 연은 어딘가 집 안 구석 가장 그 소리가 안 들릴 곳으로 숨어들었다. 소리는 이상하게 더욱 섬세하게 날카롭게 공기층을 뚫고 구석구석까지 들려왔다. 정이 말하고 있는 동안 연은 차마 전화줄을 빼놓지 못했다. 양손으로 귀를 틀어막은 채 눈물을 쏟았다.

어느 날 정은 연에게 사랑한다고 말했다. 그들도 한국의 다른 많은 사람처럼 사랑한다는 말을 쓰는 사람은 아니었다. 간혹 편지 끝머리에 쓰는 경우가 있기도 했지만. 그런데 정이 연에게 '너를 너무 사랑해'라고 말했다. 아마도 말로는 처음 들어보는 소리였을 것이다. 그 말은 연에게라기보다 아니 바로 연을 향한 말이었으나 개인을 넘어선 모두에게 보내는 소리로 들렸다. 그녀가 붙잡고 있는 우수가 만들어낸 소리로 들렸다. 극복할 수 없는 우수. 어머니가 간파해놓은 그대로 연은 정말로 정을 어떻게도 해줄 능력이 없는 맹꽁이였을까. 또한 정은 성을 안 내도 되는 일에 그렇게 성을 냈던 걸까. 세상을 살아낼 힘이 모자라 스스로 분열해버린 바보 머저리였을까. 아 도대체 무엇이란 말인가.

연은 병원에 찾아가서 정을 대신해 진단해보았다. 무당집에도 찾아갔다.

연은 정에게 전화하지 않았다. 정에게서도 오지 않았다. 한 달 정도 안 하다가 연이 전화했을 때 정이 나왔다. 너무 순하고 선한 목소리로 전화를 받았다. 자신이 그동안 어디를 다녀왔다고 말했다. 그녀가 어디를 다녀왔든 연은 전화를 하지 않았으니 몰랐고, 그런 건 어찌 되어도 상관없었다. 그녀에 대해 걱정도 하지 않을 참인데 그녀는 이제 자기는 괜찮다고 말했다.

이제 괜찮어! 하던 목소리.

연은 전화를 끊고 나서 그 목소리가 너무 어리고 선해 가슴이 아팠다.

자신이 전화를 안 한 동안 정이 집에 없었기에 연이 전화를 안 한 것도 모르고 있었을 것을 생각했다. 그러나 그것이 그동안 정신 요양원에 다녀온 것임을 연이 뒤늦게 알게 되었고 그것을 알았을 때의 양심의 가책이란 참으로 처절했다.

정은 자신의 정신이 이상하지 않다고, 자기가 증명해 보이고 싶다고 말했다. 요양원에서 주는 약을 먹지 않았다고 말했다. 간호사가 지켜보고 있으므로 물을 먹고 삼키는 시늉을 했다가 나중에 빼내었다고. 처음에 모르고 받아먹었더니 자꾸 잠만 잤다고.

요양원에 한 달 있다가 나온 후 거리를 걸을 때 세상이 어쩌면 이렇게 밝고 아름다운가, 놀랐다고 했다. 연은 그때 맹세했다. 앞으로 어떤 일이 닥쳐와도 정의 손을 놓지 않겠다고. 있는 힘껏 그녀의 손을 잡겠다고.

그러나 이제 연은 느낀다. 손을 잡는 것은 고사하고 마지막 나무가 있는 곳까지 떠민 것이 자신임을 느낀다.

그곳에 서서 울어도 다 울어지지 않는 울음을 울게 한 것은 다름 아닌, 정과 가장 가까운 자신이었음을, 그것만을 이제 겨우 알아차린다. 그녀가 떠난 지 3년이나 된 후에 —.

내가 아주 바쁘네라.

정은 웃으며 이런 말을 자주 했다. 아무것도 안 하는 것처럼 보이지만 실은 아침부터 밤까지 몹시 바쁘다고.

이 세상에 하느님은 반드시 계셔. 그리고 악마도 있어.

정은 이런 말도 자주 했다. 그녀는 FBI와 손을 잡고 무슨 일인가를 한다고 했다. 해코지하려는 악마들의 일을 물리쳐주기 위한 것이라고 했다.

어느 날 연은 길을 걷다가 쇼윈도에 비친 자신의 모습을 보고 놀랐다. 사람의 모습인지 아닌지도 분간되지 않는 마치 악마의 모습과 같았다.

어느 날 라즈니쉬의 책에서 깨달음의 마지막 단계가 카오스 상태라는 것을 연은 읽었다. 모든 사람에게 손가락질 받는 추락, 그 과정을 거쳐야 진정한 깨달음의 세계에 다다를 수 있다고 라즈니쉬는 말하고 있었다. 그것이 깨달음의 세계에 도달하는 마지막 관문이라고 했다. 그때가 되면 겁내지 말고 선험한 스승에게 자신을 맡기라고 했다. 오직 그 스승에게 자신을 맡기면 된다고. 스승이 이끄는 대로 자신을 던지라고, 그리하여 대해로 흘러가라고.

이것은 도대체 무슨 뜻일까. 그래야만 깨달음의 세계에 도달한다는 걸까. 그녀가 환영과 환청에 시달리고 핀트가 어딘가 좀 어긋나는 것은, 그리하여 남들에게 손가락질 받는 추락이라는 것은 깨닫기 전에 필연으로 거쳐야 할 관문이라는 소리인가. 아니면 그것은 이 세상에서 말하는 죽음을 뜻하고 있는 걸까. 깨달음, 부처도 깨쳤고 예수도 깨친 그 깨달음의 세계…… 정이 늘 알고 싶어 하던 세계.

스승이 이끄는 대로, 라고 말하고 있으나 그 스승을 어디에 가서 어떻게 만날 수 있는가. 그런 스승이 이 지상에 있기는 있는 걸까. 두려워 말아라……. 두려움이 많은 정에게 벌어진 이 모든 일들이 그녀는 얼마나 두려웠을까. 어떻게 혼자 다 견디어내며 흘러갔을까.

아버지 아버지 마왕이 따라와요!

아버지의 품에 안겨 말을 타고 달리던 어린이는 호소한다. 아버지의 품에 안겨 있으면서도 무섭다. 아버지는 어린이의 절규를 못 듣는지 점점 더 힘껏 달려 집에 도달했을 때 보니 아이가 죽어 있었다.

이것은 괴테의 시에 슈베르트가 붙인 곡 「마왕」이다.

아버지의 품에 안겨서도 어쩌지 못하고 죽은 어린이를 괴테가 쓴 것이 연에게 일말의 위로가 될까. 그녀가 시도 때도 없이 전화를 걸어 무엇이라 항의하던 그것은 연을 아버지로 생각하고 마왕이 따라온다는 호소였을까.

그녀는 무엇이 그토록 두렵고 그립고 수줍었을까.

이제 마지막 고백을 해야 할 때가 온 것 같다고 연은 느낀다.

고백을 한다고 속죄되는 것은 물론 아니며 또한 쉽게 하는 고백들이란 차라리 안 하느니만 못한 얼마나 값싼 것인가.

어느 날 식탁에서 연은 아이에게 전쟁 때 얘기를 했다. 피란길에서 잃어버렸던 정에 대한 얘기도 했다. 옛날에 옛날에로 시작하는 옛날애기처럼 별 고통 없이 떠오르는 일들을 얘기했다. 아이에게 전쟁을 얘기해주려는 의도가 있었을 것이다. 그리고는 정과 통화하면서 아이에게 6·25전쟁을 얘기해주었다고 말했다. 정을 잃어버렸던 얘기를 하자 그런 일도 다 있었는가, 신기해하더라고 전했다. 정도 재미있는 듯 들으면서, 그거 그때 내가 안 가면 네가 가게 되어 있으니까, 했다. 연은 흘려듣는 듯하며 전화를 끊었다. 그러나 처음 안 사실에 어떤 매듭이 맺히면서 그 여운이 길었다.

그때의 일이 연에게 선명히 떠오른다. 짐을 묶은 검은 밧줄을 잡고 위태롭게 앉아 있던 정의 얼굴이 떠오른다. 김 소위가 다가와 둘 중의 한 아이, 라고 말했을 때 일순 시간이 멎는 듯 고요했다. 내가 갈게, 하고 정이 말했다. 김 소위가 정을 안아 내렸다.

그 모습이 60여 년의 세월을 뚫고 이제야 연에게 선명히 다가온다. 김 소위를 따라 걸어가던 뒷모습, 검은 세단의 문이 열렸다 닫히고 그러고는 차가 떠났다.

내가 갈게, 라고 말하기 전 잠시 멈춘 시간 속의 그 얼굴은 고독했다. 아이 얼굴이었지만 거기에는 깊은 고독이 묻어 있었다.

그리고 지금, 어둠의 심연에서 건져 올려지는 말이 있다. 그 말이 연을 붙잡고 놓아주지 않는다.

악마가 네게 가려고 해서…… 지난밤 새도록 싸웠다.

그녀의 목소리는 허하게 쉬어 있었다.

그때 악마와 모종의 계약을 했는지도 모르겠다, 라고 연은 생각한다. 연은 점점 그런 확신이 든다.

피란 트럭에서 선뜻 자기가 가겠다고 나선 정이 연을 건드리려는 악마를 향해 있는 힘을 다해 싸우지 않았을까. 아마 그랬을 것이다. 몸이 건강했던 그녀가 그토록 빨리 떠나간 것은…… 이제 뭔가 확연히 잡혀온다.

그때 만약 피란민 트럭에서 내린 것이 연이었다면 그냥 잃어버려졌을 것이다. 연은 어머니 아버지 이름도 집 주소도 아무것도 대답할 수 없었을 테니까.

아차 하는 순간에 바뀌어버리는 인간의 운명. 밤과 낮, 전쟁과 평화, 사랑과 증오, 행복과 불행, 현실과 꿈, 이 모든 것이 함께 있는 삶. 선과 악은 어디에서부터 생겨나는 것인가. 선과 악이 세상에 있기에 인간의 마음속에 침투한 것일까. 아니면 인간의 마음속에 이런 것들이 있기에 세상에 그대로 반영된 것인가.

꽃이 꽃을 피우는 마음이란 전쟁의 반대편에 가서 선다. 울고 있던 아이에게 다가와 엄마를 잃었느냐고 물어주던 피란길에서의 고등학생,—그때 그 아이는 얼마나 하늘이 무너지듯 울었을까—경찰서장, 영이, 전쟁통에 아이 하나 잃는 것은 별일도 아니었을 것을 멀리까지 가서 찾아온 김 소위, 이들은 모두 꽃이 꽃을 피우는 마음이었을 것이다. 그리고 그것과 반대편에 인간의 삶을 파괴시키는 악마가 있다.

저 이대로, 그냥 이대로.

다 알고 다 받아들이시는.

아무에게서도, 연에게 마저 받아들여지지 않으나 오직 한 분, 자신을 있는 그대로 받아들여주는 분이 계심에 그리워 너무 그리워 다 그리워할 수도 없어…….

손가락질하는 세상을 향해 수줍게 말한 정의 마지막 한마디였을까.

나무 밑에 앉아 밤이 지새는 동안 지켜주려 했던 순수의 세계가 통하지 않았던 세상.

그러고 보니 나무가 서로 떨어져서 서 있는 것, 그러나 가지를 뻗어 서로 잡으려 하는— 이것이 신의 본질일까. 사람들에게 몸소 모습을 드러내 구체적으로 보여주고 있는 신의 형상일까. 나무란 결국 내미는 손의 다른 형상인가.

여기까지가 이 지상의 삶이다.

머지않아 연도 이 지상에 한 줌 재로 남아 흩뿌려지며 허허로운 망망대해 어딘가에 어릿어릿 서 있을 것이다. 그때 저기 어디에 빛의 흐름이 나타날 것이다. 연은 정이 한 말을 잊지 않고 그 빛 속으로 다가가 자기를 던져 흐를 것이다. 그때 빛 속 어디선가 잡아주는 손을 느낄 것이다. 연은 이번에야말로 있는 힘을 다해 손을 내밀어 잡을 것이다. 그들은 밤하늘 별들 사이를 오래오래 날아다닐 것이다. 때로 구름과 나무 사이를 날며 저 아래 지상에서 어떤 자매가 밤하늘을 올려다보고 있는 정경을 발견할 것이다. 별빛은 참으로 영롱하고 몸을 가지지 않은 그들은 무시간성 속에서 평화로울 것이다. 아무것도 두렵지 않은, 오직 안온함만을 느끼는, 정이 아버지의 품에서 체험했던 바로 그 행복, 사랑…… 창조주의 품에 안겨…… 이것이야말로 영원이요 불멸인 걸까.

밤하늘이 저토록 아름다운데……. ■

# 박성원

# 불안, 우울 그리고

1969년 대구 출생. 동국대 문창과 대학원 졸업. 1994년『문학과사회』등단.
소설집『이상異常, 이상李箱, 이상理想』『나를 훔쳐라』『우리는 달려간다』
『도시는 무엇으로 이루어지는가』『하루』『고백』등.
〈오늘의 젊은 예술가상〉〈현대문학상〉〈한무숙문학상〉등 수상.

# 불안, 우울 그리고

그녀가 아버지 전화를 받은 것은 다큐멘터리를 보고 나왔을 때였다. 다큐멘터리는 '역사의 그날들'이라는 시리즈였다. 인디영화를 전문으로 상영하는 소극장이었고, 간판에는 알전구가 박혀 있어 옛날 영화에 나오는 소품 같았다. 외벽엔 페인트칠이 벗겨져 있었고 내벽엔 비가 샜는지 갈색 얼룩이 곳곳에 있었다. 그 소극장에서는 시리즈 전편을 오전부터 저녁까지 연속으로 상영하고 있었다. 관객은 별로 없었다. 그녀가 기억하는 것은, 기계처럼 정확히 움직이는 군인들의 군화와 길가에 선 시민들의 환호성으로 시작하는 첫 장면이었다. 이어 내레이션이 나오는데, 비극은 행진으로부터 시작된다, 라는 문구였다.

한 시간 상영하고 20분 쉬었다가 다음 편이 이어졌다. 복도에는 영화 포스터들이 듬성듬성 붙어 있었는데, 그녀가 본 영화는 거의 없었고 어디선가 제목 정도를 들어본 것들이었다. 상영관 출입구에는 이

시리즈를 주최한 단체에서 나와 있었다. 그들은 서명운동도 하고 있었고, 책자나 옷과 가방 등을 팔고 있었다. 그녀는 쉬는 시간 동안 그것들을 구경했다.

혹시 아세요? 최근 우리나라 자살자 수가 전 세계에서 몇 년 동안 있었던 전쟁 사망자 수의 몇 배라는 걸 말입니다.

서명을 받던 남자가 그녀에게 말했다. 남자는 얼굴에 비해 너무도 큰 안경을 쓰고 있었는데, 어울린다기보다 어색하고 기이했다. 하지만 얼마 지나지 않아 그 큰 안경이 최근에 가장 유행하고 있는 안경이라는 걸 알았다. 텔레비전 연속극에서 잘생긴 배우가 바보 역할을 맡았고 그때 쓰고 다니던 안경이었다.

아, 그런가요.

그녀가 말하자 남자는 대학노트 크기의 팸플릿을 내밀었다. '걸음을 멈추어라'라는 제호였고, 표지엔 찰리 채플린의 영화 「모던 타임스」의 한 장면이 인쇄되어 있었다.

걸음을 멈출 수도 없는 세상입니다.

네.

어땠어요? 다큐멘터리는.

다큐멘터리는 나쁘지 않았다. 그러나 어떻게 좋은지도 잘 알 수 없었다. 그녀는 부끄러운 일이 없는데도 괜히 부끄러워졌다. 남자는 손가락으로 안경을 올리며 다큐멘터리에 대해 이것저것 설명했다.

저기, 얼마죠?

그녀는 팸플릿을 집었고 서둘러 값을 지불했다.

팸플릿 뒷면에는 공개 강의 시간표와 강의 소개가 적혀 있었다. 복도에 걸려 있던 영화 포스터들과 마찬가지로 어디선가 들어본 외국 철학자들 이름이 요일마다 가득 차 있었다. 그녀가 강의 소개를 읽고 있을 때 전화가 왔다.

목소리를 듣자마자 그녀는 아버지인지 알았다. 아버지 목소리를 들은 게 얼마 만일까. 그녀는 잠시 생각해보았다. 12년? 아니 14년 만인 것 같았다. 아버지의 목소리는 14년 전과 변한 게 없었다. 그녀의 아버지는 성우였다. 아니 성우를 꿈꾸던 사람이었는지도 모른다. 비음이 섞인 것 같은 굵은 톤은 잊을 수 없는 목소리였다. 그녀의 기억이 희미한 것은 아버지의 녹음된 목소리를 텔레비전이나 영화로 들은 적이 없기 때문이다.

녹음된 목소리를 들은 적이 단 한 번 있긴 있었다. 막 사춘기에 들어섰을 무렵이었다. 학교에서 돌아왔을 때 며칠 만에 집에 들어온 아버지가 거실에 앉아 있었다. 초경을 치른 다음이어서 아버지 얼굴을 보기가 어쩐지 부끄러웠다. 공기가 뾰족해진 것처럼 그녀의 얼굴을 찔렀다. 창문으로 햇빛이 강하게 들어왔는데 다행히 아버지는 등을 지고 있었다. 때문에 아버지가 웃고 있었는지는 기억나지 않았다.

너 이게 뭔지 아니?

아버지는 종이 가방을 보여주었다. 종이 가방을 보자마자 그 안엔 배추 머리를 한 인형이 있을 거라 기대했다. 언젠가 아버지에게 꼭 사달라고 조르던 인형이었다. 그러나 아버지가 꺼낸 건 게임기와 전선이었다.

닌텐도 슈퍼패미컴이지.

그녀도 알고 있었다. 친구 집에서 가끔 하던 게임기였다. 아버지는 게임기를 텔레비전에 연결했다. 전투기와 병사 그리고 탱크가 나오는 전쟁 게임이었다. 아버지는 휘파람을 불며 게임을 시작했다. 그러다가 말했다.

지금, 지금이야.

아버진 텔레비전에 나오는 게임을 가리켰다.

잘 들어봐.

슬레이트 지붕이 엉성하게 생긴 막사에서 병사 한 명이 걸어 나왔다.

임무가 뭐지?

병사가 말했지만 그건 분명 아버지의 목소리였다. 아버지는 그녀를 보며 임무가 뭐지?라고 말했고 게임 속 병사의 목소리와 똑같았다.

발칸포 준비.

이번엔 아버지가 먼저 말하자, 병사가 똑같은 목소리로 말했다.

발칸포 준비.

병사가 정글을 향해 뛰기 시작했다. 정글은 조잡했고, 플라스틱으로 만든 싸구려 조화 같았다.

찢어버리겠다.

이번에도 아버지가 말하자 병사는 똑같이 따라 했다. 병사는 적의 탱크 포격을 피하지 못했다. 아니 아버지는 일부러 포격을 피하지 않았다. 아버진 진짜 포격을 맞은 사람처럼 배를 움켜쥐고 외쳤다.

의무병!

쓰러진 병사도 동시에 외쳤다. 아버진 게임기를 바닥에 두고 창가로 가서 담배를 피웠다. 어디선가 바람이 불어와 커튼이 기분 좋게 흔들렸고, 아버지가 내뿜은 담배 연기는 부풀었다가 사라졌다.

근사하지?

아버지가 녹음한 대사는 모두 네 문장이었다. 임무가 뭐지? 발칸포 준비. 찢어버리겠다. 의무병!

내가 어릴 때부터 성우가 되기 위해 말이다.

아버지는 그녀에게 자주 해주었던 이야기를 또 하기 시작했다. 아버진 부모 없이 할머니가 키웠다. 낡은 라디오와 함께.

텔레비전에는 늘 부모가 나오거든. 광고에도 말이야. 하지만 라디오에는 모습이 보이지 않지. 아버지, 어머니를 상상하듯 라디오를 들으면 마음이 편해져. 어차피 보이는 게 아니라 머릿속에만 있는 거니까.

아버지는 성우가 되기 위해 새벽에 일어나 날계란을 하나 먹은 다음 야트막한 동산에 올라 발성을 하고, 밤에 들었던 목소리들을 흉내냈다.

아니, 이 일을 어쩐단 말이오. 아니, 이 일을 어쩐단 말이오. 그러게 진즉에 김 서방네 들렀다 오라니까. 그러게 진즉에 김 서방네 들렀다 오라니까. 한편 그 시각 육참 본부에 들러야 했던 황 장군은 저녁 만찬 모임에 참석할 수 없게 되는데, 역사에 가정이란 있을 수 없겠지만 황 장군이 만찬 모임에 참석했더라면 역사는 또 다른 방향으로 흐르진 않았을까. 현대사 스페셜 오늘은 여기까지입니다. 출연…… 한편 그 시각 육참 본부에 들러야 했던 황 장군은…….

아버지는 담배 연기를 내뿜으며 혼자 웃었다.

너도 연습만 잘하면 좋은 성우가 될 수 있을 거다. 넌 좋은 목소리…….

아버지는 담배를 끄고 좋은 말을 찾는다는 듯 잠시 생각에 잠겼다.

음, 그러니까…… 그래 이른 새벽의 목소릴 지녔어.

아버지는 그녀를 볼 때마다 성우가 되어야 한다고 말했다. 그녀로서는 잘 이해가 되지 않았다. 자신의 목소리가 있는데 왜 다른 사람 흉내를 내는 것인지. 그녀는 그것이 궁금했다. 언젠가 아버지는 한 번쯤 다른 사람이 되어보는 것도 괜찮은 일이라고 했다. 그 말은 그녀도 마음에 들었다. 지금 자신의 모습으로 죽을 때까지 지낸다는 게 얼마나 두렵고 불안한 일인지.

아버지는 그녀의 볼에 가볍게 입을 맞추었다. 그러고는 빗질을 하듯 그녀의 머리카락을 쓸었는데, 손바닥에 진짜 빗을 숨겨놓은 것처럼 반듯하게 빗어지는 것 같았다. 몇 번 흔들리던 커튼은 더 이상 움직이지 않았다. 마치 바람이 숨이라도 멎은 것처럼.

넌 아주 좋은 목소리를 가졌어. 이른 새벽처럼 조용한. 그걸 알아야 해.

그날 밤 그녀는 잠을 잘 자지 못했다. 아버지와 어머니의 격한 말소리 때문이었다. 이어 뭔가 부서지는 소리가 났는데, 보지 못했지만 분명 게임기 같았다. 발소리와 문을 여닫는 소리가 났고, 그건 아버지 같았다. 그녀는 불안했다. 이불이 무겁게 느껴져 옆으로 치웠지만 어두운 공기가 방바닥보다도 더 무거웠다. 임무가 뭐지? 그녀의 귀에는 아버지의 녹음된 목소리만 맴돌았다. 마치 자신이 태어난 이유에 대해 묻는 것 같았다. 임무가 뭐지? 하고. 그녀는 아버지의 말처럼 성우가 되어서라도 다른 사람이 되고 싶었다. 자신의 임무가 뭔지 아무리 생각해도 떠오르지 않았다.

그날 이후 아버지는 한동안 돌아오지 않았다. 무심히 떠나는 철새처럼 사라졌다가 가끔 나타났다. 그녀가 중학교를 졸업하던 해에 어머니는 그녀에게 아버지와 살 것인지 자신과 살 것인지 정해야 한다고 말했다. 어머니의 말을 듣는 순간 그녀는 지구처럼 둥근 구가 떠올랐다. 선택이란 게 마냥 둥글었으면 좋겠다는 생각을 했다. 지구 위에 있는 작은 점처럼 중심도 없고 꼭짓점도 없는. 그날 이후 그녀에게 선택이란 건 고작 양극단 사이의 가능성일 뿐이었다.

아버지를 따라갔으면 어땠을까. 그때 아버진 '찢어버리겠다'를 외칠 때만큼 자신 있어 보였다. 아버진 그 뒤로 또 다른 녹음을 했을까. 그녀가 성인이 된 다음 아버지 목소리가 녹음된 게임을 찾아봤지만 찾을 수 없었다. 조잡한 그래픽에 특징도 없는 게임이었고, 게임기를 보려면 장난감 박물관에라도 가야 할 것이다. 아마도 소리 없이 사라져갔을 테지. 이미 너무 늦었다. '의무병!' 하고 제아무리 외쳐도 소용이 없을 것이다.

네 엄마로부터 연락처를 알았다.

아버지의 목소리는 10여 년 전과 정말이지 똑같았다. 약간 피곤하게 느껴지는 것 말고는.

독립해서 혼자 산다며?

저도 서른이 넘었으니까요.

그녀는 겨우 용기를 내 대답했다.

그렇구나, 네가 벌써 서른이 넘었구나.

아버지는 잠시 조용히 있었다. 뭔가 할 말을 찾는 사람처럼.

하는 일은 어떤데.

그녀는 잡지사에서 일한다고 말했다.

잡지사라고는 하지만 발행인과 둘뿐인 곳이었다. 『인터뷰』라는 잡지인데, 유명인을 인터뷰하는 게 아니라 사연이 있는 평범한 사람들을 인터뷰해서 싣는 잡지였다. 불면증 환자, 대학 졸업을 앞두고 갑자기 산으로 들어가 재난 대피소를 혼자 짓고 있는 젊은이, 열여덟 번이나 식당이 망한 자칭 요리 연구가, 이쑤시개 공장의 기술자 등.

발행인이 이 일을 하게 된 건 순전히 자신의 아이 때문이라고 했다.

단지 아이에게 많은 이야기를 들려주고 싶었어.

발행인은 아는 이야기가 없다고 했다. 잡지사를 운영하기 전에 그리스 식당을 했고 또 그 전엔 네바다 사막에서 오랜 시간을 보냈다고 했다.

아이에게 뭔가 많은 얘기를 하고 싶은데 난 사막 아니면 식당에만 있었거든. 물론 나 또한 이야기에 굶주려 있었던 탓도 크지만.

발행인은 네바다 사막에 있을 때를 말해주었다. 그곳에서 그리스 요릴 배웠는데, 일이 끝나면 팔다가 남은 그리스식 요구르트를 먹었다. 그리고 노을을 보았고 청소와 설거지를 했다. 다음 날도 그다음 날도 마찬가지였다. 10년 동안 휴가 한 번 가지 않았다. 가고 싶지도 않았고 가고 싶은 곳도 없었다. 매일이 똑같았다. 요구르트 먹기. 노을 보기. 청소하기. 요구르트 먹기, 노을 보기, 청소하기. 이대로 생이 끝나는 것이 무서운 것이 아니라 아무것도 모르는 채 죽어가고 있는 자신이 서러웠다. 서러움을 대신할 그 무엇도 없다는 것이 가장 무서웠다.

월급은 얼마 안 되지만 일은 재미있어요.

그건 사실이었다. 처음 일을 시작할 때만 해도 그녀는 발행인을 보며 또 한 명의 돈키호테가 있구나, 하고 생각했다. 그러니까 그녀의 전 남자 친구처럼.

그녀의 전 남자 친구는 스스로 우울증 환자라고 말했다. 한때 그녀는 그것이 멋있어 보였다. 자신이 불우하다는 생각은 가끔 했지만 우울하다고는 잘 생각하지 못했다. 불우함은 마치 운명 같은 것이었고, 우울은 자유의지처럼 느껴졌다. 그녀는 살아남기 위해 우울할 틈이 없었다. 그러나 남자 친구는 달랐다. 긴 머리카락이 두 눈을 완전히 덮었고, 창밖을 바라보는 목의 곡선이 슬퍼 보였다.

그녀와 남자 친구는 한 달에 한 번, 공항 근처에 있는 모텔로 갔다. 그건 남자 친구가 정한 규칙이었다. 그녀가 사는 도시의 공항은 큰 국제공항이 아니었다. 세 개 노선의 국제선이 있었고, 일주일에 네다섯 차례씩 운항했다. 모텔로 가기 전까지 공항 안에 있는 커피숍에서 커피를 마셨다. 커피숍 벽엔 물고기들이 벽화로 그려져 있었는데, 그녀는 그 벽화가 마음에 들었다. 하지만 두 달 전에 갔을 땐 도시의 관광상품과 특산물을 알리는 관공서의 홍보 게시물만 가득 붙어 있었다.

왜 공항 근처에 있는 모텔이야? 언젠가 그녀가 물었다. 남자 친구는 특별한 이유가 없다고 했다. 남자 친구는 계속해서 말했다. 어디론가 떠날 것이라는 싸구려 희망을 가지고 있는 것도 아니야. 희망을 희망하지 않은 지 벌써 오래됐어. 희망은 사치야. 난 절망을 너무 많이 마셨나봐.

내게 마지막 희망이 있다면 말이야, 그건 세상이 꺼져주길 원하는 게 아니야. 세상은 이대로 부디 흘러가주시고, 제발 나를 꺼져주게 했으면 해. 공항에 있으면 그걸 느껴.

남자 친구와 마지막으로 공항 커피숍에 간 날 그녀는 『인터뷰』 하나를 가져갔다. 연말이 낀 연휴였고, 공항은 사람들로 무척 붐볐다.

넌 꼭 이런 걸 좋아하더라.

커피를 마시던 남자 친구가 말했다.

미안해. 내가 만드는 잡지야.

남자 친구는 잡지를 펼쳤다.

너 여유 아주 많구나? 이런 별 볼 일 없는 사람들 인터뷰도 하고.

남자 친구가 펼친 페이지에는 아버지를 간병하는 어떤 남자의 인터뷰가 실려 있었다. 그 남자의 아버지는 인공호흡기를 2년째 달고 있었는데, 이제는 인공호흡기의 펌프 소릴 듣지 않으면 잠을 자지 못한다는 기사였다. 인터뷰에서 남자는 말했다.

쉭— 하고 올라갔다 내려오는 펌프 소릴 들으면 처음엔 두려웠어요. 그러나 지금은 안심이 돼요. 이상하죠? 그 소릴 들어야만 잠이 드니.

그건 아마 중독의 문제가 아닐지도 모른다고 그녀는 생각했다. 남자가 안심을 하는 것은 어쩌면 살아 있음의 소리이기 때문일지도 모른다. 그녀는 물어보았다.

만약 아버님이 돌아가셔서 펌프 소릴 듣지 못하게 되면 어떻게 하실 건가요.

음, 그래서 녹음을 해두려고요. 아버지가 돌아가신 다음 잠이 오지 않을 때는 녹음한 펌프 소릴 들으려고요. 그러면 제 곁에 늘 계신 것 같잖아요.

인터뷰를 하던 남자는 힘없게 미소 지었다. 잡지에 실린 사진도 그 사진이었다.

그녀의 남자 친구는 더 이상 읽지 않고 잡지를 덮었다.

이런 걸 왜 만드니?

세상에 넘치는 게 영웅의 이야기들이잖아.

하.

남자 친구는 짧게 비웃은 다음 혀를 찼다.

너랑 있으면 사람과 있는 게 아니라 무슨 은유법, 직유법 덩어리와 있는 것 같아. 유명한 사람 이야기도 아닌 이런 인터뷰를 누가 읽겠어.

남자 친구는 잡지를 그녀에게 밀며 말했다. 그녀는 자신 앞으로 돌아온 잡지를 물끄러미 바라보았다. 그러고는 커피를 한 모금 마셨다.

넌 나에게 똑똑하다고 말했잖아.

그녀가 머그컵을 내려놓으며 말했다.

그래. 그랬지.

그런데 왜 내 말은 들으려 하지 않아?

남자 친구는 대답하지 않고 배우처럼 어깨만 으쓱했다.

그만 가자.

남자 친구가 창밖으로 보이는 모텔을 턱으로 가리켰다. 겨울 문턱으로 가는 해는 짧았고 어둔 하늘엔 모텔 네온만 선명했다. 그녀가 아무 말도 하지 않고 창밖만 보자 남자 친구가 말했다.

나 힘들어. 그러니 그만 가자.

싫어.

남자 친구는 머리카락을 쓸어 넘겼다. 잠깐이지만 우수에 찬 두 눈동자가 보였다. 남자 친구는 한숨을 쉬며 말했다.

나 우울증인 거 몰라? 넌 환자에 대한 조금의 배려도 없니?

미안하지만 오늘은 안 되겠어. 나 집에 가서 쉴래.

네가 판다 곰이라도 되니?

그게 무슨 말이야?

판다는 섹스를 싫어해서 인공수정도 힘들다더라.

나쁜 자식.

나쁜 남자겠지.

그래, 나 판다 맞아.

그게 남자 친구와 마지막이었다. 그녀가 원하는 것은 함께 맥주를 마시며 수다를 떠는 것과 6, 70년대 음악을 듣는 것 그리고 둘이 휴일 이른 아침 주택가를 산책하는 것이었다. 그게 그렇게 무리한 요구일까, 그녀는 생각했다.

성우가 되고 싶진 않았니?

아버진 여전히 아쉽다는 듯 말했다.

여러 사람들 목소리를 듣고 정리하니 그것도 결국 성우랑 마찬가지예요.

글쎄다. 무슨 뜻인지 모르겠구나. 네 말을 이해하려면 적어도 3년은 걸리겠다.

아버지는 자신의 농담이 재미있다는 듯 웃었다.

성우 일은 어떻게 되었어요? 계속하신 거예요?

사람들이 나에게 민요를 하는 게 더 나을 것 같다고 말하더구나. 세상엔 이미 너무 많은 목소리들이 있었어. 나보다도 큰 목소리들.

아버지는 다시 웃었는데 웃음이 아니라 마치 바람 빠지는 소리 같았다.

민요도 민요지만 그전엔 나이트클럽에서 DJ를 했었다. 전국을 다 돌아다녔지.

DJ요?

아버지는 약간 숨을 고르더니 싸구려 같은 멘트를 하기 시작했다.

오늘도 저희 영빈관에서, 화끈하고 후끈하게 달아오르는 밤을, 날이 샐 때까지 다 함께, 달려봅시다. 이어지는 노래는 런던 보이스, 「할렘 디자이어」. 우리 영숙이 오늘도 또 왔네. 그 옆의 남자는 뭐니? 기저귀 찬 동생을 데리고 왔니? 그래도 좋단다. 예, 「할렘 디자이어」.

아버지가 처음으로 DJ를 본 곳은 한때 역사적인 장소였다고 했다. 일제강점기 시대, 경성에조차 전기가 제대로 보급되지 않은 시절, 화려한 불빛이 밤새 비추던 곳. 미나카이 백화점三中井百貨店의 출발지였던 미나카이 상점이 있던 곳이었다. 그녀의 아버지는 DJ를 하던 중 다큐멘터리 제작진을 만났다. 그들은 도시 근대를 기록물로 남기려던 제작진이었다. 짧은 인터뷰를 가졌던 그녀의 아버지는 그들과 친해졌다.

여기서 비록 DJ를 하고 있지만 사실 저는 작품을 기다리고 있는 성우입니다.

그들의 소개로 다른 다큐멘터리 제작팀을 만났다. 또 다른 다큐멘터리 제작팀의 이름은 '진군'이었고, 영상의 무기화를 실천한다고 했다. 진군에서 촬영하는 것은 주로 노동운동과 파업 현장이었다. 그녀의 아버지는 물론, 내레이션을 맡았다. 성우 경험이 별로 없는데 잘할 수 있겠냐는 프로듀서의 말에 그녀의 아버지는 단 한 마디로 프로듀서를 사로잡았다.

찢어버리겠다.

그녀의 아버지로서는 사실상 결연했다. 단 한 편의 작품이라도 제대로 된 녹음을 할 수 있다면 그 작품이 발판이 되어 기회가 생길 것으로 믿었다. 평소 노동운동에 관심이 있는지 프로듀서가 물었다.

흉내를 내려면 무엇이든 믿어야만 합니다. 맡은 역과 하나가 되지 않으면 제대로 된 목소리가 나올 수 없단 말입니다.

촬영된 분량은 90시간이 넘었고 편집이 완성된 영상물은 58분짜리였다. 그녀의 아버지는 내레이션에 집중하고 싶다며 촬영된 90시간의 영상을 모두 보았다. 그녀의 아버지는 충실했다. 귀에는 함성이 들렸고 최루탄 냄새가 코를 간질이는 것 같았다. 프로듀서는 반나절 정도면 녹음이 끝날 걸로 예상했지만 그녀의 아버지는 몰입이 안 된 것 같다며 번번이 다시 녹음했다. 내레이션이 살지 않는다며 어떤 대목에선 자신이 직접 고쳐서 녹음하기도 했다. 아, 아. 혁명이여. 아, 해방이여.

그녀의 아버지는 마지막 내레이션을 외치고는 쓰러졌다. 마지막 내레이션은 직접 만든 문장이었다. 강렬해야만 해. 제대로 된 첫 녹음이었다. 기회를 놓치고 싶지 않았다. 사람들이 내 목소릴 기억해야만 해. 그녀의 아버지는 생각했다. 프로듀서가 혁명까지 외칠 필요가 없다 했지만 뭔가 울림이 전해지는 것 같아 그냥 두었다.

첫 상영을 한 곳은 파업 현장이었다. 그날은 오후까지 보슬비가 내렸다. 야외 상영이어서 걱정이 되었지만 다행히 비는 그쳤다. 공단에 갇혀 있던 금속 냄새가 비에 씻겨 공기가 더할 나위 없이 맑았다. 그녀의 아버지는 자신의 녹음을 감상하기 위해 제일 뒤에 앉았다. 상영이 끝난 다음 누군가가 아, 당신 목소리군요, 라고 알아주길 원하면서. 문득 딸아이가 떠올랐다. 딸애라면 신기해하면서 아빠 목소리야, 하고 말했을 텐데. 영상이 시작되었고 대형 프로젝터에서 나온 빛이 작은 웅덩이에 비쳤다. 그 모습은 마치 작은 보석 같았다.

그러나 그녀의 아버지는 녹음된 자신의 목소리를 듣지 못했다. 상영은 첫 내레이션이 나오기 전에 중단되었다. 회사 측에서 고용한 용역들과 강제 해산에 들어간 경찰이 진입했다. 노조원들은 닥치는 대로 집어던지며 저항했다. 대형 프로젝터와 스피커도 바리케이드가 되었다. 누군가는 카메라로 진압봉과 맞섰다. 진군의 모토처럼 영상 제작물은 모두 무기가 되었다. 그녀의 아버지는 완성된 테이프를 찾기 위해 뛰어다녔다. 노조원과 경찰들을 헤집고 다니며 자신의 목소리가 녹음된 비디오테이프를 찾아 뛰어다녔다.

연행되었을 때도 머릿속에는 찾지 못한 비디오테이프 생각뿐이었다. 절망과 분노가 오갔다. 취조하던 경찰이 물었다.

노조원도 아니고, 임무가 뭐지?

찢어버리겠다.

뭐라고?

찢어버리겠다.

그녀의 아버지는 중얼거렸고, 경찰은 피식 웃었다.

그녀는 아버지와 통화를 하면서 시계를 보았다. 발행인과 인터뷰를 하러 가기 전까지는 아직 시간이 꽤 남아 있었지만 아버지와의 통화를 빨리 끝내고 싶었다.

저, 회사에 일이 있어서…… 전화는 왜 하셨어요?

그녀가 물었다. 아버지는 잠시 가만히 있다가 말했다.

생각해보니 기억이란 건 참 좋은 것 같더라. 지금을 벗어나게 해주니까 말이야. 아주 잠시라 해도 말이야. 네 생각 많이 했어.

그녀는 더럽다는 생각이 들었다. 어디에 가서 침이라도 실컷 뱉고 싶었다.

10여 년이 지났어요. 아버지나 좋았겠죠.

그녀는 독립해야겠다고 마음먹은 날이 떠올랐다. 그녀의 어머니는 재혼했다. 재산도 있고 덕망 있다는 소릴 듣는 사람이었으며, 인물도 좋다는 사람이었다. 그녀의 새아버지는 소문대로였다.

우리 이렇게 생각하자꾸나. 다른 사람들이 평생 경험하지 못한 걸 해보았다고.

그동안 아버지 없이 지낸 그녀에게 그렇게 말했다. 재혼 후 새아버지는 그녀에게 단 한 가지만 요구했다.

내가 성공한 것은 오직 믿음 때문이다. 너도 내가 믿는 것을 믿어야 한다. 만약 네가 성공하지 못한다면 네가 믿지 않았기 때문일 게다.

새아버지의 믿음을 뭐라 불러야 하는지 지금까지도 그녀는 알 수 없었다. 증산도도 아니고 도교나 역학, 무속도 아니었다.

하늘과 땅, 온 우주를 이해하려면 이해할 수 있는 법을 빌려와야 하는데, 그게 바로 건곤乾坤이다. 사물을 이해하려면 사물의 운행 이치를 알아야 하는데, 그게 바로 역법지간曆法支干이다. 이치를 깨달으면 눈이 열리고 기가 모인다. 그게 바로 일월심안日月心眼이다. 그러기 위해 수행을 해야 하는데, 그 수행이 바로 명반결연明礬決然이다.

그녀는 새아버지와 어머니를 따라 오전 다섯 시와 밤 열 시에 수행을 해야 했다. 교복의 색깔과 괘卦가 맞지 않는다 하여 교복 안감에 늘 주황색 천을 덧대고 다녀야 했다. 처음엔 어머니도 마냥 믿는 건 아니었다. 그러나 땅을 사야 할 때와 팔아야 할 때, 이사를 가야 할 때와 집을 사야 할 때를 새아버지가 맞히자 어머니는 교주를 모시듯 새아버지를 모셨다. 어머니는 수행에 열심이었다. 그녀는 대학 진학도 새아버지의 풀이에 따랐다. 공무원 시험 준비도 마찬가지였다. 공무원 시험에 세 번 정도 떨어졌을 때, 새아버지는 그럴 수 없다며 그녀의 방을 구석구석 뒤졌다. 운행에 맞지 않는 서적들을 모두 꺼내 버렸고, 색깔이 맞지 않는 속옷들을 모두 태웠다. 그녀는 매해 화장품 색깔을 바꾸어야만 했다. 갑甲이 들어간 해에는 온통 파란색뿐이었고 그다음, 다음 해에 어머니는 붉은 색조화장품을 잔뜩 사왔다. 파랗고, 빨갛게 진한 화장을 하는 그녀에게 친구는 없었다. 고시학원을 다녀온 어느 날 어머니는 거실 한가운데에 벌거벗고 누워 있었다.

뭐하는 거야?

그녀는 자신의 웃옷을 벗어 어머니의 벗은 몸 위를 덮어주었다.

저리 치워. 지금 빛이 모이고 있잖아.

어머니는 그날 이후 수행을 할 때마다 나체였고, 그녀는 독립했다.

새아버지는 독립을 허락하지 않았다. 예수의 기적을 믿는 것과 무엇이 다른지도 그녀에게 물었다. 천행을 역행하는 순간 돌림병에 걸려 혼자 죽을 거라고 예언했고, 그녀는 환절기마다 독감에 걸려 작은 원룸에서 며칠씩 앓았다.

애야.

아버지는 피곤한 목소리로 그녀를 불렀다.

이제 와서 저를 만나려는 이유가 뭐예요? 죽을병이라도 걸렸대요?

다음 다큐멘터리가 시작되려는지 관객 서너 명이 입장했다. 그녀는 반대로 걸어 나와 간판 앞에 섰다. 작은 알전구에 불이 들어와서 가끔 깜박였다.

그렇다고 하더구나. 한번 만날 수 있을까? 꼭 줄 것도 있고 해서.


아버지를 만나러 가면서 그녀는 마음이 편치 않았다. 그건 불안에 가까웠다. 불우하다고는 가끔 생각했지만 그런대로 잘 적응하며 살았었다. 더 불우한 삶도 많기에. 그러나 불안한 마음은 아버지가 어머니와 싸우며 게임기를 집어던지던 그날 밤 이후 오랜만에 느꼈다. 다음을 짐작할 수 없기에 불안한 것이다. 끝을 알 수 없기에 불안한 것이다. 그녀는 아버지를 만나면 무얼 어떻게 할지 알 수 없었다. 임무가 뭐지, 라고 누군가가 그녀의 머릿속에서 중얼거리는 것만 같았다.

발행인이 인터뷰하기로 약속한 커피숍 앞에서 그녀는 아버지를 만나기로 했다. 일을 핑계 대면 길게 만나지 않아도 될 것 같아서였다. 그녀는 약속 시간에 조금이라도 늦게 가기 위해 천천히 걸었다. 지하철로 네 정거장 정도 되는 거리였다. 걷다 보니 그녀가 졸업했던 중학교가 나왔다. 학교는 많이 변해 있었다. 담이 없어졌고 큰 아파트가 주변에 들어섰으며 작은 공원도 하나 있었다. 그녀는 교문 옆 골목을 지나다가 학교로 아버지가 찾아왔던 기억을 떠올렸다. 그날 아버지는 그녀에게 무엇이 먹고 싶은지 물었다. 그녀는 둘러보다가 돈가스 파는 곳을 가리켰다. 그녀는 학교 옆 골목으로 들어가 돈가스 식당이 있는지 살펴보았다. 간판이 예전 기억과 조금 다를 뿐 식당은 그대로였다. 그녀는 식당 안을 잠시 보다가 돈가스를 잘라주던 아버지의 손목이 떠올랐다.

맛있니?

아버지가 물었고 그녀는 고개를 끄덕였다. 돈가스는 정말이지 맛있었고, 테이블보의 꽃무늬는 아름다웠으며, 컵 속에 있던 물은 맑았고, 비스듬히 들어오는 햇살이 부드러웠으며, 아버지와 둘이 외식한 게 처음이었고, 아버지가 멋진 남자처럼 보였으며 그녀는 행복했다.

그녀는 길을 걸으면서 그때 아버지가 왜 찾아왔는지 생각했지만 알 수 없었다. 처음이자 마지막이었다. 어쩌면 이혼을 앞두고 뭔가 사주면서 이야기를 나누고 싶어 했던 것인지도 모른다. 약속 장소인 커피숍이 보였고, 바람에 무너지지 않으려는 거미줄처럼 가느다란 한 남자가 그 앞에 서 있었다. 그녀는 아버지라는 걸 알았다. 그녀는 남자 앞에 섰다.

아버지.

남자는 잠깐 얼이 빠진 얼굴로 있다가 환하게 웃었다.

오, 이런, 아가야.

늙었을 거라 생각했는데, 머리카락이 거의 빠져 있고 앞니도 없어 늙은이가 아니라 마치 아기 같았다. 옷도 너무나 헐렁해서 누군가가 감싸준 것처럼 보였다.

이런, 이런. 정말 예쁘게 컸구나.

막상 아버지를 보니 마음이 흔들렸다.

들어가서 이야기하실래요?

아버지는 천천히 고개를 뒤로 돌려 커피숍 간판을 보았다.

아니다, 애야. 나도 금방 가야 해.

아버지는 수줍은 듯 그녀와 눈을 마주치려 하지 않았다. 부풀어올 랐다 가라앉는 커튼 옆에서 담배를 피우던 아버지가 떠올랐다. 게임에 녹음된 자신의 목소리를 들려주며, 근사하지? 하고 호기롭게 말하던 아버지가.

네 어머니 말로는 곧 공무원이 될 거라던데.

양보했어요.

그녀가 말하자 아버지는 손으로 입을 가리며 웃었다.

더 이상 양보하지 말거라, 아가야. 언젠가 양보가 너를 죽일지도 모 르니.

아버지는 다시 입을 가리며 웃었다.

미안. 이가 없어서 웃을 때마다 이런 버릇이 생겼어.

아버지는 입을 가린 손을 내렸다. 다른 손에는 종이 가방 하나를 들 고 있었다.

이걸 주려고 만나자고 했어. 어릴 때부터 남동생을 그렇게 갖고 싶 어 하더니.

아버지가 종이 가방에서 꺼낸 것은 배추 머리 인형이었다.

난 이제 가야겠어.

아버지는 그녀에게 종이 가방을 건넸다. 그녀가 종이 가방을 받고 아버지의 헐렁한 옷을 잡았다.

아니다, 애야. 난 진짜로 가야 해. 말은 하지 않았지만 늘 불안했어. 인형을 줘야 하는데, 이걸 주지 못하면 어쩌나 하면서. 하긴 그 불안 때문에 내가 이제껏 살았지만.

아버지는 머뭇거리다 고개를 숙였다.

미안하다, 아가야. 겨우 이것밖에 안 되는구나, 내가.

아버지는 그 말을 하고는 애써 빠른 걸음으로 걸었다. 한 번씩 뒤를 돌아보며 들어가라는 손짓을 했는데, 그때마다 헐렁한 옷이 더 커 보였다. 그녀는 아버지 모습이 보이지 않을 때까지 있다가 커피숍 안으로 들어갔다.

커피숍 안에는 발행인과 인터뷰를 하는 사람이 와 있었다. 그녀가 들어오는 걸 보고는 발행인이 손을 들었다. 오늘 인터뷰를 하는 사람은 자칭 외계인 연구자였다. 연구소는 없고 주로 웹에 관련 글과 사진 등을 올리는 사람이었다.

그녀가 앉자 발행인은 녹음기를 멈추고 그녀가 없는 동안 나누었던 이야기에 대해 말해주었다. 그녀가 인사를 하자 남자는 자신을 존 도 John Doe라고 했다. 피부가 백지보다 더 희었다. 북유럽의 백인보다 더 하얀. 정확한 병명은 모르겠지만 아마 멜라닌 색소 결핍증이나 백색증 이라는 병명일 것 같았다. 그녀는 사진을 찍겠다며 양해를 구했다.

플래시는 터뜨리지 마세요. 그럼 진짜 외계인처럼 나올 테니까.

남자는 즐겁게 웃었다.

그녀가 사진을 찍는 동안 발행인이 녹음기를 켜며 물었다.

네, 그렇군요. 그럼 혹시 외계인을 직접 만나거나 본 적은 없는 거지요?

당신들 눈엔 외계인이 안 보이나요? 고개를 돌려 주변을 살펴보세요. 우리 주위에 얼마나 많이 숨어 있는지.

남자는 약간 화가 난 표정을 지었다. 어찌 이 많은 외계인들이 보이지 않는다는 거야, 남자는 혼잣말을 계속 중얼거렸다. 화가 덜 풀린 표정으로 잠시 화장실에 가겠다며 자리에서 일어섰다. 남자가 일어나자 발행인은 주변을 둘러보았다. 서로 마주 앉은 연인이 각자의 휴대폰을 들여다보고 있었고, 한 여자는 이어폰에 달린 마이크에 대고 뭐라 중얼거리며 웃고 있었다.

그녀는 카메라를 테이블 위에 두고 종이 가방 안에서 배추 머리 인형을 꺼냈다. 전혀 귀엽지도 않은 얼굴에 갈색의 커다란 눈을 가진 인형은 웃지도 울지도 않는 표정이었다. 뭉툭한 손가락 끝에는 낡고 빛바랜 태그가 달려 있었다. 태그에는 가격과 제조일이 적혀 있었는데, 그녀는 제조 날짜를 무심결에 바라보다 14년 전이라는 걸 알았다. ▪

# 윤대녕

# 경옥의 노래

©백다흠

1962년 충남 예산 출생. 단국대 불문과 졸업. 1990년 『문학사상』 등단.
소설집 『은어낚시통신』 『남쪽 계단을 보라』 『많은 별들이 한곳으로 흘러갔다』 『누가 걸어간다』
『제비를 기르다』 『대설주의보』 『도자기 박물관』. 중단편선집 『반달』.
장편소설 『옛날 영화를 보러갔다』 『추억의 아주 먼 곳』 『달의 지평선』 『미란』 『눈의 여행자』
『호랑이는 왜 바다로 갔나』 『피에로들의 집』 등. 〈오늘의 젊은 예술가상〉 〈이상문학상〉
〈현대문학상〉 〈이효석문학상〉 〈김유정문학상〉 〈김준성문학상〉 수상.

# 경옥의 노래

1

경옥은 그해 5월 속초 고속버스터미널 앞 횡단보도에서 화물트럭에 치여 마흔한 살의 나이로 갑작스레 세상을 떠났다. 비가 내리고 있는 저녁 무렵이었다. 그녀가 왜 속초에 가서 그런 변을 당했는지는 3년 가까이 연인관계였던 상욱조차 알지 못했다. 사흘 전부터 그녀와 연락이 두절되었는데 또 어디로 갔나 보다, 라고 생각했을 따름이었다. 비바람이 불거나 눈이 내릴 때면 늘 그런 일이 되풀이되곤 했던 것이다.

사망 당시 그녀가 소지하고 있던 것은 낡은 세고비아 기타와 부엉이 무늬가 수놓인 에코백에 들어 있던 휴대폰, 화장품, 지갑, 생리대, 물티슈, 수첩 따위의 자잘한 소지품들이었다. 사체는 사고 현장에서 터미널 근처에 있는 속초의료원 영안실로 이송됐고, 다음 날 상욱과 재순에 의해 서울로 옮겨와 장례식이 끝난 뒤 벽제에서 화장을 했다.

다음 날 상욱은 서울에서 자취를 감췄다. 재순이 몇 차례 수소문해 보았으나 끝내 행방을 알 수 없었다. 나중에야 알았으되, 상욱은 경옥의 뼛가루가 든 항아리를 들고 그녀와 머물렀던 곳들을 찾아다니며 한 줌씩 뿌렸다고 했다.

6월에 상욱은 속초 고속버스터미널 앞에서 경옥과 똑같은 사고를 당했다. 지나던 시내버스에 받혀 속초의료원 응급실로 이송됐다. 온몸이 부서진 듯한 고통 속에서 깨어났을 때, 상욱은 형광등 불빛 아래 산소마스크를 쓰고 누워 있는 자신을 발견했다. 목숨은 건졌으나 요추 두 개와 왼쪽 다리가 부러진 중상을 입은 상태였다.


## 2


경옥과 상욱이 만난 것은 3년 전 여름 제주도 서쪽에 있는 비양도에서였다. 영화감독인 재순이 어느 날 상욱에게 전화를 걸어와, 엊그제 먼 데서 돌아온 여자가 옆에서 찾고 있으니 서둘러 제주로 내려오라 했다. 재순은 상욱의 고등학교 동창이자 막역한 친구 사이로 1년에 대여섯 번 만나며 살아오고 있었다. 혀가 풀린 소리로 비일상적인 말을 내뱉는 걸로 봐서 술을 마시다 걸어온 전화임이 분명했다. 상욱은 일산에 살고 있었으므로 공항이 그리 멀지 않았으나, 단지 술을 마시기 위해 제주도까지 내려갈 형편이 아니어서 으레 하는 소리로 또 낮술 처먹고 있구나, 제발 그 술이라는 것 좀 작작 마셔라, 라며 곧 끊으려 했다. 이어 2, 3초간의 분절된 시간이 지나고 30대 중반쯤으로 짐작되는 여자의 음성이 흘러나왔다. 허스키한 톤에 맑은 운율이 실려 있는 목소리였다. 상욱은 문득 귀가 트이는 느낌을 받았다. 그 목소리가 아니었다면 순간 마음이 움직였을 리가 없다고 상욱은 그 후 오랫동안 생각했다. 몸속에 까맣게 잠들어 있던 새가 깨어나 지저귀는 듯한 느낌을 받았던 것이다.

"저, 경옥인데, 혹시 기억나세요?"

상욱은 숨을 사린 채 잠자코 있었다.

"기억 안 나시는구나. 하긴, 그새 20년이나 지났으니 그럴 만도 해요. 그런데, 저 지금 어쩌죠? 상욱 오빠가 몹시 보고 싶은데."

상욱은 아무래도 경옥이란 이름을 기억할 수 없었다. 미안하지만, 이라고 상욱이 되받으려는데 경옥이 사이를 두지 않고 말을 이었다. 그녀도 이미 술을 몇 잔 마신 듯했다.

"지금 재순 오라버니와 한림항 선술집에 앉아 있어요. 이따 배를 타고 비양도로 들어가려고 하는데, 바쁘지 않으시면 이쪽으로 건너오시면 안 될까요? 저 이틀 전에 시애틀에서 돌아왔어요."

상욱은 얼른 대꾸할 말이 없어 재순을 바꿔달라고 했다.

"경옥이가 제주가 그립다고 해서 데리고 내려왔어. 숙식은 제공할 테니까 휘이 건너와서 함께 술이나 마시고 올라가지그래? 오랜만에 경옥이하고 얘기도 좀 할 겸."

그제야 상욱은 까마득한 옛날 일이 떠올랐다. 20년 전이면 대학생일 때인데, 입대를 앞두고 한겨울에 재순과 여수로 여행을 간 적이 있었다. 거기서 상욱은 재순의 이종사촌 누이라는 여고생을 만나게 되었는데, 그 여학생이 바로 경옥일 거라는 생각이 들었다. 갈래머리에 사복차림으로 나타난 그녀는 어깨에 기타를 메고 있었다. 차디찬 바닷바람이 틈입해 들어오는 허름한 식당 겸 술집에서 그녀가 「매기의 추억」

「스와니 강」 같은 번안곡과 팝송을 불렀던 기억이 어렴풋이 되살아났다. 그러다 술에 취한 재순이 거듭 재촉하자 「떠날 때는 말없이」 「밤안개」 등의 가요까지 불렀던 것 같다. 아무려나 그 앳되고 새파랗던 여학생이 무려 서른 후반이 되어 여차여차 상욱과 통화 연결이 된 셈이었다. 한데 상욱은 막막하리만치 그녀의 얼굴이 떠오르지 않았다.

그날 마감할 원고가 있었으므로 상욱은 이튿날 아침 김포에서 비행기를 타고 제주공항에 내려 한림항으로 갔다. 두 사람은 비양도에 들어가 있는 상태였고, 마침 풍랑주의보가 발효돼 배가 뜨느니 마느니 어수선한 분위기였다. 도선 대합실에서 세 시간을 기다린 다음에야 상욱은 간신히 배에 올라탔다.

민박집에 도착해서야 상욱은 전후 사정을 알게 되었다. 재순은 교육방송 프로그램인 「한국의 섬 기행」 촬영차 비양도에 들어와 있었다. 연전에 개봉한 영화가 다시 흥행에 실패하고 나서 그는 방송 외주업체에서 월급쟁이 PD로 일하고 있었다. 어디까지나 임시방편이라고 우겼으나, 언제 또 영화를 찍을 수 있을지 묘연한 상황이었다. 재순은 섬을 취재하는 중이어서 저녁에나 얼굴을 볼 수 있었고, 경옥이 혼자 마루를 지키고 있었다. 재순이 그녀를 데려오긴 했으나, 막상 상대해줄 여유가 없어 겸사겸사 상욱을 불러 내린 셈이었다.

경옥은 하얀 원피스 차림으로 선글라스를 낀 채 우두커니 앉아 있었다. 마치 저녁의 어둠이 내리고 있는 것을 감지하고 있는 눈먼 사람처럼. 상욱은 자신이 왜 경옥의 얼굴을 떠올릴 수 없었는지를 그제야 깨달았다. 20년 전에 만났을 때도 그녀는 줄곧 선글라스를 쓰고 있었던 것이다. 그럼에도 세월이 무색하리만치 경옥의 존재가 익숙하게 다가왔던 것은 무슨 까닭이었을까? 상욱은 어디선가 그녀를 본 듯한 기시감이 들었다. 경옥은 천천히 마루에서 몸을 일으키더니, 누군가를 안으려는 듯한 포즈로 두 팔을 들어올렸다 엉거주춤 내려놓았다. 그리고 조금 웃어 보였다.


## 3


"시애틀에서 저는 꼬박 1년을 세탁공장에서 일했어요. 아침 여덟 시에 출근해 오후 네 시까지 점심시간을 빼고 하루 일곱 시간씩. 시애틀은 1년의 절반이 비가 내리는 곳이어서 세탁물이 많은 도시였죠. 퇴근 후엔 스타벅스 1호점과 퍼블릭 마켓 가까이에 있는 광장에 나가 태평양을 바라보며 해 질 무렵까지 앉아 있었어요. 가끔 노래를 부르기도 하고요. 그럼 사람들이 동전을 던져주고 지나가더군요. 그 돈으로 퍼블릭 마켓에서 저녁을 사먹고 숙소로 돌아오곤 했죠. 공장에 나가지 않는 토요일과 일요일에는 종일 숙소에서 책을 읽거나 노래를 만들거나 혼자 음식을 만들어 먹으며 지냈고요."

"시애틀엔 어떻게 가게 된 거죠?"

"어떻게든 정착을 해볼 생각으로 어렵사리 친척의 초청장을 받아 갔는데, 비자 만료 기간이 다가오자 제가 한국을 그리워하고 있다는 걸 깨달았어요. 떠날 당시에는 아예 돌아오지 않을 생각이었거든요."

"무엇이 그렇게 그립던가요?"

경옥이 두어 번 말을 놓으라고 했으나, 상욱은 그게 되지 않았다.

"먼 나라에서 이방인으로 살다 보면 흔히 맹목적인 허기에 시달리게 되는데, 그건 결국 사람이 아니었을까요? 저야 한국에서도 별 연고 없이 살아온 사람이지만요."

상욱은 그저 고개를 주억거렸다. 경옥이 에코백을 뒤져 담배를 피워 물고 말했다.

"그만 한국으로 돌아가야겠다고 생각한 건…… 어쩌면 그 실종 사건 때문이었는지도 모르겠어요."

"……"

"올봄에 저는 짧은 휴가를 받아 시애틀에서 멀지 않은 오리건 주로 여행을 다녀왔어요. 여행 마지막 날 저는 컬럼비아 강에 속해 있는 멀트노마 폭포라는 곳에 들르게 됐죠. 그날도 역시 비가 내리던 날이었어요. 폭포를 구경하고 돌아나오다, 저는 다리 난간에 붙어 있는 실종자를 찾는 전단지를 발견했어요. 사진을 보고 직감적으로 한국인이라는 걸 알았죠. 앨리사 김이라는 이름을 가진 서른여섯 살 된 여자였어요. 그녀가 실종된 건 작년 12월 중순이었고요. 그녀의 주소는 시애틀 외곽이었는데, 그곳과는 꽤 거리가 떨어진 멀트노마 폭포에서 그녀가 타고 있던 마즈다 승용차(제가 타고 있던 승용차와 차종이 같았어요)가 발견된 거죠. 인터넷을 통해 좀 더 자세히 알아보니, 그녀는 한국인 이민자였고 열세 살 된 딸까지 둔 주부였어요. 그런데 실종된 지 4개월이나 지났는데, 그때까지 찾지 못하고 있었던 거죠. 시애틀로 돌아와서도 그 여자 생각이 머리를 떠나지 않았어요. 그리고 시간이 갈수록 점점 두려운 느낌에 사로잡히게 되더군요. 그즈음이었던 것 같아요. 서둘러 한국으로 돌아가야겠다고 생각한 것은. 이런 느낌 혹시 이해하겠어요?"

집주인 남자가 마루로 삶은 소라와 한치가 놓여 있는 술상을 들고 왔다. 경옥이 병뚜껑을 따서 상욱의 잔에 소주를 따르며 물어왔다.

"오빠는 그동안 어떻게 지냈죠? 오래전에 작가가 됐다는 얘기는 재순 오라버니한테 이미 들었고요."

상욱은 소주잔을 든 채 막연하게 대꾸했다.

"등단하고 나서 책을 몇 권 내고 났더니, 어느 날 마흔두 살이 되어 있더군요. 되도록 세상 소문을 멀리하고 이냥저냥 지내고 있습니다. 궁색한 편이긴 하지만 혼자서는 살아지게 마련이더군요."

"결혼은요?"

그런 얘기까지는 굳이 하고 싶지 않았으나, 상욱은 어쩌랴 싶어 사실대로 털어놓았다.

"서른 살에 초등학교 교사를 만나 결혼을 하긴 했는데, 이듬해 내가 등단을 하고 직장을 그만두자 곧 부부 사이의 균형이 붕괴되기 시작하더군요."

"균형요?"

구차한 말까지는 늘어놓고 싶지 않아 상욱은 얼버무렸다.

"원래 허구와 현실은 균형 관계를 유지하기가 쉽지 않은 법이죠. 결혼 2년 만에 헤어졌고, 그 후 지금까지 서로 연락이 없는 상태로 지내고 있습니다. 경옥 씨는요?"

굳이 물을 생각은 아니었는데, 상욱의 입에서 무심코 그 말이 튀어나왔다. 경옥은 얼른 알아듣지 못한 얼굴로 물끄러미 상욱을 바라보았다. 상욱은 소주잔을 비우고 젓가락으로 삶은 소라를 한 점 집어서 입으로 가져갔다.

"저도 비슷하다고 해야 될까요? 서류상으로 이혼한 적은 없지만, 잠깐씩 같이 산 남자들이 있었죠. 제 나이가 서른여덟인데, 이때껏 왜 아무 일도 없었겠어요."

이렇게 말하며 경옥은 두 손을 얼굴로 가져가 천천히 선글라스를 벗었다. 마치 허물을 벗듯이. 그녀는 상욱의 눈을 피하며 중얼거렸다.

"혹시 알고 있었는지 모르지만, 저는 눈에 좀 문제가 있어요."

선글라스를 벗은 그녀의 얼굴이 상욱은 돌연 낯설어 보였다.

"오드 아이Odd Eye라고들 하죠. 동공의 색깔이 서로 다른, 짝눈 말예요. 아주 희귀한 경우에 속하죠. 더구나 한국에서는요."

이윽고 경옥은 고개를 돌려 상욱을 마주 보았다. 상욱이 눈여겨보니 왼쪽 눈동자는 검은색이고 오른쪽 눈동자는 옅은 갈색이어서 언뜻 한쪽 눈이 의안義眼처럼 보였다. 그 두 눈은 외부를 향해 있으면서 동시에 내부를 응시하는 듯한 불균형한 느낌과 함께 깊은 공허함을 담고 있었다. 상욱은 슬쩍 돌담 밖으로 시선을 돌렸다. 에메랄드빛과 연둣빛이 뒤섞인 협재 바다가 눈앞에 드러누워 있었다. 그는 경옥璟玉이란 이름이 협재 바다의 색깔과 잘 어울린다고 생각했다.

소주가 몇 순배 돌자 경옥은 지난 세월의 허기를 메우려는 사람처럼 상욱에게 자신의 얘기를 털어놓았다. 상욱은 의구심이 들었지만 그녀의 말에 귀를 기울였다.

"언제부턴가, 상욱 오빠는 어떤 얘기를 해도 들어줄 사람이라는 생각이 들었어요. 글쎄, 오빠가 작가여서 그런 걸까요? 시애틀에 있을 때 재순 오라버니가 가끔 전화를 걸어왔는데, 언젠가 제가 상욱 오빠 안부를 물어본 적이 있어요. 왜 그랬는지는 잘 모르겠지만."

그러나 재순은 상욱에게 경옥의 얘기를 한 적이 없었다. 부지불식간에 바람이 마루를 쓸고 지나가면서 잠시 낯선 고요함이 머물렀다 사라졌다. 아주 가까운 곳에서 갈매기 우는 소리가 들려왔다.

"저는 좀 불행하게 자란 편이에요. 엄마가 저를 낳고 더 이상 아이를 가질 수 없는 몸이 되자 아버지는 새엄마를 들였고, 엄마는 저를 버려둔 채 집을 나가버렸어요. 제가 세 살 때 일이죠. 아빠는 해산물 공판장에서 경매일을 했는데, 하루도 술을 마시지 않는 날이 없었죠. 이른 나이에 간암으로 병원에 입원한 상태에서도 계속 술을 마셨으니까요. 저는 여고를 졸업할 때까지 아빠와 새엄마 밑에서 자랐고 자주 학대를 당해 지금도 척추가 굽은 상태예요. 새엄마한테 다듬잇방망이로 매질을 당해 손목뼈가 부러진 적도 있었죠. 지금도 날이 흐리면 온몸이 아파요. 게다가 천식을 앓고 있었고요. 아무튼 여고에 들어갈 때까지 저는 벙어리처럼 입을 닫고 살았어요. 눈 때문에 심각한 대인 기피증에 시달려야만 했고요. 그런데 어느 날 담임선생님이 저한테 기타를 주면서 앞으로 노래를 불러보라고 하더군요. 너는 노래라도 불러야 살수 있을 거라고 하면서요. 그 말이 순간 저한테는 복음처럼 들려왔죠. 그 후 기타를 배우고 노래를 부르면서 비로소 제대로 숨을 쉬고 말문도 트이게 됐죠."

상욱은 불현듯 마음이 아파왔다. 경옥이 노래를 부르는 일은 아마도 자신을 치유하는 주술 행위 같은 것이었으리라.

"여고를 졸업하고 저는 달랑 기타만 들고 서울로 올라왔어요. 서울역에 내렸는데, 막상 갈 데가 없다는 것을 알았죠. 하는 수 없이 허름한 여관방에 투숙을 하고 역에서 들고 온 벼룩시장을 뒤져 여기저기전화를 걸어 일자리부터 알아보았어요. 그리고 라이브 카페라는 델 찾아갔죠. 운명이란 참으로 이상한 것이더군요. 저는 취직이 쉽지 않을거라고 생각했어요. 그런데 주인여자가 제 얼굴을 빤히 바라보더니, 그날부터 바로 일을 시키더군요. 글쎄, 저한테서 무엇을 보았던 걸까요?"

습한 바람이 불어와 상욱이 고개를 돌려보니, 한라산 자락이 뿌옇게 흐려지고 있었다.

"제가 그 집에서 바텐더 겸 가수로 일하는 동안 단골손님이 꽤나 많았어요. 왜였을 것 같아요? 바로 제 눈, 오드 아이 때문이었죠. 하지만 그 집에서는 1년 정도밖에 버티지 못했어요. 지하 술집에서 일하다 보니 천식이 악화돼 병원에 실려가게 됐죠. 그러자 또다시 가파른 절벽에 서 있는 심정이 되더군요. 그런데 그때 병원에서 저는 이상한 경험을 하게 됐어요."

"……"

"산소마스크를 쓴 상태였는데도, 도무지 숨이 쉬어지지 않아 저는 발악하듯 마스크를 벗어던지려고 했어요. 곧 숨이 막혀 죽을 것 같았으니까요. 그때 누군가 다급히 제 손을 잡고 외쳤어요. 아가씨! 참아야 해요. 조금만 참으면 다시 숨을 쉴 수 있을 거예요. 그러니까 제발 조금만 견디세요. 저는 그렇게 말하는 사람이 간호사일 거라고 생각했어요. 그녀는 아주 간곡한 목소리로 호소를 하듯 저를 계속 진정시켰어요. 이윽고 조였던 숨통이 트이면서 저는 가까스로 호흡을 되찾았죠. 곧바로 울음이 터져나오더군요. 그러자 귀에 다시 이런 소리가 들려왔어요. 알아요, 아가씨가 지금 얼마나 힘든지. 네, 잘 알고 있답니다. 그러나 모두가 힘들고 아픈 것이겠지요? 누구라도 등에 무거운 짐을 지고 살아가게 마련이니까요. 그러니 비록 힘들더라도 견뎌야만 해요. 차츰 나아질 테니까요."

그리고 나서 그녀는 깜빡 잠이 들었다.

"그렇게 한 시간쯤 지났나요? 저는 어렴풋이 잠에서 깨어났죠. 그런데 웬일인지 눈을 뜰 수가 없었어요. 몇 시나 됐는지, 또 여기가 어딘지 모르는 상태에서 저는 구원을 기다리는 심정으로 그대로 눈을 감고 있었어요. 이윽고 멀리서 발소리가 들리더니, 누군가 옆으로 다가와 다시 제 귀에 대고 속삭이더군요. 이제 좀 괜찮은가요? 저는 고개를 끄덕였어요. 그럼 천천히 눈을 떠보세요. 내가 이렇게 손을 잡고 있을 테니까요."

그녀는 왠지 두려운 느낌이 들어 좀 더 눈을 감고 있었다.

"아가씨는 곧 여기서 나가게 될 겁니다. 그러니 그만 눈을 뜨고 일어나야 해요."

그 말을 듣고 경옥은 눈을 번쩍 떴다. 천장에 매달려 있는 형광등 불빛이 사납게 눈으로 쏟아져 들어왔다. 그녀는 꾹 눈을 감았다 다시 떴다. 그리고 살피듯 주위를 둘러보았다. 벽시계는 새벽 두 시를 가리키고 있었고, 그녀가 누워 있는 침대 옆에는 아무도 없었다.

"네, 아무도 없었어요. 그 누구도."

상욱은 절로 몸에 소름이 돋았다.

"그럼 그게 모두 환청이었단 뜻인가요?"

"처음엔 간호사가 있었겠지만, 그 후는 분명 아니었어요."

"……"

"시애틀에서도 잠결에 그런 말들이 들려오곤 했으니까요. 지독한 외로움에 빠져 있을 때마다. 그 환청들을 들으며 저는 깨달은 사실이 하나 있어요. 내 안에 무당이 살고 있구나. 그 무당이 힘들 때마다 나 스스로를 달래고 보듬어주는구나. 그렇다면 그 무당이 다른 사람의 아픔과 상처까지 치유해줄 수 있지 않을까. 그게 어쩌면 내 운명이 아닐까. 그런 생각들까지 하게 됐어요. 물론 노래를 통해서겠죠. 내가 할 수 있는 건 그것밖에 없으니까요."

얘기는 다시 그녀의 20대 시절로 돌아갔다.

경옥은 스물세 살에 기획사를 통해 음반을 내고 데뷔했으나 대중에게 알려지지 않았다. 이후 연극배우로 활동하기도 하고 가수로 케이블티브이에 출연하기도 했다. 또한 재순이 감독한 영화에 두어 번 단역으로 출연한 적도 있었다. 그제야 상욱은 깨달았다. 재순의 영화에서 그녀를 본 적이 있다는 것을. 뒤미처 공항 대합실 의자에서 커다란 가방을 옆구리에 낀 채 졸고 있던 경옥의 모습이 흐린 화면으로 떠올랐다. 또 다른 장면은 은행잎이 떨어지고 있는 공원에서 사람들에 둘러싸여 노래를 부르고 있는 모습이었다.

서른 중반도 넘어 경옥이 시애틀로 가게 된 것은 마지막 선택이자 출구 같은 것이었다. 그러나 시애틀에서도 그녀는 말했듯 감당하기 힘든 삶의 허기에 시달리며 하루하루를 외롭게 견뎌야만 했다. 앞으로 어떻게 살아갈 생각이냐고 상욱이 넌지시 묻자, 경옥은 어떻게든 또 살아지지 않겠어요? 라고 도리어 반문했다.

비바람이 몰려와 있는지 한라산은 두터운 회색 구름에 뒤덮여 있었다. 다시 소주가 한 순배 돌고 나서 상욱이 말했다.

"오랜만에 경옥 씨가 부르는 노래를 듣고 싶은데, 괜찮을까요? 옛날에 여수에서 들었던 「매기의 추억」이 다시 듣고 싶네요."

경옥은 어깨로 내려와 있던 머리칼을 뒤로 틀어올려 젓가락을 꽂고 고즈넉하게 「매기의 추억」을 불렀다. 고통과 상처를 통해 정련된 듯한 깊고 말간 목소리를 들으며 상욱은 걷잡을 수 없는 마음의 진동을 느꼈다. 그녀의 목소리가 귀로 수은처럼 스며들어 혈관으로 샅샅이 퍼지며 새벽녘의 빗소리처럼 영혼을 두드리는 듯했다.

재순이 촬영팀과 함께 민박집으로 돌아온 것은 저녁참이었다. 때맞춰 거센 바람이 불어가며 바다에 파도가 하얗게 일렁이기 시작했다.

갈매기떼가 바람의 힘을 못 이겨 북쪽으로 떠밀려가고 있었다. 저녁을 먹은 촬영팀은 지친 듯 곧 방으로 들어가버렸고 재순만 마루에 남아 셋이서 남은 술을 마셨다. 술상을 가운데 두고 경옥이 슬그머니 상욱의 옆으로 와서 앉자 재순은 어? 하는 눈빛으로 두 사람을 번갈아 보더니 기어이 한마디 했다.

"그새 무슨 공사라도 벌인 남녀들처럼 보이는군. 하긴, 이런 소도 같은 섬에서 낮부터 술을 마시다 보면 묘묘한 일들이 심심찮게 벌어지게 마련이지."

두 사람이 반응이 없자 재순이 덧붙였다.

"그래, 너희 둘 다 버림받은 처지니 비 내리는 처마 밑에서 함께 라면이라도 끓여먹을 수 있다면 그도 나름 복 받은 거겠지."

그렇게 말하는 재순의 처지도 별다를 게 없었다. 재작년에 아내가 다른 남자와 눈이 맞아 집을 나가고 나서 중학생인 아들을 본가에 맡겨둔 채 오피스텔에서 혼자 지내고 있었다. 그때부터 재순은 술이 더 늘었고 자조적이고 체념적인 말들을 자주 늘어놓았다. 근래엔 몸까지 나빠진 눈치였는데, 상관없다는 투로 계속 술을 마셔댔다.

어둠이 내리면서 눈앞에 떠 있던 바다는 감쪽같이 지워졌다. 밤이 깊어가면서 비바람이 마루까지 몰아쳤다. 지칠 만도 한데 경옥의 얼굴은 변함이 없었다. 낮보다 오히려 평온해진 모습이었다.

"저는 이런 날씨가 좋아요. 비도, 바람도, 이 맑은 어둠도."

바람은 그다음 날 오후에야 겨우 잦아들었다. 일행은 비양도를 떠나 한림항으로 나왔고 재순과 촬영팀은 곧바로 공항으로 향했다. 경옥과 상욱도 함께 서울로 올라갈 줄 알았던 재순은 또 얼핏 당황한 눈치였다.

"제주에 내려온 김에 하루이틀 더 묵고 올라가려고."

상욱이 먼저 이렇게 말하자 옆에 서 있던 경옥이 따라나섰다.

"저도, 상욱 오빠와 함께 있다 올라갈게요."

내심 당황했던 건 상욱도 마찬가지였다. 재순은 그래? 하고는 더 이상 별말 없이 뒤돌아섰다. 재순과 일행이 떠난 뒤 두 사람은 버스를 타고 제주 해안을 남쪽으로 돌아 서귀포와 중문을 거쳐 표선에 내렸다. 그때까지 두 사람은 한 마디도 나누지 않았다. 각자 다가올 운명에 대해 생각하고 있었을 것이다.

버스에서 내린 두 사람은 동네 구멍가게에서 소주와 맥주를 몇 병 챙기고 식당에서 데친 문어를 사서 한적한 바닷가 민박집을 찾아갔다. 할머니 혼자 살고 있는 민박집에서 두 사람은 사흘을 묵으며 낮에는 우산을 들고 바닷가를 산책하고 밤에는 사랑을 나누었다. 사랑을 나눌 때마다 두 사람은 집을 한 채씩 태워버리는 듯한 격렬한 소용돌이에 휘말렸다. 표선에는 비가 자주 내렸고 저녁이 되면 바람이 몰려와 새벽까지 길게 불어갔다. 놀라운 고요함과 숯불처럼 뜨거운 순간들이 사이사이 교차하면서 시간은 더디게 흘러갔다. 20년 만에 뜻밖에 경옥을 만나고 나서 상욱도 그간 감쪽같이 잊고 있던 삶에 대한 맹렬한 허기를 느꼈고 그것을 경옥이 채워주었다.

제주를 떠나올 때 두 사람은 며칠 전과는 완전히 다른 세상을 보고 있었다.


4


서울로 올라와서 경옥은 상욱의 집에서 며칠을 조용히 지냈다. 그녀는 잠을 많이 잤고 깨어나면 술을 마시고 다시 잠이 들기를 반복했다. 그러던 어느 날 경옥이 느닷없이 통영으로 내려가겠다고 했다. 새벽에 태풍이 몰려와 집 안의 창문이 뜯겨나갈 듯 덜컹거리던 날이었다. 베란다에 서서 비가 자욱하게 흩뿌리는 밖을 내다보던 경옥은 주방에서 국수를 삶고 있던 상욱에게 다가와 터미널까지 데려다달라고 했다. 전에 없이 평온한 날들을 보내면서 상욱은 묘한 불안의 기미를 느끼고 있었다. 역시 그렇군, 이라고 웅얼거리며 상욱은 가스레인지 불을 줄이고 돌아섰다.

"이 험한 날씨에 우리 경옥 아씨가 어디로 가려고 그러는 걸까? 태풍이 그녀를 꼬드기고 있나 보다."

경옥은 재순의 알선으로 동피랑 예술인 마을에 방을 얻게 되었다며 당분간 통영에서 지낼 계획이라고 했다.

"당분간 언제까지? 그러다 날씨가 변덕을 부리면 또 어디론가 옮겨 가려고?"

경옥이 냉담한 말투로 되받았다.

"나를 비난해도 어쩔 수 없어요."

"천둥벼락이 치듯 사랑에 빠진 마당에 어떻게 내가 경옥이 너를 비난하겠어. 그런데 뭔가 좀 아득하긴 하군."

"계속 함께 있게 되면 저를 견디기 힘들 거예요. 그럼 다시는 볼 수 없는 순간이 찾아올 테고요. 저는 그게 두려운지도 몰라요."

"대체 어떤 빌어먹을 무당이 그런 말을 하던가? 그럼 나는 어찌하면 좋을까. 괴나리봇짐을 지고 어디든 경옥 아씨를 찾아다녀야 할까? 뭐, 그러라면 그러겠지만."

"이제 저한테 남자는 당신 한 사람뿐이에요."

"그렇다면 처지는 나와 다를 바 없는데, 기어코 서로 떨어져 있어야만 한다는 뜻이군."

"당신이 찾아오면 언제든 우린 함께 지낼 수 있어요."

그쯤에서 상욱은 그녀의 뜻을 받아들일 수밖에 없다는 것을 알았다. 애써 붙잡는다고 될 일이 아니었다. 퉁퉁 불은 국수로 대충 끼니를 때운 다음 상욱은 아반테 승용차에 경옥을 태우고 그길로 통영까지 데려다주었다. 태풍이 점령한 고속도로는 곳곳에 사고가 나 있었고, 길이 더뎌 어두워질 무렵에야 통영에 도착했다. 비바람이 몰아치는 동피랑 언덕에 차를 대고 열쇠를 건네주러 온 사무실 직원이 다녀가자 이내 밤이 찾아왔다. 낡은 슬레이트 지붕의 작은 집에 짐을 올려다주고 상욱이 돌아서려는데, 뒷전에서 비를 맞고 서 있던 경옥이 잡아끌듯 말했다.

"상욱 오빠, 오늘은 여기서 자고 내일 올라가면 안 돼요? 나 혼자 있기 싫은데."

상욱은 못 들은 척 내처 대문을 나서 언덕길을 내려가다 중간에 발길을 돌려 술을 몇 병 사들고 다시 경옥이 있는 집으로 올라갔다. 경옥은 축축한 마루에 앉아 도깨비들처럼 불빛이 웅성거리는 강구안 바다를 내려다보고 있었다. 두 사람은 비양도에서처럼 마루에 마주 앉아 과자 봉지를 뜯어놓고 술을 마시며 드문드문 얘기를 주고받았다.

경옥은 시애틀에서 만든 노래들을 다듬어 다시 음반을 낼 계획을 가지고 있었다. 그러자면 혼자 작업할 시간과 장소가 필요하다고 했다. 생계는 여행객들이 드나드는 카페에서 공연을 하거나 아르바이트를 해서 해결할 생각이었다. 음반 작업이 마무리되면 서울로 올라와 공연활동을 하면서 지낼 거라는 말도 덧붙였다. 재순이 알게 모르게 신경

써줄 것으로 짐작됐으나, 상욱의 귀에는 어쩐지 비현실적으로 들렸다. 상욱도 소설만 써서는 생계가 불안정해 이런저런 잡다한 일을 하고 있었다. 형편이 이러한데 살림을 차리고 산다는 게 가당키나 한 것인가, 하고 상욱은 속으로 쓴웃음을 지었다.

경옥은 통영에서 6개월을 살았다. 상욱은 월말에 한 번씩 통영에 내려가 며칠씩 묵고 서울로 올라오는 속절없는 생활을 되풀이했다. 그럼에도 둘의 관계는 애틋했고 시간이 갈수록 서로에게서 놓여날 수 없는 처지가 되었다. 그런데 경옥은 상욱이 없을 때 가끔 자해를 하는 눈치였다. 그럴 때마다 공황 상태가 찾아와 삶에서 멀어지는 일이 되풀이되곤 했다. 가슴에 문신처럼 남아 있는 과거의 어두운 기억에서 좀처럼 놓여날 수 없었던 걸까.

매서운 추위가 몰려와 있는 이듬해 2월에 경옥은 상욱에게 알리지도 않고 제주로 거처를 옮겼다. 산방산 근처 사계리에서 게스트하우스를 운영하고 있는 아는 언니에게 몸을 의탁하기 위해서라고 했다. 그로부터 얼마 지나지 않아 상욱은 그녀의 건강에 문제가 생겼다는 것을 알게 되었다. 경옥은 그런 사실조차 상욱에게 말하지 않으려 했다. 3월 초에 제주도로 내려간 상욱은 경옥을 설득해 서울로 함께 올라오려 했으나, 그녀는 한사코 그의 등을 떠밀었다. 산방산 아래 무리 지어 피어 있는 유채꽃밭 앞에서 경옥은 이렇게 말했다.

"세상에 이렇게나 아름다운 곳에 있는데, 내가 가긴 도대체 어딜 가겠어요. 떠돌이 무당 팔자도 꼭 나쁘지만은 않은 것 같네요."

상욱은 사계리 앞바다에 떠 있는 형제섬이나 망연히 바라보고 있었다.

여름 초입에 웬만큼 건강을 되찾은 그녀는 제주 시내로 거처를 옮겨

한라수목원 밑에 원룸을 얻어놓고 시내 중심가인 연동의 한 라이브 카페에서 밤마다 공연을 했다. 그즈음의 일이었다. 제주로 출장을 왔던 서울의 한 라디오 방송국 음악 담당 프로듀서의 눈에 띄어 경옥은 그동안 자신이 만들어놓았던 곡들을 음반으로 제작할 기회를 얻었다. 그리고 그중 한 곡이 방송을 타면서 대중에게 알려지기 시작했다. 경옥은 제주도 생활을 정리하고 서울로 올라와 상욱의 집에 머물며 방송과 공연 활동을 하며 몇 달을 바쁘게 지냈다. 경옥이 떠돌이 생활을 청산하고 삶을 거머쥘 수 있는 기회가 있었다면 바로 이 시기였을 것이다.

그런데 설악산에 단풍이 짙어질 때 경옥은 불쑥 속초로 몸을 옮겼다. 세 살 때 자신을 버리고 떠났던 어머니를 어찌어찌 찾게 되었는데, 그 어머니란 사람이 병든 채 속초 중앙시장에서 작은 식당을 하며 혼자 살고 있다고 했다. 그로부터 두 달 뒤 그녀의 어머니는 세상을 떠났고, 그동안 경옥은 마음을 자주 다치면서도 병수발에 온갖 뒤치다꺼리를 했다.

어머니의 장례를 치른 뒤 눈이 퍼붓던 날, 경옥은 슬그머니 상욱을 찾아왔다. 한 해가 저물어가는 크리스마스 전야였다. 상욱의 집으로 들어선 그녀는 한눈에 봐도 병색이 완연했다. 상욱은 다음 날 아침 경옥을 병원에 데려가 입원시켰다. 검사 결과를 받아보니 자궁에 종양이 생겨 당장 수술을 하지 않으면 예후를 장담할 수 없는 위급한 상황이었다. 그때 경옥의 나이는 불과 마흔이었으나, 머리가 반백에 가깝게 변해 있었다.

열흘 후 퇴원을 하고 경옥은 상욱의 집에서 한 달 정도 요양을 하며 통원치료를 받았다. 한데 눈보라가 몰아치던 어느 날 아침, 경옥이 서재 겸 작은 방에서 잡지에 보낼 글을 쓰고 있던 상욱을 찾았다. 경옥이 노크를 하고 방으로 머뭇머뭇 들어오는 순간 상욱은 그녀가 또 떠나려 한다는 것을 알았다. 상욱의 뒤로 다가온 경옥이 늙은 앵무새처럼 중얼거렸다.

"저, 이제 가봐야겠어요."

상욱은 컴퓨터 모니터에 시선을 고정시킨 채 말했다.

"지금 밖의 날씨는?"

남쪽으로 눈발이 몰려가고 있다고 경옥이 대꾸했다.

"그럼 경옥이도 그쪽으로 가겠군. 하지만 남쪽에도 과연 눈이 내릴까?"

"바다가 있는 곳으로 가려고요. 아무래도 그래야지 싶어요."

"그러지 않으면 안 되겠는 거지?"

상욱은 의자에서 일어나 경옥을 바라보았다. 그날따라 경옥의 두 눈은 유독 낯설고 처연해 보였다.

"경옥 아씨의 노래를 들은 것도 어느덧 오래전이군."

경옥이 가물가물한 눈빛으로 상욱을 바라보았다. 상욱은 온천이 있는 부산으로 그녀를 데려가리라 생각하고 있었다.

"아직 회복이 덜 된 상태니, 내가 따라나서야겠어. 그것도 안 된다면 이 엄동설한에 집 밖으로 내보낼 수는 없어."

"……"

"이제부터 네가 어디를 가더라도 함께 가겠어. 이 상태로 혼자 내버려둘 수는 없는 일이니까. 오후 일찍 집을 나서기로 하고, 옷하고 기타부터 챙겨."

## 5

그날 두 사람이 가닿은 곳은 부산 청사포 해안이었다. 상욱은 동래나 해운대를 염두에 두고 있었으나 경옥이 청사포로 가고 싶다고 했다. 눈발이 휘날리는 경부고속도로를 타고 내려가며 상욱은 이번 여행이 길어질 것이고, 어쩌면 그녀와의 마지막 여정이 될 거라는 예감에 사로잡혀 있었다.

밤이 이슥해 청사포에 이르자 거기도 눈이 내리고 있었다. 두 사람은 돌연 오갈 데 없는 심정이 되어 여기저기 기웃거리고 다니다, 문이 닫혀 있는 식당 겸 민박집으로 들어갔다. 길 건너편에서 물벼락이라도 뿌리듯 간헐적으로 파도가 문 앞까지 덮쳐왔다. 남쪽으로 내려왔으나 바닷가의 추위는 사납고 매서웠다. 무뚝뚝한 50대의 주인여자가 내온 곰장어구이를 놓고 두 사람은 소주와 맥주를 번갈아 마셨다. 상욱이 두어 번 말렸는데도 경옥은 한사코 술을 마시겠다고 했다. 상욱은 문득 회한에 빠져 중얼거렸다.

"내가 경옥이를 이토록 애타게 여기는데도, 가여운 너는 늘 나와 따로인 것 같구나."

핏발 선 눈을 꿈벅거리며 경옥이 입엣말로 되받았다.

"미안해요."

아까는 붉었던 얼굴이 점점 하얗게 변하고 있었다. 난로 옆에 웅크리고 있던 고양이가 무슨 기척을 느꼈는지 두 사람이 앉아 있는 쪽을 돌아보았다. 상욱이 다시금 한탄조로 내뱉었다.

"무당이 이리 아파서 어찌할까. 그럼 노래는 누가 부르나. 남들의 눈물은 또 누가 닦아주나."

"……"

"도대체 마음이 어디 있는지 모르겠지? 그건 원래 없는 거라고들 하더구만."

경옥이 시선을 탁자 아래로 떨어뜨리며 동문서답을 했다.

"당신이 아니었더라면 벌써 죽었을 텐데, 나는 아직 이렇게 살아 있어요. 그것만도 고마운 일이에요."

상욱은 맥주에 소주를 섞어 단숨에 마시고 주머니를 뒤져 담배를 피워 물었다.

"이쯤에서 내가 서울생활을 정리하고 조용한 바닷가 마을에 집을 얻어 둘이 살면 어떨까. 뭐 남해도 좋고, 우리가 처음 사랑을 나눴던 제주도 좋겠지. 가끔 내가 잡아온 생선도 조리해 먹고, 뭐 고기도 구워먹으면서 말이야. 앞마당에는 상추나 마늘 같은 것을 심고, 하얀 강아지도 키우면서. 처마에서 비가 떨어지는 날은 마루에 앉아 함께 술을 마시기도 하면서. 그러다 또 천둥번개가 치듯 아이가 생기면 낳아서 곱게 기를 수도 있겠지."

그러자 경옥의 얼굴에 의미를 알 수 없는 야릇하고도 공허한 미소가 번졌다. 주인여자는 난로 옆에서 끄덕끄덕 졸고 있었다. 경옥이 재채기라도 하듯 고개를 가로젓고 나서 또 엉뚱한 말로 되받았다.

"힘들면 이제 다른 여자를 만나보세요. 저는 괜찮으니까요."

상욱은 절로 한숨이 나왔다.

"다른 여자가 누구지? 세상에 그런 여자도 있나? 아니, 그러느니 차라리 이대로가 나아."

상욱은 벽시계를 쳐다보다 열 시가 되자 자리에서 일어났다. 주인여자도 그만 쉬어야 할 것 같았다. 두 사람은 열쇠를 받아들고 2층 방으로 올라갔다. 한겨울인데도 이불과 베개에는 퀴퀴한 냄새가 배어 있었고 파도 소리가 드세 좀처럼 잠을 이룰 수가 없었다. 상욱은 어쩐지 세상의 끝에 와 있는 심정이었다. 꿈을 꾸는지 경옥은 밤새 앓는 소리를 냈다.

이튿날 아침까지 눈은 그치지 않았다. 두 사람은 짐을 꾸려 경옥이 살았던 통영으로 갔다. 그사이 눈이 그치고 있었다. 봄이 아직 멀었는데도 통영은 공기 속에 따스한 빛이 어려 있었다. 또 어디로 가나 싶었는데, 경옥이 남해의 섬들이 보이는 미륵도 미남리로 가자 했다. 바다가 내려다보이는 그곳 민박에서 두 사람은 열흘을 머물렀다. 상욱은 낚시점에서 도구를 빌려 방파제에 나가 물고기를 잡아와 끼니마다 구이나 탕을 끓여 상을 차렸다. 그때마다 경옥은 문득 환한 얼굴이 되어 밤늦도록 지치지도 않고 노래를 부르는 것이었다.

2월 하순에 두 사람은 경옥의 고향인 여수로 길을 놓았다. 경옥의 부친은 이미 작고한 상태여서 딱히 찾거나 만날 이가 없었으나, 경옥은 그곳에서 하루쯤 묵어가기를 바랐다. 저녁참에 두 사람은 돌산대교에서 그리 멀지 않은 대교동 주택가의 오래된 골목을 찾아갔다. 경옥은 페인트칠이 벗겨진 어느 집 대문 앞에 발을 멈추고 깨금발로 어둑한 마당을 들여다보았다. 그리고 석탄재가 들어찬 듯 목이 콱 잠긴 소리로 웅얼거렸다.

"여기가 제가 태어나서 자란 집이에요. 그런데 불이 꺼져 있는 것을 보니, 이제 빈집이 된 모양이네요. 새엄마와 동생은 어디로 간 걸까요?"

마당가에 을씨년스럽게 한 주 서 있는 앙상한 대추나무가 상욱의 눈에 들어왔다. 한때의 바람이 불어가면서 후미진 골목까지 비릿한 바다

내음이 번져왔다. 그 냄새에 이끌리듯 두 사람은 돌산대교 쪽으로 무연히 걸어갔다. 그러다 습자지를 덧댄 듯 흐린 창으로 밤바다가 내다보이는 선술집에 들어가 복국을 끓여놓고 막걸리를 마셨다. 수염이 덥수룩한 중년 사내 서넛이 옆자리에 앉아 술추렴을 하며 욕설이 섞인 말들을 쉼없이 내뱉고 있었다. 경옥은 이맛살을 찌푸리며 내내 힘겨운 표정을 짓고 있었다. 왜, 어디가 안 좋은가? 라고 상욱이 묻자 그녀는 힘없이 고개를 가로저었다.

"아뇨, 죽은 아버지 생각이 나서요. 남자들은 나이가 들면 왜 다들 똑같은지 모르겠어요. 저러다 집에 들어가 또 아내나 아이들을 두들겨 패겠죠. 여수엔 괜히 왔나 봐요."

그녀는 그렁그렁한 눈으로 상욱을 쳐다보았다.

"내일 날이 밝는 대로 여길 떠야겠어요."

그럼 또 어디로 가지? 라고 반문하려다 상욱은 입을 다물었다. 돌아보니 서울을 떠나온 지 그새 보름이 다 돼가고 있었다. 비록 말을 꺼내지는 않았으나, 상욱은 내내 경옥의 몸이 걱정이었다.

다음 날 두 사람은 고흥 거금도로 옮겨갔다. 이후 완도와 해남 땅끝과 진도와 목포와 신안, 영광을 거쳐 변산 채석강에서 마지막 밤을 보낸 뒤 한 달여 만에 서울로 올라왔다. 그리고 경옥은 곧바로 재입원을 했다. 그날 연락이 닿은 재순이 병원으로 찾아와 경옥이 누워 있는 모습을 보더니 기겁을 하며 옆에 서 있는 상욱을 획 돌아보았다. 온전히 제 탓도 아니건만 상욱은 차마 재순의 얼굴을 마주볼 수 없었다.

며칠 뒤 다시 병원에 나타난 재순이 경옥에게 영화를 같이 해보자고 제의했다. 무슨 생각을 했던 것일까. 혹시 경옥의 마음을 붙잡아놓으려는 생각이었을까. 하지만 재순의 태도는 사뭇 진지했다. 독립영화를 찍어 영화제에 출품할 계획이라고 했다. 공허한 눈빛으로 한참이나 천장을 올려다보고 있던 경옥이 말했다.

"저한테 지금 그럴 만한 힘이 남아 있을까요?"

전에도 함께 영화를 만들어본 경험이 있지 않냐며 재순은 포기하지 않고 경옥을 설득했다.

"하긴, 저는 너무 오래 쉬었네요. 하루도 쉬지 못한 채 말예요."

아무튼 그 일로 경옥은 원기를 회복해 병원에서 퇴원한 후 재순의 오피스텔에 머물며 대부분의 시간을 보냈다. 촬영은 서둘러 4월부터 시작됐다. 상욱은 간간이 경옥과 통화를 주고받으며 지냈으나 만나지는 못했다. 영화는 여름이 되기 전에 촬영을 마칠 거라고 했다. 그런데 막상 그렇게 되지 않았다. 5월에 경옥이 사라지고 나서 며칠 뒤 속초에서 사고를 당했던 것이다.


6


경옥을 보내고 상욱은 그녀의 유골이 담긴 항아리를 배낭에 넣은 채 그녀와 머물렀던 곳들을 빠짐없이 찾아다니며 한 줌씩 뿌렸다. 마지막 한 줌은 3년 전 여름, 그녀와 20년 만에 해후했던 비양도에서 음복하듯 술에 타서 마셨다.

5월에 서울을 떠난 상욱이 속초에 나타난 것은 더위가 시작되는 6월 초순이었다. 한 달 가까이 곳곳을 떠도는 동안 상욱의 몸과 마음은 지칠 대로 지쳐 있었다.

그가 고속버스터미널에 내린 것은 오후 두 시쯤이었다. 상욱은 터미널에서 나와 어디로 갈지 모르는 상태에서 횡단보도 앞에 서 있었다.

양양과 속초 시내 양방향으로 오가는 차들이 그의 눈앞을 환영처럼 스치고 지나갔다. 여기가 거긴가? 상욱은 돌연 아뜩한 현기증에 시달리며 두 눈을 부릅뜨고 사위를 둘러보았다. 눈에 보이는 모든 것들이 휘발되듯 햇빛에 가물가물 타오르고 있었다. 한낮에 미칠 듯이 잠이 쏟아져내렸다. 그는 다리에 힘이 풀려 자리에 주저앉으려 했다. 그때 경옥의 모습이 상욱의 눈에 비쳐 들었다.

그녀는 예의 선글라스를 끼고 어깨에 기타를 멘 채 횡단보도를 우쭐우쭐 건너가고 있었다. 미처 보지 못했던 걸까? 신호등에는 빨간불이 들어와 있었다. 순간 상욱은 이것저것 가릴 겨를도 없이 경옥의 이름을 외치며 휘청휘청 도로로 달려들었다. 뒤미처 몸에서 천둥이 치는 소리를 들으며 그는 도로 한복판에 나뒹굴었다.

속초의료원에 입원해 있는 동안 상욱은 자신도 곧 세상을 떠나리라는 예감에 자주 시달렸다. 더는 살아갈 기력이 남아 있지 않다고 생각했다. 밤이면 늘 같은 꿈을 꾸었는데, 누군가 숨이 끊어질 정도로 길게 통곡을 하는 것이었다. 6인용 병실은 무더웠고 밤마다 귀신들이 들끓는 듯했다. 어떤 이는 울고 어떤 이는 화를 내고 또 어떤 이는 밤새 괴성을 질러댔다. 그러던 어느 날 밤 상욱에게 기이한 일이 일어났다. 설핏 잠이 들어 있을 때, 누군가 침대 가까이로 다가오더니 귀에 대고 이렇듯 속삭였다.

"이제 좀 괜찮은가요? 그럼 눈을 떠보세요. 내가 이렇게 손을 잡고 있을 테니까요."

눈에 풀칠을 한 듯 상욱은 좀처럼 눈을 뜰 수가 없었다.

"당신이 염려해준 덕분에 이제 나는 웬만합니다. 잘 쉬고 있으니 염려 마세요."

"……"

"당신과 함께했던 날들이 떠오릅니다. 바닷가의 방들. 그 방에 어둠이 차오르고 이윽고 새벽이 올 때, 나는 그 놀라운 고요함 속에서 혼자 깨어나 당신의 잠든 얼굴을 내려다보았지요. 그렇듯 늘 제 옆을 지켜주셔서 고마웠습니다. 그 누구보다 사랑한 나의 당신."

그게 누구라는 것을 알고, 상욱은 다시금 소리 죽여 통곡했다. 그러다 숨이 끊어질 듯한 찰나, 눈을 번쩍 떴다. 그는 어둠에 잠겨 있는 사위를 유령처럼 찬찬히 둘러보았다. 그러나 그가 누워 있는 침대 주위에는 아무도 없었다.

7월에 상욱은 속초에서 서울에 있는 한 대학병원으로 옮겨왔다.

그날 저녁 병원으로 찾아온 재순을 만나 그간의 얘기를 나누다, 상욱은 그가 봄에 찍다 만 영화의 제목이 '경옥의 노래'라는 걸 알게 되었다. ▪

# 정이현

# 서랍 속의 집

ⓒ이상엽

1972년 서울 출생. 성신여대 정외과와 서울예대 문창과 졸업. 2002년『문학과사회』등단.
소설집『낭만적 사랑과 사회』『오늘의 거짓말』『말하자면 좋은 사람』『상냥한 폭력의 시대』.
장편소설『달콤한 나의 도시』『너는 모른다』『사랑의 기초』『안녕, 내 모든 것』.
〈이효석문학상〉〈현대문학상〉〈오늘의 젊은 예술가상〉 수상.

# 서랍 속의 집

    부동산중개사는 고동색 뿔테 안경을 쓴 50대 여자였다. 자신을 금 실장이라 부르면 된다고 했다. 그 여자가 진과 유원을 데리고 간 집은 603호였다. 짐이 전혀 없는, 텅 빈 집이었다. 동남향이었고 거실이 네 모반듯했다. 베란다는 확장되어 있지 않았지만 방문과 창틀을 비롯한 전체 인테리어가 흰색 톤으로 맞추어져 있어 평수보다 넓어 보이는 효과를 주었다. 27평에 방 세 개가 이만큼 널찍하게 빠지기는 결코 쉬운 일이 아니라고 금 실장은 재차 강조했다. 욕실이 좁다고 유원이 지나가듯 한마디 던지자 그 여자는 산도 좋고 물도 좋은 곳이 어디 있겠느냐고 말을 받았다. 진이 처음 흔들린 건 그 순간이었는지도 모른다. 그것은 진에게 완벽히 균형 잡힌 인생은 없다는 뜻으로 번역되어 들렸다. 햇볕이 잘 들고 거실과 방이 고루 넓은 데다 화장실에 주방까지 넓은 20평대 아파트는 세상에 존재하지 않는다. 그 사실을 인정하자 진은 기이한 안도감을 느꼈다.

그러니까, 17층이 여기랑 완전히 똑같다는 거죠?

유원의 목소리가 들려왔다.

그럼요.

금 실장이 대답했다.

사실 전망으로 치면 여기보다 17층이 훨씬 더 좋지요.

진은 유원과 나란히 선 채, 금 실장이 손가락으로 가리킨 거실 유리
창 너머를 바라보았다. 대형마트의 옥외 주차장과 아직 정비되지 않은
신택지지구의 올망졸망한 주택들이 내려다 보였다.

6층도 이렇게 시원한데 17층이야 볼 것도 없어요. 아주 탁 트였어요.

생각보다 괜찮은데? 어때?

작은방의 붙박이장을 열었다 닫으며 유원이 물었다. 진은 자신의 남
편이 그런 이야기는 부디 둘만 있는 곳에서 할 줄 아는 사람이기를 바
랐다.

글쎄, 아직은 잘.

그녀가 얼버무리자 금 실장이 어깨를 들썩이는 시늉을 했다.

아휴, 그러다 놓친다니까요. 그러기엔 정말 아까워요. 오늘만 해도
몇 팀이나 보고 갔는지 몰라요.

그 말은 과장일지언정 완전한 거짓말 같지는 않았다. 진은 17층에
한번 올라가보고 싶다고 했다. 금 실장이 안경테에 손가락을 얹었다.

그러니까요, 참. 저도 그게 아쉽네요. 세입자가 유별나가지고.

여기 오기 전에도 두세 번 되풀이했던 소리였다. 매매를 위해 집을
내놓은 곳은 1703호였으나, 여자는 그들을 603호로 데려왔다. 603호
는 월세 세입자가 나타나기를 기다리며 비어 있는 집이었다.

그냥 다 똑같은 집이라고 보시면 돼요. 여기 3, 4호 라인은 구조가 다 똑같으니까.

1703호에 전세로 살고 있는 세입자가 집을 잘 안 보여주려 하기 때문이라 했다.

간혹 그런 사람들이 있어요. 아직 전세가 만료된 게 아니라서 법적 의무는 아니니까요. 그래서 집주인분도 어쩔 수 없이 이렇게 저렴하게 내놓으신 거예요.

아닌 게 아니라 1703호의 호가는 일반적인 시세보다 3천만 원가량 쌌다. 국산 중형차 한 대 값이었다. 정말 똑같다면, 선택하지 않을 이유가 없었다. 눈으로 확인하지 않아도 믿는 이들이 있었다. 눈으로 확인하지 않아야 믿는 이들도 있었다. 더 철저히 믿는 쪽이 이기는 것이 거래의 규칙인지도 몰랐다.

아니요, 집에는 못 들어가봐도 한번 올라가보고는 싶어요.

그들은 진의 바람대로 엘리베이터를 타고 17층에 올랐다. 6층과 다른 점은 아무것도 없었다. 두 개의 철제 현관문이 얼마간의 간격을 두고 나란히 놓여 있었다.

아무도 없기는 하겠지만, 그래도 혹시 모르니까요.

금 실장이 1703호의 초인종을 길게 눌렀다. 삐이이이익. 삐이이이익. 연달아 두 번 눌렀지만 안에서는 아무런 응답도 없었다. 진은 견고히 닫혀 있는 1703호의 현관문을 물끄러미 바라봤다. 한 집의 주인이 된다는 것은 대체 어떤 의미일까. 부부의 공동 자산이 생긴다는 뜻, 2년이 지나도 더 이상 이사를 걱정할 필요가 없다는 뜻, 10년 넘도록 갚아야 할 빚더미가 어깨에 짐짝처럼 얹힌다는 뜻 말고 또 다른 게 있을지도 몰랐다. 1703호는 대답 없이 묵묵하기만 했다. 다시 엘리베이터를 타고 1층에 도착하기도 전에 유원이 못 참고 입술을 달싹였다.

실장님, 우리가 매매를 했는데 세입자가 버티고 안 나가면 어쩝니까?

그는 진지했다. 진은 등줄기가 서늘해졌다. 희미하게 공기 중을 떠돌던 불안의 실체가 느닷없이 손안에 잡힌 느낌이었다. 중개사가 웃음기를 거두었다.

아, 그런 일은 없죠, 사장님. 다음 달이면 계약이 만료되니까요.

그래도 막무가내라면 부동산에서 책임지실 수 있나요?

그럼요. 저희가 그렇게 허투루는 일을 안 하죠, 사장님.

연달아 사장님으로 불린 유원이 뭐라 대꾸하기도 전에 그들은 지상에 닿았다. 공용 현관문 안쪽에 서서 이야기를 마저 나누었다. 금 실장은 이렇게 있어봐야 아까운 시간만 지날 뿐이라고 했다. 아직 마음의 결정이 끝나지 않았어도 괜찮으니 일단 집주인과 만나보라는 게 그 여자의 의견이었다.

손바닥도 마주쳐야 소리가 나잖아요.

그것은 적절한 비유 같기도 하고 엉뚱한 비유 같기도 했다.

가격적인 부분에 있어서도 그래요. 저희가 중간에서 조율하기는 아무래도 한계가 있으니까요. 한번 인간 대 인간으로 만나서 이렇게 딱 다이렉트로 네고를 해보시면, 여기 집주인분도 쩨쩨하거나 말 안 통하는 어르신 아니니까, 기분이다, 통 크게 깎아주마, 할 수도 있는 문제고요.

유원이 솔깃해하는 눈치임을 진은 알아챘다. 중학교 교복을 입고 큼지막한 책가방을 멘 소년 하나가 유리문 밖에 서 있는 모습이 보였다. 소년이 비밀번호를 누르자 공용 자동문이 활짝 열렸다. 그들이 선 곳을 지나쳐 승강기 쪽으로 걸어가는 소년의 뒷모습을 바라보면서 진은 저 문을 들어서는 10년 후의 시우를 떠올렸다. 아직 지구에 오지 않은 둘째 아이도 떠올렸다. 올해로 지은 지 10년째인 아파트이니 10년이 흐르는 동안 낡기는 하겠지만 못 봐줄 수준은 아닐 것이다. 10년은 구불구불 흐를 것이다. 10년 후에 시우는 저 소년처럼 중학교에 다닐 것이고 진보다 키가 훌쩍 클 것이다. 둘째는 단지 내의 초등학교에 다니고 있을 것이다. 둘째를 그 정도 키워놓으려면 내년, 늦어도 후년에는 임신을 해야 했다. 단지 내에 어린이집과 유치원과 초등학교가 있으며 도보로 10여 분 거리에 중학교까지 있다는 점은, 일하는 엄마를 둔 아이들을 위해 더할 나위 없는 조건이었다.

금 실장은 즉석에서 집주인에게 전화를 걸더니 토요일 낮에 만나는 것으로 약속을 잡았다. 일이 빠르게 진행될지도 모른다는 실감이 비로소 들었다. 우리 집. 내 집. 차 안에서 진과 둘만 있게 되자 유원이 말했다.

원래 이런 일은 얼떨결에 치르는 거라고 했어.

누가 그랬는데?

응? 누가 그랬더라…… 아무튼 예전에 들었어.

진은 운전대를 잡은 남편의 옆모습을 흘깃 보았다. 어딘가에 집중해 있을 때 나타나는 명한 표정이었다. 그는 이미 3분의 2쯤 결심을 굳혀가고 있었다. 진은 남편에 대해 그 정도쯤은 알았다.

집을 살 계획 같은 것은 전혀 없었다. 한 달 전까지만 해도 그랬다. 결혼을 하고 6년이 흐르는 동안 그들은 세 번 이사했다. 한국에서 주택의 전세 계약 기간은 일반적으로 2년이니 전세 만기가 도래할 때마다 새집으로 옮긴 셈이었다. 두 번째 집은 신혼집보다 다섯 평 넓어졌고 방도 하나 더 늘어났다. 대출도 늘어났다. 세 번째 집은 두 번째 집보다 세 평 좁아졌다. 방의 개수는 그대로였지만 대출은 늘어났다. 대출은 계속 늘어나기만 했다. 가계 빚의 규모가 좀 늘었다고 해서 생활이 크게 달라지는 건 아니었다. 유원과 진이 모두 매달 일정한 날에 일정한 액수의 급여를 받는 직장인이었으므로 일상생활은 그럭저럭 전과 비슷하게 유지되었다. 모든 금융 관련 거래는 유원이 맡아 했다. 그가 원해서였다.

어차피 너는 귀찮아 하잖아.

신혼여행지에서 돌아오자마자 그는 열두 살짜리 조카딸을 배려하는 외삼촌 같은 말투로 진의 공인인증서를 요청했다. 그 말에 반박하지 못한 건 어느 정도 사실이었기 때문이다. 약간의 개인 용돈을 제외한 진의 급여 대부분은 유원의 급여와 합쳐져 생활비로 사용되었다. 여느 가정과 다를 바 없는 지출이었다. 전세 자금 대출의 이자, 신용카드 대금, 고만고만한 적금 몇 개, 보험료, 아이의 어린이집 보육료, 각종 공과금과 아파트 관리비 같은 것들. 그 항목 사이에 하나의 공통점이 있다면 지난달에 미리 사용했다는 점이었다. 전달의 외상값을 다음 달에 갚아가는 시스템 말고 또 다른 방법으로 사는 현대 가족을 진은 거의 본 일이 없었다. 가까이서 본 적이 없다는 것이지 그 존재조차 부정한다는 뜻은 아니었다. 어딘가에는 그런 사람들도 있을 거였다. 한 달, 아니 석 달이나 넉 달, 그 이상의 생활비를 일반 예금 통장에 아무렇지 않게 넣어두고 있는 사람들. 아무 때나 꺼내 써도 되고, 꺼내 쓰지 않아도 되는 돈.

진은 전세 만기가 다가오고 있다는 것을 가늠하고 있었다. 유원도 마찬가지였다. 유원은 내심 전세 연장을 예상하고 있었다.

이런 집이 한두 개가 아니라며. 아직까지 연락 안 오는 걸 보면 우리 집을 잊어버린 거야. 어차피 조금 있으면 자동 연장이니까, 보름만 버텨보자.

그의 의도와는 상관없이 비장한 농담처럼 들렸다. 집주인은 유원과 진보다 다섯 살 많은 남자였다. 계약서를 쓴 부동산에서는 이런 집을 여러 채 가지고 있는 유지라고 설명했다. 유지有志라는 고색창연한 한자어 앞에서 진은 실소를 참았다. 전세 계약을 체결할 때 그 남자를 딱 한 번 보았다. 그는 이 도시에서는 흔히 보기 어려운, 자줏빛 SUV를 타고 왔다.

랜드로버 디스커버리야.

유원이 진의 귀에 대고 속닥였다. 남자는 늦어서 죄송하다고 깍듯하게 사과했다. 계약서에 망설임 없이 도장을 찍고 나서는, 이사 잘 하시고 이 집에서 좋은 일만 있으시기를 바란다는 서글서글한 인사말을 남기고 바람처럼 사라졌다.

신분증 주소 봤냐?

나중에 유원이 물었다.

아니.

보았지만 진은 그렇게 말했다.

이 동네에 수십 채 가지고 있다면서 자기는 다른 데 산다.

부동산에서는 분명 그의 집이 수십 채가 아니라 여러 채라고 했었다. 구태여 정정해줄 까닭도 없으므로 진은 유원의 착각 혹은 과장을 그대로 놓아두었다. 물론 좋은 집주인을 만났다는 유원의 의견에 반박할 생각은 없었다. 지난겨울 보일러가 고장 났을 때 곧바로 수리 대금을 입금해주었던 것을 봐도 틀림없이 그래 보였다. 그는 수리 업체가 제시한 금액에 토를 달지도 않고 가격을 깎으려 들지도 않았다.

진과 유원은 그를 선량하고 마음 넓고 기억력 좋지 않은 부자라고 믿었던 것 같다. 믿고 싶었던 것 같다.

집주인에게 통보가 온 것은 전세 만기일을 정확히 세 달 남겨둔 시점이었다.

안녕하세요. 현재 시세에 맞추어 전세금을 인상하려고 합니다. 양해 바랍니다.

그때 진은 퇴근길 버스 안에 있었다. 손잡이를 잡고 엉거주춤 선 채, 맞춤법과 띄어쓰기가 한 군데도 틀리지 않은 집주인의 문자메시지를 읽었다. 한 번 읽고는 두 번 더 되풀이해 읽었다.

버스는 규정 속도대로 달렸다. 곧 내려야 할 정거장이었다. 창밖으로 친숙한 간판들이 지나갔다. 지하철역에서 꽤 떨어진 가파른 언덕 위에 지어진 아파트라는 단점, 신축 아파트의 같은 평형에 비해 실내가 좁게 설계되었다는 단점에도 불구하고 지난 2년여 동안 진은 이 집에서의 생활에 큰 불만이 없었다. 만족했다는 뜻과는 달랐다. 불만족과 만족을 꼼꼼히 헤아리기에 너무 바쁜 나날이었다.

버스가 횡단보도에 섰을 때 재빨리 폰으로 아파트 이름과 평형을 검색해보았다. 같은 조건의 집들이, 그들이 2년 전에 계약했던 것보다 20퍼센트 높은 가격에 거래되고 있었다. 짐작은 하고 있었지만 이 정도로 많이 올랐을 줄은 몰랐다. 선택지는 많지 않았다. 올려줄 것인가, 나갈 것인가. 진은 유원에게 문자메시지를 포워딩했다. 그는 이즈음 계속해서 야근이었다. 중요한 프로젝트를 수주하기 위해서라고 했다.

이번에 못 따면 목을 따야 한다더라.

누가?

팀장이. 노동청에 고발할까?

전날 밤, 파김치가 되어 자정께에 귀가한 유원은 인상을 찌푸리지도 않고 투덜거렸다. 그가 손도 씻지 않고 양말도 벗지 않은 채 소파에 벌러덩 누워버렸기 때문에 자신도 모르게 진은 콧등을 찡그렸다. 그는 요즘 자주 이 상태로 잠이 들어 아침까지 내처 잤다. 잘 거면 제대로 준비하고 들어가 누우라고 또박또박 말했을 뿐인데 유원은 그것을 다르게 받아들인 듯했다. 그는 이맛살을 구기며 소파에서 벌떡 일어났다.

종일 힘들게 일하다 들어온 사람한테 넌 기껏 그런 말밖에 못하니?

유원은 어깨를 떨어뜨리며 웅얼거렸다. 진은 작은 소란에 시우가 깰까봐 걱정이 되었다. 아이가 잠든 작은방 문을 꼭 닫았다. 아이는 유난히 밤잠이 없고 아침잠이 많았다. 아침이면 잠이 덜 깬 아이를 질질 끌다시피 데리고 나와 어린이집에 넣어야 했다. 유원은 그게 힘들다는 진을 이해하지 못했다.

나는 네가 부러운걸. 출근 시간이 늦어서.

그는 진이 부랴부랴 퇴근해 어린이집에서 아이를 찾아 저녁을 차리고 씻기고 하는 일에 대해 말할 때도 늘 비슷한 반응이었다.

나도 여섯 시 땡 치면 애 얼굴 보러 달려가고 싶고, 맛있는 거 만들어 먹이고 싶고, 잠들 때까지 껴안고 누워서 책 읽어주고 싶어. 그게 힘들면 너랑 나랑 회사 바꿀래?

비아냥거리려는 목적이 아니라 유원은 정말 그렇게 생각하는 듯했다. 그와 이런 대화를 나누고 있으면 멀리 떨어진 축대와 축대 사이에 희고 가느다란 줄을 하나 연결하고는 그 위를 걸어서 건너는 것처럼 아득했다.

어린이집 문을 열고 들어서는데 유원에게 답장이 왔다.

뭐야? 어쩌라는 거지?

진은 그가 찍은 두 개의 물음표가 집주인이 아니라 자신을 향한 것으로 느껴졌다. 진이 보기에 요즈음 유원은 자주 이런 트릭을 사용하려 들었다. 제삼자의 위치를 선점해버림으로써 당면한 문제에 대한 실무적 책임을 타인의 몫으로 넘겨버리는 것이다. 그 타인이 바로 진이었다.

어린이집 문을 열자 여느 때처럼 체구가 유난히 작은 네 살 남자아이가 제일 먼저 현관 앞으로 뛰어나왔다. 제 엄마가 아니라는 걸 확인하고 나면 매번 아이의 눈동자가 왈칵 흐려졌다. 그 깊고 먹먹한 눈동자를 무방비로 마주 보는 일은 매일 반복해도 적응이 되지 않았다.

미안. 너희 엄마도 금방 오실 거야.

진의 말이 아이의 귀에 제대로 들리는지는 알 길이 없었다. 시우는 항상 느릿느릿, 별로 반가워하는 기색도 없이 걸어 나왔다. 진은 시우를 힘껏 껴안았다. 시우는 말없이 폭 안겼다. 올 때처럼 아이 가방을 자신의 어깨에 둘러메고 시우의 손을 잡고 밖으로 나섰다. 땀이 많은 아이의 손은 늘 축축이 젖어 있었다. 어린이집 안에는 아직 아이 두셋이 더 엄마를 기다리고 있을 것이다. 그래도 시우가 마지막이 아니라서 다행이라고 문득 생각했다.

업힐래?

아이가 고개를 저었다.

어떻게 했으면 좋겠어?

유원이 자못 심각하게 진의 의중을 물었다. 그녀 또한 답을 알지 못했으므로 묵묵히 커피잔을 비웠다. 언젠가부터 아무리 늦은 시간에 카페인을 섭취해도 잠드는 것에는 전혀 지장이 없었다. 베개에 머리를 대기만 하면 곧 깊은 잠 속에 빠져들곤 했다. 꿈 없는 먹빛 잠이었다. 그러다 알람시계가 울리기 전에 기계처럼 눈을 떴다. 어둠침침한 새벽, 머리맡을 더듬어 핸드폰의 시간을 확인해보면 6시 20분이거나 19분이거나 21분이었다.

하긴, 뭘 어떻게 하겠냐.

유원이 체념하는 투로 말했다.

집 알아보자.

이사 가겠다고?

그래야지.

말이 되니? 그냥 살자.

진의 진심이었다. 최선은 아니겠지만 역시 그 길밖에 없었다. 집주인의 연락을 받은 순간부터 진은 차선에 대해 궁리해왔다. 전세 대출을 좀 더 받고, 마이너스 통장을 좀 끌어다 쓰면 해결 못할 것도 없다 싶었다. 유원은 미쳤느냐고 했다.

내일 아침에 근처 부동산에 다 전화해봐.

왜?

그거 나가라는 뜻이야.

그게 왜 나가라는 뜻이야? 돈 올려달라는 뜻이지.

올려주면서까지 여기 살아야 할 메리트가 없어.

시세라는 게 있잖아.

너 항상 언덕 아랫동네 살고 싶다고 했잖아.

거긴 더 비싸.

도둑놈들.

유원이 느닷없이 중얼거렸다. 대상이 불분명한 욕설이었다. 그는 아까부터 그렇게 말할 타이밍을 엿보고 있었던 것만 같았다.

어떻게 이렇게 뒤통수를 치냐.

유원은 오래 사귄 애인에게 배신당한 것처럼 굴고 있었다. 유원의 과한 반응에 진은 어리둥절했으므로 맞장구를 쳐줄 수 없었다. 2년 전에 그때의 시세가 있었다면, 지금은 지금의 시세가 있지 않은가. 여러모로 이것과 비슷한 조건의 아파트를 구하려면 결국 비슷한 액수가 필요할 것이다. 이사 비용과 복비를 계산해보면 어느 쪽이 나을지 빤했다.

다음 날 아침, 진은 문자메시지를 한 통 받았다. 유원이 방금 전 집주인에게 보낸 메시지를 포워딩한 것이었다.

안녕하세요. 저희 이사 나갈 예정입니다. 계약 만료일에 전세금 반환 부탁드립니다.

몇 군데 부동산에 집을 알아봐달라고 부탁하고 나서, 주말마다 집을 보러 다니게 될 줄 알았다. 그러나 부동산에서는 아무런 연락이 없었다. 먼저 연락을 해보면 2-30평대의 전세가 귀해도 너무 귀하다는 말만 반복했다. 그들이 살던 집은, 내놓자마자 이틀 만에 열 팀이 넘게 다녀갔다. 집을 보러 온 사람들은 각양각색이었다. 제 신을 벗기도 전에 남의 집 신발장을 활짝 열어보는 젊은 여자도 있었고, 양가 부모에 시누들까지 열 명 가까운 인원이 점령군처럼 몰려온 경우도 있었다. 이렇게 좁은 집은 싫다고 했는데 왜 데려왔느냐고 중개사에게 성내는 중년 사내도 있었고, 한구석의 진에게 은밀히 다가와 지금 전세금 얼마에 살고 있는지, 층간 소음은 어떤지, 여름에 덥고 겨울에 춥지는 않은지 꼬치꼬치 캐묻는 할머니도 있었다. 남자들 대부분은 들어올 때부터 빨리 나가기만을 염두에 둔 것처럼 대충 훑다 나갔고, 여자들은 조심스러운 듯 들어와서는 부엌장의 밥그릇 개수까지 셀 정도로 면밀히 살림살이를 살폈다. 타인의 시선으로 바라보자면 너저분하고 추레한 살림이었다. 군살이 덕지덕지 붙은 알몸을 쨍한 햇볕 아래 드러내는 기분이었다. 왜 이사를 나가게 되었느냐고 진에게 대놓고 물어보는 이도 몇 있었다. 진은 솔직하게 말했다.

그냥 그렇게 되었어요.

말꼬리를 흐리면 그들은 돈 문제로 추측하는지 더는 묻지 않았다. 그들의 계약 만료일에 맞춰 입주하겠다는 사람과 새 계약이 수월하게 이루어졌다. 이제 그들은 두 달 안에 나가야만 했다. 새집을 구해야만 했다. 여전히 부동산에서는 연락이 없었고, 진은 본격적으로 유원을 미워하기 시작했다. K시의 아파트 전세는 품귀 현상이 심각했다. 대단지 중소형 평수의 경우는 로열층이 아니어도 몇 개월씩 대기하고 있다가 매물이 하나 났다 하면 집을 구경하지도 않고 계약금부터 입금하고 본다는 것이 금 실장의 전언이었다.

다른 동네도 다 이런가요?

다 비슷비슷할걸요. 그래도 여기가 좀 심하죠. 젊은 부부들이 워낙 많이 살잖아요. 근처 학교 평판도 괜찮고, 이마트 롯데마트 홈플러스 다 근방에 있고, 교통 편하고, 전철역 가깝고. 그래도 서울에 비하면 싸니까요.

진에게 그것은, 결국 여기를 벗어나 더 외곽으로 가야 할 거라는 예언으로 들렸다. 학교 평판도 나쁘고, 대형 마트라곤 찾아볼 수 없고, 교통 불편하고, 전철도 없고, K시에 비해 싼 곳으로. 한참 만에 전세 매물이 하나 나타났다는 전화가 왔다. 그게 금 실장과의 첫 통화였다.

이 동네인 거죠?

진이 확인하자 금 실장은 한 아파트 브랜드의 이름을 댔다. 비교적 신축인 대규모 단지였다. 입주일도 그들과 얼추 맞았다. 놓칠까봐, 진은 반차 휴가를 내고 달려갔다. 유원도 달려왔다. 남편의 낡은 옷을 주워 입었나 싶게 대책 없이 커다란 티셔츠를 몸에 걸친 젊은 여자가 문을 열어주었다. 얼굴에 핏기가 하나도 없었다. 마룻바닥에 넓게 요가 펼쳐져 있고 그 위에 갓 백일이나 지났을까 싶은 아기 둘이 손가락을 꼼지락거리며 누워 있었다. 싱크대에는 채 치우지 못한 플라스틱 반찬통이 그대로 남아 있었다. 뚜껑이 덮인 것은 뭔지 모르겠고 뚜껑이 열린 것은 시금치나물과 콩자반이었다. 밥풀이 붙은 그릇 하나와 수저 한 벌이 얌전히 놓인 개수대 앞에서 진은 슬며시 다른 데로 시선을 돌렸다. 평수는 지금 사는 집과 동일했으나 가구와 잡동사니 등속이 하도 널브러져 있어 그렇게 보이지 않았다.

그런데 이 집은 왜 나가는 거래요?

현관문을 나서자마자 유원이 금 실장에게 물었다.

아, 주인이 전세금 올리거나 반전세로 전환하자고 하니까 부담됐나 봐요. 애가 쌍둥이니 더하지 뭐. 친정인지 시댁인지에 들어간다더라고요.

그 여자의 태연한 설명을 듣다 보니 이것은 커다란 도미노 게임이며, 자신들은 멋모르고 중간에 끼어 서 있는 도미노 칩이 된 것 같았다. 종내는 모두 함께, 뒷사람의 어깨에 밀려 앞사람의 어깨를 짚고 넘어질 것이다. 스르르 포개지며 쓰러질 것이다. 금 실장이 이 집의 정확한 가격을 말해주지 않은 사실이 떠올랐다.

그래서 이 집은 얼마인가요?

금 실장이 알려준 가격은 지금 살고 있는 아파트보다 정확히 5천만 원이 비쌌다. 역시 일정 부분은 반전세로 내도 상관없다고 했다. 그편이 더 좋다고도 했다. 진은 저도 모르게 유원의 팔꿈치를 꽉 잡았다. 야, 아파. 유원이 앓는 소리를 했다. 그러다 갑자기 무슨 특별한 생각이 난 듯 걸음을 멈추었다. 그런 순간을 인식의 대전환이라 부르는지도 모른다.

그럼 매매가는 얼맙니까?

금 실장이 알려준 바에 따르면, 그 아파트의 매매가와 전세가는 5천만 원가량 차이가 났다.

이 동네 집값이 언제 그렇게 떨어졌어요?

아니죠, 집값은 뭐 고만고만한데. 전세가 워낙에 올라서.

진은 머릿속으로 세상에서 가장 어려운 산수를 계속하고 있었다. 5천만 더하기 5천만. 그러니까 지금보다 1억을 더 지불하면 집을 아예 사버릴 수 있는 것이다.

매매 쪽은 집들이 있나요?

아주 많지는 않지만.

금 실장이 눈동자를 빛내며 한 걸음 다가섰다.

정말 마음 있으시면 말씀하세요. 다른 데랑 공유 안 하고 저희만 아는 좋은 물건들이 두어 채 있어요. 그중에 한 집은, 정말, 아주, 기가 막혀요.

그 집이 바로 1703호였다.

토요일 오전, 그들은 일찌감치 시우를 서울의 또 다른 위성도시에 사는 유원의 어머니에게 맡겼다. 유원의 부모는 지어진 지 25년째인 낡은 빌라에 살았다. 유원이 초등학생 때부터 살아온, 붉은 벽돌로 단단하게 지은 작은 집이었다. 한때는 아파트에 비해 가격이 오르지도 않고 그렇다고 쉽게 팔리지도 않는 애물단지였지만 얼마 전부터는 상황이 달라졌다. 대지 지분이 높아서 재건축이 성사될 가능성이 높다고 했다. 재건축만 성사되면 분담금 한 푼 안 내고도 앉은자리에서 수억을 벌게 된다고 했다.

집 한 채 어떻게든 지키고 살았더니 나쁜 끝은 아니려나 보다는 시어머니의 이야기를 진은 적당히 흘려들어왔지만 유원은 그렇지 않았던 모양이다.

주민등록증 있어?

유원이 태연히 확인했다.

지갑에 있겠지. 왜?

오늘 도장 찍을 수도 있잖아. 네 도장은 내가 챙겼어.

진짜, 꼭, 해야겠어?

다른 방법이 없잖아.

상황을 이렇게 만든 게 누군데?

누군데? 나?

그럼 아니야?

그 새끼지.

누구?

집주인. 우리 집.

진은 맥이 탁 풀렸다.

돈은 있고?

100퍼센트 현금 들고 집 사는 사람 없어. 은행 다니는 영철이 알지? 주택 담보 대출 물어봤더니 알아서 잘 해주겠대. 전세 대출 금리랑 별

차이도 없더라.

꼭 그래야겠어?

진아, 지금 아니면 기회가 없을 것 같아. 내가 지난 5년간 실거래가
다 분석해봤거든. 이게 지금 말이 안 되는 가격이야.

앞으로 계속 떨어진다는 뜻이겠지.

아니야. 그 집만 그래. 지난달에 거래된 옆 동은 안 그랬어. 이런 게
진짜 급매야. 이건 거의 떨어진 돈 줍는 거나 마찬가지라고.

돈이 왜 하필 우리 눈앞에 떨어져 있겠어? 어떤 멍청한 돈이 그렇게
눈이 멀었게?

그러면 네가 원하는 건 뭔데? 다시 전세? 월세? 2년 뒤에 또 나가라
면 어쩔 건데? 평생 짐 뺐다 넣었다 2년마다 반복하며 살다 죽을 거야?

유원이 쏟아내는 물음표들이 진의 가슴 한복판에 내리꽂혔다. 유원
은 속력을 높였다. 차가 고속화도로를 120킬로미터로 달리는 내내 부
부는 정적을 지켰다. 대화가 없어도, 음악이 없어도, 라디오 소리가 없
어도, 사랑이 없어도, 세상 모든 소리와 빛이 사그라진 곳에서도 어색
하지 않은 관계였다.

곧 K시로 진입하는 나들목이었다.

1703호의 집주인은 이미 부동산에 도착해 있었다. 저쪽에서도 부부
가 나왔다. 40대 중반이 되었을 것 같은 연배였다. 부부 모두 얌전하고
소박한 인상이었고 심할 만큼 말수가 적었다. 금 실장이, 이렇게 함께
계시니 네 분의 인상이 닮았다며, 이것도 보통 인연은 아니라고 너스
레를 떨었다. 아무도 웃지 않았다. 다른 직원이 이미 프린트해둔 계약
서를 테이블 위에 놓았다.

매매계약서는 처음 보았다. 매매가와 매도자와 매수자의 이름을 적

는 곳은 아직 빈칸이었다. 진은 퍼뜩 정신이 들었다. 어떻게 해야 할지 알 수가 없었다. 유원도 다를 바 없어 보였다. 그는 손가락으로 콧등을 문지르고 있었다. 그는 짜증스러울 때는 선하품을 했고, 성적으로 흥분했을 때는 다리 사이의 간격을 의식적으로 좁히고 뒤로 물러앉았으며, 어찌할 바를 모를 때는 손으로 코를 만지작거렸다.

여기 젊은 사장님, 사모님 오시기 전에, 우리 집주인 사장님, 사모님하고 이야기를 나누어봤는데요.

금 실장이 운을 뗐다.

만약 오늘 계약하시면 여기서 작은 거 석 장 빼주실 수 있다고 해요.

아, 왜…… 왜요?

날도 이렇게 좋은 주말인데 젊은 분들이 힘들게 나와주셔서요.

금 실장이 떠들 동안 집주인 부부는 고개를 내리깔고는 아무 얘기도 하지 않았다.

공동 명의로 하시는 거죠?

그, 그래야죠?

금 실장의 물음에 유원이 되물었다. 주민등록증 네 개와 도장 네 개가 조르르 놓였다. 직원이 새로 매매가와 매수인, 매도인의 이름이 프린트된 새 계약서를 뽑아 왔다. 진의 이름은 유원의 이름 아래 적혀 있었다. 이제 헤어지기라도 하려면 한층 복잡해지겠다고, 진은 별안간 생각했다. 집을 산다는 것은 한 겹 더 질긴 끈으로 삶과 엮인다는 뜻이었다. 부동산은, 신이든 정부든 절대 권력이 인간을 길들이기 위해 고안해낸 효과적인 장치가 분명했다. 돌이킬 수 없는 트랙에 들어서버렸다고 진은 실감했다. 결혼식장에 들어설 때보다 훨씬 더 선명했다.

가계약금은 100만 원만 하겠습니다.

유원이 갑자기 호기로운 척 선언했다. 옆에 앉은 이 남자와 다리 하나씩을 묶고 절뚝이며 걸어가야 했다. 금 실장이 집주인 사내 쪽을 쳐다보았다. 집주인 사내가 깊이 고개를 끄덕였다. 그가 백지에다 계좌번호를 적어서 유원에게 내밀었다. 한 자 한 자 꾹꾹 눌러쓴 글씨였다. 스마트폰의 은행 앱으로 생전 처음 보는 사람의 계좌로 돈을 이체하는 남편의 곁을 진은 잠자코 지켰다. 곧 어디선가 띵똥, 문자메시지 울리는 소리가 들렸다. 집주인 사내가 자신의 전화기를 확인했다.

예, 잘 들어왔습니다.

남자가 천천히 말했다.

만 원짜리 지폐 한 장 없이, 허공에서 허공으로 이동하는 돈의 경로가 새삼 경이로웠다. 사흘 안에 계약금 10퍼센트를 같은 계좌로 입금하면 되고, 어차피 이쪽 젊은 사장님네가 지금 사는 집의 전세금을 받아야 계약이 될 테니 중도금 없이 잔금으로 바로 진행하는 것으로 하자고 금 실장이 요령 있게 교통정리 했다. 집주인 부부는 신분증과 도장을 챙기자마자 서둘러 일어섰다. 헤어지기 전에 집주인 여자가, 고맙습니다, 라고 했다. 쉰 목소리였다.

세만 줬던 집이라 깨끗지 못해요.

남자가 말했다.

나이 들면 저희가 들어가서 살려던 집인데⋯⋯.

남자의 말줄임표 속에 회한이나 주저, 서글픔 같은 감정이 혼재되어 있는 듯했다. 진은 얕게 전율했다.

저들은 왜 무엇을 빼앗기는 것처럼 보이는가!

새집에서 행복하시라는 말을 남기고 그들은 총총히 사라졌다. 빈 종이컵 두 개와 계약서 한 장, 간이로 적은 입금 영수증만이 탁자 위에 남겨졌다. 얼떨떨한 채 옆을 보니, 유원이 손바닥으로 계약서를 쓸어보고 있었다.

잘 살자.

부동산을 나서며 유원이 말했다.

그래. 그러자.

진이 대답했다.

이사 나갈 집을 찾았다고 알리자마자, 지금 사는 집주인이 전세금의 10퍼센트를 계좌로 보내왔다. 새집의 계약금을 치르도록 그렇게 하는 것이 일종의 관례라고 했다. 그래도 이별의 매너는 있다고 유원이 빈정거렸다. 맹렬하던 적의는 사라진 듯했다. 대출은 은행원인 유원의 친구를 통해 진행하기로 했다. 유원은 30년 분할 상환을 주장했지만 진은 현재 나이에 30을 더해보고는 20년 상환으로 바꾸자고 했다. 웬일인지 유원이 고분고분 그녀의 말을 따랐다. 이자에 매달 갚아야 할 원금까지 합치니 금액이 엄청났다. 진이 받는 기본급 3분의 2에 육박하는 액수였다. 외벌이로는 불가능했다. 영원히 불가능할 것이었다.

이삿날이 되기 전에 도배라도 해야 할 것 같아 금 실장에게 전화를 걸었다. 신호음이 울리는데 1703호의 굳게 닫혔던 문이 떠올랐다. 인테리어 업자와 방문할 테니 세입자에게 부탁해달라는 진의 말에 금 실장은 일단 알겠다고 했다.

그런데 사모님, 그 집이 워낙 바쁘셔가지고. 전달이 혹시 안 될 수도 있어요.

이상한 불안감이 등줄기를 스멀스멀 타고 올랐다.

네, 틀림없이 나가신대요.

세입자는 어떤 분들인데요?

진은 처음으로 물었다. 수화기 너머로 예상 못한 침묵이 짧게 이어졌다.

아, 착한 분들이에요. 걱정 마세요.

이사 전날의 일과는 보통 날과 다를 바 없었다. 못 일어나는 시우를 억지로 깨워, 계란프라이를 넣고 비빈 밥을 두어 숟가락 입에 쑤셔 넣는 동시에 옷을 입히고 양말을 신겼다. 아이의 손을 잡고 휘청휘청 언덕을 걸어 내려오면서 이것도 이제 마지막이라는 생각이 들었다. 아이를 어린이집에 무사히 데려다주고 버스정류장에서 버스를 기다렸다. 어떤 충동이 그녀를 새집 방향 버스에 오르게 했을까. 회사에 가는 버스보다 그쪽이 먼저 도착했기 때문만은 아니었다. 아파트 동 입구 앞이 어수선했다. 주차장에는 사다리차 한 대와 덤프트럭 두 대가 서 있었다. 이삿짐센터 차량으로 보이지는 않았다. 사다리를 대고 있는 창문을 눈으로 어림해보니 17층인 듯했다. 사다리차로 내리는 것은 가구나 이삿짐이 아니라 쓰레기 더미였다. 진은 안으로 뛰어 들어갔다. 엘리베이터가 17층에서 내려올 생각을 하지 않았다. 그녀는 비상계단을 걸어 올랐다. 숨을 헐떡이며 17층에 도착할 때까지 엘리베이터는 그 층에 머물러 있었다. 활짝 열린 엘리베이터를 꽉 채운 것 역시 각종 쓰레기였다. 1703호의 문도 활짝 열려 있었다. 진은 주춤주춤 안으로 들어섰다. 처음 맡아보는 악취가 먼저 코를 찔렀다. 입구부터 쓰레기 더미가 쏟아질 듯 위태로이 쌓여 있었다. 신발을 벗을 수가 없었다. 어디가 신발장이고 어디가 신발 벗는 곳인지의 구분이 무의미했다. 채 치우지 못한 쓰레기들이 여러 개의 무덤을 이루고 있었다. 실내는 거대한 쓰레기장이었다. 사람이 살 수 있는 곳이 아니었다. 끝없이 쏟아져 내리는 쓰레기 더미를 진은 마냥 입을 벌리고 보았다.

군청색 제복을 입은 초로의 경비원이 뒤이어 들어섰다. 그가 황급히 코를 막는 것을 진은 어리둥절하게 지켜보았다. 이 집 친척이냐고 경비원이 물었다. 진은 저도 모르게 도리질을 했다.

저는, 저는 내일 이사 오는 사람이에요.

아.

경비원이 낮게 탄식했다.

왜 이런가요, 여기? 뭐가 잘못되었나요?

진은 경비원에게 매달리듯 물었다.

아, 모르고 들어오시나 보네.

경비원이 쩝 입맛을 다시더니, 목소리를 낮추었다.

저, 여기서 저번에 아주머니가 안 좋게 돌아가셔가지고.

네?

한 2년 됐나. 이 집 살던 아주머니가 목을 맸어요. 화장실에서. 그 뒤로 아저씨가 낮에는 꼼짝도 안 하고 밤에는 기어 나가 온 동네 버릴 것을 한 짐씩 지고 들어온다더니…… 세상에, 집이 이렇게…….

진은 필사적으로, 코 대신 귀를 막아야 한다고 생각했다. 그때 쓰레기 더미 안쪽에서 한 남자가 걸어 나왔다. 넝마를 걸친 유령처럼 깡마른 남자였다. 진은 몸을 비켜 그가 지나갈 수 있도록 길을 터주었다. 그가 목례를 했다. 동공이 텅 비어 있었다. 사위가 고요했다. 달라질 것은 없었다. 오늘이 가고 내일이 오면 은행은 대출액을 입금할 것이고 그들은 부동산 등기를 마칠 것이다. 쓰레기 산은 깨끗이 사라질 것이고 그들은 여기서 살아갈 것이다. 진은 숨을 꼭 참은 채 한 발을 마루 위로 올렸다. ▪

# 심사평

# '모비 딕'을 찾아서

서희원

 

허먼 멜빌의 장편 『모비 딕』은 기상천외한 글쓰기의 총집합이다. 그 안에는 성경에서 빌려 온 인물들의 이름과 에피소드들, 고래에 대한 백과사전적 기록, 희곡으로 이루어진 장, 고래에 대한 학문적 연구 등이 바다와 투쟁하며 자신의 파멸을 향해 나아가는 인간들의 이야기와 분리할 수 없을 정도로 혼돈스럽게 뒤엉켜 있다. 노드롭 프라이는 이런 『모비 딕』의 글쓰기를 "야성적인 사냥이라는 로맨스의 주제가 확대되어서, 고래에 대한 백과사전적인 아나토미"로 전환되었다고 설명하며, 프랑코 모레티는 『모비 딕』을 "근대 서구가 자신의 비밀을 찾아 오랫동안 자세히 파고들어온 성스러운 텍스트"이자 "근대 서사시"로 지칭하였다.

*

　우리들의 삶이란 각자의 '모비 딕'을 찾아 시간이라는 광활한 공간을 헤매는 여정과 다르지 않다고 믿고 있는 낭만적 열정의 독자들에 기대어 말하자면, 비평가가 문자의 바다를 떠돌아다니며 찾고 있는 것은, 자신이 그토록 갈구하는 동시에 그것과 함께 삶이 파멸에 이른다 해도 기꺼이 이를 환희로 받아들일 수 있는 텍스트이다. '모비 딕'의 등판을 향해 던진 에이햅 선장의 작살은 결코 거대한 고래를 물 밖으로 끌어내지 못한다. 그것은 알다시피 에이햅 선장을 바다의 심연으로 이끄는 동아줄일 뿐이다. 〈현대문학상〉 본심에 오를 작품을 선정하기 위해 작년 가을부터 1년 동안 발표된 단편을 읽는 일은 그런 삶의 작은 한 과정이었다. 거창하게 말하자면, 그렇다는 일이다.

*

　예심일까지 내게 주어진 일은 괜찮은 텍스트 열 편을 골라 오는 일이었다. 내가 자신 있게 잡아 온 거대한 백상아리를 두고 누구는 발육 상태가 좋은 고등어라고 말했고, 누구는 돌고래가 틀림없다고 말했다. 며칠을 고뇌하며 어렵게 잡아 온 청새치를 놓고 누구는 이런 건 근수는 제법 나가지만 요즘 소비자의 입맛에 어울리지 않는 '고퀄리티' 잡어라고 했고, 누군가는 이런 건 『노인과 바다』에서나 통하는 오래된 열정이라고 조소하였다. 하지만 모든 경우가 그랬던 것은 아니다. 대부분의 경우 서로의 감식안에 감탄했고, 어떤 텍스트의 등판에는 세 사람이 던진 작살이 모두 꽂혀 있는 일도 있었다. 오랜 시간 서로의 안목에 대해 토론하는 일은 힘들었지만, 그 과정에서 얻어낸 것은 망망대해를 함께 헤매는 사람이 있다는 소중한 동료애였다.

＊

  본심에 올린 작품들은 모두 각자의 빼어남을 가지고 있기에 모든 작품에 대해서 다 말할 필요는 없을 것이다. 「건너편」은 김애란이 2006년에 발표한 「성탄특선」과 연장선에서 읽을 수 있는 작품이었다. 김애란과 함께 독자들은 「성탄특선」의 "이만 오천 원"짜리 여인숙에서 「건너편」의 "반전세" 집으로 이동하였고, 그곳은 '개의 한살이' 같은 대한민국의 10년이 데려다준 한 세대의 '건너편'이었다. 일종의 사소설처럼 읽히는 이기호의 「최미진은 어디로」에 담긴 빼어난 웃음은 그것이 폭소만을 주는 것이 아니라 콧날을 시큰하게 만드는 슬픔을 준다는 점에서 충분히 상찬받아야 한다고 생각한다. 조현이 오랜만에 펼쳐낸 흥미로운 이야기가 담긴 「제인 도우, 마이 보스」는 한국판 'X-파일'인 동시에 취업과 이직의 높은 장벽에서 번뇌하는 한 시대의 블랙코미디이다. 김금희의 「체스의 모든 것」은 작품에 삽입된 영국의 구전 동요 「London Bridge is Falling Down」의 후렴구처럼 어떠한 힘으로도 막을 수 없는 삶의 상실을 다루고 있는 작품이다. 누구도 체스 게임에서 이길 수만은 없는 것처럼, 인생에서 성공을 얻어갈 수만도 없다. ▪

# 소설 앞에서

양윤의

〈현대문학상〉 예심을 준비하면서 150여 편의 단편을 읽었다. 나라
와 세계에 파국의 그림자가 드리워진 이 시국에 소설을 읽는 일은 무
슨 의미가 있을까? 바로 거기에 예고된 재앙을 (피하지는 못하더라도
적어도) 연기할 수 있는 지혜와 파국 이후에도 계속되어야 할 삶이 보
존되어 있다. 150명의 작가와 이들이 지면에서 되살려낸 수백 명의 인
물들과 더불어, 나는 세계와 더불어 참담했고 위로를 받았고 혼돈 너
머를 응시할 수 있는 용기를 얻었다.

안보윤의 「때로는 아무것도」에서는 어떤 '목소리'가 시시때때로 들
린다. 주인공이 어떤 선택의 상황에 직면할 때마다 공공의 정의나 광
장의 윤리에서 눈을 돌리게 만드는 초자아의 목소리다. 주인공은 이
목소리를 내면화하면서 공공의 장을 바로 보지 못하는 근시近視가 되
었다. 그리고 그의 눈앞에서 세월호의 리본이 흩날리고 있다. 우리는
모두 저 목소리 앞에 서 있기 때문에, 역설적으로 광장에 연루되어 있

는 것이다. 저 목소리는 우리에게 '아무것도 아님nothing'을 가르치려 하지만, 우리는 "때로는sometime" 거기에서 벗어나야 한다. 그것이 (중력으로부터 자유로워지려고 하는) 자유의 몸짓, 즉 클리나멘이다.

권여선의 「재」는 한 남성 앞에 놓인 폐허를 인상적으로 그려낸다. 그는 몹쓸 병을 얻었고 그 때문에 카프카의 『변신』 속 벌레 존재가 되어간다(고 생각한다). 그렇다고 해서 그 삶이 허무주의의 지평 속에서 바스라져 사라지지는 않는다. 이 점이 권여선 소설의 미덕 가운데 하나일 것이다. 사내가 혹은 그가 읽은 카프카와 제발트 소설 속의 인물이 내다보는 불모의 풍경과 달리, 그의 기억을 지탱하는 선명한 이미지 하나가 있다. 병으로 떠난 아내가 아직 살아 있었고, 딸아이가 태어나기 전, 교수가 된 그가 논문을 준비하던 때. "폐허 속에 핀 초록 잎사귀 속의 붉은 장미처럼" 도드라지는 "초록빛 파김치"의 이미지. 이것은 단순한 향수가 아니라 '낙석처럼 습격해 오는' 현재이며, 폐허(죽음의 세계)에 맞설 수 있는 삶의 이미지이다. 기묘하게 비틀려 있는 풍경과 제발트, 카프카 소설에 대한 집요한 독서 후기는 이 소설에서 부수적으로 얻을 수 있는 즐거움이다.

이기호의 「최미진은 어디로」는 이기호식 작가 탄생담이다. 소설 속 이기호가 자신의 서명(했던 책)을 되받아 오는 과정은 유머러스하면서도 쓸쓸하다. 소설 속에서 작가는 자기가 서명한 책이 중고책 사이트에 염가로 그것도 혹평과 함께 등록되자, 그 책을 회수하러 나선다. 이 과정에서 실패한 사랑 이야기를 알게 되는데, 정작 그 책의 독자였던 최미진의 행방은 묘연하다. 이 서사는 이중적이다. 작가의 입장에서 이것은 자기 서명에 재서명하기, 작가 자신이 서명(사인회에서의 작가의 서명)의 서명(독자의 서평)에 의해 이중적으로 매개되어 있다는 것을 암시한다. 독자의 입장에서 이것은 익명(서명을 받은 당사자인 최미진의 행방을 알 수 없다)의 익명(그것을 중고 사이트에 올린 인물은 작가를 보자 달아난다)에 의해 역시 이중적으로 연결되어 있다.

　김금희의 「체스의 모든 것」은 '국화의 모든 것'이라 바꿔 불러도 좋을 것이다. 그것도 몇몇 에피소드만으로도 한 인물의 일대기가 깊이 각인된다. 이처럼 생생한 캐릭터를 우리에게 소개해준 것만으로도 작가의 역량이 증명되고도 남는다고 생각한다.

　소설 앞에서, 다시 한 번 좀 더 나은 사람이 되고 싶다는, 엉뚱한 소망이 생겼다. 작가들에게 감사를 전한다. ▪

# 조금은 더 잘 알 것만 같은 마음

윤성희

2015년 12월호부터 올해 11월호(계간지의 경우 2015년 겨울호부터 올해 가을호)에 발표된 단편까지, 1년치 단편들을 이처럼 단기간에 몰아 읽어본 것은 작가가 된 이후로 처음인 듯하다. 심사를 떠나 내게 그건 흥미로운 경험이었다. 최근 내가 문학잡지를 게을리 보고 있었다는 반성을 하기도 했고, 비록 등단 5년 이상이라는 〈현대문학상〉의 수상 기준 때문에 추천을 못했지만 좋은 신인들의 작품을 만날 수도 있었다. 이미 읽었던 단편들은 다시 읽으면서 예전과는 다른 느낌을 받는 경우도 많았다. 이 좋은 소설을 왜 지나쳤지 하는 마음. 아니면, 처음 읽었을 때와 지금이 왜 다른 감정으로 다가오지 하는 마음. 전자의 경우와 후자의 경우가 반반 정도여서 나는 내 스스로 적지 않게 당황을 하기도 했다. 그럴 때면 읽는 것을 잠시 멈추고 그 작가의 책들을 떠올려보곤 했다. 나는 그들의 궤적을 생각하고 그 연장선상에서 소설을 읽어내보려고 애를 써보기도 했다. 그러면 조금은 더 잘 알 것만 같은 마음이 들었다. 하지만, 이렇게 심사평을 쓰려 하니 잘 알 것만 같은 마음이 무엇인지 선명하게 설명이 되질 않는다. 그냥 그 당시 나도 모르게 고개를 끄떡이게 되었다고나 할까. 그래서 그런 느낌을 주었던 단편들을 대신 말해보려 한다.

권여선의 「재」는 오직 권여선만이 쓸 수 있는 소설이다. 그런데 또 한편으로는 소설집 『안녕 주정뱅이』에 실린 소설들과는 어딘가 질감이 다르다는 느낌을 받았다. 그 다른 질감이 반가웠고, 그래서 이후의 소설집에 실릴 소설들, 그러니까 「재」 이후에 쓴 단편들이 어떤 결이 될 것인지 궁금해졌다. 천천히 읽게 되었고, 그리고 이 한 편의 단편을 읽은 후 나는 조금 산책을 하게 되었다. 이장욱의 「낙천성 연습」도 오직 이장욱만이 쓸 수 있는 소설이다. 이 문장을 두 번 반복하니 조금은 무책임한 문장같이 되어버렸는데 나에게는 달리 말할 재주가 없다. 누가 그게 무슨 말이냐 하고 물어보면 『기린이 아닌 모든 것』을 먼저 읽어보라고 말할 수밖에. 나는 이장욱 소설을 읽을 때면 "특정한 성격 안에 특정한 이야기가 잠재되어 있다는" 오래된 이론이 떠오르곤 했다. 그런데 이번에 소설을 읽다 보니 그의 소설은 고대 그리스부터 내려온 저 이론을 비틀고 있다는 생각이 들었다. 그의 소설의 묘한 매력은 거기에서 오는 게 아닌가. 그런 생각이 들자 나는 그동안 그의 소설을 잘못 읽은 게 아닌가 하는 생각까지 하게 되었는데, 아직까지는 정확히 모르겠어서 앞으로 계속 더 읽어보자 하는 쪽으로만 답을 내렸다. 이기호의 「최미진은 어디로」와 김애란의 「건너편」을 읽던 기쁨에 대해서도 한마디 덧붙이고 싶다. 지난 10여 년 동안 이들의 소설을 읽었고, 그럼에도 실망시키는 법이 없어서, 월간지나 계간지를 몰아 읽던 피로감을 조금은 없애주었다. 이번 기회가 아니었다면 놓치고 못 읽었을 단편들도 많았다. 안보윤의 「때로는 아무것도」와 조현의 「제인 도우, 마이 보스」가 그런 소설이었다. 지난 몇 년 동안 우리는 논리적으로는 설명할 수 없는 이 대한민국이라는 나라를 보아왔고, 많은 작가들이 그 고민 아래에서 작품을 써왔다. 어떤 소설들은 주제가 문장을 압도해 아쉬웠고, 어떤 소설들은 빈약한 상상력으로 고통에 그대로 노출된 인물들을 그리기도 했다. 그것 말고 다른 방식은 없는 것일까? 그런 생각이 들던 차에 두 편의 소설을 읽어서인지 내게는 두 작품이 각도도 좋고, 이야기도 좋은, 그런 소설로 읽혔다. 안보윤은 안보윤의 방식으로, 조현은 조현의 방식으로 말이다. 심사평을 쓰다 보니 결국 '오직 그 작가만이 할 수 있는 방식으로 쓴 소설'이라는 말의 반복이 되고 말았다. 그런데 마지막으로 한마디 더 이 말을 반복하자면, 이제 소설집 한 권만을 발표한 신인 작가 최정화야말로 출발부터 그러했다. 나는 이 작가의 이름을 지우고 읽어도 최정화의 작품이라는 것을 맞출 수 있을 것만 같다.

이 예심평에는 수상을 한 김금희의 「체스의 모든 것」에 대한 언급이 빠졌다. 그건 내가 이 작품에 대해 할 말이 없어서가 아니라, 세 분의 본심 선생님들과 또 두 분의 예심 선생님들이 충분히 그리고 나보다 더 정확하게 심사평을 써줄 것임을 알기 때문이다. 그래도 아쉬우니 한마디 덧붙이자면 『너무 한낮의 연애』 이후 발표된 단편들을 따라 읽으면서 나는 이 작가가 이제는 잘 쓰는 작가에서 신뢰할 수 있는 작가의 단계로 가고 있다는 생각이 들었다.

심사를 위해 소설을 읽는 동안, 수상은 못했지만 예심 위원들과 치열하게 토론했던 다른 작품들을 읽는 동안, 내내 즐거웠다. 축하하고, 또 이런 소설들을 읽게 해준 동료 작가들에게 고마움을 전한다. ▪

# 한없이 사소하지만, 한없이 근원적인

김동식

    2017년 〈현대문학상〉 본심은 열세 편의 작품을 대상으로 진행되었다. 고유한 문학적 세계를 간직하고 있는 여러 작품들을 읽어가는 과정은, 오늘날 한국 문학의 고민이 어느 지점에 닿아 있으며 어디를 향해 발걸음을 옮기고 있는지를 확인할 수 있는 소중한 경험이었다. 본심에서는 후보작들에 대한 개별적인 논의를 거친 후 검토 대상 작품을 김금희의 「체스의 모든 것」, 이장욱의 「낙천성 연습」, 조현의 「제인 도우, 마이 보스」(저자 이름의 가나다순)로 압축했다. 그리고 세심한 논의를 거쳐 「체스의 모든 것」을 수상작으로 선정했다.

    수상작 「체스의 모든 것」은 세기말인 1999년에 대학을 함께 다녔던 세 사람 영지, 노아, 국화의 이야기이다. 세 사람 사이에 특별한 애정 관계가 있었던 것도 아니고 대단한 추억거리가 있는 것도 아니다. 세 사람의 인연은 체스에서 시작해서 감자튀김으로 끝난다. 대학의 동아리방에서 노아와 국화가 체스를 두었고 영지는 구경을 했다. 두 사람은 누가 화이트 피스를 잡을 것인가, 그리고 최종적인 승부는 어떻게 낼 것인가를 두고 싸웠다. 노아는 체스연맹의 표준 규칙을 제시하지만 국화의 개인적인 룰에 대한 고집을 꺾지는 못한다. 어느 날 세 사람이 햄버거 세트를 먹으며 감자튀김을 한데 모아두었는데 노아가 감자튀김을 집중적으로 먹는 일이 벌어졌다. 국화가 격렬하게 항의를 했고, 20대 시절 그들의 관계는 그것으로 끝이었다. 그 후에 그들은 어떤 삶을 살았을까. 뭐가 될지 모르겠다고 하던 노아는 이혼남이 되어 출장을 다니고, 부끄러움을 이기는 사람이 되고 싶다던 국화는 학원이 망해 빚에 시달리고, NGO 단체에서 일하고 싶다던 영지는 모범적인 회사원이 되어 살아간다. 어디서나 보고 들을 수 있는 30대 중반의 그저 그런 삶들을 살고 있었던 것. 연락이 닿아 다시 만나게 된 그들은 가끔 체스를 두고 체스에 관한 이야기를 한다. 30대 중반을 넘어선 그들에게 여전히 체스가 문제인 이유는 무엇일까. 또는 체스의 시작과 승패 결정에 관련된 규칙을 정하고 패스트푸드점의 감자튀김을 적당히 나눠 먹는 일이, 20대의 그들에게는 왜 그토록 절박한 일이었을까. 규정되기와 규정하기의 잠재적 공존. 마치 체스의 기물처럼, 체스의 규칙은 대타자적인 권위에 의해서 이미 규정되어 있다는 생각과, 체스를 두는 내가 시작과 종결의 규칙을 정할 수도 있다는 생각이, 체스판의 안과 바깥에 가로놓여 있었기 때문일 것이다. 체스의 안과 바깥, 감자튀김의 독점과 배분, 비유적으로 말하면 삶의 규정성과 잠재성이 그 사소하고도 너절한 장면 속에 너울거리고 있지 않겠는가. 삶의 초석적(礎石的, fundamental) 장면, 더 나아가서는 인간 사회의 초석적 장면과 관련된 시뮬라크르가 그 자리에 있었던 것. 세계를 상대로 하는 한없이 허무한 싸움이자 한없이 근원적인 몸짓을 포착하고 있는 소설, 꽤나 긴 시간 동안 눈길이 머물 수밖에 없었다. ■

# 드러나지 않은 풍부한 내적 서사 지녀

박혜경

예심에서 올라온 열세 편의 작품들 가운데는 눈길을 확 잡아끄는 작품보다 딱히 어느 한 편을 선택하기 어려울 만큼 비슷한 수준의 작품들이 많았다. 개인적으로 김금희, 권여선, 이장욱, 조현 등의 작품들에 흥미를 느꼈지만 수상작 선정 과정이 쉽지는 않겠다, 라고 예상하며 본심장으로 향했다.

예상대로 최종적인 합의에 이르기까지 심사위원들은 오랜 토론을 거쳐야 했다. 결국 투표를 통해 수상작을 정하긴 했지만 수상작이 결정된 후에는 모든 심사위원이 흔쾌히 선정 결과에 동의했다.

김금희의 「체스의 모든 것」은 '체스'라는 다소 특이한 모티프를 통해 세 인물들 사이에서 벌어지는 욕망들의 미묘한 충돌과 좌절, 끝끝내 발설되지 않는 갈망의 시간들을 서술하고 있다. 가장 흥미를 끄는 것은 체스를 두며 이해하기 어려운 심리적 대결을 벌이는 노아 선배와 국화라는 두 이색적인 캐릭터의 등장이다. 이 작품의 묘미는 체스의 정해진 룰에 집착하는 선배와 체스는 단지 게임일 뿐이라는 국화의 대결이 갖는 의미가 체스만이 아닌 체스를 둘러싼 보다 본질적인 삶의 문제로 확장되는 지점에 있다. 아마도 우리는 이것을 "퍼블릭한 게 아니라 프라이빗한" 것이라는 국화의 말을 빌려, 삶의 공적인 부분과 사적인 부분간의 충돌과 긴장이라는 의미로 해석할 수 있을 것이다. 특히 선배가 워킹홀리데이로 외국에 갔을 때 그가 속해 있는 집단의 공공의 이익을 위해 자신의 사적인 진실을 포기했던 경험은 그가 국화와의 체스에 왜 그리 강박적 집착을 보이는지에 대한 흥미로운 단서를 제공해준다. 아마도 그에게 국화와의 체스 두기란 단순한 게임이 아닌, 타인으로부터 자신의 옳음을 인정받으려는 욕망이 불러온 그 나름의 치열한 내적 투쟁이 아니었을까? '퍼블릭'이 아니라 '프라이빗'한 체스를 고집하며 그의 앞에 난공불락의 상대로 군림했던 국화 또한 그에게는 국화라는 개인 이전에, 그의 내면 깊이 각인된 워킹홀리데이의 상처를 상기시키는, 도저히 이해할 수 없는 '퍼블릭'한 그 무엇이었는지도 모른다.

이런 의미에서 선배가 체스를 두며 대결했던 것은 국화가 아니라 선배 자신, 아니 어쩌면 그에게 거대한 벽으로 느껴지기만 했던 삶 자체였는지도 모른다. 체스의 퍼블릭한 룰에 기대 자신의 프라이빗한 욕망을 집요하게 관철하려는 선배나 체스의 '퍼블릭'한 룰을 고집스럽게 거부하는 국화나 결국 '퍼블릭'이 '프라이빗'을 가장하고, '프라이빗'이 '퍼블릭'의 가면을 쓰는, 그리하여 나의 욕망이 진정으로 프라이빗한 것인지 퍼블릭한 것인지 가늠하기 어려운 모호하고 착종된 세계를 살아가기는 마찬가지가 아닌가? 선배를 사랑하면서도 한 번도 자신의 사적인 감정을 선배에게 드러내 보이지 않은 채 선배와 국화의 대결을 묵묵히 관찰만 하는, 선배나 국화라는 독특한 인물들에 비해 지극히 평범한 상식세계에 속해 있는 '나' 또한 두 사람의 언저리

를 맴돌며 타인들과의 어정쩡한 접경지대를 한없이 배회하는 인물이
다.

　작품 속에서 '체스의 모든 것'은 동시에 '체스를 둘러싼 모든 것'일
것이다. 이 작품은 이렇듯 체스를 통해 "체스는 체스였다가 체스가 아
닌 것이 되었다가 결국 그것이 무엇인지를 따질 필요도 없는 모든 것
이 되"는 이야기를 흥미롭게 엮어내고 있다. 선배와 국화의 대결이 이
면서사로 모습을 감추면서 작품의 뒷부분에서 서사의 밀도가 다소 풀
어진다는 느낌이 없지 않지만, 이 작품이 드러난 것보다 드러나지 않
은 풍부한 내적 공간을 지닌 매력적인 작품임은 분명하다. 〈현대문학
상〉 수상을 진심으로 축하드린다. ▪

# 체스에 대해 말하면서 체스 아닌 것에 대해 말하는

이승우

김금희의 「체스의 모든 것」은, 체스에 대해 말하면서 체스 아닌 것에 대해 말하는 독특한 화법의 소설이다. 실은 체스(의 모든 것)에 대해서도 거의 말하지 않는다. 말하지 않은 것이 말해지고, 말하지 않은 것이 말한 것이 되는 이상한 소설. 체스에 대해 말하려면 체스에 대해 (서만) 말해야 한다고 생각하는, 마치 이 소설의 화자인 '나'와 같이 범상하고 납작한 감각의 소유자인 나에게는 낯설고 신기하게 읽힌다.

예컨대 이 소설은, '노아 선배'에 대해 말하면서 '국화'에 대해 말하고, 이기는 것에 대해 말하면서 사랑에 대해 말한다. 체스에 대해 말하면서 '우리의 모든 것'에 대해 말한다. 이 특이한 서술의 비밀은 아마도 '감정의 서라운드'를 구현해내는 작가의 남다른 감각과 관련되어 있을 텐데, 괴상하고 특별한 것처럼 보이는 소설 속 인물들이 실은 작가의 그런 남다른 감각에 의해 빚어져 나타난 것임을 추측하는 것은 어렵지 않다. 있는 것이 서술되는 것이 아니라 서술된 것이 있는 것임을, 서술에 의해 비로소 있어지는 것임을 확인하는 즐거운 독서 경험이었다.

　이 소설 속 인물 '국화'가 자기는 부끄러움을 이기는 사람, 부끄러우면 부끄러운 상태로 그걸 넘어서는 사람, 그렇게 이기는 사람이 되겠다고 하자 소설 속의 다른 인물 '노아 선배'는 '뭐 그런 말이 있냐. 어떻게 그런 말을 다 해'라고 말한다. 그는 그 말을 "뭐가 그렇게 감동적인지 얼굴을 두 손으로 가리며" 한다. 단계적 사유나 추리의 과정을 거쳐서가 아니라 여러 차원의 감각들을 한꺼번에 동원해서 읽어야 제대로 읽을 수 있는 소설임을 주장하는 장면 가운데 하나이다. 나 역시 '노아 선배'와 같은 자세로, 약간의 놀라움과 기대를 섞어 말한다. 어떻게 이런 소설을 다 써. ▪

# 매일매일 안녕

김금희

　뒤를 돌아 어제를 바라보는 습관 같은 것은 고치고 싶다. 그러면 우리는 더 이상 이별에 대해서 생각하지 않아도 되니까 마주쳤다가 문득 사라진 얼굴이 궁금해 뒤돌아보지 않아도 된다. 우리가 일별한 그들은 불행해지지도 않았고 죽지도 않았고 곤란에 빠져 있지도 않다. 그들은 우리와 헤어져 집으로 돌아가 따뜻하게 있거나 다정한 사람과 무언가를 먹고 있다. 아니면 거리를 걸으면서 바람을 느끼거나 누군가와 전화 통화를 하고 있다. 우리는 매일매일 안녕을 하지만 그건 아무것도 걱정할 필요가 없는 안녕, 굳이 마지막을 떠올릴 필요가 없는 안전하고 무사한 안녕. 그렇게 안녕, 하고 사라지는 뒷모습에 다른 말을 붙일 필요가 없는 완전한 안녕.

　하지만 그런 안녕을 기대하며 글을 시작하다 보면 깨고 싶지 않은 꿈에서 깨어나야 하는 사람처럼 고통스럽게 어제의 이별을 떠올릴 수밖에 없는데, 「체스의 모든 것」을 쓰는 동안에도 그랬던 것 같다. 표면적으로는 그리 심각할 것 없는 하루하루였다. 소설을 쓰기 위해 나는 대학 선배와 수요일마다 만나서 체스를 뒀고 커피를 마시거나 샌드위치를 나눠 먹으면서 근황을 이야기했다. 하지만 그렇게 체스와 오늘에 대해 열심히 이야기하고 헤어지고 나면 그런 건 다 잊고 이런 과거가 떠오르는 것이었다. 그러니까 선배가 학생회실에서 나무판자에 열심히 조각했던 체 게바라의 얼굴 같은 것, 붉은 깃발을 들고 도로를 행진하던 실직자들의 무리, 함께 영화를 보고 나온 사람의 구애의 손길, 그것을 거부했던 나의 손.

그런 기억들을 떠올리는 것은 좀 무력한 일이어서 나는 여기서의 안녕이 아주 엉망이지 않기를 간신히 바라며 인물들을 만났다가 헤어졌다가 다시 만나게 했다. 그런 안녕의 과정이 읽는 사람에게 어떤 것으로 남을지 두렵고 궁금하다. 그러니까 당신은 당신이 잃어버린 얼굴들이 지금 어디에서 무엇을 하고 있으리라 생각하는지. 당신의 안녕이 어떠했다고 기억하는지. 확실한 건 나는 당신이 그런 안녕에 대해 매일매일 생각하고 있으리라 믿는다는 것이다.

수상 소식을 듣고 나서 이 상을 받았던 작가들의 이름을 손가락으로 하나씩 짚으며 읽어보았다. 이름을 읽을 때마다 그 작품들에서 받았던 감동과 놀라움이 되살아났는데, 거기에 나라는 사람이 들어가도 되는지는 자신이 없었다. 더 노력하고 소설을 대하는 첫 마음을 잃지 말라는 무거운 격려라고 생각하겠다. 나는 지금 내 보잘것없는 두 손, 쓰고 있는 두 손, 쓰고 싶다는 마음 이외에 가진 것이 없는 나 자신을 냉정하게 바라보고 있다. 그래도 최선을 다해 써볼 것이다. 그러지 않고서는 도무지 나의 안녕을 도모할 수가 없기 때문에 간절히.

〈현대문학상〉 관계자분들과 심사위원 선생님들, 가족들, 작품을 읽어주는 고마운 당신들 그리고 한낮에 함께 체스를 둔 元錫에게 다정한 감사와 인사를 전한다. ▪

2017 現代文學賞 수상소설집
## 체스의 모든 것 외

지은이 | 김금희 외
펴낸이 | 양숙진

초판 1쇄 펴낸날 | 2016년 12월 7일
초판 4쇄 펴낸날 | 2017년 3월 20일

펴낸곳 | ㈜현대문학
등록번호 | 제1-452호
주소 | 06532 서울시 서초구 신반포로 321(잠원동, 미래엔)
전화 02-2017-0280
팩스 02-516-5433
홈페이지 | www.hdmh.co.kr

ⓒ 2016 ㈜현대문학

ISBN 978-89-7275-801-3  03810